“谷宵禛，我放不下你，我认。

你呢？你放不下我，你敢认吗？”

槲寄生下的吻

周板娘 著

江苏凤凰文艺出版社
JIANGSU PHOENIX LITERATURE AND ART PUBLISHING

图书在版编目（CIP）数据
槲寄生下的吻 / 周板娘著. -- 南京 : 江苏凤凰文艺出版社, 2024. 10. -- ISBN 978-7-5594-8713-1
Ⅰ. I247.5
中国国家版本馆CIP数据核字第2024K6C283号

槲寄生下的吻

周板娘 著

责任编辑	丁小卉
特约编辑	忽 忽 尹开心
封面设计	伪 鳝
责任印制	刘 巍
出版发行	江苏凤凰文艺出版社
	南京市中央路 165 号，邮编：210009
网 址	http://www.jswenyi.com
印 刷	长沙鸿发印务实业有限公司
开 本	880 毫米 ×1230 毫米 1/32
印 张	10
字 数	278 千字
版 次	2024 年 10 月第 1 版
印 次	2024 年 10 月第 1 次印刷
书 号	ISBN 978-7-5594-8713-1
定 价	29.80 元

目录

Contents

Let's fall in love for the night
and forget in the morning

第一章

❶

韩哲觉得自己这次丢脸丢到西伯利亚去了。

他躺在酒店套房的大床上，空调送着丝丝暖风，房间里没亮灯，但外面应该是天亮了，窗帘中间的缝隙里渗出些许微光，刀尖一样扎着他的眼珠。

他肌肉绷紧，口渴难耐，但又不敢胡乱动。

因为他身边睡着人，一个他连对方名字都不知道的陌生女人。

韩哲循规蹈矩了二十八年，平日对毕韦烽那帮纨绔发小们流连百花丛的行为嗤之以鼻，熟识他的发小们都调侃他是富二代里一朵出淤泥而不染的小白莲。

所以，韩哲实在没想到，自己也会有这么一晚。

昨天的画面像从酒杯里漫起的啤酒泡沫，慢慢挤满了韩哲逐渐苏醒的脑子。

一个月前，异地恋三年的女朋友突然提出了分手，这使他特意安排好的假期、订好的机票和海景套房、提前买好的求婚钻戒，都成了滑稽可笑的存在。

这事儿韩哲没敢跟毕韦烽他们提起，就那群人的破德行，知道他被甩了，肯定又要给他安排派对，要么上游艇，要么回“基地”，喊上一大群人来好好庆祝他终于恢复了单身。

韩哲考虑了一个月，依然按照原来的计划飞到魏梦晴所在的城市，他想最后再争取一下。他捧着九十九朵红玫瑰敲响女友公寓的门，可来应门的不是女友，而是与他一般高的男人。

屋内传来魏梦晴的声音，她问：“是谁来了啊？”

男人一直盯着他，嘴里回答：“没事，是找错门的外卖小哥。”

韩哲的记忆力很好，很快就认出对方是魏梦晴的同事，夏天他们公司的团建合照里，两人一前一后站在人群边缘。

韩哲没吵没闹没动手，只把玫瑰花塞到男人手里，佯装无所谓地说了“祝你们百年好合”，就转身离开。

羊呢大衣口袋里还装着蓝绒戒指盒，他走出公寓大堂，站在车水马龙的马路边，把戒指盒捏在手里，直到手指发冷，他才踱步到垃圾桶边。

戒指盒属于什么垃圾？钻戒又属于什么垃圾？韩哲在脑子里过了一遍，把盒子丢进了可回收垃圾桶里。

预定的餐厅在平安夜只推出情侣圣诞套餐，服务员还很有礼貌地问他，要不要等人到齐了再上菜。

韩哲让她与厨房交代只上一人份的菜品，钱他会按照套餐的价格付，但东西吃不完就浪费了。他还额外开了一支红酒。

从餐厅离开时韩哲已经微醺，他直接打车到了海边。

他以前来鹭城找魏梦晴时，两人吃完晚饭常来这儿遛狗散步。哦，魏梦晴养了只金毛，以前魏梦晴都是用“狗子爸”来称呼他的，看来现在金毛又有了新爸爸。

观海长廊有弹着吉他的卖艺人，有成双成对的恋人，有卖花的小孩和卖刻字苹果的小贩，还有钻进脖子激起一身鸡皮疙瘩的寒冷海风。

韩哲倚着护栏，低头看着自己被路灯拉得细长且孤寂的身影。来往行人的欢声笑语满载着节日喜庆的颜色，只有他的影子黑灰不清。

“落单的恋人最怕过节，只能独自庆祝尽量喝醉……写了卡片能寄给谁，心碎得像街上的纸屑，谁来陪我过这圣诞节……”

卖唱的男生歌声低哑，许是因为天气太冷，手指冻僵，连着好几个和弦都弹错了音。韩哲走到他身前，扫了他的二维码，转了两百八十八块钱过去，问他能不能唱首开心一点儿的。

男生收到这笔巨款，欢喜得不行，点头如捣蒜，立刻换了首歌词欢快的网络大热歌曲。

微醺的酒意被海风吹散一些，韩哲不想直接回酒店，便打了个车到最近的一家酒吧。

韩哲本来就不爱这种地儿，每次都是发小们三请四请，才能把他拉出来喝酒。可今晚韩哲就想借由那些震耳欲聋的电音音乐和铺天盖地的金色飘纸，让自己看上去没那么可怜。

平安夜的酒吧不到十点就已经人满为患，卡座包厢自然早都被订了出去，韩哲站在酒吧门口给毕韦烽打了个电话，电话刚挂断立刻有经理出来带他进去。韩哲不需要卡座，只让经理安排了个犄角旮旯的散台，能让他喝个几杯就行。

今天的酒吧服务员都头戴麋鹿角或圣诞帽，大部分卡座上都挤满了年轻好看的男男女女，嘈杂喧闹。他们要么嘻嘻哈哈凑一堆，玩着“抓手指”或“黑白配”，要么随着音乐的鼓点摇头晃脑。

没过多久就有姑娘前来搭讪，她们一个个皓齿红唇，眼角缀着彩色亮片，有星星的，也有爱心的。

她们是酒吧里负责炒热气氛的女孩们，常常被称为“气氛组”。

韩哲连续拒绝了几个，于是又来了个带着蓝色隐形眼镜片的年轻小孩儿，问：“小哥哥，你一个人过圣诞不寂寞呀？”

DJ（唱片骑师）开始打碟，激光迷幻炫彩，舞池里挤满了人，高台上有身材火辣的舞者。

不时地从开了贵价香槟的卡座上传来阵阵欢呼声，举着荧光灯管的舞者在各个卡座之间蹦跳，天花板洒落金的银的纸屑，真是应了刚才那位小哥唱的悲伤情歌。

全世界都在狂欢，可这一切，似乎依然与他毫无干系。

散台没凳子，韩哲站得有些累了，便侧倚着墙壁。这位 DJ 的音乐风格实在过分强烈，他被吵得脑壳疼，胸口闷得慌，正打算喝完桌上的酒就离开，这时又来了个姑娘。

来人杏眸粉唇，眉眼柔顺，一对眼珠子被酒吧灯光映得好似深海底的珊瑚宝石，幻光流曳。她的妆容没有其他女孩那么浓，但服装是精心准备过的。

亮红绒面的包臀裙下是修长的双腿，黑色长靴过膝，只露出引来目光流连的一小片白皙皮肤。雪白毛领在她锁骨处半遮半掩，棕栗色的长发及肩，她还戴了顶圣诞帽。

两人在灯红酒绿中对视了一会儿，韩哲看出她的意图，率先开口问：“今晚卖酒了吗？”

“气氛组”蹦一晚上也没多少收入，卖出去酒的话还能拿点儿提成。

他声音有点儿大，在这种嘈杂到极点的环境里，没有这个音量的话对方是听不见的。

红裙女孩走了两步站到他身边，嘴唇凑近他耳边，轻声说：“还没呢。”

耳朵忽然像被火苗舔过，突然之间，韩哲整片脸颊至脖子，都烧得火烫。韩哲觉得女孩的声音挺好听，干净清澈，没有刻意娇滴滴地说话，也没有被酒精腐蚀至沙哑。

吃饭时他一人喝光了一大瓶红酒，现在又有几杯威士忌落肚，颇有些酒意，他靠近对方便问：“那你想要我开哪一种？”

女孩说：“你就一个人啊，随意就行，不用点最贵的那些。”

韩哲眼眸渐眯，低笑了一声。没一上来就要他开最贵的香槟，这姑娘算实诚了。

如女孩所愿，他只点了一瓶威士忌，苏格登四十年。

“你在这边，提成有多少？”韩哲问道。

“五个点。”女孩抿了一口酒，试探着问，“我先陪小哥哥你聊会儿天？还是你想玩游戏？”

“先？”韩哲敏感地捕捉到她话语里的单字，不知哪条神经被触动，哑声反问，“你等会儿要走吗？”

“什么？抱歉我没听清，你刚才说什么？”

现场声音实在太吵了，女孩侧倾了身子靠近他，纤指将长发掖至耳后，露出白皙的耳廓。

两人的距离好近，近到韩哲能看见她水滴状的圆润耳垂，她没打耳洞，也没有戴花里胡哨的耳饰。

来之前她估计已经喝了点儿酒，双颊淡红，粉唇泛着水光，但韩哲发现她其实连唇膏都没涂。

多年来的身体习惯告诉他要往后退，但双腿仿佛被死死钉在地上，挪不开步。

音乐在他的血液里激起电流，不停地往心脏泵着血，踏着鼓点狂跳，有声音在耳边嘶吼叫嚣：看看身边的人！今晚你也应该跟他们一样疯狂！

他借着酒意，终于壮起胆子，嘴唇几乎贴住了她的耳侧："这里太吵，我们换个地方说话？"

太近，他们贴得太近了，已经过了一对初见面的男女应该有的距离，但女孩也没躲。

韩哲说完这句话往后退了一些，见她只是微微耸肩，杏眸闪着星光，勾唇笑道："好呀，小哥哥。"

之后他俩离开了酒吧，在门口上了辆出租车，韩哲坐副驾驶位，女孩坐后排。那时候他酒意已经涌上来了，司机问他去哪儿的时候，他还想了几秒，才报出自己下榻的酒店。纵是如此，他也没忘了扣上安全带，并叮嘱后排座的姑娘也要系上安全带。

但后来发生的事简直堪称灾难。

听着《爱拼才会赢》的司机开车太冲，好几次在红灯前紧急刹车，韩哲被那安全带狠勒了几次，五脏六腑被挤得难受。他怀疑那酒吧是不是卖的假酒，胃里火辣辣疼，喉咙里阵阵泛酸。

后面的记忆全是碎片，乱七八糟，粘都粘不回来。

但他绝不会忘记，自己一进房间，没忍住，吐了那姑娘一身……

…………

韩哲头痛欲裂，头颅里像被尖椎一下下凿。他没处理过这样的情况，手指稍微动一动都怕惊醒躺在床另一边的姑娘。

几乎是屏住呼吸，他缓慢挪到床边，再缓慢下床。

昨晚他呕吐的时候也溅了自己一身，之后他昏睡过去，后面发生的事就更没什么连贯性印象了。

都市饮食男女的事是不可能了，还给对方添了不少麻烦，一阵阵恶心和眩晕袭来，韩哲几乎全程睁不开眼，但每次半撩起眼帘时，他都能看见那女孩。她身上沾满酸臭呕吐物，一片狼藉，嘴里骂骂咧咧着，不过落在他脸上胸口上的毛巾，一直很温柔。

所以这会儿韩哲身上是清爽的，没有他预想中难闻的酸臭味。

他只穿一条底裤，床柜上有手机和房卡，但找不到他昨晚穿的衣服。他回头再瞄一眼，昏暗中，被子隆起一团，隐约能听见与他不同的另一道呼吸。

韩哲取了一件睡袍进了浴室，尽力把关门的声音控制到最低，直到门紧阖上，他才长吁一口气。

他口渴得厉害，洗面台上的矿泉水没几口他就喝完了。

洗澡时韩哲还在努力找回那些模糊不清的回忆，寻找未果，他挫败地砸了一拳墙壁，哑声喃喃："到底在做什么啊我……"

不知不觉，韩哲在浴室呆了快一个小时。

走出浴室时他的头发还没完全擦干，眼见卧室窗帘已经拉开了，阳光洒满室内，他愣在原地。

床边的女孩穿上了昨晚的裙子，边打哈欠，边拉过膝长靴，睡了一晚的头发蓬松卷翘，在阳光的浸润下好像淋上了蜂蜜的吐司。微小的尘埃在光线里上下飘浮，糖粉般落在她发顶和几近透明的耳廓上。

两人四目相对，韩哲眨眨眼，之后移开了目光。

"刚才服务员送衣服来了。"女孩懒洋洋地抬手，指着床上平铺的衣服，声音也被阳光烤得黏稠，"昨晚小哥哥你吐得到处都是，我俩的衣服全遭殃了，我直接送洗了，还加了急，费用就挂在你账上，没问题吧？"

"没问题，当然没问题，这本来就是我应该付的。实在抱歉，昨晚不知道怎么回事，我醉得太厉害……"韩哲斜眼瞄过去，少女身上的红色圣诞裙在强光下显得越发耀眼。

毛领雪白，但她的肤色更白。

他的一双眼不知该往哪里放，不知不觉又把睡袍带子扯得更紧，问："你……你衣服上的污渍能洗干净吗？要不我赔一件给你吧？"

女孩穿好靴子，站起身，指尖拨了拨锁骨处的毛领，淡淡一笑："洗是洗得干净，但好像总有股味道。"

韩哲微微拧眉，走到床柜旁拿起手机："真的很抱歉，麻烦你给我个收款码吧，收款金额你定就行。"

女孩挑眉："由我定？要是我说这条裙子几万块钱，你也照样支付啊？"

韩哲顿了顿，认真回答："单笔支付会有限额，超过五万的话，我需要分几笔支付。"

女孩睁圆了眼，随后扑哧笑出声，而且像是被打开了开关，笑得肩膀一颤一颤。她抬手半捂住嘴，可笑声还是从指缝里溢出来："天啊，我还是第一次遇到你这样的男人！哈哈哈——"

韩哲的双颊莫名发烫，他挠了一下有水珠洇过的脖侧，哑声说："而且昨晚……我给你添了不少麻烦。"

"确实挺麻烦，昨晚光是帮你把脏衣服脱下来都快把我累坏了。"女孩拿起手机，低头边按边说，"我的外套和裙子都脏得没法见人，送洗后也没法走了，总不能穿着浴袍离开，只能借你半张床睡一宿。"

她半撩眼帘，眼底带笑看着面前把酒店浴袍穿出老干部感的男人，戏谑道："不过你放心，我没有喝醉，没有借酒对你乱来哦。"

韩哲的喉咙蓦地发痒，连忙捂嘴咳嗽。

"我说笑的。"女孩笑得眉眼弯弯，走过去，把手机递到他面前，"行了，你扫吧。"

她的支付宝账号头像是个卡通小人儿，韩哲没往下看金额，直接举起手机扫过二维码。

"滴"一声后，屏幕跳出来的需要支付金额是……

韩哲有些讶异："25 元？"

"嗯，昨晚你在出租车上其实已经迷迷糊糊的了，到酒店后没付钱你就下了车，的士费是我付的。"女孩素着一张脸，但眼仁儿极亮，"麻烦你扫一下咯。"

韩哲心跳乱了一拍，立刻确认支付。下一秒手机来了条短信，是银行发来的，提示他支付给了"谷音琪"25 元。

谷音琪，韩哲在心里默念了一遍。

谷音琪道："OK，没什么事我先走了，学校下午还有课。"

谷音琪用手背捂嘴，又打了一个哈欠，声音含糊道："小哥哥，我看你也不是经常出来玩的人，下次还是不要这样比较好，对方是什么妖魔鬼怪，你很难分得清。"她在腰侧比划了两下，煞有其事道，"小心被人割腰子。"

气氛稍微轻松了一点儿，韩哲就着她的话反问："按你这么说？那你是妖魔，还是鬼怪？"

"这两种我都不是。"谷音琪走到客厅，从沙发上拿起昨晚被她乱丢在沙发处的圣诞帽，举起来在发顶比画了一下，笑了笑，说："我是昨晚给你送礼物的圣诞老人呀。"

刹那间，仿佛有根羽毛飘落在湖面上推荡开一圈两圈的涟漪，韩哲又一次移开视线。

"对了，小哥哥，再借一下洗手间可以吗？"谷音琪指了指玄关处的客卫，"我用那个就行了。"

昨夜在酒吧里，他俩的距离是足够近，但再多的暧昧都遭受不住后来发生的那种事，扫兴得很。

说到底，两人不过是陌生人，既然如此，她也没必要再进一次卧室这么私密的地方。

"可以，你去吧。"韩哲点头。

等女孩进了洗手间，韩哲才低头看看自己身上的浴袍。浴袍的腰带绑得死紧，一丁点儿春光都没有泄出来，十足一个古板老年人，好似警示着自己不要再行差踏错。

离经叛道的念头，有一次都已经足够多了。

听着洗手间传出淅淅沥沥的水声，韩哲抿紧唇，走进卧室里的衣帽间换衣服。他准备把机票改签了，下午就回沪市。

至于鹭城，没什么事的话，他都不会再踏足了。

谷音琪从水桶包里拿出化妆包，包里的化妆品只有粉饼和润唇膏两样，其他的是卸妆湿巾、一次性牙刷、护肤品小样、防身用的瑞士军刀。

拿杯接水刷牙，回想昨晚的狼狈和刚才的尴尬，哭笑不得。

这都什么事儿啊？荒谬程度五颗星，写成小作文放上某乎某红书上，指不定要浏览量破十万的。

谷音琪将精华乳液往脸上拍拍打打，发现脸微微烫起来。

昨晚替他把脏西装、脏衬衣扒拉下来的时候，她是没少光明正大地打量。

后面拿热毛巾帮他清理秽物的时候，她更是没少光明正大地摸。

这男人长得挺不错，身材也可以，够高，不胖不瘦，肌肉刚刚好，一看就是生活习惯极度自律的人。

她旋开润唇膏盖子，给嘴唇抹上淡淡一层蜂蜜味道的润唇膏。

镜子里的她没有化妆，眼里有浓浓的困意，有些苍白的面色，更突显她的嘴唇赤红如血。

谷音琪抿了抿唇，心想：他的外貌再优秀再好，吐她一身酸水这件事可没那么容易过去。

谷音琪在心里默默给他打了负分。

走出洗手间时，客厅空无一人，卧室门紧闭，谷音琪上前敲了敲门，道："小哥哥，我走了哦。"

没有回应，谷音琪也无所谓，转身离开。

走出酒店时，谷音琪又打了个哈欠，阳光穿过酒店大门门廊的玻璃顶，暖洋洋地洒在她的眼皮子上。

网约车很快就到了，谷音琪坐进后排，跟司机确认了手机尾号，就塞上耳机倚着车门闭目养神。

车开出三分钟，谷音琪睁开眼，对司机说："师傅，我换个目的地行吗？"

司机说："行啊，你去哪儿？"

谷音琪答："去老市区，不过海了。"

司机点点头道："你在App（应用程序）里改一下目的地就行了。"

谷音琪租的单身公寓位于老市区的校区，她从大三开始就没在宿舍住了，而她给阿嫲租的房子，在离学校两个路口的小区里。

老市区道路较窄，车道不多，经常堵得水泄不通，谷音琪手肘撑在车窗上，半阖眼皮，看着蓝天白云放空。

司机似乎在对堵车情况骂骂咧咧，她耳朵里塞着耳机听不清。

只是，耳机里唱着什么歌，她也没有用心听。

到了小区门口，谷音琪没有直接进去，她往前走了一小段路，拐进家鸭肉粥店要了碗粥，交代道："加肉、蛋、肝，再要根油条。"

昨晚没吃夜宵，早上又没吃早餐，谷音琪到这会儿肚子里已经打起了鼓。老字号粥店里几时都坐满了人，她倒无所谓，与别人拼了桌。

鸭肉卤得入味软烂，粥水熬煮得黏稠鲜甜，她一口咬住油条，还发出"咯嚓"的悦耳响声。

看了看时间，谷音琪再打包了四份，没加内脏，但加了鸭腿、鸭翅和鸭掌——阿嫲喜欢吃的。

站在防盗门外就能听见屋里头有麻将的碰撞声，谷音琪低头笑了笑，将钥匙插进锁孔里。

饭厅靠近阳台，有阳光照到的地方摆了张麻将桌，桌旁四人听见门开的声音都抬起头，其中一位头发银白的老人惊喜道："琪琪？怎么这个时候回来了？"

"过几天的元旦假期我要和室友们出去玩几天，不能回来陪你啦，所以，这两天我没课时就多回来看看你咯。"

谷音琪跟麻将桌旁另外三位阿姨一一打过招呼，扬了扬手里的塑料袋，说："阿嫲，阿婶，给你们买了鸭肉粥，我去给你们加热，打完这一圈先吃一点儿吧。"

一位胖大婶打了个牌出去，愤愤道："你家琪琪就是孝顺！你看我那儿子，一年到头来只有过年回家看看，平时连电话都不多打一个的！"

沈大妹笑眯了眼，眼角的褶子层层堆起，说："是啊，我这没剩几年命的老阿婆，最骄傲的，就是有琪琪这个孙女啦！"

她摸起胖大婶打出来的七筒，开心地喊了一声："胡啦！"

谷音琪在厨房将鸭肉粥咕噜噜倒进锅里准备加热，背后是热闹欢乐的笑声，可这一切似乎与她毫无干系。

窜起的火苗舔吻着锅底，粥水蒸腾起的水汽模糊了视线。谷音琪一圈圈搅拌着香粥，大衣口袋突然传来一下振动，是经纪人阿超发来的信息。

信息里是她元旦飞沪市的机票详情，而对接客户的联系方式，等落地时阿超才会发给她。

谷音琪回了个“收到”就收起手机，继续搅粥水。

谷音琪等奶奶她们吃完粥才离开，顺手将一次性餐具和奶奶家的垃圾带下楼丢掉。

藏在她驼色风衣里的还是昨晚那条露肩小红裙，脚上的麂皮长靴和背的包侵略性也太强了，穿这样去学校有些不太合适，指不定还要给谁落下话柄。于是她打车回了趟公寓，洗了个澡，身上的打扮换成牛仔裤加宽松连帽卫衣，踩了双球鞋，抓起围巾和电脑包就出了门。

大四的课这个学期只剩下零星几节，但考勤抓得老严。

谷音琪出电梯时，隔着老远就看见老教授的背影，她赶紧迈开腿狂奔，冲过老教授身边时还说了句“老师下午好，老师您慢慢走”。

冲进教室后她和几个相熟的同学打了一声招呼，喘着气往左侧最后几排的位置走，最后一排角落的位置果不其然已经被那人给霸占了。

宽肩长腿的少年趴在桌子上睡觉，黑色帽衫的帽子往下拉得很低，罩住了景思齐大半张苍白的脸。

谷音琪见他睡得香，就没跟他打招呼。

景思齐在 Space（太空）酒吧干营销员有一段时间了，手里的客源积累了一些，像昨晚平安夜这样的大节日，他从一早就忙得脚底着火。

谷音琪昨晚和他只点了点头，就当打过招呼了，她与那男人一起离开的时候，瞥见景思齐还在二环卡座里给客人递烟倒酒。

想必他昨晚肯定喝了不少，即便已经洗过澡，还能闻见他身上绕着淡淡的烟酒气。

老教授进教室后开始点名，谷音琪先提高了八度声音报到，再等老教授念到景思齐的名字时，摇醒景思齐让他赶紧喊了声“到”

再继续睡。

老先生讲课的声音缓慢低沉，大半个教室都昏昏欲睡，谷音琪打了个哈欠，昨晚困倦的余劲这个时候开始漫了上来，膝盖弯弯和大腿都像被喂了生柠檬片，酸软又无力。

她干脆塞上耳机拉高帽子，趴桌上补眠。

埋在暖阳里的梦虽短却清晰，谷音琪坐在草地上，看远处那在欢声笑语中缓缓转动的旋转木马。

那顶上连串的灯光，是夜色中挂在哪个女人脖子上的珍珠项链，珠体泛黄，看上去是在哪个小海岛地摊上买的廉价假货。

音乐也是，喑哑变调地一遍遍播放着："我有一个家，幸福的家。"

木马鬃毛上的白漆脱落，露出内里一小块烂木头，重复着一上一下的机械运动，升到最上方时，木马会剧烈震颤一下，仿佛整个世界下一秒都要它被震碎。

谷音琪离得很远，却能看清楚坐在木马上一张张没有眼鼻、只剩一弯黑色笑嘴的面孔。她安静地放空，直到后背被人拍了拍。

诡异却熟悉的梦境被拍碎，谷音琪缓缓睁开眼，但没有即刻起身。脸颊在小臂上蹭了蹭，她将眼眶里荡漾着的咸湿水分抹到了卫衣袖子上。

"该醒了，快要下课了。"后面传来一声气音。

谷音琪的脖子往后扭，她的半张脸还埋在被阳光晒得温暖的卫衣里，下巴抵着肩膀，朝景思齐缓慢眨了眨眼，示意她知道了。

根根分明的长翘睫毛被阳光映照得半透明，少女的眼皮、眼角都泛着淡淡的红，像小孩子都喜欢吃的水晶糖，还是粉红色的那种。

景思齐看愣了几秒，脑子里一时无法将眼前的谷音琪与昨晚酒吧里穿得像份圣诞礼物的谷音琪配对成功。他稍微移开视线，才继续说："你昨晚几点走的？我忙完想请你喝酒，但找不到你。你是换场了吗？走了也不和我说一声。"

谷音点点头，道："嗯，我去了 Galaxy（银河）。"Galaxy 是城中另外一家热门酒吧。

景思齐道："那你今晚还去 Space 吗？我今晚还得忙一整晚，哎，累死了……”

景思齐还趴在桌上，手臂伸直着，指尖正好触到谷音琪的发尾，那里卷翘蓬松，也被阳光烧成蜜糖一样的颜色。

指尖轻拨，发丝微晃，挠得景思齐的喉咙有一丝丝发痒，昨晚被烟酒刮伤的难受似乎都缓解了一些。

谷音琪打了不知道今天第几个哈欠，才点点头，道：“你加油呀，趁着年底冲一冲业绩……”

景思齐忍不住扯起嘴角笑了笑，说：“好啊，你也是。”

❷

晚上景思齐没有在Space见到谷音琪，因为谷音琪被人叫到了Galaxy。

元莉补完妆，对着镜子转了半圈做最后检查。看着镜子里妖娆性感的身材，她满意地笑了笑，说道：“小洁介绍的那个医生真挺好的，你看，做得好自然。”

谷音琪十分捧场，给她竖起两个大拇指，真诚道：“真的挺自然的，我觉得比别人去国外做的还棒。”

她并没有说明白这个“别人”专指谁，但元莉的脑子里一下子跳进了某人的名字，翻了个白眼，说道：“别提顾欣，一想到她我就心烦！”

谷音琪抿抿唇，细声问：“姐，你还在气这件事呢？”

“能不气吗？宝贝，这件事如果发生在你身上，你想想看，会不气吗？”元莉精致的眉毛挑高，剜了谷音琪一眼，“现在网上总嚷嚷着什么‘女孩帮助女孩’，我也是这么想的啊。有头发谁想做癞痢？大家都不容易不是吗，但是你瞧，我帮了人，那人又是怎么对我的哦？”

元莉也就大谷音琪两岁而已，谷音琪提起的顾欣，曾经是元莉最要好的朋友。两人同时在一个公司，顾欣年纪与谷音琪相仿，当年刚成年，两人又都是一个小村里出来城市打拼的，元莉当姐姐的便多照顾她一些。

元莉长相妖媚美艳，工作主动，不矫情，接单率向来比顾欣好不少，前两年还谈了个对象。对方条件很好，给了套闲置的高档住宅让元莉住下，出入还有豪车司机接送。元莉依然照顾着顾欣，闲时常带着小姐妹出入美容院做做皮肤护理或医疗美容，逛逛街，再去酒店顶层吃吃下午茶。

元莉恪守本分，认真经营这段男女关系，在对方面前表现得既低调又乖巧。却没料今年夏天，对方出轨了，出轨对象还是顾欣。

元莉这才知道，她在小心翼翼讨好的时候，顾欣在外头勾引了她对象，还在枕头边吹风，就造成了今天这么个局面。

自己把人当亲妹妹，结果还被撬了墙脚，元莉一巴掌就想招呼到顾欣脸上，却被相处了两年的对象一脚踹开。

“你说我，没有辛劳也有苦劳吧？就这么把我踹了，也不怕我闹个人尽皆知哦！”骂着骂着，元莉的攻击对象从顾欣移到了前任。

她把萝卜丁口红收进钻石手包里，苦口婆心地教导面前一副傻姑娘模样的谷音琪：“现在的男人精得很，房子、车子每一样都是临时供你使用的，表面看着风光，分手后通通都给你收回去！钱没有，还整天被管东管西……嚯，真以为老娘得靠着他给的那点儿生活费过日子？”

元莉不缠不闹，爽快地跟前任分了手，然后回来重新干老本行，也就是谷音琪目前兼职的行业——模特。但她们并不是那种能上新闻或者国际舞台的光鲜亮丽的知名超模，也没有大公司给她们安排上好资源，只在经纪人的介绍下接一些零散的、不同行业的工作。

元莉还花了些钱，重金打造自己，微调精修一番之后，如今整个人状态大勇。

谷音琪跟在元莉身旁走出洗手间，震耳欲聋的电音音乐瞬间如潮水迎面涌来，直接把她淹没。

“听姐一句劝，不要做谁的金丝雀。虽然咱们不是多金贵的人，但麻雀也可以高高飞上天，不用被人关在笼子里折了翅膀。赔了青春就算了，要是把感情也赔了进去，哎，那就血亏了。”

元莉这一段话其实被巨大音浪冲得模糊不清，但谷音琪还是听清了最后一句。她应了元莉一句“知道啦，姐”，挽着对方的臂弯往舞台方向走。

这种赔钱生意，她自然是不会做的。

虽然元莉有两年远离喧嚣红尘，但她处事待人向来八面玲珑，好些以前的朋友如今都还能惦记着她，有局便约她来卡座里坐坐。她偶尔也会趁着这个机会带上新人露个面。

谷音琪就是她手里的新人之一。

她和谷音琪认识于一家脱毛机构，但机构的预约后台出了岔子，将她俩的预定安排在同一个档期同一个技师，元莉还没来得及对机构的工作人员发脾气，谷音琪已经爽快地把档期让给了她。

没人不爱跟长得好看又没释出敌意的小姑娘做朋友，一来二往的，两人加了微信，元莉有酒局缺人时就会喊她一起过来玩。

今晚圣诞夜，酒吧更是热闹非凡，这时虽然还不到十二点，但有些卡座的客人已经兴奋得直接在桌子上蹦起迪，金发舞者举着发光的黑桃 A 灯，在激光灯束中踩着妖娆步伐，音乐震得脚底下的暗涌不断。

女孩子们都配合节日，穿着火红战裙，元莉也是。而谷音琪今晚反倒是穿了条天鹅绒黑色连衣裙，圣诞帽也不戴了，将目光焦点留给了元莉。

她刚在洗手间里取下了降噪耳塞，这时被一波波电音高潮轰炸得有些精神恍惚。

她抬头看了眼 DJ 台后的巨幕，配合音乐频闪的影片是一个圣诞老人背着一大袋绑着红蝴蝶结的炸弹，圣诞老人会跟着 DJ 的音乐节奏把炸弹往屏幕外丢，在 LED 巨幕上炸开一片火树银花。

谷音琪没由来地觉得烦躁，心道早知留一个耳塞就好了。

谷音琪跟着元莉走到正对舞台的一环卡座，VIP 卡座 02 号里已坐了四男两女。她跟在场的人无论男女都打了声招呼，坐中心位的是元莉以前的熟人。据元莉介绍，男人名叫张铭，四十左右的岁数，是城里小有名气的连锁火锅店老板。

元莉去了他身边坐着，另外两个姑娘是来蹭卡座蹭酒的，正和其中俩男人玩着游戏。

谷音琪正准备找个位置坐下，眼角余光瞄见隔壁的 01 号卡座，偌大的卡座只坐了两个男人，而这两人里头有一张面孔谷音琪还挺眼熟……

呵，这男人总是板着张脸，和学校里的训导主任一样严肃，原来私底下那么喜欢泡酒吧啊？

早上才提醒了他少出来玩，没想到今晚又碰见了。

两人没对上眼还好，可偏偏两人的视线就这么穿过荧光绿的激光，在酒吧半空相碰。

既然对上眼了，谷音琪还是礼貌性地举起手至胸前，朝着男人的方向小幅度挥了挥，这样就算是打过招呼了。没想对方一个回应都不给，避开目光，低头看手机。

嘁，谁稀罕啊。谷音琪腹诽着。

“美女，你坐这儿吧。”坐元莉旁边的一个寸头男子主动空出个位置，谷音琪意会，坐到了他身旁。

寸头男凑到她耳边问：“你叫什么呀？”

谷音琪拿起酒杯，回答他：“小七。”

“哦！我叫阿庆！”阿庆拿起自己的杯子，朝谷音琪点了点头，“你随意！”

谷音琪笑笑，举起酒杯送到嘴边，抿了一口后放下。

火锅店老板挥金如土，一整组贵价香槟酒满满当当地摆了一桌子，瓶身金光闪闪的——但是香槟酒一支都没开，男人们只开便宜的酒。不过有这玩意儿在，前来蹭卡座蹭酒的人络绎不绝，渐渐地，02 号卡座就挤满了人。

大家围着站一圈玩抓手指的游戏，彼此的肢体就和酒杯里的冰块一样来回碰撞。阿庆一直站在谷音琪身旁，多少会借着游戏揩揩油，说话的时候也和她耳朵靠得极近。

韩哲又一次被音乐吵得脑壳疼，手指在手机上胡乱地划拉着，旁边的毕韦烽在噼里啪啦地说着什么他也无心听，眼神总往旁边的卡座瞟。

他被甩的消息瞒不过一夜，如今群里都在放烟花庆祝，毕韦烽人如其名，跟疯了一样狂撒红包。

眼见那寸头男的手又要不老实，韩哲的心头莫名其妙地烧起一把火，情绪也跟手机屏幕里的烟火一样炸开，道："毕韦烽，你烦不烦啊！我分手你兴奋个什么啊！"

毕韦烽更乐了，韩老干部居然被逼得骂人了！

他赶紧拿起手机对着韩哲的脸，开始录视频，说："韩老，你再骂一次，我得给他们看看你恼羞成怒的样子！"

"你有病啊！"韩哲拿起空酒杯，作势就想往他脑袋丢。

毕韦烽哈哈大笑，也不管这卡座旁边有多少人盯着，跟条毛毛虫似的往旁边挪了几个位置，再把实时视频发到聊天群里，群里立时热闹起来。

群成员 A：看来韩老这次心被扎得透透的。

群成员 B：疯子，你今晚就代表组织，好好给韩老办一个单身派对！

毕韦烽：放心，我一定不负众望，这次一定要把韩老拉下神坛！

毕韦烽双腿踩在矮桌边缘，一边回复群里兄弟们的信息，一边偷瞄韩哲这一小时里，视线究竟老往哪儿瞟。

邻座又是一阵喧哗吵闹，毕韦烽循着声侧过脸，挑着眼角往那一群人里头瞅了一圈，心里大概有了数。等隔壁的酒差不多被耗光了，有姑娘蠢蠢欲动准备走人，这时毕韦烽才唤来相熟的营销经理。

金发舞者们没一会儿便举着黑桃荧光灯过来了，阵仗极大，灯光频闪，把卡座围了一圈，几个荧光冰块般的发光香槟盒被陆续搁到桌子上。和隔壁卡座不一样，毕韦烽把这又贵又难喝的香槟直接开了五瓶。

韩哲翻了个白眼，把正准备开第六瓶的毕韦烽拦住，道："不是，疯子你今晚疯得有点儿厉害啊？这酒开来干吗啊？"

如今这款香槟酒在酒吧里无非只是个吸引人眼球的信号灯，许多人一晚点了一堆酒，但一瓶不开，就只用来摆阵吸引妹子，没喝的酒交给营销员存起来，下回来还能再摆，满足了虚荣心的同时还能节省成本。

甚至会有心眼多的营销员把大哥的存酒拿去租给其他想要摆阵的客人，而租酒的客人也不会把酒真给开了，花一点儿钱租酒，装出一掷千金的大哥模样。

韩哲他们一群发小聚会的时候都不开毕韦烽店里的那些酒，怎么来别人酒吧就要开了？是缺水洗手吗？

毕韦烽笑得没脸没皮，道："韩老的'单身派对'，当然要豪气一点儿！"

眼见隔壁卡座大部分的姑娘都望了过来，韩哲噤了声，肩背的肌肉都绷紧了，刻意撇开了眼，没往谷音琪那边看。

被毕韦烽这么高调地一宣传，姑娘们果然陆续地和老大哥们说了"等会儿再见"，转头便坐进了 01 号卡座。可还有两个姑娘留在 02 号，毕韦烽"嗤"了一声，长得最耐看的那位没过来啊，可惜咯。

韩哲的左右都有人落座，不同的香水味混在一起汹涌地往他鼻子里窜，旁边的姑娘很快做完自我介绍，并问要怎么称呼他俩。

韩哲坐的这个位置只能瞧见谷音琪的背影或侧颜，看不清她的表情。

一股难以抑制的烦闷、焦躁从脚底轰地一秒烧到天灵盖，韩哲仰脖把半杯纯威士忌一口闷掉，倏地站起身，板着张脸，径直往酒吧出口走，也不顾毕韦烽在后头一直喊他的名字。他憋着股气走出酒吧，这会儿快凌晨一点了，酒吧门口还站满了人。

酒吧对面马路连开了几家便利店，色彩缤纷的招牌在黑夜里璀璨发光，宛如岸上灯塔。

两个知名便利店品牌中间亮着他再熟悉不过的鹅黄灯牌。想都不用想，韩哲直接朝它走去。

一些进不去酒吧的小年轻就在便利店门口排排坐，喝着啤酒或迷你洋酒，咬着电子烟或真香烟，用手机外放着电音音乐，这样也能摇得一脸如痴如醉。

韩哲从沉浸在自己世界里的年轻人中间穿过，也没去想，其实自己身上的衬衫西裤，在对方看来才是妖魔鬼怪般的存在。

这店晚上生意好，地砖被踩踏得有些脏，店员还来不及清理，正忙着给冰柜里添上啤酒。

关东煮没有了，韩哲再走到冷藏柜前扫一眼，便当也没有了，只剩冷冰冰的三明治。

他饿，饿坏了。

本来这时候他应该回到自己家，给自己煮个面吃，洗个热水澡，好好睡上一觉，而不是在这里啃着一个夹着冰凉火腿的三明治。

好像火车一点点偏离了轨道，他却无力把它拉回正轨上。

他改签的机票本在今天下午两点半，但中午正准备退房去机场时，他接到了魏梦晴的电话。

魏梦晴问他是不是来鹭城了，又问昨天的红玫瑰是不是他送来的，最后问能不能出来见一面，两人好好谈谈。

韩哲应承了，把机票改回原来的时间。

他知道自己和魏梦晴没可能了，也没觉得分手是魏梦晴一个人的责任，只不过他是一个需要知道自己问题出在哪儿的人，即便这问题摊开来了，可能会把他刺得鲜血淋漓。

韩哲想，即便是死，也希望死得明白一些。

两人约在傍晚的咖啡厅，魏梦晴果然让他“死”得明白，韩哲被她细数着条条“罪证”，连摆在面前的咖啡都没胃口喝了。

等魏梦晴离开，他呆坐在咖啡厅里慢慢消化她的话，回过神时天已经黑了。

韩哲又接了个电话，有个疯子在这种能赚得盆满钵满的节日里不守着自己的店，特地飞到这里，说来给失恋的兄弟开派对。

一整天都没吃几口热乎的，又灌了几杯洋酒，韩哲的胃有点儿抽疼，只吃了半个三明治后就在便利店里呆坐着。

裤袋里的手机刚开始时一直振动，韩哲没拿出来看，无非是毕韦烽打来问他去了哪儿。

便利店外的年轻人们嘻嘻哈哈涌进店里挑新的啤酒，笑声被烟酒气包裹着，瓶盖当啷落地，最后自动门发出一声“叮咚”，把嘈杂和吵闹隔绝在薄薄的玻璃外。

手机没再振动了，韩哲再坐了一会儿才起身，准备跟毕韦烽讲一声他要先回酒店，让毕韦烽自个儿玩个够。

快到便利店门口时，地上有刚才年轻人们开酒瓶后掉落的金属瓶盖，店员还是没空打扫，又去补啤酒了。

韩哲弯腰，把一枚枚瓶盖拾起来，丢进门边的分类垃圾桶里，才走出便利店。

重新进入酒吧，心脏又开始被音乐扯得发疼，韩哲大步流星往一环卡位走。可随着他走近后，心脏蹦跶得更厉害了。

01 号和 02 号两个卡座旁边围着一群人，有经理，有营销，有保安，而那些本来在卡座里的女孩这时都躲得老远，像躲着什么瘟疫病毒。

后面卡座的客人甚至已经直接站到沙发或桌子上，探头探脑，交头接耳，也有人高举手机想拍点小视频，让酒吧保安上前阻止了。

韩哲心里咯噔一声，出事了。

他拨开人墙走回卡座，视线从略显狼狈的毕韦烽身上，缓慢移到了隔壁卡座几个面红耳赤的男人身上。他的眉心越来越紧，最后跟快拧不开的粗黑麻绳一样。

毕韦烽的嘴角明显有破皮，鼻孔也有擦抹过的血痕，一头棕红的自然卷发被淋得湿透，不知被什么酒泼了一身，水珠顺着发尾往下滴，白色短袖 T 恤湿得没法看。

隔壁座四个男的里头，老大哥站在沙发上骂骂咧咧，口沫横飞，寸头男拿纸捂着鼻子，白纸上有血迹，另外俩男的也在一旁嚷嚷着，气得脸都红了。

而两个姑娘站在卡座最边缘的地方，谷音琪半挡在红裙女人身前，眼神里有警惕，嘴角没挂笑。

“怎么回事？”韩哲走近毕韦烽身边问。

与毕韦烽相熟的经理满头大汗，扯着笑打圆场：“误会误会，就是误会一场……”

“误会什么？没误会，先泼酒的是他们，先砸酒瓶的也是他们。”毕韦烽怒极反笑，抬手将耷拉在额前湿淋淋的头发胡乱往后梳，露出的额头上竟有一大片胎记。

那片胎记是淡青色的，从额头中央开始往旁延伸至左额角，在青蓝变化的灯光下显得有些骇人。

这胎记实在太独特了，有常混酒吧的老手立刻认出他——沪市场子最旺、天天一座难求的酒吧“BOSS（老板）”，它家老板“B先生”就有这样一片胎记。

韩哲眉角骤跳，这是火山要爆发的征兆。

“是你先阴阳怪气，先打人的也是你！”张铭倒是认不出毕韦烽，继续嘴上不饶人，指着鼻血直流的阿庆对对方大吼，“你看阿庆都被你打成这样了！你小子今天不给他斟茶并鞠躬道歉的话，我告诉你，这事没完！”

阿庆把沾血的纸团丢到地上，一脸愤懑瞪着对方，顶了顶牙龈，竟吐出了两颗牙齿。

谷音琪皱了皱眉，她想走上前，但元莉拉住了她，压着嗓子说：“宝贝，这事我们别掺和。”

“可刚刚……”谷音琪蓦地抿住了唇，她确实不是爱掺和这些破事的人，酒吧这种地方鱼龙混杂，天天都会有推攘碰撞的事情发生，她向来能躲就躲，但刚才的事情压根儿就不是张铭说的那样。

她不由自主地看向此时站在双方正中央的那个男人，顶上频闪的激光把他的衬衫照得好似一件银色盔甲。

谷音琪这才发现，对方也在看着她。

❸

二十分钟前。

卡座上的女孩都让隔壁勾了过去，包括元莉来之前的那两个女孩。一开始就和这俩女孩玩在一起的那两个男人脸色有些难看，张铭的也没多好看。

都这样了，这八万八的香槟酒张铭不得不开，不过既然要玩，那就玩大的。

张铭让服务员送来个亚克力透明方盒，又叫元莉把高跟鞋脱了。

元莉知道他想干什么，她本就讨厌这种事，低级到不行，还特别引人注意，不用一小时，从各个角度拍她被香槟淋脚的视频就得在各种酒吧微信群里漫天飞。

前两年她改走岁月静好的路线，这会儿让她做这种事，她心里是千万个不愿意。只是她也没直接拒绝张铭，笑着问他：“能不能用香槟酒洗手就好呀？”

张铭的眼神突然狠戾起来，用力掐着她的腰咬牙问她：“八万八的酒给你洗脚还嫌丢脸？跟了有钱人两年，就真以为自己飞上枝头了？”

男人的声音并没有刻意压低，谷音琪也听到了，她主动道：“铭哥，要不我来吧。”

但张铭铁了心指名要元莉做这件事，元莉这下全懂了。

以前，张铭明着暗着追着元莉，元莉觉得对方不是什么善茬，就婉拒了，说大家做朋友就行，如今张铭或许是想借此事故意挫一挫她的锐气。

她同谷音琪眨了眨眼，嘴角笑意不减，这次爽快地脱下了红色高跟鞋，绷紧脚背，双脚踩进盒子里。

昂贵的香槟一瓶接一瓶被倒进透明盒子里，元莉勾起的嘴角僵硬无比，一直低着头，好让头发掩去她的侧脸，这样在视频里她才没那么容易让人认出来。

无论男女，他们竟能因为这种事而兴奋得面目狰狞，谷音琪实在无法理解。她没办法像其他围观人群一样站起来又鼓掌又欢呼，一直低垂着脑袋，安静凝视着那双被淡黄酒液淹没的脚丫。

今晚元莉问她能不能来时，还同她夸过张铭这人虽然土大款了点儿，但性格还算不错的，她和上一任分手后，张铭也是第一个联系她的人……

音乐依旧震耳欲聋，但那几分钟内，谷音琪仿佛什么都听不到了，像是有海水灌进她耳朵里，咕噜咕噜地响。

叫嚣喧哗与她无关，光怪陆离与她无关，她满脑子只想着，元莉要被“淹死”了，她必须先救她。

就在谷音琪站起身想不顾一切直接把元莉拉走时，隔壁卡座轻飘飘传来一句：“都这个年代了，怎么还玩香槟洗手洗脚这种事啊？是有原始人穿越过来了吗？”

妙就妙在，这句话冒出来的时候DJ突然停了打碟，空气里只有轻轻的鼓点声。

张铭喝了不少威士忌，脑子烫得厉害。他狂摇香槟再猛地打开，瓶口对着隔壁01号卡座，“啵”的一声，酒液急速喷溅。

场面也像瓶口溢出来的白沫一样变得黏糊、混乱。

被喷得满身香槟的女孩尖叫怒骂，四处逃窜，隔壁卡座的胎记男也是个暴脾气的主儿，直接跳过来对着张铭呛声，说别以为开点儿贵酒就能骗这些妹妹，玩不起就滚。

阿庆几人仰着下巴和他互骂推搡，张铭把元莉一把推到沙发上，直接捧起那盒子香槟，朝胎记男身上泼。

谷音琪趁乱把元莉扶到沙发另一端远离纷争，拿纸巾把她湿漉漉的脚丫草草擦干，再套上高跟鞋。

她蹲在地上，微仰着头，拿了干净的纸巾，在元莉精心描画的漂亮脸蛋上轻轻按了几下，包括元莉眼角的水分，不知是飞溅的香槟还是其他的。

她想带元莉离开，这时，除了红着脖子指挥的张铭，另外四个男人已经扭打起来——准确来说，应该是胎记男被阿庆三人压在沙发上揍。

很快有保安过来想要阻止斗殴，阿庆被架起，又用不知哪儿来的极大力量，推开了保安。他想要再往上扑的时候踩到了地上的酒水滑了一跤，反而被自己的同伴一手肘猛地撞过来，接着就见血了。

谷音琪把元莉挡在身后，将一切细节都记在脑子里，一直等那位小哥哥重回卡座。

两人的视线在半空相撞，很快，韩哲移开视线。

“好了，停。”韩哲直接打断老大哥的愤慨发言，双手插袋，声音洪亮如钟，“这事能不能完，可不是您一个人说了算，既然您的朋友受了伤，干脆直接报警吧。”

说着他已经掏出了手机解开屏锁，继续板着脸说道：“掉了两颗牙可算轻伤了，如果真是我朋友干的事，我向您保证，一定让他得到应有的惩罚，您想要的赔偿也都会有。”

“韩哲！”毕韦烽不可置信地大叫。

“你闭嘴。”韩哲瞪了一眼，毕韦烽“嗤”了一声，但没再开口。

这男人正儿八经、实事求是的态度太像一盆冰水，直接把张铭一行人的气焰浇了个半灭。

张铭站得高，眼见对方已经按下三个数字，他赶紧喊住正要按下拨打键的男人：“倒……倒也不用到报警这么严重吧？！”

旁边的经理也急忙伸手挡在韩哲的手机上方，说：“老板，老板，您看啊……今天圣诞节，客人这么多，就别扫了大家的兴吧？”

可韩哲坚持要报警，经理又赶紧转身求毕韦烽：“毕老板，您大人有大量啊，帮忙劝劝您的朋友先不报警行吗？”

毕韦烽接过保安递来的毛巾开始擦拭湿发，闷声道：“我这兄弟固执得不行，谁劝都没用，牛拉也回不来。报吧报吧，男左女右，把身份证都拿出来，然后调监控，问目击者口供，这店里这么多人，总该有一双眼睛看到事发经过吧？”

擦过的头发重新耷拉在额前，发丝晃动，毕韦烽瞥向站在沙发边角、一直不出声的那两个女人。

经理和营销又去劝02号卡座的四个男人，Galaxy的小老板也过来了，给两边一直说好话。

小老板自然知道毕韦烽是谁，但02号卡座的客人算得上是本地熟客，两边都得罪不起，就希望两边各退一步，和解了就算了。

如今毕韦烽已经冷静下来，隔壁四个男人也不像刚才那般嚣张、较劲，韩哲便退到一旁站着听他们交涉。他的双手依然收在裤袋里，忽然，袖子被谁从后方轻轻扯了扯。

酒吧里空气浑浊，但韩哲能清楚地闻到一抹柑橘香气，和昨晚平安夜她站在他身旁时，是同样的味道。

“你不用回头哦，听我讲就好。”谷音琪趁着张铭他们没注意，悄悄地走到男人身后。

她今天穿的还是昨天那双靴子，跟高五厘米，但她现在同站得背脊笔直的男人说话时还是得踮起脚才能凑近他的耳朵："刚才不是你朋友先动的手，是寸头男他自己脚打滑，撞上了他朋友的手肘，所以他掉牙、流鼻血都不关你朋友的事……"

谷音琪突然有些重心不稳，往前踉跄了一步，猛地一下拽紧了男人的右手小臂，鼻尖也直接撞上他坚硬的背肌。隔着薄薄的衬衫，她能感受到他身体的温度。

"还有就是，也不用调监控那么麻烦，这家酒吧的灯光师每晚都会架机子直播店里的现场情况……"

谷音琪索性不踮脚了，后跟落了地，但还是藏在男人的背后悄声说话："直播的机位是从上往下拍的，我记得 01 和 02 号卡座都能看清，你们找人去翻今天的直播就可以啦。"

她的声音好似牵牛花藤，沿着脊椎骨头一节节往上攀爬，小小的花苞在韩哲的后脑勺缓慢绽放。

明明周遭环境这么吵，但她说的每个字，韩哲都听清楚了。

左手从裤袋里抽出，他轻拍了两下谷音琪挂在他小臂上的手，低声应道："好，我知道了。"

他那一直跟气球一样飘在半空的心脏忽地落了地。

谷音琪眨了眨眼，松开他，道："那我带朋友先走了，拜拜。"

这次她和韩哲好好道了别，搀着元莉偷偷先溜了。如果元莉还留在那儿，指不定今晚要成谁的出气筒。

元莉脚心带着些湿气，稍微走得快一点儿鞋子就容易掉跟，谷音琪牢牢地扶住她，小声提醒："慢慢走，别崴脚了。"

"我没事，宝贝，我没事的。"元莉一遍又一遍强调。

谷音琪也一遍遍地答她："嗯，我知道，没事就好。"

走出酒吧大门的元莉昂首挺胸，谷音琪说要送她回家，元莉摇摇头说不用。

"现在还早着呢，我也没喝多少，自己回去就好了。"元莉走到路边，那里停了不少排队等客的出租车。

“行，那你回到家了，在微信上跟我说一声。”谷音琪送她上车，关了车门后走到出租车车尾，一边拿手机拍下车牌，一边同她说，“回去洗完澡，好好睡上一觉，我们下次再约。”

每个人都有自己舔伤、疗伤的方法，谷音琪没必要在这个时候非要跟着她。

元莉淡淡一笑，道：“谢谢你啊。”

等载着元莉的出租车远去，谷音琪往后走，坐进了另外一辆出租车。此地不宜久留，她也得赶紧走，免得等会儿碰上张铭一行人。她给司机报了一个小区名字，同时把出租车公司、司机工牌、车牌号码发进一个互助群里。

这个群是她建的，本来的成员只有几个与她相熟的同行，渐渐朋友介绍朋友进来，现在群里已有五十几人了。

每天夜里是微信群最热闹的时候，大家可以在群里吐槽客户不好搞或夸赞客户很懂行，单独搭夜车的会把车牌发到群里，到家再报个信。还有，当姑娘觉得接的工作有问题时，也可以第一时间给群里发信息。

这一行鱼龙混杂，除去那些上得了T台、拍得了大片的名模，有太多人为了糊口什么工作都接，面对的人多了，遇到危险的概率也高了许多。

钱要赚，但小命更重要啊。

车牌刚发出去，群里就有人打趣问：77你今晚一个人回家？没看上眼的小哥哥吗？

谷音琪回想刚才总“咸猪手”的那男人，发现自己连对方的样子都没记清。她撇了撇嘴，回复信息：没呢，今晚的男人都太糟糕了。

对方又问：哈哈，和你昨晚的那位相比呢？

谷音琪几乎不用思考就打下一句话并发了出去：哇，那可是一个天，一个地了。

昨晚平安夜她陪着那位“老古板”打车去酒店，男人给她开了后排座的车门，等她上车后，男人却绕到副驾驶位上了车，没和她一起坐在后排。

上车后男人自己扣上安全带，下一秒居然回头提醒她也要系好安全带。出租车司机都让他逗乐了，说不打紧，不用这么谨慎。

男人有些醉意，乌黑的眼仁蒙着层雾，摇摇头嘀咕一声："不是谨慎不谨慎的问题，是乘客安全的问题。"

于是，谷音琪乖乖地把安全带系上了。

连这种细节都记得清，谷音琪自然也记得男人的眼耳口鼻——他并不是让人第一眼就会感叹"好帅"的那种长相，但挺耐看。

短发干净利落，眉毛浓黑，单眼皮，眼角微微往下垂，乍看觉得无辜，细看又觉得带些阴郁。

谷音琪觉得他的侧颜挺好看，直线硬朗，弧线柔和，嘴角总是抿着，很少笑，可不妨碍喉结的位置格外性感。

今晚男人没了那层醉意，整个人显得更正经了。

也不知他是故意的，还是本性使然。

一些姐妹在群里闲聊，混酒吧的圈子说大不大说小不小，一有点儿鸡毛蒜皮的事很快就会传开来，果然这会儿就有人提起，听说沪市BOSS酒吧的"B先生"今晚在银河，还和人起了冲突，打起来了。

酒吧里打架，众人见怪不怪，倒是有人调侃，Galaxy怎么不挂个"同行免进，面斥不雅"的牌子在门口。

谷音琪看了一会儿群里大家的聊天内容，又去别的酒吧群里逛了一下，没见着元莉的视频被发出来，稍微松了口气。

夜晚道路空旷，不到十分钟出租车就到了目的地，谷音琪打开支付宝给司机扫码转账，下车后没直接往小区对面的公寓走，而是先进了路边亮着鹅黄灯牌的便利店。

收银台后坐着一个打瞌睡的女店员，听见自动门叮咚响，睁开眼睛猛地站起身迎客："欢迎光临——"

谷音琪朝她笑了笑，道："不好意思啊，阿姨，吵醒你了。"

中年妇女见是常客，挤出一个有些疲惫的笑容，说道："哪里的话。不过今晚生意比较好，关东煮和便当都没了。"

“没事，我吃这个就好。”谷音琪在冷柜旁拿起最后一个三明治，再到收银台递给对方，“阿姨，麻烦帮我加热一下。”

对方点头道：“没问题。”

谷音琪点开付款码让对方扫，“嘀”一声之后正准备关支付宝，这时突然想起什么，转而点进了“账单”页面，早上那笔“来自*哲”的转账特别醒目。

刚才在酒吧里男人的朋友大声喊过他的名字，但谷音琪听不太清楚，只抓住个“韩”字。

三明治很快好了，搁在手里还有些烫。谷音琪和女店员道别后，把手包夹在腋下，双手捧着三明治，边吃边往不远处的公寓走。

“所以他叫，韩哲……”她把他的名字放在嘴里，细细咀嚼。

谷音琪刚踏进公寓电梯轿厢就收到了元莉的信息，元莉说她到家了，让谷音琪不用担心。她嘴里咬住最后一口三明治，手指编辑着信息，等一出电梯门正好按下发送键。

手里还攥着三明治的包装薄膜，谷音琪走到楼梯间门口准备把薄膜丢进垃圾桶，却在垃圾桶的旁边看见了一大捧红玫瑰，没有包装纸，通通插在一个塑料桶里。她没细数，不过以她买花的经验，八九十枝是有的。

谷音琪皱起眉头，蹲下，捻了捻花瓣，还很硬，没软。

这些玫瑰花头很大，没灰霉，没烂边，杆子上的刺处理得干净。像圣诞这种节日，鲜花的价格自然上涨，她都有一个礼拜没舍得买花了，这会儿看到好端端的花被这样抛弃，着实有些心痛。

谷音琪想了想，回公寓取了两个醒花桶，把玫瑰移进桶里带回了家。她重新清洗枝干，清水添了保鲜剂搅匀，把枝干修剪成适合的长度再插瓶。

家里空余的花瓶没一会儿全被插满了，茶几、餐桌、卧室床头都摆上一瓶。还有两三枝枝干不太健康的，谷音琪将它们剪枝后插进装着苏打水的玻璃瓶中，正好可以放在厨房流理台的边角。

嫣红的玫瑰给这间一居室的单身公寓添了些活力，谷音琪双手叉腰，咧开嘴，笑得心满意足。她想，省下了一笔买花钱，开心。

同一时间。

“毕老板，今晚真是对不住，扫你的兴了，下次你来，我们肯定好好招待。”

Galaxy 的小老板毕恭毕敬地把人送到门口，路边已经停了辆商务车，是他安排来送毕韦烽两人回酒店的车。

“行了，行了，不用送了。”毕韦烽嗤之以鼻，怎么还会有下次？

今夜全城大大小小的酒店都是满房状态，即便毕韦烽是临时起意飞来鹭城，但他还是在韩哲下榻的酒店要到了一间套房，不过和韩哲不同楼层。

两人都坐在后排，毕韦烽手机里的信息不断，“嗡嗡”的振动声吵得闭目养神的韩哲浓眉紧蹙。他冷声道：“今晚通不通宵随你，明早八点在大堂见，你来不了我就自己先回去。”

“知道了，知道了，我不通宵，回去了就洗澡睡大觉。”毕韦烽熄了手机，不再理睬永远回复不完的信息，转过头突然问，“今晚那个女孩你认识？”

韩哲肩膀骤然一颤，他没睁开眼，眼珠在眼皮底下来回滚动，半天才开口：“哪个女孩？”

“别装，”毕韦烽白他一眼，“穿黑裙子的那个。”

“不认识。”韩哲直接否认。

“哦？可我明明看到她站在你身后跟你说了什么。”毕韦烽眼眸熠熠发光，连环追问，“那你怎么知道酒吧灯光师在做实况直播，又刚刚好能清楚地拍到我们的卡座？你之前来过？但你昨晚给我打电话的时候，来的可不是这家酒吧……”

男人的嘴巴噼里啪啦蹦出一连串问题，韩哲把头扭向车窗，骂了一句：“毕韦烽你真的好吵。”

④

元旦第一天，沪市突降暴雨。

不过虽然下雨，但也不妨碍今天是个适合嫁娶的良辰吉日。

谷音琪气鼓鼓地走出酒店大门，正好遇上了酒宴散席，门廊下的车子一辆接一辆离开，车轱辘碾碎地上那片虚假缥缈的金银璀璨。

因天气原因，她今天早上来沪市的那班飞机延迟了多个小时，最后还在空中盘旋了一个小时才落了地。

一下机她就立即联系客户，对方说原本找她拍的那几套服装着急要图，所以临时找了另一个模特顶替，让她不用过来了。

这怎么能行？她怎么能白跑一趟？！

谷音琪问客户有没有别的活儿能让她接，客户说有是有，但剩下的几套衣服比较有个性，不知道她能不能接。

由于是角色扮演类的服装，拍摄地点在一家五星级酒店的套房里——如今越来越多商拍在酒店房间内，省去场景布置，出片氛围高级，拍摄产品量大的话费用比租摄影棚还低。谷音琪赶到现场，果然剩下的全是暗黑风格的衣服，跟正在拍摄的那位模特身上的可爱又俏皮的风格相差甚远，但她不能跟钱过不去，咬咬牙就去做妆发了。

谷音琪做足了准备工作，穿这类服装该摆什么姿势、该做什么表情她都清楚，可客户的要求越来越过分，已经超过了她的底线，最后一拍两散，她连衣服都没换，套上自己的风衣，拉上自己的登机箱就离开了房间。

酒店门口人来人往，登机箱的高度不适合坐人，谷音琪目前的衣着也不适合任何屈膝的动作，只能站在角落里低头刷手机。

事发突然，她一时竟不知，是要先跟阿超汇报说她搞砸了工作，还是先跟姐妹们吐槽避雷这个无良的客户。

谷音琪今天一整天只吃了一顿早餐和飞机上派的花生米，她又冷又饿，攥着手机的手不停颤抖，纵使她平日里脾气再好，也会有被惹恼的时候。

察觉鼻子开始泛酸时，她赶紧抬起头紧捏住鼻梁，把酸涩直接粗暴地揉散。就这么点儿小事，哭个屁啊谷音琪，她骂自己。

谷音琪把耳机摁开降噪模式。

她从白噪音歌单中挑了一首大海的，让哗啦啦的海浪从左耳涌到右耳，再退回左耳。

浪花或大或小，听见巨浪袭来的时候，谷音琪深吸一口气，仿佛下一秒就能“咕噜”一声潜进那片蔚蓝色的海里。她把音量拉到最大声，跟着浪花的声音调整呼吸，等冷静下来后她想起，刚才和客户吵架时，对方说住宿他不负责，要她自己解决。

汇报、告状、吐槽全都先放一边，她再这么站下去得冻成冰棍。

她先着手查这附近的酒店，可此时恰好是小假期，市中心的经济型酒店都是满房状态，奢华型酒店最差的房也没了，再往上的房型太贵，她这一次工作估计只能收一半费用，她可不乐意在别的地方倒贴那么多。她继续扩大范围，比较符合她预算且有房的酒店，距离目前的位置得要二十分钟车程。

虽说外套的长度能遮住半截大腿，但她腿上的丝袜实在不是这个天气适合穿的，风格也跟她的大衣和皮鞋格格不入。

谷音琪是知道的，一直有许多打量的视线投射过来，只不过当下她实在没有那么多精力去管。还好，耳朵里的大海能给她筑起一面墙。

正准备订下酒店时，身前有一道影子罩住了她。

谷音琪以为是酒店门童，视线从对方的皮鞋一路往上，到笔挺西裤，到雪白衬衫，最后映入眼帘的那张脸让她怔住了。

男人的轮廓逆在金色灯光里，皱着眉，嘴巴一开一合，但她听不清。

“你……你……”谷音琪的喉咙哽住。

海水还在耳朵里涌来涌去，又是一道巨浪袭来，但这次海浪没有把她卷进海底，而是把她高高抛起。

她赶紧取下耳机，对韩哲道歉：“不好意思，我刚塞着耳机。”

韩哲双手叉腰，眼睛里多少有些焦急，道：“怪不得，我喊了你好几声，你都没反应。”

谷音琪歪了歪脑袋，见他身后的车道上停着一辆黑色轿车，正打着双闪。她收回视线，人还在惊诧中，问：“你怎么会在这儿？”

韩哲抬手指向酒店大堂里的新人迎宾人形立牌，语气认真地解释道："一个同事结婚，我来吃喜酒。"

韩哲也想不到会在这里碰上谷音琪。不，他本来以为，以后两人都没机会再见面了。

他晚上来得较晚，酒店的地下车库停满了，车子停在门廊旁的露天车位，开车驶过门廊时，看见了低头看手机的姑娘。

韩哲也不知道为什么，只是一眼而已，他就认出了仅有几面之缘的谷音琪。

在惊诧的同时韩哲也皱起了眉，心想：今天什么天气啊，降温又下雨，她穿这么少不冷吗？

见其脚边放着登机箱，他以为谷音琪是准备入住，所以手指在车窗按钮上徘徊了一会儿，最终没有按下。

车子快要转弯时，韩哲又望了一眼谷音琪。那时他看见姑娘仰着脸，嘴角耷落，手背抹着眼睛。

车子驶离酒店，汇入车流，韩哲往前开出一段距离，突然打灯变道，在十字路口掉了头，驶回酒店。

他对自己说，回去看看她是不是在哭，如果不是，就直接走。

可如果是呢？

韩哲忘了，他其实没想过。

绕了一圈回来，谷音琪还站在原地，头垂得更低了。他隔着一段距离，说实话，压根儿看不清她有没有哭。

这次他踩下刹车，果断降下车窗，喊了几声她的名字，但对方没反应，他便打开了双闪下车，走到她面前叫她："谷音琪？"

姑娘慢慢抬头，韩哲看着她的眼睛越睁越大，就好像花瓣缓慢展开，露出藏在里面乌黑晶莹的玛瑙石。

"你还好吗，谷音琪？"他问。

叭——叭——

嘈杂的喇叭声切断了两人的对视，有门童快步走过来说道："先生，您的车子不能停在这儿。"

"好的，我很快开走。"韩哲跟对方道歉，再转身跟被他的车子挡住去路的司机颔首道歉，"不好意思，辛苦你稍等一会儿，我和朋友说几句话。”

回头他问谷音琪：“你是要入住，还是？”

谷音琪顿了顿，答：“没有，我不是入住，我还没订酒店。”

还没订酒店？韩哲拧眉问：“你是什么时候来的？”

谷音琪说：“傍晚的飞机到的……”

韩哲垂眸，又看了眼她的衣着。直到走近他才瞧见，谷音琪的脖子上还戴着一个皮质 choker（贴颈项链），让她藏在了大衣的领口后面，一看就知道不是日常装扮。

他眉心不自觉地皱得更厉害，问道：“你怎么穿得这么少？不冷吗？”

谷音琪本来随随便便就能找个理由混过去，但谎话到了嘴边竟停住了，她扯起嘴角笑了笑，说：“一时半会儿没办法说清楚，不过没事，我正在重新订酒店，你快走吧，堵人路啦。”

叭——那车开始长按喇叭，谷音琪忍不住皱了下眉头。

韩哲的眉心就没熨平过，他没考虑太多，弯腰把谷音琪脚边的登机箱拎起。

“先上车，酒店慢慢挑，订好了我再送你过去。这时候路上堵，你要等辆车离开也不容易。”他说着话，脚已经转了个向，走回自己的车。

谷音琪愣了两秒，只是短短两秒，酸涩又涨满了鼻腔。拢紧了衣领，她跟在男人身后走到车旁，小声道：“谢谢你。”

韩哲把登机箱放进后备厢，摁下自动关闭，跟车后的司机挥挥手，表示自己立刻开走。一回头，他见谷音琪拉开了后排座的车门，一句话脱口而出：“坐前面去吧。”

谷音琪又愣了两秒——怎么从刚才开始，她的脑瓜子好像就不太灵光了？

“好的。”她也不矫情了，关了后排座的车门，拉开副驾驶位的车门坐进去。

大衣再长，一坐下还是会往上缩起一截，白花花的大腿暴露在空气中，她这才发现，连裤袜破了个大洞，黑线垂头耷拉着。

她有些尴尬，不知为何，她其实不想让韩哲看见她现在这副模样，廉价感十足的服装什么都裹不住，躯体裹不住，尊严也裹不住。

谷音琪深吸一口气，绷紧大腿，悄悄抬起臀，手扯着大衣的衣摆往下拉了拉。

她以为自己做得神不知鬼不觉，而韩哲正拉着安全带，余光瞄见姑娘的小动作，松了安全带，伸臂往后，捞来自己的西装。

"盖上。"他把西装外套轻抛到谷音琪腿上，再调高车内温度。

谷音琪的指尖触及上乘的西装面料，上面似乎还带着点儿温度，这一点点的热意如同快熄灭的火苗，也熨烫了原本冰凉发冷的手指，让它停止了不受控的颤抖。

谷音琪用西装遮住了自己的难堪，道谢也不再含在喉咙中："小哥哥，谢谢你。"

韩哲踩下了油门，一声"小哥哥"入耳，又唤起了那晚的记忆。他"嗯"了一声，没再继续这个话题。

雨依然很大，酒店车辆出口前方有一处积水，车轮驶过时宛如破浪，水花高高溅起。

失温得快结冰的心脏逐渐回温，谷音琪突然觉得，自己好像等来了一艘船，载着她离开这片快淹没她的大海。

❺

雨刮左右运作，主干道上的车龙挪动缓慢，每次交通灯变色，车子往前走不到十来秒，又要停个三四分钟。

停滞不前的时候，谷音琪主动把手机递给韩哲，上面是她刚挑选好但还没订的酒店，问："我订这家酒店的话，你方便去吗？如果不顺路，你就把我放在方便打车的地方，我自己过去就好了。"

韩哲接过手机，看了眼地址，脑子里很快有了去那里的路线图，说："方便，但是……"

"嗯？"谷音琪等着他的下文。

他把手机还给谷音琪，问："你干吗不住好一点儿的酒店？"

谷音琪挑了家商务酒店，平日都是三四百一间，元旦假期价格涨到了六百多，房型缩略图里是一张大床，床尾就是小书桌和挂墙电视，还有一行“仅剩一间”的红字标示在价格栏旁边挂着，整得人情绪挺紧张，好像下一秒房间就要被人抢走了。

只不过，韩哲记得去年这家酒店出过一件事，有女客人被醉酒的男客人拉进房间强行猥亵。没想到，只是一年时间，公众就忘了这件事。

“我就一个人，睡一晚，不是环境太糟糕的招待所就行了，这种商务酒店还算比较安全吧？地段不算偏僻，价格也在我的预算之内。”谷音琪解释得详细。

“你……”韩哲又一次吞吞吐吐。

他有太多问题想问，但又一个都问不出口。

看出韩哲的欲言又止，谷音琪想主动跟他简单解释刚才的事，这时微信跳出视频通话申请——竟是那个刚才把她赶走的客户。

谷音琪毫不犹豫地按了挂断，对方又打，她再挂，然后直接把对方拉黑。

车厢内就这么大的空间，谷音琪的一举一动被韩哲尽收眼底，他终于忍不住问：“你今晚到底发生了什么事？”

“有个让人很无语的客户……”谷音琪刚开了个头，手机又响了，这回是阿超打来的电话。

谷音琪叹了口气，客户她可以拉黑，但阿超她没办法啊。

“抱歉，我先接个电话。”她对韩哲说。

韩哲点头道：“嗯，你忙。”

谷音琪接起电话，还没开口，阿超直接就问：“琪琪，那个客户直接找到我这儿来了，说你拉黑了他，这是怎么回事？”

“我不拉黑他，难道还留着过年吗？他怎么还有脸来找你？你都不知道他刚才提出了什么要求！”谷音琪越想越气，恨不得把事情全抖出来，可碍于韩哲就在旁边，她只简单叙述了一下刚才和客户闹翻的事。

说完，谷音琪悄悄瞥了一眼在逆光里的韩哲。对方抿着唇，看不出情绪，车窗外的霓虹灯光在他棱角分明的轮廓线边缘落下一线金黄。

“你又不是第一次接这种活儿，怎么还这么小孩子脾气呢？要是每个模特都像你这样，遇上点儿事就甩手不干，那以后我还怎么给你们接工作啊？”阿超叹了口气，但话语越发犀利，“你去接普通服装的工作一个小时是多少钱，接这种服装的工作一个小时是多少钱，你自己心里没数吗？”

一大段话把谷音琪听得又气又乐，胸口的一团闷气怎么都散不去，声音越发高亢：“哦？那我们这种模特就活该遭人欺负是吗？林超，要是你也是这种想法，那我们就别再合作了！”

林超是经纪人的全名，一般谷音琪喊他全名，就代表她的态度十分认真。

阿超那边默了几秒，咒骂了那个客户几句，才对谷音琪说：“电话别挂，我再去跟他谈谈。”

谷音琪气得胸口起伏，这时低下头，才发现自己不知何时把韩哲的西装攥出了几道皱痕。她的心狠狠一颤，赶紧用指腹去抚平。

旁边的男人一直没有开口说话，谷音琪实在摸不准他的想法，也懒得琢磨了。两人谈不上有什么交情，对方愿意下车过来帮她，已经很难得了。

很快谷音琪又听到了阿超的声音，对方语气突然变得含糊：“琪琪啊，那个……嗯……”

谷音琪心里想到什么，眉心拧成结，直接警告道：“林超，我劝你千万千万别叫我回去。”

她是爱财，但她如今已经没有负债了，她和阿超之间的关系，说到底不过是互惠互利，东家不打，打西家，她大不了重新再找个经纪人。

“我知道，我知道，我也直接跟他说了。”阿超吞吐了几句，终于说，“那人说，不回去继续拍也行，付的订金要还他，还要赔他误工费，至于被你直接穿走的那套衣服，也要付钱给他……”

啪！一涉及金钱，谷音琪脑袋里有条线骤然断开。

她深吸了一口气，语气变得尖锐，不再绵软：“凭什么要我退订还要我赔款？你去告诉他，刚才拍摄时我的手机可是一直录着音的，没包住宿我也忍了，但刚才那两小时的拍摄，我可是认认真真、兢兢业业，要是他连这笔钱都要扣了，我就把那段录音放到业内群里，看还有谁接他家的工作！”

一口气不带喘地骂完，谷音琪嗤笑一声，道：“至于那套衣服，多少钱你让他给个价，我付！”

韩哲紧了紧手中的方向盘，在黄灯时踩下了刹车，堪堪停在了白线前。他轻叹一口气，摸出手机，打开酒店订房软件。

不知是太饿还是太冷，也可能是太气，谷音琪感觉到一阵头晕目眩突然袭来，她闭上眼缓了几秒，再对阿超说：“就这样吧，我快饿死了，先回酒店找点儿东西吃，再谈这件事。”

说完不管阿超还有没有话说，她直接挂了电话。

“抱歉，让你看笑话了。”额角如有针扎，谷音琪蹙眉闭眼揉了揉太阳穴，哑声道，“事情就是你听到的那样，我跟客户吵了一架，衣服都没来得及换就离开了，现在对方还要克扣我工资和叫我赔钱。”

韩哲还在手机上操作着，淡声道：“这可不是笑话，对方也不应该克扣你工资，赔款更是无稽之谈，你没报警已经算给他面子了。”他抬眸，认真道，“不过我觉得，下次如果遇到这种事，你还是得先报警。”

谷音琪愣怔，男人的态度实在太一本正经了，跟上一次在酒吧解决问题时一样。

“小哥哥，你真的很喜欢遇上问题就找警察叔叔。”她忍俊不禁，提起嘴角笑了笑，心里那团污糟糟的闷气也就这么散了些，“刚才在酒店门口，真的很谢谢你，给你添麻烦了，韩哲？”

女子笑起来时眉眼弯弯，窗外或红或黄的灯火流星般在她的脸上划过。

自己的名字被她念出来的时候，像是有火柴在韩哲耳旁“嚓”一声燃起，迸出的火星烫到了他的耳垂，有温度一点一点漫起。

绿灯亮了，韩哲一时恍惚，停了一小会儿，后方有喇叭声骤响。

他回神，视线从谷音琪的脸上移开，踩下油门开出去。

“你……你怎么知道我的名字？”韩哲还觉得喉咙有点痒。

“上次在酒吧听见的，对了，你的朋友……就是上次在酒吧的那位，他伤得重吗？”

“谢谢关心，他很好，能吃能喝，能走能跳，暂时死不了。”

男人前半句好像电影翻译腔，可后半句又格外接地气，他的表情也严肃，实在让谷音琪分不清他到底是认真的，还是故意调侃自己的朋友。她忍不住又咯咯笑出声，说：“那就行。”

谷音琪这才想起正事，重新打开订房软件，想把酒店订下来，便说：“差点儿忘了，我还没订酒店……”

“酒店你不用订了。”韩哲吁了口气，缓下呼吸再开口，“我给你订了个房间，酒店离这里不远，今晚你先住那儿吧。”

闻言，谷音琪忽地敛了笑，侧着头，安静地看他的侧脸，从眉骨到鼻梁，从嘴唇到喉结。

“那你呢？”谷音琪突然问。

“我？”韩哲不解。

“那房间就我一个人住吗？”谷音琪换了个问法。

韩哲没反应过来这个问题的意思，他微侧过脸，余光里瞄她一眼。只见路灯在她一双黝黑杏眸里慢慢烧起一簇火苗，跳动着映丽的光芒。

韩哲立刻察觉到危险，因为他收不回自己的视线，好似被甜腻的蜂蜜黏住了。他硬生生扯开目光，看回前方的道路，可还是觉得两人之间有晶莹剔透的蜜，黏住了彼此。

他明白她的意思了，低声回答：“嗯，我就送你过去，给你取房卡后，我就回家了。”

谷音琪鼓了鼓腮帮，没执着前面的问题，软声又问：“你订的是什么房型呀？”

姑娘看似没什么关联的问题让韩哲摸不着头脑，但还是如实交代：“今晚只剩套房了。”

“哦……”谷音琪拉着长音，“可套房太大了，我晚上一个人睡有点儿害怕。”

…………

“四八五二号取餐！四八五二号的顾客在吗？您的餐准备好了，麻烦过来取一下！”

快餐店店员的接连叫唤声让韩哲终于回过神，他上前递出小票，道了谢，取走自己的牛皮纸袋。

谷音琪还没吃晚饭，韩哲问她想吃什么，姑娘说她穿成这样不方便走动，查了下酒店旁正好有个快餐店，便麻烦他好人做到底，送佛送到西，去店里帮她买份套餐。

韩哲撑伞走回酒店，在门口把滴水的长伞装进伞套后才进大堂。

其中一张房卡在他身上，电梯直上三十层，显示屏里的数字每跳一次，韩哲就告诉自己一次：把东西放下后就立刻离开。

套房在长长的走廊尽头，韩哲每走一步，都觉得自己在往某种生物的洞穴深处走。什么生物？大概是蜘蛛……之类的。

韩哲没直接刷卡进屋，而是按了门铃，但没等来人开门，这才想起刚刚他准备去买晚饭的时候，谷音琪说过她想先洗个澡。

韩哲在门口做了一会儿心理建设，才拿房卡在门锁上扫过，“嘀”的一声，很清脆。

客厅没人，亮着灯。虽然外头下着雨，大面积的落地窗依然将这个城市的夜景裁成一幅精美绝伦的画作，不远处一购物中心的楼顶摩天轮正亮着灯，宛如黑绒布上躺着的一枚霓虹钻戒。

韩哲把牛皮纸袋放在玻璃矮几上，经过书房，走到卧室门口。卧室门没关，能听见里面传出的水声恰好停了，接着他又听见一声：“韩哲？刚才是你按了门铃吗？”

“对，是我按的。”像被蜂蜜香气蛊惑，韩哲迈腿踏进卧室。

不仅卧室门，连浴室外的木拉门也没阖上。

淋浴间的磨砂玻璃门被推开一些，一颗湿漉漉的脑袋从内探出，栗色头发沾了水变成鸦黑，发尾有水珠往下不停坠落。

许是她调的热水温度太高，刚才让寒风吹得有些苍白的双颊浮起了淡淡红霞，唇更是如熟透的莓果。

谷音琪见到来人，吁了口气，好像这时才安下了心，说："我还以为是服务生进来送欢迎水果，我忘了按'请勿打扰'的键了。"

韩哲立即转身背对浴室，却看见了床上安静地躺着的那套服装。

也是奇怪，这堆玩意儿就这么放着看起来无比廉价，可穿在她身上却像被赋予了新的生命，足以吸引世间众人。

韩哲骤然升起一股被前后夹攻、逃到哪儿都无济于事的挫败感。他清了清微痒的喉咙，道："洗完就出来吃东西，我先走了。"接着快步离开了卧室。

"哎……哎哎！"

谷音琪赶紧出了浴室，光着脚丫"啪嗒啪嗒"往外跑，着急地问道："你……你……你真的要走？"

听见声音，韩哲本能回头，结果被晃得眼花。他刹住脚步，眉心又一次蹙起，语气也变得严肃："去把衣服穿好。"

男人不苟言笑的神情让谷音琪也停下脚步，她将身上的浴巾扯高一些，低声道："那你先不要走，我都还没好好谢谢你。"

韩哲喉咙痒得厉害，喉结上下震颤。他感觉，那趟本来已经让他拉回来的火车，这时又一次偏离了轨道，"哐啷哐啷"地朝着未知的站点拼命奔跑。

最终他还是拉住了准备脱轨的列车，叹了口气再说："你去把衣服穿好，我到外面等你。"

"哦……"谷音琪噘着嘴应了一声。

❻

"我能问你个问题吗？"谷音琪嘴里嚼着汉堡，声音含糊不清。

知道酒店房间暖气充足，她这次只带了件宽大的短袖T恤当睡衣，盘腿坐在沙发上，吃她得来不易的晚餐。

可能是因为自己最糟糕的模样已经让韩哲看了去，这会儿她没再在乎自己的形象，不需要"坐有坐相"，怎么舒服就怎么来。

"你说。"

韩哲面上不显，可实际上不像姑娘那么轻松，他坐在L型沙发短的那一头，视线根本无处安放，巴不得再一次拿西装盖住她，好提醒自己非礼勿视。

谷音琪咽下最后一口汉堡，探舌舔过嘴角，问道：“你和女朋友都走到求婚的阶段了，怎么最后还是分手了呀？”

前几天谷音琪一进韩哲的套房，就被那用粉白气球布置起来的求婚现场吓了一大跳，明晃晃的“Marry Me（嫁给我）”和床上铺着的玫瑰花瓣爱心，让她着实有些不知所措。

“……因为以为我们这段关系走到了求婚阶段的只有我一个人。”韩哲倾身，抽了张纸巾递给她，指指嘴角，“擦擦。”

她的嘴角沾了点儿酱汁，不擦，总用舌尖去舔，可又舔不着，嘴角还是湿淋淋地泛着水光。

“哦。”谷音琪睇他一眼，接过纸巾，开始解决薯条，又问，“你们是异地恋吧？你在这边，女朋友在鹭城。”

韩哲应道：“对。”

谷音琪的眼珠子咕噜一转，试探道：“是对方出轨了？”

韩哲终于挑眉直视她，说：“算和平分手吧。”

谷音琪长长说了一声“哦”，然后不怕死地又问一句：“是不是小姐姐嫌你太……太古板了？”

韩哲没有立刻回答，他身子后仰靠上椅背，双膝交叠时西裤裤管往上缩起一截，露出底下的纯黑色短袜。他半阖眼皮，单眼皮的眼睛也被拉得狭长，像锋利的刀片。

谷音琪突然怔了几秒，一根薯条含在嘴里忘了嚼，不禁腹诽，这家伙……有的时候不经意露出的眼神好危险哪……

平安夜那晚，韩哲并不多话，一直盯着她的眼睛，那眼神炙热得快要把她融化。那时谷音琪有一瞬间觉得，她要被他吃了。

“古板还算好听，原话是，我这人没有情趣可言。”

骨节分明的食指在大腿上轻敲，韩哲回忆着与魏梦晴几天前在咖啡厅的那次见面。

他和魏梦晴相识于五年前，当时他在新南威尔士读 MBA（工商管理硕士）。从上大学开始，他就没再跟家里拿过钱，存了多年的积蓄和教育基金得精打细算掰着用，所以在花费最多的租房方面他一直选择与人合租。

他有三个室友，其中一对是来自印度的情侣，另一个是中国人，毕业后回了国，再之后搬进来的就是魏梦晴，比他小三岁，读传媒专业。

为了省钱韩哲都自己做饭，但他做来做去无非是面条和速冻饺子，小姑娘会得比较多，渐渐两人成了饭搭子，时间一长便生了些情愫，顺理成章走到了一起。

他们在澳洲日夜相对，反而是回国后成了异地恋，韩哲回沪市创业，魏梦晴则回了老家鹭城，进了一家互联网公司。

圣诞节那天傍晚，他提前半个小时到了咖啡厅。天黑得快，商场下沉式广场的圣诞树亮起灯，红的绿的黄的，一闪一闪亮如星，穿过玻璃倒映在不大的圆桌上。

光芒触手可及，摸了却是幻影。

魏梦晴准时到了，坐在他对面，就像他们在澳洲那间公寓里吃饭时那样。他按照以前的习惯想给魏梦晴点焦糖拿铁，但魏梦晴跟服务员改成了冰美式，要了加倍的浓缩液。魏梦晴说，她其实已经戒糖挺长一段时间了，但韩哲好似完全没察觉。

魏梦晴直接进入主题，说韩哲人品方面没得话说，当年念书的时候大家共住同一屋檐下，她也觉得就这样同韩哲白头偕老好像也挺不错——一屋两人，一日三餐，一年四季，很稳定，不会出什么错的日子。

就算回国后是异地恋，她都可以很放心韩哲，认为他不会三心二意，因为韩哲不允许自己这么做。

可韩哲实在太无趣了，生活习惯多年如一日，极少会有新的变动。

例如魏梦晴以前喜欢喝焦糖拿铁，他就会一直给她点焦糖拿铁；例如他们一起去过的餐厅，只要魏梦晴夸赞过，下次韩哲还是会订这一家，连菜品都相差无几；例如韩哲这三年异地恋，每天什么时候给她发信息、什么时候给她打电话，时间几乎没有变过；例如他们的纪念日、她的生日、情人节、圣诞节，他都是固定先送九十九朵红玫瑰，所以平安夜收到“外卖小哥”送来的玫瑰花束，魏梦晴便知道是他来了。

没有意外，没有惊喜，没有特别，他们连争吵、冷战都极少发生。日复一日，年复一年，已经习惯了安静的湖水就很难再激起浪花。

魏梦晴总告诉自己要知足，可一想到未来的几十年，两人可能像现在这样一直不温不火地生活，保持着比起伴侣更像饭搭子的关系，她就陷入迷惘，不知是否还要继续下去。

她觉得，韩哲也只不过当她是个“适合过日子”的对象，而不是真的爱她。

异地恋本就脆弱，随着她接触的人越来越多，社交圈子和生活方式都起了变化，她跟韩哲之间相敬如宾的相处便显得突兀，像跟不上节奏的快要坏掉的齿轮。

尤其当身边出现了一个各方面条件都和韩哲旗鼓相当的男人时，魏梦晴动摇了。她感觉，这是丢进湖里的一颗石头。

魏梦晴说自己是先跟韩哲说了分手，再接受同事的追求，从严格意义上来说，并不算是劈腿。

对于韩哲突然来鹭城找她的这点，她确实有些意外，她没想过两个男人会在这样的情况下见面。

“分手的事是我处理得不够好，让你感到难受的话，我在这里向你道歉。”魏梦晴留下这句后，起身离开了咖啡厅。

…………

“啊？你就这样让她走啦？”谷音琪瞪圆了眼，给他“事后指导”，“这种情况你就应该冲上去，从背后紧紧抱住她，说‘是我做得不够好’，或者是‘再给我一次机会吧’之类的呀！”

韩哲瞥了她一眼，问道：“你们女孩子喜欢这一套？”

谷音琪噘着嘴想了几秒，说道：“我自己是没试过，但电视剧、电影，还有小说都这么演，说不定你前女友就喜欢这种戏码呢？”

韩哲：“……”

谷音琪把空的薯条纸盒压扁丢进牛皮纸袋里，舔了一下嘴角，继续说：“你也傻，怎么不直接跟她讲，你本来是要求婚的呀？说不定这样就能挽回啦。”

韩哲给她又递了张纸巾，声音淡淡的：“如果我再纠缠下去，她就会被夹在三角关系中，这样只会让大家都痛苦，既然她已经做了选择，那就祝她安好吧。”

其实魏梦晴说得对，他做事按部就班，别说大事，就像什么时候该发信息，什么时候该打电话，什么时候该送九十九朵玫瑰花，他在心里其实有一张无形的时间表。

平安夜他想跟魏梦晴求婚，也只是他单方面以为两人交往了这么多年，是时候要结婚了，他以为魏梦晴提出分手或许和他迟迟不提结婚有关。

回沪市后，韩哲冷静下来反省自己，像这样子的“求婚”，无论是对魏梦晴，还是对他自己，都是极度不负责任的。

谷音琪抿紧唇，口腔里还荡着番茄酱的酸甜。当空气完全安静下来的时候，她发现，自己胸腔里的心脏跳动声，好像有点儿太大声了。

韩哲也在这时候抬眸，落进她还挂着雾气的黑眸里，腕表里不停走动的秒针提醒他，他要走了。

再不走，就走不了了。

韩哲起身，拿起沙发上的西装外套，说：“时间不早了，你……早点儿休息。”

“哦……”谷音琪也跟着下地，双手背在身后，跟在他身后往玄关走，小声嘟囔，“才九点半，你现在就要走啦？小哥哥是过着早睡早起的生活吗？”

韩哲有一秒停顿，但很快继续往前走，拿起立在门旁的长雨伞，应了声“嗯”。

按下门把手，拉开门，韩哲微微转身，跟身后的女孩道别：“那我先走……”

这时一只手蓦地伸到他身前，轻轻拉住他的领带尾端。藏蓝色的领带在谷音琪手里绕了一圈，像逐渐收起的鱼线。

“真的……真的……真的……”谷音琪跟复读机似的，重复了好多个“真的”，目光灼灼，“真的要走啊？我还没好好谢谢你耶。而且上次，好像有件事情我们来不及做……今天要继续吗？”

她没有再逼近，也没有再缩短领带的长度，只静静地看着韩哲深邃狭长的眼。两颗心脏跳动的频率不同，有人快，有人更快，像两颗光速靠近的彗星。

半晌，谷音琪眨了眨眼，微微踮脚，伸出另一只手，摁亮了墙上“请勿打扰”的开关。

韩哲最终还是逃了。

在谷音琪把他领带解下来的瞬间，他把对方推离了身前，挤出声“抱歉”，开门冲出了房间。

电梯正巧停在高楼层，韩哲刚按下按钮就听见“叮咚”一声。韩哲的背脊一直是微弯的，快步进了轿厢，他走到角落，背对着监视器和门。

直到坐进车里，韩哲才长长吁了一口气——他又一次对自己产生了怀疑，他的意志力原来是这么薄弱的吗？

怎么谷音琪一靠近他，他整个人就跟个淋了水的插座一样，电流“滋啦滋啦”地四处流窜，大脑也瞬间停止运作。

韩哲没立刻启动车子，仍呆坐在驾驶位上。

而此时，在房间内的谷音琪也对自己的吸引力产生了怀疑。

墙上“请勿打扰”的指示灯还未熄灭，门旁散落着被塑料伞套裹住的黑长雨伞，韩哲的西装，还有没多久前被她扯下来的领带。

刚才按下“请勿打扰”键之后，谷音琪顺势把手里的领带再绕上一圈，韩哲便被她拉弯了背，低下了头。

“小哥哥……”

谷音琪像梦呓般唤着他，她能感觉到男人全身肌肉的骤然绷紧，可没想，她才刚把韩哲的领带解开，男人就像是被谁打了一巴掌似的，突然从梦里清醒过来，道歉后匆匆忙忙地离开房间，连自己的东西都不拿了。

一颗心像被丢进了密封的罐子里头，和酸柠檬、咸盐巴装在一起，玻璃罐子被摇来晃去，心脏也被盐粒磨得生疼，划出的小小伤口沾了柠檬汁，又刺又疼。

本来弯腰去捡领带的谷音琪，也被突来的这阵细小刺疼扎得头脑骤然清醒。

大忌，这可是大忌啊……

她身边太多女孩子轻信了男人的承诺，把一两次的悸动错当成恋爱或爱情，觉得对方是爱着自己的，也觉得自己的做小伏低终有一天能让她们得到想要的东西，于是男人们说什么她们都会照做，例如把自己的全部积蓄借给男人去应急。

诸如此类的事情每一年谷音琪都要听说好几次，姑娘们人财两失是一回事，更严重的是一颗心被捣得稀巴烂。

所以谷音琪一直提醒自己，成年人的世界里，还是少谈感情为妙，或者应该说，感情这东西就应该好好地锁起来、藏起来，碰都不能碰。

她把地上的西装领带拾起，再起身时，眼里已恢复了平静。

韩哲也恢复了平静，他开车离开了酒店。

雨还在下，雨水模糊了整个世界。当冷静下来，韩哲又陷入了懊恼，刚才这件事他处理得太差了。

对方主动靠近，他却跟遇上洪水猛兽似的，好好保持距离不就行了？直接逃了这算怎么回事？

韩家离酒店不算远，加上堵车也就十来分钟车程，快驶进小区车库时韩哲决定，上楼就给谷音琪打个电话。今晚的事不是她的问题，是他自己不愿意放任心里的冲动冒出头。

他知道自己就是一辆在相同路线上绕着圈跑来跑去的火车，相同的风景一看就看了许多年，他并没有打算离开这条路线，所以要死死拉住总意图脱轨而行的列车。

这些年，他唯一一次脱轨就是前不久的平安夜。

以上这些话他都没可能跟谷音琪说，但他还是想跟她好好说声抱歉。再来，他的东西都落在房间里了，他想告诉她，退房的时候把东西交给前台就行。

韩哲没有谷音琪的联系方式，他找出酒店的电话，一走出电梯就拨打出去。酒店那方接起，韩哲报了谷音琪的房间号码，让工作人员帮忙转接。

等了一会儿，酒店接线员告知他，房间里无人接听，问有没有可能是住客外出了。

韩哲的食指堪堪停在正泛着蓝光的指纹门锁识别器上，他皱眉，抬腕看表。自他离开房间已经过去半小时……谷音琪出门了？她会去哪儿？外头下着雨，商场营业时间也快结束了……还是说，她一个人在房间里出了什么事，导致没办法接电话？

脑子还在想着事，身体已经先动了。韩哲快步走回电梯，下到车库，开车门，启动，驶出。

车子再一次冲进大雨里，韩哲对自己说，他只是去取回落下的西装和领带而已，顺便看看谷音琪有没有事。

两张房卡都被他留给谷音琪了，他到前台用身份证重开了两张。

电梯好慢，走廊好长，门铃不是亮着“请勿打扰”的红灯。房卡“嘀”一声响起时，韩哲听到左心房如鼓擂的心跳声。

可推开门，迎接他的只有冷寂的昏暗。

客厅的灯灭了，远处的摩天轮也因为商场关门而熄灯，雨夜没了光彩。

韩哲的脑子有一瞬间空白，仿佛眼前什么都看不到了。他定了定神，很快摁下墙上的总控开关。

灯火通亮的客厅连个人影都没有，他疾步走向卧室。门没关，卧室里也没有人，谷音琪和她的行李箱都不见了。

谷音琪原本穿的那套服装也不见了，取而代之的是他的西装，被好好地平铺在床上，抚得没有一丝皱痕，旁边是叠得整齐的领带。床头柜倚着黑长雨伞，塑料套拆了，水渍被擦干，伞褶子层层叠起收好。

韩哲站了一会儿，弯腰拎起西装，拿起时他发现西装口袋里有东西——是张便签，抬头有这家酒店的名称。

纸上的字迹干净秀丽，但只有寥寥几句：

我走啦，小哥哥，谢谢你昨晚带我离开那里，也谢谢你的西装。

你是个很好很好的人，就是以后别再喝醉啦，人古板一点儿也没关系，肯定会有小姐姐喜欢你这个样子的。

2021 年了，祝你新的一年万事顺心如意，再见啦。

下方没有署名，只留了个笑脸。纸张很白，用圆珠笔画的笑脸很黑，笑眼弯弯，嘴角也弯弯。

但韩哲一看见那笑脸，心脏好似被无形的手狠狠攥紧。

他有些后悔，但他还没弄清楚，后悔的是刚才的离开，还是后悔他连谷音琪的联络方式都没有留下。

7

深夜雨势减弱，酒吧里迎来了一段客流高峰期。

昨晚的跨年夜，BOSS 搞活动，毕韦烽喝太多，到这会儿都还没缓过劲。他拉了张单人沙发搁在落地窗前，懒洋洋地坐在沙发中，手抵住针扎般疼的太阳穴，睥睨着底下舞池中摇头晃脑的男男女女。

包厢门突然被人推开，赵宁揽着个女伴从外面走进来，空空荡荡的包厢把他吓了一跳，惊讶道：“搞什么？这都几点了，才只有你一人来了？”

今天的局是毕韦烽组的，他们一群兄弟这小半年天天在群里吆喝，但真能聚一起的机会极少。大家这两年正好都处在事业上升期，搞生意的忙着开疆扩土，有大志向的忙着搞晋升，还有的处心积虑要把亲爹的私生子赶到国外，免得占了家产的“太子爷”，例如赵宁。

毕韦烽耸耸肩，道：“鬼知道，可能都在忙着流连花丛吧。”

女伴凑在赵宁耳边说了几句，赵宁拍了拍她的背，说道：“去玩吧，玩归玩，别跟别的男人眉来眼去啊。”

等年轻女孩离开，毕韦烽才挑眉问：“这次这么温柔，上心了？”

赵宁干脆也拉了张圆凳坐到毕韦烽旁边，嗤笑一声，说：“我又不是韩老，哪有什么心能上？还不是各取所需，她负责貌美如花，我负责赚钱买包。”

毕韦烽咧开嘴笑，戏谑道：“那你可得快点儿赚钱，时间差不多了吧？”

赵宁习惯了跟每任女友分手的时候都送对方一个包，既然感情没到位，就用物质补足，大家好聚好散。

赵宁打开随身雪茄盒，给毕韦烽递了一根，问道：“今晚韩哲来吗？”

毕韦烽接过，再拿起雪茄剪去头，说：“他本来说吃完喜酒，回家换套衣服就来，后来又给我打电话，说有点儿事要忙，不来了。”

赵宁挑眉道：“该不会是还没走出失恋的阴影吧？”

毕韦烽不以为然地说道：“不会的，在鹭城那晚，他跟个无事人一样。”

话音刚落，包厢门又被推开，正拿着雪茄的两人望过去。说曹操曹操到，来人竟是他们正在聊起的韩哲。

“韩老，你不是说不来吗！我们正说起你的事。”赵宁站起身笑着迎上去。

韩哲点了点头就算打过招呼了，他走得急，有点儿喘，对毕韦烽勾了勾手，说：“疯子，你过来一下，我有事找你。”

毕韦烽瞬间来了兴致，丢下雪茄跟着韩哲走到包厢一角，赵宁识趣地说他先下楼去找女友，等会儿再上来，把空间留给他们谈要紧事。

“什么事？什么事？”毕韦烽好奇得要命，实在想不出“歪门邪道”的自己能帮韩哲什么忙。要知道，之前光是韩哲让他帮忙要张酒吧散台这事，都足够稀罕了。

“你能帮我找个鹭城的……中介吗？”韩哲单手插袋，声音有些模糊。

“什么中介？房屋中介？”毕韦烽皱眉，“你该不会还想给前女友买房子吧？”

“不是，不是房屋中介，你帮我找个模特中介，叫……”韩哲回忆了一下谷音琪在车上接的那通电话，继续道，“应该是叫林超。”

毕韦烽以为是外头音乐声太大导致自己听错，睁大眼又问了一次：“什么中介？”

韩哲的手指在口袋里无声抠了一下，低声道：“模特中介。”

迟迟未退的宿醉全跑光了，毕韦烽打了个激灵，整个人瞬间清醒了，喜笑颜开道：“你这家伙找模特中介干吗？哦，你该不会是看上哪个模特了吧？”

韩哲不想细说：“你别问那么多……”

毕韦烽猛抬起手肘撞了韩哲一下，皱眉道：“你不说，我就不给你找。”

韩哲只道：“反正我找他有事，麻烦你帮我问一下吧，有消息了告诉我。”

毕韦烽认真了神情，眼珠子一动不动地盯着韩哲看。

韩哲被他看得后脑勺发麻，还没来得及开口，就听毕韦烽淡淡说了句：“韩哲，你可别循规蹈矩了那么多年，最后却往坑里跳。”

谷音琪走出机场时打了个哈欠。

昨晚她离开酒店，直接叫了辆车到机场附近找了家连锁酒店住下，并把机票改签到今天早上，却又遇上航班延误，她在沪市机场放空了两个小时才上飞机。

和落雨不停的沪市不同，鹭城天高气爽，是只穿一件帽衫就足够的舒适温度。

谷音琪坐上出租车，开始计划着要是今晚没别的活儿，她就去Space晃一晃。

“氛围组”的工作还是要继续，一晚五百呢，够她吃好多碗关东煮了。奶奶那边等三号再去？毕竟跟她老人家说了自己外出，提前回来又得另外想借口。

她的谎言太多了，怕自己一不小心圆不过来。

回到公寓，从垃圾间捡来的那一捧红玫瑰果真凋零了一大半，虽然那四散的花瓣依然嫣红。

谷音琪叹了口气，撸起袖子开始整理房间。拖地，擦家具，换床品，最后把还能养的花儿拣出来，剪枝换水重新插瓶，登机箱里的衣服全塞进洗衣机里洗。

洗了个热水澡，谷音琪呈大字形飞扑到床上。新换上的牛奶绒床品暖融融的，还带着淡淡柠檬香气——她习惯在衣柜的角落里放上一块没拆包装的香皂，这样能当香薰片使用，便宜持久还好闻。这也是奶奶的习惯，她延续下来了。

有个栖身之所的感觉真好，这里就像个充电站，无论她在外头遇上多少糟心事，回到这方寸天地内，她就能滋滋地充上电。只可惜这里是租的，就跟餐厅和商场里的共享充电宝一样。

她趴在床上打开手机，忽略亮着红点的微信，点开房屋中介的App，把常看的几个楼盘价格再过了一遍。

这些楼盘都不是鹭城的，毕竟这里的房价和一线城市有得一拼。

奶奶一辈子都在闽省内生活，多年的生活和语言习惯都已经固定了，谷音琪把她带来鹭城，老人家其实已经有些不习惯了，所以谷音琪还是把购房目标放在省内其他地市级城市。

她得快点儿把房子的事情解决了，不能让奶奶活到这岁数了还得租房住。

房价没太大变化，谷音琪退出房屋中介App，又打开支付宝，把总资产里的金额一个数一个数地数过去，接着心满意足地在床上来回滚了两圈。

到目前为止，她的积蓄差不多接近四十万。她得再存多一点儿，因为除了买房，她还要预留出一笔应急资金。

奶奶年纪大了，谷音琪得做好万全的准备，万一奶奶有哪里不舒服，她能立刻拿出钱来给奶奶做手术。

微信红点的数字卡在“99”没变化，谷音琪继续忽略它，转而登上一个知名的社交平台。

谷音琪在这个平台的账号没公开过，和其他同行不同，她甚至连一张自拍照都没发过，上传的都是她拍的日常图：买了什么花，吃了什么好吃的东西，天空是蓝的还是橙的，从酒店落地窗望出去的夜景有多璀璨……内容比她的微信朋友圈还丰富。

趴在自己的床上太舒服，谷音琪的眼皮已经一耷一耷地往下掉，在快睡着之前，她把昨晚拍的一张照片上传，再打了几个字，发送。

图片里是平铺在床上的黑色西装和藏蓝领带，配文是“谢谢你，后会无期”，后面还跟了个符号组成的笑脸。

到底是奔波了两天，谷音琪这一觉睡了挺久，醒来时天已经黑透。肚子饿得咕噜叫，她赶紧起身进厨房，准备煮个杂酱肉帽米线当晚餐。

色泽红润油亮的杂酱肉帽被食品加工袋真空包裹着，Rose 姐姐发的做法是只需要隔水加热至滚烫即可，但谷音琪喜欢倒进平底锅再煸炒一遍，把汁收干，这样做肉酱会更香。

雪白米线煮熟，淋上煸炒得焦香四溢的肉酱，谷音琪猛吃了半碗，打了个响嗝，才开始处理微信上的信息。

阿超把这次出差的钱打过来了，他跟姓罗的交涉后退了对方一部分钱，扣除必要费用后剩下的都给谷音琪了，说这次就不抽成了。

阿超：有单子我就推给你哈，你先好好休息两天。

还发了个“抱抱”的表情。

谷音琪哼了一声，收了钱，然后立刻提现到银行卡内。

景思齐也发来了几条消息。

一段是下午两点发的，说他刚起床，跨年夜和昨晚喝酒喝到不知道吐了多少次，最后发了许多个“哭哭”的表情。

一段是没多久前发的，问她放假这两天都在做什么，吃饭了没有，再发了张相片，是他今晚的晚餐，一锅排骨咸饭。

景思齐：吃完这个我就要准备上岗了。

谷音琪看着那个流泪的表情扑哧笑出声，回他：你这几个礼拜业绩那么好，怎么晚上就吃这个啊？

她刚吸了一口米线，就收到了景思齐的回复。

景思齐：祖宗你终于出现啦，我以为你不理我了。

景思齐：哎，我就一个人，能吃饱就行。

景思齐：最近业绩真的不错，忙完这阵子请你吃饭?

谷音琪搅着米线的筷子突然停下，盯着信息看了一会儿。她正儿八经的感情经验不多，但这些年在这一行里摸爬滚打，对方揣着什么心思她基本一看就明白。

所以景思齐的心意，谷音琪在很早之前就察觉到了。只不过景思齐没说破，她也没刻意提起。

谷音琪：行啊，等改天再约!

她发了个“加油”的表情包，暂时结束了对话。

各个群里的信息量数不胜数，等她都看完时，米线也吃完了。收拾好碗筷，谷音琪给自己画了个淡妆，换好衣服，拎上手包出门。

进电梯时只有她一人，门快关上的时候听见一声“麻烦等一等”，她赶紧按下开门按钮。

一对情侣小跑进轿厢，女子笑着同她道谢：“谢谢呀，要出去玩？”

谷音琪认出女子是住另外一条走廊那边的邻居，小姐姐穿着时髦，一头短发干净利落。

她还记得对方是在一家互联网公司上班，那家公司名气不小，在谷音琪刚进大学的时候，也曾雄心壮志地幻想过自己大四时能拿到那家公司的实习机会，或者参加其他公司的校招。她幻想过毕业后会成为一名为工作忙得团团转的打工人，会从职场小白一路拼杀到高位。

只不过，如今那些幻想都是已经被戳破的泡沫，徒留一地黏腻。

“对呀，和朋友约了。”谷音琪客气回答，同时不动声色地在金属电梯门里打量着站在女子身边的男人。

这下完啦……她全然不记得是什么时候和这男人有过一夜露水情缘，但因为男人的身材和样貌都在中等偏上，过了及格线，所以她稍微还有印象。

男人没在电梯门里与她对视，带笑的眼睛一直看着自己的女朋友，小姐姐挽着他的臂弯，两人低声聊着什么，气氛很是甜蜜。

谷音琪收回目光，低头按着手机，全当今晚见到的不过是个陌生人。她在一楼和小姐姐道别后出了电梯，等电梯门关上，才长长吁了口气。

电梯里的男人捂嘴咳了几声，魏梦晴问他："喉咙不舒服？那我们换家餐厅吧，别吃火锅了。"

"没不舒服，就是呛了一下口水。"何成言有些微喘，哑声问，"刚才的小姑娘你认识？"

魏梦晴点头道："对，是住在另一侧走廊那儿的邻居。"

何成言松了口气，道："哦……"

"怎么了？"电梯在负二层停下，魏梦晴把自己的车钥匙递给何成言。

"哎呀没事，就是问一嘴。"他揽着女友的腰往车位走，嘴角的笑敛了一些。

谷音琪打车到了Space，跟"氛围组"领队报到，一群小姐妹便浩浩荡荡地进场了。

垂下来的长发遮住了她耳朵里塞着的迷你型降噪耳塞，这玩意儿真好使，一开始发现还能这么做的时候，谷音琪简直欣喜若狂，不用再被电子音乐炸得耳朵疼。

她时而进舞池蹦一下摇一下，时而混在一群人里头涌进开了贵价酒水的卡座，时而端着久久未喝一口的酒杯到散台那边逛逛。她没刻意去找景思齐，但酒吧就这么大，景思齐早看到了她。

又招待完一位客人订好酒，景思齐签完单后抽了个空当，快步走到洗手间外。等了一小会儿，他逮住了从女洗手间出来的谷音琪。她今晚没穿小裙子，但紧身牛仔裤和高领无袖的黑色毛衣把她的曼妙曲线勾勒得淋漓尽致。

景思齐上班得穿成套的西装衬衫，还得打领带，看上去比在学校里要大出几岁，他语气有些委屈："你怎么没跟我说你回鹭城了？刚才发信息也没告诉我你要来。"

谷音琪咧开嘴笑道："所以惊喜吗？"

景思齐看不得她总装不明白的样子，可又无可奈何，他自己不也是一直没勇气去打破这样的关系？

“嗯，是挺惊喜。”他垂着头，低声说。

为了显得不那么稚嫩，景思齐用发蜡把头发往后梳得整齐，露出两道又黑又长的剑眉，但这也显得他的脸色更加苍白。

谷音琪看着面前鼻挺唇薄的年轻男子，到底是不忍心，打开了手包，拿出一包东西递给景思齐，说：“喏，给你。”

景思齐很快接过来，小小的一包，是最近很多人都在推荐的解酒糖。

“这又是什么？”他故作不明。

“解酒糖呀。”谷音琪笑得眉眼弯弯，“老同学一场，可不想你年纪轻轻肝就坏掉，喝酒前先吃三颗，一颗留到酒后吃……”

她认真介绍，景思齐一直垂眸看着她，挪不开眼，但一位客人的来电让景思齐不得不结束这短暂的对话。

谷音琪眨眨眼，道：“你去忙吧，如果有卡座需要，记得叫我啊，我带人过来。”

景思齐喉咙一噎，他当然不乐意谷音琪靠近那些客户，但大多数氛围组的都有业绩要求，有卖酒或者有订台的话，那收入多的可不是一点半点。谷音琪家里的情况他略知一二，和他是半斤八两。

“知道了……我有合适的就告诉你。”景思齐收拾好心情，扬了扬谷音琪给的糖包，“谢谢咯。”他打算把今晚的业绩偷偷让一点儿给她。

谷音琪笑嘻嘻道：“我才要谢谢你。”

景思齐没舍得吃糖，晚上还是不停地给大哥们敬酒，又不停地去厕所吐酸水，胸口、喉咙都火烧火燎，胃也有灼烧感。景思齐见客人都各自有节目，便走回员工休息室想稍微歇一会儿。

休息室内坐着另一个老营销员，他叫了声“李哥”，一屁股坐到角落的破旧沙发上。李哥也喝了不少，但还算清醒，他看着沙发上的年轻人，问了一句：“小景，我刚看你在厕所门口跟个女孩聊天，认识的？”

景思齐很快反应过来李哥说的是谷音琪，抬眸看他，道：“嗯，是我朋友。”

李哥似笑非笑道：“能跟这样的姑娘做朋友，怪不得你的订座率那么高。”

景思齐本就太阳穴刺疼，听了这话更是皱起眉头，说：“我订座率高和她没关系啊。”

李哥站起身，敲了根烟丢给景思齐，嗤笑道：“这有什么不好意思说的，老哥我现在想靠女人拉单子都还没办法呢。”

景思齐顿时明白了他的意思，他把纸烟紧攥在手里，瞪着男人沉声道：“她不是你说的那样，她来这里只是兼职做气氛组而已。”

这下轮到李哥瞪大了眼，说：“你在讲什么笑话？只做气氛组？她不还是个小野模吗？前几天我还看见她和一个男的上了出租车。”

景思齐呼吸都要停滞，好不容易才从喉咙里挤出一句：“是……是哪一天？”

“我想想啊，那天她戴着顶圣诞帽……”干酒吧的人都日夜颠倒，李哥记不清具体是哪一天。

但景思齐知道，平安夜那晚，他还来不及跟谷音琪说声“圣诞快乐”，她就不见了踪影。

谷音琪手捂在嘴前打了个很大很大的哈欠，明明下午睡了那么久，怎么这会就开始困了？

她刚才有卖出去酒，今晚钱赚够了，于是，一边懒懒散散地摇着身子，一边抬腕看了看时间。

突然有小姐妹急急忙忙地跑过来，着急道：“休息室那边打架了！”

另一个小姐妹应她：“打架有什么稀奇的？”

对方却说：“打架的是小齐哥哥！”

本想早退的谷音琪听到这一句，顿住了脚步，转头问那比她还小两三岁的女孩：“你说谁打架？”

对方答：“小齐哥哥呀！那个长得很帅的销售！”

“景思齐？跟谁打？为什么打？”谷音琪接连问道。

女孩也有些蒙，摇摇头，道："这我就不知道了……"

谷音琪有些着急，景思齐向来很会与人相处，情商高，很少会得罪人，也不容易与人有矛盾，怎么今晚和人打起来了？

她知道景思齐的休息室在哪里，正想往那儿走，却隔着老远已经看到快步朝她走来的年轻男子。

景思齐脱掉了西装外套和领带，衬衫衣领处的纽扣掉了两颗，嘴角破皮，脸颊涨红。

谷音琪还没来得及问他发生了什么事，就已经被他牵住手腕拽着大步往外走。

谷音琪踉踉跄跄地跟在景思齐身后小跑，手腕被攥得有些发疼，但她没有挣脱。不知为何，她想她可能知道景思齐为了什么同别人打架。

酒吧后门的巷子灯火昏黄，景思齐停下时才发现自己把谷音琪的手腕箍得通红，而且谷音琪没来得及去取外套。他一松手，谷音琪立刻抱住手臂摩挲了两下。

本来就被攥成稀巴烂的心脏更疼了，景思齐猛地扯起塞在裤腰里的衬衫下摆，解开扣子把衬衣脱下来，披到谷音琪身上。

谷音琪直视他的眼，声音淡淡的："你这样会感冒。"

"没关系。"景思齐不想再藏着掖着了，他直入主题，"我刚才和另一个销售打了一架，可能明天就要被炒鱿鱼了。"

谷音琪问他："为什么打架啊？"

"他说你……他说你……"景思齐大口地喘气，但到底是说不出来。

他并不是多么天真的人，浸在这大染缸里的这段时间，他的三观被一遍遍刷新。可这会儿，他望着谷音琪没带多少情绪的眼睛，心一点点沉了下去，一直沉到谷底。

景思齐把那些涌到嘴边的问题全咽了下去，眼神里全是痛苦和无奈："谷音琪，你到底欠了多少钱？"

谷音琪没法不被他的话语触动，明明有那么多的问题可以问，可景思齐居然挑了这个。

她没回答他这个问题，只是扯出一抹笑，用平时在学校里拜托景思齐帮她时那种口吻，拜托他道："景同学，就当这些是我们之间的秘密可以吗？还有一个学期，我希望能顺利拿到毕业证书。"

景思齐在后巷呆站了许久，直到有同事走出来，说经理喊他过去，他才动了动发麻的脚，脑子里不停回荡着谷音琪离开前说的话。

"景思齐，你要把你的喜欢，留给值得你喜欢的姑娘。"

如果是今晚之前的景思齐，他铁定会说，谷音琪，那个姑娘就是你。但是刚才，他竟然一个字都说不出来。

景思齐第一次觉得，自己不是个东西。

饶是再想得开，如今被景思齐这么一闹，谷音琪还是无法做到心无波澜。在离开酒吧的出租车上，她就把Space氛围组的工作辞了。她暂时不想再在那里遇见景思齐，以免双方都尴尬。

氛围组领队问她怎么回事，她说自己最近耳朵不太舒服，总有耳鸣，身体撑不住了。这话倒不假，圣诞节前她去做体检，主要是为了检查耳朵，总怕自己哪一天突然就聋了。

在酒吧上班的大多都有这毛病，领队很快就接受了，让她好好休息一段时间，说如果想重新回来的话就联系她。因为最近酒吧之间竞争得厉害，Galaxy那边也给出五百一晚的高价了，但上班时间比较长，业绩要求也高出一截，业绩达不到，就只能拿底薪，还得看出席率。也有出三四百一晚的其他酒吧，但人气自然没有上面说的这两家那么旺。

谷音琪没明确拒绝，说等她耳朵情况好转一些会再联系她。那一晚景思齐没再发信息过来，谷音琪睡得不安稳，睡了醒，醒了睡。

第二天一大早，她已经洗漱好，提起精神去了奶奶家。她用钥匙开门，大声道："阿嫲，我回来啦。"

屋里很安静，没像平日从一早就播着《钗头凤》。谷音琪心头一颤，快步进屋。

还好，很快她就在厨房找到了阿嫲，电磁炉上热气袅袅，空气里有海水腥咸的味道，是海蛎面线的香气。

见着人，谷音琪松了口气，撒娇道：“阿嬷，怎么我喊你你没应我呀？”

沈大妹抬起头，看向厨房门外的年轻女子，眼睛眯了眯，好像想着什么，慢慢地将眼睛睁大，嘴角也扬起，道：“哎呀，是阿丽啊！你怎么喊我阿嬷啊？”

谷音琪的笑容僵在嘴角，说：“……阿丽？”

“你是怎么了？自己的名字都忘记了？”沈大妹疑惑，“是睡傻了吗，谷丽啊！”

谷音琪猛抽一口凉气，谷丽，是她姑姑的名字。她顿时想到了平时常留意的那些老人病，正想再次开口确认，老人家却又瞬间改了口：“哎，琪琪你来啦？吃了早饭没？我煮了蚵仔面线，舀一碗给你。”仿佛已经忘记了几秒之前自己说过什么话。

“好啊。”谷音琪压着乱蹦的心跳，若无其事地说，“阿嬷，你刚刚喊我阿丽呢，是把我当成姑姑了吗？”

“啊？我有吗？是不是我说话说太快，一时讲错啊？”沈大妹皱眉。

谷音琪笑着低声道：“也可能是我听错了。”

❽

阿超的信息发来时，谷音琪刚刚挂了姑姑的电话。

一个礼拜前奶奶喊错名字的事只是昙花一现，这一周谷音琪每天都会到奶奶那儿陪伴，她也会试着用网上说的方法，悄悄对奶奶进行一些小测试。

尽管测试结果没太大问题，但谷音琪还是放心不下，这些天一有空闲就在查阿尔兹海默症的资料。神经内科的专家号好不容易也抢到了，过完这个周末，周一她就能带奶奶去医院做检查。

谷音琪知道姑姑自己的生活过得也是如泥菩萨过江，但她还是给姑姑打了电话，把奶奶记忆有点儿错乱的事告诉对方，得来的答复是“老人家年纪大了不都是这样吗，别太紧张了”“我婆婆也是这样子的啦，你让她多跟邻居打打麻将，什么病都好啦”。

虽然姑姑最后答应等寒假一到，就来鹭城帮忙看着奶奶，但谷音琪还是感到了一股极强的无力感，重得能把她的肩膀压弯。

阿尔兹海默症从检查到确诊至少需要一个月的时间，这一个月得做多项检查。谷音琪做好了最坏的打算，如果奶奶真的被确诊，她也希望是早期，这样才能早知早治。

另外还有一件非常重要的事——真要打这场仗的话，她那点儿钱不够用，她得再赚多一些，多一些……

可她真的尽力了啊。

房间没有开灯，窗帘也紧拉着，小公寓成了一个黑盒子，璀璨的城市灯火进不来，心里的消极情绪出不去。

谷音琪躺在床上一动不动，睁着眼，就慢慢等眼里的海水涌起，再慢慢把她的整个世界淹没。

钱还是次要的，如果奶奶一点一点把她给忘了，那这才是让她最难受的事。

等海水渐渐退潮，谷音琪从床头柜上抽了一沓纸巾，擦去泪水，擤掉鼻涕，把手机捞了过来。

阿超发来的信息说，明天有个客户点名要她出镜，妆发全包，问她能不能安排时间。

谷音琪当然答应，尽管对方约的时间有点儿晚，地点也有点儿巧，是在韩哲上次平安夜住过的那家酒店。谷音琪准时到了酒店大堂，先给奶奶打电话确认了老人准备睡下，再跟客户说她已经到了。

很快对方派了人下来带她，说老板在楼上等着。对于“老板”这个称呼谷音琪有些疑惑，但她还是跟着对方上了楼。多少存了些戒心，她把酒店和房号都发到互助群内，点开了手机录音功能，还握紧防身用的小刀。

带她上楼的寡言男子领她进屋，对着站在落地窗旁的男人说道：“老板，人来了。”

对方应道：“行，你出去吧。”

谷音琪快速扫了一眼房间，只见房间内没有任何有关拍摄的机器和服装，她瞬间明白了，拍摄是假的……她有些恼了，不知道这件事阿超是否知情。

虽然男人背对她，但从他一头棕红自然卷发和颀长背影，谷音琪已经认出了他。

等房门阖上，毕韦烽才转过身，双手抱臂，眼神似笑非笑地看着谷音琪，问："还记得我吗？"

此时谷音琪心里忐忑，但面上不显，硬是提起嘴角，故作轻松地回答："记得呀，上次在 Galaxy 见过的，你的伤好了吗？"

男人从后槽牙挤出一声细微的嗤笑，像是不太满意这个答案。

"那点儿小伤，第二天就好了。"毕韦烽微阖眼帘，一步步走向她，"你认识我？"

"B 老板对吗？那晚你和人打架的事有些群里提起了。"谷音琪没躲开他的视线，站在原地等着男人走到她身前，"B 老板念起来怪怪的，我应该怎么称呼你？"

两人中间隔着大约一臂的距离，毕韦烽道："我姓毕，毕韦烽。"

谷音琪心里咯噔，哪有人一上来就报真名的？难不成……

果然，下一秒男人懒洋洋地说道："你就不用自我介绍了，我知道你叫谷音琪。"

谷音琪悄悄吸了一口气，许是因为察觉到危险，心跳开始加速，但她还是继续扬起笑，道："是韩哲小哥哥跟你提起我的吗？可是我没留给他联系方式啊，你又是怎么找到我的？"

"妹妹，你们这个圈子可是很小的。"毕韦烽垂眸，刘海有些长了，微晃中隐约可见他额头处那片好似青蓝火焰的胎记，"韩哲小哥哥？叫得可真甜，所以你们是什么关系啊？"

姑娘今晚的妆还没圣诞节那晚浓，蓬松长发披在身后，单穿一条绒面连衣裙，墨绿色的，衬得她肤如白雪。裙子长度挺保守，掩住膝盖了，不过旁侧开了一小段衩，泄出了一片若隐若现的春光。

只见她眉眼弯弯，粉唇微启，露出里头洁白整齐的贝齿，声音软得好像让红酒炖了许久的雪梨："能有什么关系啊？"

谷音琪蓦地往前走了一步，几乎撞上毕韦烽的胸膛，由下往上睇他，意图反守为攻，道："如果你喜欢的话，我也可以喊你'小哥哥’哦。”

那对通透水润的黑眸突然间直直撞进男人眼中，毕韦烽一噎，竟不由自主地往后退了一小步。他猛地抬起手，只用两根手指就能轻松掐住她的双颊，虎口收紧，那正嘚吧嘚吧的小嘴就被挤成金鱼嘴模样，一开一合好像吐着泡泡。

谷音琪皱眉想说话，一句完整话都说不出：“……”

毕韦烽的嘴角扯着笑，但眼里没什么温度，说道：“你演，接着演。”

红晕慢慢爬上谷音琪的双颊，这动作其实没什么痛感，但就是很丢脸，感觉口水都要从嘴角流出来了。她没敢真用力去掰毕韦烽的手指，就怕这尊佛回头碰瓷，说她弄伤他，要她赔这个赔那个，那就得不偿失了。

毕韦烽静静地看着那双渐渐覆上薄雾的黑眸。半晌，他忽地松手，插回兜里，冷声道：“没什么事了，你可以走了，拍摄的钱我会照付。”

谷音琪揉着腮帮子肉，终于敛了笑，问：“你折腾这么一大圈，就是为了跟我说这几句话？”

毕韦烽又笑了一声，语气轻蔑：“我没有和兄弟抢同一个女人的癖好。”

谷音琪满脑子的问号，之前在“Galaxy”她就直觉这人麻烦又危险，不想和他有太多瓜葛，最终骂了他一句“怪人”，赶紧转身离去。

在网约车上，谷音琪已经忍不住开始搜索今年水星逆行的时间。

不对啊，星座网站说今年的第一次水星逆行是这个月底才开始，怎么这个时候她就已经感觉到力不从心了？她滑到网页下方，水瓶座竟是今年受水星逆行影响最大的星座之一！

——今年水瓶座的事业发展并不顺利，可能会遇到一些瓶颈，或者是工作上遇到一些不顺心的事……

可要说刚才的事是不顺心也不对，多好的客户啊，什么活儿都不用做，她就收了钱。

还有……她隐约觉得毕韦烽突然空降鹭城，肯定和韩哲脱不了干系！谷音琪的腮帮子里鼓着一团气，无事不登三宝殿，毕韦烽既然今天能专程通过阿超找上她，之后肯定还有麻烦事。

就在谷音琪胡思乱想的时候，车子到了目的地。下车后她习惯性地往便利店走，想买包吐司当明天的早餐，却发现便利店门口围满了人，有些人还高举着手机对着便利店内拍，店内不时传来怒吼叫嚣的声音。

“还钱”“欠债”等几个词语撞进谷音琪耳朵里，她眉心一拧，加快步伐走到店门前。

从落地玻璃往内看，有三男一女围着收银台。其中一男一女上了年纪，五六十岁的样子，站在后方。另外两个男的比较年轻，但也三十岁往上了，两人身材魁梧，一人穿黑衣，一人穿红衣，愤怒时快要把收银台上的架子掀落地。

这段时间常常上夜班的那个中年妇女店员被几人围在中间，隔着玻璃谷音琪都能听到红衣男大吼：“霞姨，我爸妈看在大家是亲戚一场才借钱给你应急的，可你这边一直不还就说不过去了吧？”

被叫霞姨的中年妇女脸色苍白，眼神慌张无措，却还要扯出笑容安抚对方，道：“不是不是，我不是不还……这不是之前我干活的那个餐厅倒闭了吗，但你们放心，我这个月重新找了份临时工，做家政的，下个礼拜就发工资了，便利店的也是，等收到钱就能还你们……”

“家政和便利店的钱又能有多少？而且你又不是只欠我们家的钱，这么一丁点儿还要分成几份，塞牙缝都不够喽！现在我们家着急要用钱了，难道要换我们去和别人借吗？”另一个青年人也咄咄逼人。

红衣男又喊道：“我们已经让你一拖再拖了，要不然，你就把那套房子卖掉抵债啊！”

霞姨一听大惊失色道：“房子不能卖啊，卖了我们一家四口人能住哪儿啊！”

“这个不行，那个不行，钱又不还，那我们怎么办啊？”

四人气势汹汹，妇女的解释和请求被他们一次次无情打断。

“既然你还不了钱，那我们还是去找你儿子，在他公司楼下拉横幅！”

“对，反正这些债本来就应该他来付！”

两个青年男子越说越气，袖子都已经撸起来了，脖子上的青筋突突直跳。

霞姨整个人早已六神无主，匆忙从收银台后方走出，双手合十，好似拜神一样恳求道：“求求你们别去找阿天，你们让我做什么都可以，求求你们……这样阿天会丢掉工作的！”

说着说着她膝盖一软，竟整个人直直跪了下去，给两个男人“哐哐哐”磕起头来，嘴里还念念有词：“阿天他真的知错了，现在每个月他的工资除了生活费，其他的全拿去还债了……求求你们再宽限一些时间……”

可这一家四口今天铁了心，就算她跪下磕头也要讨个说法。

“磕头也没用！你今天必须给我们一个肯定的答复，到底什么时候才能还！！”

“就应该去你儿子公司发传单，跟他的领导说他沉迷网络赌博，为了保住工作把债都转移给他的老母亲！让领导睁大眼睛看看自己请了个什么人，说什么大好青年……我呸！”

阿姨头就没抬起来过，身子越来越低，几乎要贴到地面上，道：“不不不，钱我一定会还的，拜托你们不要去阿天公司找他……”

店里的气氛剑拔弩张，突然几人身后传来一句：“你们两个大男人就这样欺负一个阿姨，未免太难看了吧？”

青年人回过头，谷音琪从门口围观的人群里走出来，眼神和声音一样冰冷：“她都说了下周就能还上一部分，就连宽限个几天都没办法吗？”

“你谁啊？这是我们的家事，你少管闲事，滚开啦！”红衣男十分不耐烦。

“既然是家事，就回你们家里处理啊，这里是便利店，是公共场所，你们在这里寻衅滋事，我可以报警的。”谷音琪才不管他们有多凶神恶煞，直接走过去，弯腰去搀扶还趴跪在地上的店员阿姨，道：“阿姨你不要这样，我们起来说话……”

“哎，你这不长眼的，叫你不要管，你就非要管是吧！”红衣男嘴里骂骂咧咧的，一把扯住眼前“程咬金”的手臂，用力往后甩。

“咝——”谷音琪没有防备，被彪壮大汉这么一扯，整个人往旁边踉跄了几步。今晚她穿了双高跟鞋，这下失了重心站不稳，鞋跟一崴，身子也跟着倒下去，直接摔在旁边的货架上！

只听“砰”的一声，十分响亮，货架上的东西被撞得东倒西歪，簌簌掉落。谷音琪腰背刺疼，小腿也疼，好像被什么刮到了。但最疼的还是右脚脚踝，火辣辣的仿佛有火苗在烤着她。

红衣男立刻愣住了，自己一时激动，力气没控好，竟直接把人给甩出去了！此时他的火气消了一点儿，正想道歉来着，这时脚边一直跪着的中年妇女“扑通”一声倒到地上，侧躺着一动不动。

妇女脸色白得让人心惊，眼皮半阖，嘴巴半张，像是没了呼吸。

“这……这又是怎么回事……霞姨？霞姨？”红衣男颤着手指去探她鼻息，这一探把他吓得一屁股坐到地上，“没……没呼吸了！”

“怎么会这样？我可碰都没碰她啊！”

“阿霞！阿霞！这下完了……”

一家子瞬间全慌了，连退好几步，没人敢接近地上的女人，门口的围观群众也躁动起来，有人嚷着“死人了死人了”。

“愣着干吗！你，打120！”谷音琪一边指定红衣男拨打急救电话，一边踢掉脚上一双高跟鞋，快步走到倒地女子的身边，问神色慌张的黑衣男，“阿姨叫什么名字？”

黑衣男吓得结巴：“朱……朱晓霞……”

谷音琪顾不上腿上的疼痛，直接跪到女人身侧，将她放平，拍打对方肩膀，并呼唤她：“朱晓霞，能听见声音吗？”

女人没有回应，谷音琪飞快地解开她工服上的领扣，俯身听她是否还有呼吸，再摸颈动脉是否还有搏动——她的呼吸和搏动都几乎没有了。

身上这条裙子有些紧，谷音琪索性把长裙撩高一些，方便自己用力，反正里面有穿安全裤。

谷音琪双手叠按在女人胸口，开始为她做胸外按压，心里默数着次数，还不忘了问旁人："120 打了吗？！"

"打了！打了！"红衣男点头如捣蒜。

按了百来下，谷音琪的额头已经沁出汗珠，再按压了将近一分钟，汗水都淌下来了，她松了手，扶起阿姨的下巴，俯身，直接口对口为她做人工呼吸。

看热闹的人群嘈杂不断，像煮沸了的开水，开始有人说让开条通道好让救护人员进来，也有人继续高举手机录影拍照。

谷音琪进入了忘我状态，重复着按压、人工呼吸、探对方有无恢复自主呼吸，周而复始，耳朵里只能听见自己的呼吸声和心跳声。终于，她在对方的颈动脉摸到了跳动。

谷音琪稍微松了口气，这时也听见了从远处传来救护车的鸣笛声，她才敢松了绷紧的那根弦。

可以了，足够了，她尽力了。

救护车的鸣笛声从下往上刺破夜空，韩哲终于阖上电脑，闭上眼揉了揉泛酸的眉心。

从天使轮开始，公司在不到三年的时间内已获四轮千万级融资，前段时间获得由远古资本领投的四千万美元融资，更是受到外界广泛关注。

虽然公司已经上了轨道，但韩哲还是习惯了最早一个来公司，最晚一个离开。他端着水杯走到落地窗旁望向对面，那是这个 CBD（中央商务区）租金最贵的高级写字楼，格子窗成片成片地亮着灯，尤其是大楼中部至头部的位置。

和他一样加班至夜深的人不在少数，大家都像一只只被关在玻璃盒子里的蚂蚁，每日的路线是从办公桌走到茶水间，再从茶水间回到自己的位置，一遍又一遍。

只不过，今晚左前方一个格子里的"蚂蚁"们有些乱了。

韩哲微眯了眼眸，大致能看见是几个人围着躺在地上的一个人，性别不明，有一个男人正给他做着 CPR（心肺复苏术）。救护车停在写字楼楼下，顶灯频闪，很快医护人员到了现场，做了一会儿急救措施，把人抬走了。

韩哲眼睁睁看着刚才做 CPR 的男同事叉着腰在窗边站了一会儿，然后慢慢走回自己的位置，坐下后继续敲打键盘。

如今，连“晕厥”“猝死”之类的恐怖字眼，都无法阻止蚂蚁们一趟趟地搬砖。

等救护车离开后，韩哲才叹了口气，杯口送到嘴边时，发现茶水已凉。他放下杯子准备回家，桌上手机突然振动，是助理苏肃的来电。

韩哲接起：“喂。”

苏肃语速很快，直接进入主题：“韩总，我们在鹭城的一家门店出了事，今晚有个店员上夜班时差点儿猝死。”

❾

韩哲把到鹭城的机票从晚上七点改到了早上七点。飞机开始平稳飞行后，他戴上耳机打开平板电脑，调出鹭城海沧路门店的监控视频。

不得不说，这家门店韩哲还挺熟，因为店址就在魏梦晴的公寓对面，他以前来鹭城找魏梦晴的时候，经常会来这家“实地考察”，魏梦晴还曾经笑他这是“微服私访”。

视频是昨晚十一点左右苏肃发过来的，角度正对着店门口。韩哲第一遍从那四人进店开始看起，女店员被四人围着讨债，之后跪下求情，再接着……那穿着一袭绿裙的姑娘走了进来。

视频画面虽然是彩色的，但是颜色有些失真，也有噪点，尽管如此，韩哲还是一眼就认出那是谷音琪。心脏像一个突然到了点的闹钟，铃锤“铛铛铛”敲得响亮，韩哲想关都关不住。他甚至按下了暂停键，倒回去，重看一次她从人群中走出来，脑子里浮出来的第一句话就是：这是现实还是梦境？

仿佛自从平安夜与她有了交集之后，他走到哪儿都会遇上她：酒吧里，酒店门口，房间内，现在的监控视频里，还有他的梦里。

视频继续，当看到谷音琪被人猛地一下推到货架上时，韩哲整个人直接从办公椅中站了起来，胸口的铃锤快得好像就要把闹钟砸烂了。

当谷音琪跪地给倒地的女店员一下下做胸外按压时，他更是无意识地攥住了自己左胸口位置。衬衣被他攥得发皱，心跳乱得失序。

韩哲甚至觉得，有一股力量凭空而生，一下下按压他的胸口，就像躺在地上被谷音琪做 CPR 的不是女店员，而是他……

韩哲把谷音琪的片段又看了三次，像中了蛊似的，心跳越来越快。空姐准备送餐了，他放下平板，同对方说自己先去趟洗手间，空姐笑着说没问题。韩哲锁上门，洗手间的灯亮起，他直接坐在马桶盖上，低垂着头，无奈地平复着自己的心绪。

他又一次失态了，而且这一次韩哲觉得自己怎么也拉不回来那趟火车了，有点儿力不从心。

“左邻便利店一夜班店员差点儿猝死”的话题，在韩哲落地时已经从热搜榜的第十几位降到四十几位，差不多要跌出榜外了，因为早上娱乐圈爆了个大新闻，吸引了许多网民的注意力。

网上有好几段便利店现场视频流传，其中就包括了几人之间的对话，所以网民们的攻击对象不在左邻便利店，而是集中在女店员欠债的儿子身上。

韩哲有点儿庆幸，谷音琪做 CPR 时背对着店门口，所以路人拍摄的视频中她没有露脸。如果露脸，或许会对她产生一些困扰，例如被人挖出身份，被公布私人资料。他想，谷音琪应该也不希望自己被人认出。

娱乐圈的那个新闻太吸人眼球，大部分微博营销号都在趁机蹭流量，只有寥寥两三个有影响力的账号专门发了稿子夸赞这位挺身而出的路人小姐姐。韩哲让公关团队时刻留意，一旦有人曝光那姑娘的私人信息，务必要第一时间进行处理。

韩哲这次来鹭城本就是私人行程，没让苏肃跟着，他也不习惯别人接待，自己叫车直接去了朱晓霞住的医院。

加盟店老板接到电话匆匆赶来时，韩哲已经在医院大门口等了十五分钟。

“久仰大名啊韩总，没想到韩总这么年轻。”店老板笑得见牙不见眼，直接抓起韩哲的手一把握住，“这种小事实在不需要你亲自过来啊，而且你看，你来也不讲一声，不让我尽地主之谊，好好招待你一次！”

“唐老板客气了，其实我这次是因为私事过来的，而且这事真不算小，公司派人来了解下情况是必须的，正好我在这边，是要亲自过来慰问一下。”韩哲轻握一下就将手松开，“那女店员现在情况如何？”

唐老板答：“听她女儿讲，早上醒来后情况还可以，就是身体虚了点儿。医生安排了些检查，具体因为什么事倒下，还得等报告出来。”

“行，我们先上去看看她。”韩哲把口罩拉好，一边拉着登机箱往医院内走，一边问跟在他旁边的唐老板，“她就一个女儿来了？其他亲人呢？”

“她是寡妇，女儿还在读高中，昨晚一听她妈出事就赶来了，家里还有个老母亲，身体不太好，就没来。儿子呢，说他这两天在外地出差，但我跟他要医药费，嘿，立刻装死装忙。”唐老板伸手想帮韩哲拉行李箱，“韩总我帮你拿箱子吧。”

“不用了，麻烦你带路就行。”韩哲婉拒，“那医药费现在都是你这边先垫付的吧？”

“那肯定的，哎，怪我请人的时候没多个心眼，现在麻烦了，如果债主三天两头找上门，那我这生意还要不要做咯……”唐老板被这事弄得头疼，心里其实有别的计划，但没在韩总面前说出来。

韩哲斜看他一眼，缓缓说道：“这次的医药费总公司会负责，唐老板到时候联系地区负责人就可以了。”

唐老板急忙解释：“不不不，这是在我加盟店里发生的……”

韩哲打断他："那她也算是左邻的员工，在上班时间发生这种事情，我们是应该负责到底的，公司一直很看重夜班店员的健康和安全问题。"

电梯来了，韩哲先走进轿厢。

"好的好的，那我先谢谢韩总了，真是太有心了……"唐老板跟进去，摁下楼层。

这时韩哲又问了一句："那店员，唐老板该不会想等她出院就辞退她吧？"

唐老板打了个激灵，道："韩……韩总说什么呢？"

"没，我就提醒一下唐老板，人一旦被逼急了，什么都做得出。"韩哲停了停，再抛了颗"糖"给面前比他大上一轮的中年男子，"当然，唐老板的利益也应该得到保障，放心吧，总公司会密切留意这件事的发展，唐老板之后有任何困难也可以和总部提。"

唐老板飞快点头，接着狂拍马屁："行的，我明白了，还是韩总想得周到！"

两人去了病房，朱晓霞一听来的人是左邻的大老板，吓得脸色更加苍白，也不顾手背上还输着液就想下床，旁边的少女赶紧上前搀扶，道："妈，你小心一点儿！"

韩哲也阻止她道："朱姨您躺着就好，心脏还有不舒服吗？或是有其他不舒服的地方？"

"现在没有痛了，医生说是疲劳过度……不不不！"朱晓霞突然改口，神情更加慌张，"老板，我就是这几天睡得不太好才会晕倒，等我做完检查，没问题就能出院了。"

她再看向唐老板，吞吐道："老板，我出院了就能立刻上班……"

唐老板皱着眉头无奈道："哎，朱姨你就好好休息吧，放心，这个位置会给你留着的，但是我也不希望再看到类似昨晚的事情发生了。"

本来以为自己会被炒鱿鱼的妇女欣喜若狂道："一定一定！我刚从鬼门关回来，现在晓得要怎么做了。"

她把家里的情况一五一十告诉了两位老板：她儿子之前沉迷网

赌，把家里的积蓄全败光了，还另外欠了一笔，是她一家家亲戚求过去借了钱，想赶紧先把这个洞填上，不然高利贷会越滚越多。

她丈夫死得早，现在家里住着她、她妈妈、儿子、女儿，之前她总想着要把老房子留着，等还完债了，儿子要讨老婆的话也有份家产在。但这次她出了事，儿子连个电话都没主动打，连唐老板跟他要钱交医药费也不给，她的心都寒了。

大难不死后，人会突然之间想明白很多事情，朱晓霞想，如果自己真的累到猝死，那房子落在儿子手里，肯定又会让他拿去赌了，到时候她的老母亲和女儿怎么办？那不如把这房子先卖掉，把债还清，然后重新开始。住所的话，她们就先租房子吧，走一步算一步。

听完，唐老板松了口气，说："是啊，及时止损，把债还清，这样你就轻松多了，身体才最重要。"

韩哲不便插手别人家的家事，在他看来，朱晓霞自己要怎么决定都行，只要愿意承担后面可能会产生的结果就可以了，无论那结果是好是坏。他就又安慰了几句，叮嘱朱晓霞一定要先把身体顾好，再回来上班。

眼前的大老板和自己儿子年岁相仿，朱晓霞想着想着，一时红了眼眶，道："谢谢老板……这次我这条命真是捡回来的，如果不是那个女孩帮忙，我可能现在人都不在了……"

韩哲突然打断她，问："朱姨，帮你做心肺复苏的那个女孩，你认识是吗？"

朱晓霞点头，回忆道："她就住在便利店对面的那栋公寓里，夜里常来店里买东西，时间长了，我们见到面的时候就会打声招呼。"

韩哲心跳加速，但表情不变，不动声色地问他们两人："你们这边有留下对方的联系方式吗？我想代表公司去谢谢这位好心人。"

之前韩哲还信誓旦旦地说，没什么事他不会再来这个城市了，结果才过了半个月，韩哲又一次站在御景公寓门口，身后不远处就是他当时丢了钻戒的垃圾桶。

其实前两天他已经加了那个名叫阿超的经纪人的微信，阿超很热情地给他看了资料图册，在里面他找到了“七七”。仔细看，照片里的谷音琪比她真人妆浓了不少，而且像是刻意调整过头，五官脸型都和真人有些微妙的差别。

韩哲连续加班几天，提前完成工作，原本买的是今晚七点的机票，想出发前再通过阿超找上谷音琪。不过后来出了便利店这件事，韩哲便顺势提前了行程。现在他也不需要经过经纪人了，唐老板昨晚留下了谷音琪的手机号码。

中午十二点多，许多外卖小哥在公寓大门进进出出，韩哲走到不影响人进出的位置，拨通了电话。

手机响的时候谷音琪正在厨房，她慌忙丢下包着冰袋的毛巾，扶着墙单脚跳到客厅，忍痛弯腰拿起沙发上的手机。来电显示是个陌生电话，号码归属地是沪市。

她一时没多想，等到按下接通才惊觉，该不会是毕韦烽来电吧？想挂断已经太迟，话筒传来一声男声，低沉浑厚：“喂，你好。”

她只好硬着头皮回答：“你好，找谁？”

“谷小姐吗？我是左邻的……”韩哲才刚说了半句，就被一句“哦，我不需要了，谢谢”打断，而且直接挂了他电话。

韩哲皱眉，怀疑谷音琪连听都没认真听，就把他当推销人员了，于是他再打了一次。

这家伙是接了，但是直接就说“我没钱买房子，没小孩需要上早教，谢谢”。韩哲没有给她再一次挂电话的机会，直接表明身份：“谷音琪，我是韩哲。”

谷音琪立马噤声，眨了眨眼，谨慎地确认，问道：“韩哲？哪个韩哲？”

韩哲眉尾扬起，问道：“你认识多少个韩哲？”

谷音琪安静了一小会儿，才嗫嚅道：“一个。你喊我谷小姐，我有点儿不习惯，以为又是楼盘中介。”

韩哲的语气一本正经：“我刚才是想告诉你，我是左邻便利店的负责人，来这儿是为了代表公司，感谢你昨晚的见义勇为。”

“负责人？楼下的左邻是你开的？天啊，怎么这么巧！”谷音琪无比惊讶，一时没记起自己脚疼，伤脚落了地，一用力踩，立刻疼得她“嗞”了一声。

“算是我开的吧，你怎么了？”韩哲听见谷音琪倒抽一口凉气的声音。

谷音琪缓了缓，说：“没什么事，就是昨晚崴脚的地方有点儿疼……感谢就不用了，我当时只是做了自己应该做的事而已。”

又一个外卖小哥在门口按下呼叫铃，等待住客接通的铃声是耳熟能详的一首钢琴曲。谷音琪听到那头的动静，顿了顿，这声音可太熟了……

“韩哲……你该不会现在，就在我家楼下吧？”谷音琪细声细气地问。

“对，我来鹭城探望那位女店员和处理这件事的后续。”韩哲索性跟在外卖小哥身后进了门，“你现在在家对吧？几楼，我上来。”

谷音琪下意识答：“十……十七……”

韩哲怔住，几秒后才问：“好，那房间号呢？”

“等等，等等。”谷音琪回过神，把警戒线重新拉起，赶紧问他，“你有什么证据证明你是‘韩哲’啊？”

韩哲已经走到电梯前了，听到这一句，拉着箱子走到墙边。他今天没戴领带，但还是松了松衬衫领口，压低声音，报了个数字：“3001。”

这话没头没尾的，但谷音琪还真听懂了——那是上次韩哲在沪市给她开的那间套房房号。

谷音琪的双颊不知为何烫了烫，也回了一个数字：“1707……”好像在对着什么只有他们两人才知道的秘密暗号。

⑩

谷音琪冬天在家习惯了不穿胸衣，因为没人会来她这里，当门铃响起时她才刚扣好文胸背扣，再匆忙套上居家T恤，像只单脚鹤一样跳到玄关，道：“来了，来了。”

在电子猫眼里确认了门外真的是韩哲，她拉开门，小声打了声招呼："哈喽，好久不见……"

"也没多久，元旦不是刚见面吗？"韩哲没立刻往屋内走，而是再多问了一句，"我方便进屋吗？"

"可以啊，我里头又没藏人。"谷音琪单脚往旁跳了两步，给他让出通道。

韩哲往里走，留意到她一会儿悬空一会儿虚虚点地的右脚，直接问："崴到的是右脚？"

"嗯，正准备着冰袋你就来电话了。"谷音琪打开了鞋柜，这时才想起自己家里没备男士拖鞋，她从下层抽出一双没开封过的酒店拖鞋，"你介意穿酒店拖鞋吗？平时我这里没有男士来，没那么大的拖鞋，水电或物业保安过来的话，我也是拿这个给他们穿。"

韩哲的视线从拖鞋头上标志性的酒店 LOGO，移到谷音琪踩在木地板上的赤裸脚丫，问道："你自己怎么不穿鞋？"

"穿拖鞋反而不太方便单脚跳，索性光脚了，反正地板昨晚刚拖过。"谷音琪帮他拆了拖鞋包装。

韩哲接过拖鞋换上，把皮鞋和登机箱靠墙放好。

"你随便坐，喝茶可以吗？"谷音琪瞄了一眼他的银色登机箱，转身扶着墙往屋里跳。

"不用麻烦了，你脚不舒服，别老蹦跶。"韩哲跟着往里走。

这间公寓是小户型，客厅一目了然，没有过多复杂的摆饰，温馨舒适，干净清爽。正午的阳光被落地窗边的纱帘滤成一地柔软细沙，并不大的矮几上放着一瓶鲜花，给这小小的空间里添了一抹色彩。

"你大老远跑来，我总该请你喝杯热茶吧。"谷音琪蹦蹦跳跳地进了厨房。

韩哲放心不下，也走到厨房门口，结果一见她踮着脚伸长手，想从上方橱柜取什么，立马就皱起眉头，道："好了好了，你要拿什么就告诉我，我帮你拿。"

"哦……客人用的杯子放在上面。"谷音琪退到一旁，指着橱柜里说明着。

单身公寓的厨房面积不大，平日只有谷音琪一人倒也够用了，但这会儿挤进一个高大的男子，竟显得格外狭小、逼仄。

韩哲按她说的取下一个深灰色马克杯，洗净，接过她递来的茶包放进杯中，热水灌至四分之三。他看到搁在流理台上的毛巾和冰袋，指着问："要拿这个敷脚对吧？"

谷音琪点头道："嗯。"

韩哲一手捞起毛巾和冰袋，一手伸向谷音琪，道："走吧，我扶你出去。"

谷音琪杏眸圆睁，说："我自己可以的。"

"就你那个蹦法，等会儿左脚也会崴到。"韩哲也不等她同意，直接拉起她的手搭在自己肩膀上，再虚扶住她的腰侧，"你可以靠在我身上，我会扶稳你的。"

男人的手掌宽长，虽然没有紧按在腰上，但谷音琪还是感受到了一股炙热气息。两人靠得极近，韩哲说话时，磁性的声音被热气裹挟着往她耳朵内钻，挠得她心头好似让蚂蚁咬了一口。

"那就麻烦你了哦。"谷音琪也不客气了，借着力往外走。

身侧的重量明显增加，韩哲手指收拢，稳稳托住这份重量。

小客厅里只摆得下一张双人布艺沙发，茶几旁边的地上放了一个圆形蒲团。韩哲让她在沙发坐下，把冰袋递给她，再回厨房把茶杯拿出来。他没在沙发另一端坐下，也没坐那蒲团，而是搬了张餐椅到茶几旁坐下，两人的位置和上次在酒店时如出一辙。

谷音琪将右脚踩在沙发坐垫边缘，脸颊轻贴膝盖，冰袋隔着毛巾捂在红肿的脚踝处，她主动询问："昨晚那位阿姨现在怎么样啦？"

韩哲把刚才去医院探病的情况一五一十地告诉她。

"她那几个亲戚没去医院吧？"谷音琪问。

韩哲答："没有，只有她女儿陪着。"

"那还好，有些人讨债都直接讨到病床前了，还有的会追到灵堂……"姑娘含在喉咙里的低声呢喃让阳光烘得仿佛有些融化，有个别词语韩哲听不清，但能感觉到，她似乎陷进了某段记忆里。不过也只有短短几秒钟的时间，她很快便恢复笑脸迎人的样子。

"不过债主也没错，愿意借钱的都已经很难得了，应该有借有还才是……哎，家家有本难念的经，希望阿姨能早点儿还完债吧。”

冰袋隔着毛巾还是感觉冷，谷音琪换了个手拿，被冻麻的五指抬到唇前呵气取暖，话题突变：“你这次来鹭城就是为了昨晚的事吗？”

“嗯。”韩哲点了点头。

谷音琪又问：“那你处理完就回沪市？什么时候的飞机呀？”

韩哲眼帘半阖，一直看着她冻得有些发红的指尖，道：“回去的机票还没买。”

“哦——”谷音琪拉着长音，委婉赶客，“我这里你也看过了，没什么大事，估计明天就能消肿了，你有公事要忙的话就先走吧。”

谷音琪觉得两人之间也没什么话题能聊了，毕竟又不熟。平安夜和元旦夜的事她不想再提起，免得情绪又被带着走，她也不可能同他讲“昨晚你姓毕的那位兄弟来找我了”。更何况，她到现在都还没明白毕韦烽的意图。

韩哲又应了声“嗯”，但人还是坐在椅子上一动不动。

谷音琪不开口，韩哲也不开口，一时之间只有微小浮尘在光线里起起伏伏，还有冰袋慢慢融化，发出的极细的噼啪声响。

手凉了，谷音琪将冰袋又一次换了手。

韩哲看不下去了，站起身脱下西装，他跨了一步到沙发前，弯下背，取走了谷音琪手里的毛巾和冰袋，接着盘腿坐到蒲团上，另一手轻握住谷音琪的脚踝，拉到自己的膝盖旁侧让她踩着。

冰袋重新贴上谷音琪扭伤的部位，韩哲低声说：“等你的脚舒服一点儿我再走吧。”

昨晚回到公寓，谷音琪其实已经第一时间进行冰敷了，早上起床时她自我感觉崴伤的部位还行，落地没觉得很痛，便去了趟奶奶那儿。可只不过陪老人家在菜市场走了一圈，脚踝就开始发疼了。她硬是忍着痛陪奶奶吃完午饭，才打车回公寓。

冬日正午阳光温煦，谷音琪半边身子浸在暖阳中，耳朵是火烧火燎的烫。此时的韩哲格外认真，冰袋不会停留在同一部位太久，捂一下，拿起，停一下，再捂。

于是谷音琪可以明目张胆地盯着他的脸看，心想这男人真是耐看的类型。她以前喜欢的异性类型总带着一双深邃迷人的桃花眼，没承想，现在越发觉得单眼皮也有单眼皮好看的地方。

没有恣肆张扬，没有风流倜傥，他是安静沉稳的，波澜不惊的，就像写在字帖里端正漂亮的毛笔字，一横一竖、一撇一捺都是规矩的，卧在一个个方格子内。

回想那一晚在Space，她那一组的小姐妹们轮番上阵，可惜一个个都败下阵来，谷音琪也没想过自己会成功，败下阵的小姐妹们都说他一双眼极冷，她倒是不觉得。

阴是挺阴的，但不知是因为他有了醉意，还是因为酒吧灯光变幻闪烁，那双眸里的颜色光彩怪异，竟透出一些……邪气，这才引起了她的兴趣。

现在的韩哲把那些邪气收得一丁点儿都不见，搞得谷音琪总想挑战自己，看能不能把它再勾出来……

“看够了？”韩哲突然淡淡开口。

“喀……”谷音琪倒是脸不红心不跳，一脸理直气壮，“看你代表你长得好看，要是长得丑，我门都不给你开的，刚才就直接装死，说我不在家了。”

韩哲的手顿了顿，突然抬起头看她。四目相对时，谷音琪倒是脸烫了，心跳快了，她的理直气壮也差点儿要绷不住。

不知是韩哲有意还是无意，冰袋这次停留在皮肤上的时间稍长，而且按下的力度好像也大了一些。冰融化后沁出的水分早沾湿了毛巾，一小声“滋”，多余的水分就从毛巾里挤出来，沿着谷音琪的踝骨往下淌，流到烟灰色西裤上，洇开一小块深色。

脚踝本来没那么疼了，但被韩哲这么一按，谷音琪不禁“嗞”了一声。韩哲这才低下眼眸继续给她冰敷，道：“抱歉，不小心的。”然后力气稍稍收了一些。

韩哲能察觉到谷音琪还在看他，而他则是一直看着她的脚。

她身上的每寸肌肤似乎都保养得极好，又或者这就是年轻人的本钱，她的足背也有肉，不会瘦得青筋凸起，微弓时线条流畅，柔软白皙。指甲修剪得圆滑，没有上颜色，但指甲表面有光泽。就算韩哲不了解女生的护理方式，也看得出谷音琪有精心处理过。

突然，韩哲看见那脚趾头蜷了蜷，像几只不老实的白老鼠蠢蠢欲动，顺着他裤管的皱痕，一点点挪移到他大腿处。她的脚掌还带着些湿意，在裤管上踩出了半截脚印，模模糊糊，不清不楚。

韩哲再抬头时，谷音琪终于在他眼里看见一闪而过的窘态，她眉眼弯弯，促狭一笑："抱歉呀，我也是不小心的。"下一秒她倏地用力缩回脚，微敛笑意，"我的脚已经不痛啦，韩老板可以走了。"

又一次被赶，韩哲眉心微皱，道："看来你很不欢迎我？"

谷音琪朝茶几方向扬扬下巴，说道："冤枉，我还拿出茶包招待你。"

韩哲没直接拆穿她，那茶包明显也是酒店标配，就跟这双拖鞋一样。这家伙倒是挺会物尽其用，酒店免费的用品她都带回来了。

韩哲确实没理由赖在这儿不走，他轻捻冰凉的毛巾，终是站起身，低声道："好，那我先走了。"

此时一阵"咕噜"声不合时宜地响起，是从韩哲肚子里传来的，格外响亮。韩哲倒没觉得尴尬，继续拿起西装穿上。

谷音琪又瞄了一眼鞋柜旁的行李箱，抿了抿唇，仰起脸，问道："你还没吃午饭啊？"

"嗯，飞机上吃了一点儿，从机场直接去了医院，再从医院直接过来。"韩哲回答完，正想转身走向玄关，却看到谷音琪伸长手臂，将手递给他。

"我给你煮个面吧，你吃完再走，可别回头说我怠慢了客人。"谷音琪噘了噘唇，"我自己起不来，拉我一把呗？"

姑娘的指甲也没有上色，但富有光泽，阳光淅沥沥洒在上方，闪着细碎光芒。还没来得及扣上的外套又脱了下来，韩哲伸手牵住她的手，弯下背脊，把她的手搭在自己的肩膀处，说："扶好，我直起背的时候你借力站起来。"

谷音琪另一只手也搭上他另外一边的肩膀："哦，我准备好了。"

茶几到沙发的空间就那么丁点儿，谷音琪站起来时整个人已经贴住了韩哲的胸膛。她一抬眸就看见那微颤的喉结，好似伊甸园里挂在树上摇摇欲坠的苹果。

倒是韩哲先退开一步，用刚才的姿势扶住谷音琪，声音有些哑：“带你去厨房。”

谷音琪应道：“好。你能稍微吃点儿辣吗？我家有个杂酱肉帽很好吃，是云南那边的口味，有一点儿辣。”

韩哲点头道：“可以，微辣没问题。”

杂酱肉帽还剩最后一包，谷音琪先烧开水加热解冻。不过家里没米线了，她想了想，从旁边的收纳架上取了意大利面罐子，又另起一锅烧水，放油、盐，将意大利面入锅。

谷音琪吮走食指指尖上的盐粒，对站在门口的男人说：“平时我都是配米线吃的，但正好吃完了，好在那家的肉帽很百搭，配意大利面也可以。”

“我都行，不挑食。”韩哲抱着臂问，道“有什么我能帮上忙的吗？”

谷音琪摇头道：“你坐着等吃就行。”

但韩哲没走，倚靠门框，安静地看着被袅袅白烟围绕住的谷音琪。她穿着宽松长袖家居服，栗色长发扎成马尾，随着她的动作，发丝在她脑后轻甩。厨房有一小扇窗，她的侧脸逆在光里，轮廓线柔软得好像一块香甜的黄油。

香气在肉帽滑入炒锅的瞬间喷涌而出，还伴随着热气腾腾的声音。韩哲无法控制肚子发出吼叫的声音，谷音琪也听到了，手里拿着锅铲翻炒肉帽以免粘锅，脸则是转向韩哲，咧着嘴笑道：“你再坚持一下啊，就快好了。”

心脏被无形的力量重重攥了一下，韩哲喉结滚动，低低应了一声“嗯”。

一盘中西合璧的“肉酱意粉”很快出锅，谷音琪还煞有介事地问韩哲要用筷子还是叉子。

到底是饿了，韩哲两三口就吃完半盘，经过煸炒的肉帽咸香适口，和意粉搭配起来也没有违和感。他想，左邻的便当名单里或许能加上这么一款。

房东配的餐桌有点儿小，方形，白色的，谷音琪坐在韩哲对面，男人腿长，桌下的膝盖几乎要碰上她的。她双手托腮，问道："好吃吧？我喜欢把肉酱炒得干一点儿，这样更香。"

韩哲习惯了食不语，但还是回答了她一句："嗯，好吃。"

见他像个闷瓜一样不说话，谷音琪鼓了鼓腮帮，也不说话了。她突然有点儿明白，韩哲的前女友为什么说他无趣了，他可是话题终结者。

噔噔噔——谷音琪循声望去，是她放在茶几上的手机响了，有人给她打语音电话。

她还没动，对面的韩哲先起身了，说："我帮你拿。"

韩哲拿来手机递给她，谷音琪道了声谢。来电的是阿超，她微微蹙眉，下意识看了眼韩哲。

韩哲刚重新拿起叉子，发现谷音琪看着他，很快明白，问："需要我回避吗？"

"没事，应该不是什么要紧事。"反正再难堪的样子韩哲都已经看过了，谷音琪想。

她接起电话，没等阿超开口就先问："干吗？"

阿超说："什么干吗，我来慰问你一下啊，脚好点儿没有？"

"还行吧，刚冰敷过，现在没那么疼了。"谷音琪照实回答。

阿超又道："那还是完全没办法走路吗？哎……还是之前那个客户，你知道的那位，一直问你有没有档期。"

一想到那个人谷音琪就犯恶心，满脸嫌弃道："他怎么还没放弃啊？都被拒绝了多少回了，怎么这么执着？林超，别说我没提醒你，你最好别再接他单子了。那人工作期间不光爱嘴上占便宜，还手脚不老实，迟早有一天要闹出事的。要是碰到哪个性子烈的姑娘，事情闹大了，到时候看你怎么收场。"

韩哲正嚼着满满一口意粉，听完这么一大段，顿觉嘴里的肉香全没了。

谷音琪也发觉自己太没把韩哲当外人，捂着话筒无声对他说了句“对不起啊”，接着压低了声音对阿超说：“要不你干脆跟他说我辞职了吧……对，就说我谈恋爱了，跟个有钱男人去了别的城市。你看我现在走路一瘸一拐，腿上还有伤口，这段时间就不接活儿了，等过完年再说吧。”脚伤是一回事，谷音琪其实是想这段时间多陪陪奶奶。

阿超唉声叹气，多少有些埋怨的意思，问谷音琪干吗那么热心肠去见义勇为，现在腿上无端端多一道疤，以后还得花钱去激光祛疤。挂电话前，阿超还不忘提醒她，腿伤好了记得第一时间通知他。

把熄屏的手机放到一旁，谷音琪一副无奈的模样，语气是刻意挤出来的轻松感：“又让你看笑话了，感觉再这么下去，我在你面前可是赤裸裸的，什么秘密都没有啦。”

韩哲咽下最后一口意粉，看见她嘴角那抹笑，心情有些复杂。他问道：“刚才你说‘脚上还有伤口’？除了脚崴伤，你还有哪里受伤？”

“哦，我说得比较夸张，其实没那么严重，就是被你们店的货架刮了一口子，破皮，昨晚有点儿渗血，今天没什么事了。”谷音琪边说边撩起左脚的裤管，给韩哲看她小腿后侧的刮伤，是一道大约十厘米长的红痕。

她笑着开他的玩笑：“韩老板，你看我因为这事最近都没法工作了，贵司有没有什么补偿方案呀？比如赔偿误工费什么的。”

韩哲从旁边纸巾盒抽了两张纸巾，折起后擦了擦嘴，再折成方块，放到吃得干干净净的空盘旁边。他缓缓开口：“可以，你定个补偿金额。”

谷音琪一愣，心想这男人怎么连玩笑话都当真，忙道：“啊啊，我是开玩笑的啦。”

韩哲的语气却无比认真：“但我没开玩笑，你开个价吧，接下来的三个月时间里，你的误工费，我负责。”

第二章

❶

厨房里传出哗啦的水声，独留谷音琪一人在餐桌旁。

韩哲这家伙倒是挺会打蛇随棍上，一句玩笑话也能被他说得正儿八经，误工费是她自己提的，但“三个月”是韩哲加上去的，这言外之意就是想要买断她这三个月的时间，是吧？

谷音琪没被人这样对待过，阿超整天骂她不争气，能靠男人为什么要靠自己，能上岸为什么还要在海里游。可谷音琪知道，这所谓的“岸”一点儿都不牢靠，脚下的沙子被掏空，一踩进去就会深陷其中，被沙子灭顶比在海里一直游更难受。

有太多前车之鉴摆在眼前，被金钱迷了眼的姑娘千千万，但能有几个能真正靠自己立起来的？所以谷音琪时刻用各种“案例”提醒自己，千万不要陷进这样的危险关系中，赚够钱了，还是得靠自己撑起一方天地。

可是……如果对象是韩哲的话……谷音琪悄咪咪回过头看了一眼，厨房里的男人把衬衫袖子一截截挽起，露出结实小臂，他微弯着腰背，站在水槽前刷洗着刚才用过的锅具餐具。

他这人总板着一张扑克脸，连洗个碗都一脸严肃，两人见面的这几次，谷音琪都没见他笑过。

她忍不住想，是不是她见得乱七八糟的人多了，看谁都戴着有色眼镜，说不定韩哲是真的只想补偿她的误工费呢？

谷音琪在脑子里飞快地把两人这半个月来有交集的画面“呼叫”出来，仔细翻看细节。

他被女朋友甩了，目前单身，身材样貌无须多提，不抽烟，有喝酒，但酒品姑且还算不错；嗯，钱嘛，肯定不少；对她呢，多多少少有点儿兴趣。谷音琪才不相信韩哲说的什么代表公司前来感谢好心人，她直觉就算没有便利店那件事，韩哲也迟早会找上门。

这么一想，或许这也是昨晚毕韦烽通过阿超找上她的原因？担心自家老实兄弟被狡猾的狐狸精矮化人格，然后骗财骗色？

最后是性格方面，韩哲除了有时会像个闷瓜一样一声不吭以外，也没啥不好的了，毕竟上次在沪市的偶遇着实给他加了不少分……

谷音琪默默得出结论，如果韩哲真的想买断她这三个月，那她确实可以考虑答应。她这边才跟阿超请了假，氛围组的工作也停了，加上她下个学期要开始忙毕业论文，这半年的收入肯定会大跳水，而奶奶的情况是个未知数，她为了将来还得继续努力给自己的小金库添砖瓦。

这位“新老板”不算难相处，如果只是单纯被她的姿色所迷，三个月后应该能好聚好散吧？她这人不贪心的，只要不拖款就行。

厨房在背后，谷音琪索性转了个身，手扶着椅背喊了他一声：“喂——”

韩哲斜睨她一眼，道：“嗯？”

谷音琪懒得整这些弯弯绕绕的事，直截了当问他：“你说你要负责我三个月的误工费，其实，是不是就是想要买断我三个月的时间呀？”

韩哲的手一颤，沾满泡沫的圆盘就这么从手里滑出去，“锵”的一声，在水槽里摔了个四分五裂。

这一响也把谷音琪吓了一跳，急忙起身往厨房跳，道：“小心，小心，你别被割到手了。”

韩哲看着水槽里的碎瓷片有些懊恼，他关了水龙头，擦干净手，道：“没事，你别进来了，你家有报纸吗？”

谷音琪摇摇头道：“没有，你要报纸干吗哦？”

韩哲答：“把瓷片包起来再丢。”

谷音琪恍然大悟道：“报纸没有，不过有一些过期杂志，可以吗？”

韩哲应道：“可以，还要胶带，放在哪里你告诉我就行，我去拿。”

杂志放在茶几下方，有好几本外国杂志，还都是室内设计的。

其中有两三本的封面韩哲似乎以前在哪里看过，他没细想，取了一本日期靠前的问谷音琪：“这本可以吗？”

谷音琪点头道：“哪一本都可以，你拿来，我看看撕哪几页。”

杂志里面有许多广告页面，谷音琪小心翼翼撕下几张无关紧要的内页交给韩哲包瓷片。韩哲发现，杂志内页里贴着不少彩色便利贴，就像是给高中课本做的标注。

他把纸张铺在料理台面，拾起水槽内的一块块碎片放在纸上，问：“你是学室内设计的？我看内页里做了不少标记。”顺便忽略谷音琪刚才问的问题。

“不是，就是有些喜欢的装修风格，想着以后或许有机会能在自己家里用上。”谷音琪看出他的意图，幽声道，“别趁机转移话题，你还没回答我刚才的问题呢。”

“我……”韩哲耳朵微烫，他想要否认，却好像有棉花塞住喉咙。

刚才他提出的“三个月误工费”根本没过脑子，这事完全在他的计划之外。可仔细想想，这次提前来鹭城不也是在计划之外吗？和谷音琪几次见面，有哪一次是计划之内的？

韩哲承认，他确实想再看一次火车离开原来的轨道后见过的那些景色。他也承认，像谷音琪这样的女孩，一旦接触了就很难忘记。

那两次的接触像美丽绚烂的升空花火，你原以为烟花消失之后就会渐渐淡忘，但根本没有，它会在你闭上眼的时候，出现在夜幕般的黑暗里，一遍又一遍，直至你入眠才罢休。

不过韩哲同时告诉自己，这种吸引应该只是流于表面的。

谷音琪发现韩哲的耳垂又红了，许是因为逆在光里，这次红得比之前任何一次都要厉害。

“韩哲，”她扶着料理台往里跳了一步，认真地喊他的名字，“你到底是因为什么来鹭城？来我这里，仅仅是为了昨晚便利店的事吗？”

韩哲再一次落进她那双黝黑水润的眸子里，像平安夜那晚，像一月一号那晚。他好似受到海妖蛊惑，再说不出那些冠冕堂皇的借口，哑声道：“我本来订的是今晚的机票，也加了你那个经纪人。”

谷音琪定定地看着他，只剩睫毛微颤。看吧，她没猜错吧。

“但出了便利店的事，我就改签了。”韩哲边解释边往后退了一步，后腰撞上了另一边的料理台。已经是尽头了，他退无可退。

淌进来的阳光晒得他背脊都起了细汗，完全没有冬日的感觉，更像是提前到来的阳春三月。

谷音琪再往前跳一步，就已经到了韩哲面前。和他们上一次在套房玄关时一样，她又把他逼到了尽头。她本来想再问一次“三个月误工费”的事，却忽然之间改变了想法。

“所以你后悔了吗？”她抬手，把他衬衫领子最上方的那颗纽扣解开。

她的问题听起来云里雾里，但韩哲知道她指的是什么。

他没回答，只是本能地咽了口口水，喉咙又痒了起来。

谷音琪扶着料理台，微微踮起左脚，作势要去吻他的喉结，却在几乎要碰上的时候微侧过脸，只用鼻尖飞快划过，脚后跟落地，回到原来的位置，只留一团潮热的气息包裹住它。

谷音琪很满意韩哲给出的反应，她觉得自己像沾了黑墨的毛笔，意图把那方方正正卧在格子里的毛笔字添上几笔，让那一撇一捺都刺破边框。

谷音琪轻轻笑了一声，又问了一次：“你后悔那天晚上离开了3001号房吗？”

韩哲抵在料理台面的手攥成拳，竭力忍住从脖颈开始往全身蔓延流窜的战栗，终是无可奈何地阖上眼帘，如同上帝忏悔般地轻叹一声，道：“后悔，所以我才来了。”

韩哲还有一些理智，知道自己眼下得先去洗个澡。早上起床时他洗过澡，到这会儿已经小半天了，而且坐了飞机，还去过医院。

洗完澡擦身时，他才留意起这浴室。浴室依然不大，和外面一样打扫得整洁干净，洗手台上不像他想象中那样摆满了瓶瓶罐罐各式各样的护肤品，只放了一瓶泡沫洗手液和牙具。还好，那是一支白色的电动牙刷，韩哲还以为她在家里也用酒店的洗漱用品。

浴室就在卧室旁边，木门虚掩，一目了然的客厅和餐厅都没了那人的身影。门缝约一掌宽，往内看，屋内有些暗，只透着一层淡凉的光。

韩哲记得这栋公寓的一厅一室户型，卧室和客厅外是共用一个大阳台，应该是谷音琪将窗帘拉起来了。

他拉好腰间的浴巾，推门走进，反手掩上门。谷音琪侧躺在床上，逶迤的曲线宛如雪山，只在腰上搭了一条毯子。她眼皮紧闭，呼吸平缓且规律，身子随着呼吸有微小的起伏。

她是……睡着了？韩哲无声地走近床边，见她好像已经进入梦乡，难免有些懊恼，想着是自己胡思乱想浪费了太多时间，让她等到睡着。

他垂首凝视她一会儿，终是没唤醒她，转身想去换衣服，刚拉开门，身后却传来“扑哧”一声笑。

闻声，韩哲猛地回头。假睡的谷音琪翻身坐起，笑得肩膀一颤一颤，道：“我的天，小哥哥，你怎么这么容易上当受骗？”

韩哲脑子里又炸了一下，他两步就走回床边，抬起她的下巴，哑声问她：“这张小嘴是不是整天骗人？到底哪句真，哪句假？”

谷音琪深吸一口气，耳朵里响着自己如鼓擂的心跳声——瞧瞧，毛笔字刺破边框了。

她眨着水眸，习惯性地说些讨巧话：“我说的是真的，小韩哥哥的事我都记得的。”

韩哲挑眉，分辨不出这句话是真是假，这女孩的嘴巴有时沾着蜜，有时咬着刀。

平安夜的谷音琪嘴角总是挂着看似温柔实则疏离的笑，在他订酒的时候笑，解他领带的时候笑，说话的声音总像一团棉花，好像无论被多重的石头砸到都是不痛不痒的模样。

什么时候才是真实的谷音琪？在酒店门口忍着哭的那个女孩是吗？给认识的便利店店员做 CPR 的那个女孩是吗？现在在他面前说着甜言蜜语的女孩，又有几分真？

“谷音琪，你不用特意说这些话来讨好我的。”韩哲俯首，嘴唇轻轻碰了一下她的眼角，说，“做你自己就好。”

谷音琪有些乱了阵脚，她当然知道要“做自己”，她也一直在这小小的空间内“做自己”，但是从没有人这样对她说过，而且还是这样一位仅有过几面之缘的男人。

她无比矛盾，一方面她一向不相信男人的鬼话，另一方面她又觉得韩哲这人有一定可信度，所以身体里好似有两队小人在互相扯着大绳，谁也不让谁。

而这个时候胸腔里也是鼓鼓胀胀的，韩哲的一字一句仿佛都往她体内打着气，她就像个灌满气的氢气球想要飘上天，又被韩哲拽住绳子拉下来，不上不下，起起伏伏，更是心痒难耐。

❷

谷音琪是被手机铃声唤醒的，这时卧室里的颜色沉得更深了，几乎没透进来一丝光，门外也是，天已经全黑了。她猛地坐起身，心想坏了，睡过头了。

电话是奶奶打来的，谷音琪接起，急忙道：“阿嬷，不好意思，我下午睡着了，一直睡到现在。”

老人在电话那边吁了口气，关心道：“你是不是身体不舒服啊？早上我就觉得你脸色不太好。”

“没有没有，没不舒服，就是最近学校事情挺多的，这几天睡得不太好……”谷音琪习惯性地否认。

早上她多买了不少菜，和奶奶约好了今晚回去做饭给她吃，估计奶奶等急了。如果是“住在大学宿舍的谷音琪”，去奶奶住处只需要十来分钟，但“住在另一区公寓的谷音琪”，周六晚高峰去到奶奶那儿至少要半小时。

“阿嬷你等我一会儿，我现在换了衣服就过来。”谷音琪着急下床，可大腿酸软无力，腿下地时膝盖一软，便打了个踉跄。

身后猛伸来一只手稳稳扶住她，伴着一声“小心”。谷音琪倒抽一口冷气，被吓得心脏都快蹦到喉咙了，她这才想起，韩哲还在她房间内。

韩哲的声音很低，奶奶没有察觉异样，只说：“你别着急，这么累就别过来了，困就继续睡一会儿，要不阿嬷做些饭菜给你送学校门口？你也能跟宿舍里的同学一起吃。”

“不……不用……”谷音琪此时的脑子里全是糨糊，搅都搅不开，好不容易才编了个“室友们今天都出去约会了，宿舍就我一人”的借口。

奶奶没坚持，让谷音琪今晚就在宿舍好好休息，两人多聊了几句才挂断电话。谷音琪稍微松了口气，但她怕奶奶等会儿担心她，指不定还会偷偷跑到学校去，于是决定还是要回奶奶住处一趟。

“我开灯了哦。”她提醒一句，摁亮卧室的顶灯，她捡起落到地上的小毯子捂在胸前，脸颊有些发烫。

韩哲坐在床中央，羽绒被子叠盖在腰胯上，许是因为他刚睡醒，眼神比平时还要再柔和上许多。

“那个，我现在有点儿事得出趟门，你今晚要留在这儿，还是？”谷音琪的嗓子有点儿哑，她清了清喉咙。

“我回酒店。”韩哲的声音也没好到哪里去，视线往下，“你的脚怎么样了？”

谷音琪微怔，她本来没打算让韩哲留下来过夜，因为这里始终是她住的地方，她希望能保持足够的私密性，但听到他毫不犹豫地说出要回酒店，她心里又泛起些许酸涩。

谷音琪你到底在期盼些什么？是不是还没睡醒？她在心里骂自己矫情。

谷音琪轻轻转了下脚踝，又弯腰摸了一下，说：“还行，肿消了一些，没早上那么严重了。”

韩哲下地，拾起浴巾围在腰上，说：“但还需要再冰敷一下，家里有喷雾吗？”

谷音琪摇摇头道：“没呢，等会儿我回来时去药店买一瓶。”

“好，你一个人去可以？需要我陪你吗？”韩哲问她。

谷音琪拿衣服的手一抖，忙道：“不用不用，我就是去阿嬷家。”

韩哲直接学她说方言：“阿嬷家？住哪儿？”

“在鹭林路那边……”话说了一半，谷音琪突然抿紧嘴，糟糕，说多了。

刚才谷音琪与家人通话时讲的是闽省方言，韩哲只能抓住其中几个词，虽然他在鹭城的时间不长，但一些比较知名的地标还是心中有数——鹭林路上就有所大学。

韩哲其实看不太出谷音琪的实际年龄，她有时还是一颗青涩果子，一咬下去牙齿要酸上好久，但有时又是颗催熟过度的果子，手指轻掐就会挤出汁，现在他才知道她还在读书。

谷音琪没主动说，韩哲也没再追问。衣服挂在浴室里，韩哲回去穿上，再出来时谷音琪也已经穿好了衣服。她一身宽松帽衫和牛仔裤，素着张脸，和之前在酒吧酒店时见过的那个谷音琪都不大一样了。

“加个微信吧？等我忙完后，我给你打个电话。”谷音琪主动提出加微信，她可没忘，两人之后还有误工费要谈呢。

“好。”韩哲扫了她二维码，加上后改了备注名“谷音琪”。

谷音琪也给他改了个备注——临时大老板。

两人一起离开公寓，在等电梯时，谁都没再提屋里发生过的事。

韩哲不动声色地看向电梯间另一边的走廊，魏梦晴住在那一侧，他以前来这公寓，出了电梯便直接往右走，谷音琪的这一侧是往左走。他收回视线，旁边的谷音琪正低头忙着叫网约车，韩哲从这个角度，能看见她头上小小的发旋。

中午听见谷音琪说她住十七楼时，他脑袋嗡了一声，种种巧合让他忍不住问一句：“谷音琪，我们以前有没有见过面？”

谷音琪仰起头，眨了眨眼，有些疑惑道：“不是在酒吧见过吗？”

韩哲又问：“平安夜之前呢？有见过吗？”

谷音琪眉心微拧，想了一下，说：“我没什么印象，你是觉得在哪里见过我了？”

韩哲也没在记忆里找出她存在过的痕迹，正巧电梯到了，他轻轻摇头，道：“没事，是我记错了。”

谷音琪叫的车就在这附近，两人很快来到接客点，上车前她朝韩哲扬了扬手里的手机，说：“我们等下微信上谈一下，反正你还会在鹭城待上一两天吧？”

韩哲想到手机里被他忽略的未接电话和微信信息，还是点了点头，道：“应该是的，明天还想再去医院看看那位店员。”

“哦哦，这样……”

谷音琪还想说什么，司机打断她：“阿妹，这里不能临停的，我得开车了。”

韩哲挥了挥手，说：“你先走吧，微信联系。”

谷音琪点点头，说：“好，你自己小心。”

韩哲不禁扯起嘴角，轻笑一声，说：“你才要小心，尤其右脚。”

昏黄路灯像蜂蜜浇淋在男人发顶，谷音琪发现，这是韩哲第一次对她笑。她的脸颊又烫了下，咕哝出一声“拜拜”，上了车。

韩哲扬手拦住一辆出租车，把登机箱放进后排座，人绕到副驾驶位坐下。司机问他要去哪儿，他看了眼前方，载着谷音琪的那辆小车已经驶出一段距离了，但要追的话还是能追上。

他正想跟司机说跟上那辆小车，这时窗户被“叩叩”敲了两下。

“韩哲？”

韩哲侧过脸，看清来人后按下车窗，对车外的女子打了声招呼：“梦晴。”

韩哲的视线移动，眼神渐冷，看向魏梦晴身后不远处、上次说他是“外卖小哥”的那个男人。

“昨晚便利店出事，我就猜想他会来，但没想到会这么巧遇上他。”魏梦晴挽着何成言的臂弯走进电梯轿厢，小心翼翼地看向男朋友，怕他因为这事心情不好。上次平安夜，韩哲送来的玫瑰花就被他全丢到垃圾房了。

本来她和何成言从车库准备直接上楼，想起快递柜里有个包裹，便从一楼出了电梯。快递柜安在公寓大门外墙，两人往大门走，魏梦晴忽然看见一个很眼熟的背影。走近后，她确认那人就是小半个月没见的韩哲，拉着行李箱站在路边，身前停着一辆小车。

韩哲面前好像还站着一人，对方几乎整个身子都被韩哲挡住。

很快对方便上了车，小车驶走。

楼下左邻的店员一出了事，公寓业主群里就有人提起，所以韩哲出现在鹭城，魏梦晴倒是不觉意外。她本想趁着何成言没留意到韩哲的时候折回电梯，可现男友还是看到前男友了，还十分大方地叫她上去打声招呼。

魏梦琪对韩哲并没有憎恨或厌恶，她觉得他们之间只是没了喜欢和冲动，分手而已，无须搞得老死不相往来那么难看。毕竟，多个朋友总比多个敌人好。所以她在韩哲坐进出租车的时候走上前，敲了敲车窗。

魏梦晴问韩哲是不是为了便利店的事来了这儿，韩哲答是，两人没聊太多，就像不太熟但又认识了很久的朋友，不咸不淡地讲了两句，直到出租车司机有些不耐烦，魏梦晴才与韩哲道别。

何成言熟门熟路地按下十七楼的按钮，等关上门，才刻意装出夸张的表情，佯装生气道："谁知道呢，说不定他假公济私，表面上来处理便利店的事，实际上是想来重新追求你呢？"

魏梦晴被他的模样惹笑，嘻嘻笑着倒在他肩膀上，说："想什么呢，我那天和他谈得很清楚了，是非常和平的分手，他还祝我幸福，你就别胡思乱想了啊。"

何成言捏了把她的脸颊肉，轻轻一笑，没再继续这个话题。

虽然何成言有把握魏梦晴现在的心肯定是向着他的，但姓韩的突然出现在公寓门口，他心里还是有些硌硬。而且刚刚他看得十分清楚，与姓韩的在路边说话的……是那个女孩。

何成言已经忘记那女孩叫什么名字，为了招待部分外地来的合作厂商，他常常需要给对方组局，请来一帮小模特陪厂商们唱唱歌、打打高尔夫，很快事儿就成了。

那女孩儿就是其中一次碰上的，人美声甜，身材姣好，所以他多少有些印象。只是姓韩的为什么会跟这个小野模说上话了？两人认识？是在与魏梦晴分手前还是分手后认识的？

何成言无声嗤笑，魏梦晴以前还整天说这个男人正经自律，异地恋也不用担心他搞三搞四。当时何成言就觉得，世界上哪有男人会对着一桌子美味佳肴无动于衷？什么正人君子，结果还不是和他一样？

只是耽误了半分钟而已，韩哲就追不到谷音琪乘坐的那辆车了。他给了司机酒店地址，按低半扇车窗，灌进来的湿冷夜风把他吹清醒了一些。

路上有点堵车，车子开开停停，音响播着当地的广播电台，司机开口说过两三句话，然后就跟蓝牙耳机里的工友吐槽今晚的路况。

韩哲望着车窗外闪烁的猩红车尾灯，慢慢冷静下来。他想复盘这一个下午发生的事，从来到公寓楼下给谷音琪打电话开始，看看是在哪一步，事情开始变了味。

可想来想去，脑子里全是谷音琪的笑容，在沙发上慵懒轻松的笑，在餐桌旁甜美动人的笑，在厨房里狡黠精明的笑，在动情时妩媚性感的笑。大部分时间谷音琪总是带着笑，笑意有时会进了眼里，有时不会。

韩哲开始有冲动想去了解她的过去，想知道是发生了什么事情才让她走上这条路。

毕韦烽和赵宁他们曾经有一次心血来潮，在“基地”里正儿八经地讨论过“女孩们为了什么会选择混来钱快的圈子”这个问题，韩哲在这件事上没有发言权，就坐在一边安静地听他们说。

这样的姑娘无非都是想赚快钱，一种类型是为了满足物欲——贵妇级面霜和名牌包一个都不能落下，朋友圈展现的生活精致美丽，而借贷平台和信用卡的每月账单上数字惊人，一开始接活时对自己说就救一下急，等把欠款还清了还是去找安稳常规的工作。

可这钱来得太容易，债务是还清了，但物欲的洞打得更开了，黑黝黝的望不到底，最后她们还是会选择继续在这个圈子里待下去。

另一种类型则是受制于人——有些姑娘稀里糊涂签了合约，为了更快地赚钱，管事的会劝她们去做医美，钱不够就先贷款，干活赚来的钱则用来每个月分期支付贷款，可姑娘们今年刚把垫鼻子的贷款还完，明年又被游说去做胸做腿，一套接一套，把女孩们一直套牢在自己这里，除了日复一日地给他们当牛做马，别无选择。

还有一种就是最常见的，姑娘因家里经济困难，被迫进入这样的圈子。

可这一种近年来也真真假假分不清，每个姑娘都说自己家境贫寒，基本都有一个烂赌成性的爸爸或哥哥、一个体弱多病的奶奶或妈妈，再加一个成绩优异且快没得学上的妹妹弟弟。

男人总有大男子主义作祟，无论年纪多大，遇上这样的姑娘，都会幻想自己就是王子，能把公主从恶龙洞窟里救出来的王子。他们都在想，只要把公主救出来了，公主肯定会死心塌地爱上王子。

韩哲细想着谷音琪是哪一类：第二类排除，第一类在进屋后也排除了——她的公寓是租的，大件家具和电器看得出已经经过几任住客，比如矮几和餐桌都有深浅不一的刮痕，只不过谷音琪依然把它们擦得一尘不染。

小鞋柜里的鞋子不多，同个类型的鞋子只有二至三双，例如高跟鞋就两双，一双红的，一双黑色的，不是奢侈品牌，反而若干双酒店拖鞋占了一整个下层，码得整整齐齐。

厨房里的厨具不多，调料瓶里的酱料有高有低，洗碗布是湿润的，沥水架上有一只瓷碗倒扣着，迷你电饭煲很小，一样擦得干净。看得出来谷音琪平日都是自己做饭，且很爱惜每一样小物件。

电热水壶旁边有个透明亚克力收纳盒，两层的，下层装的是颜色各异的茶包和速溶咖啡，而上层装的是糖包、奶粒之类的咖啡伴侣。常住酒店的人对这些小东西很熟悉，但并不是每个人都会把它们带回来，还按颜色把它们排列整齐。

韩哲猜想，指不定这小小公寓里还有一个地方专门收纳起各种酒店备品，像是沐浴露、洗发水之类的。

而且那几本家居类杂志，刚才遇到魏梦晴的时候他瞬间想起来了。魏梦晴有买杂志的习惯，每个月会收到两三本不同类型的杂志，所以三不五时就要把过期的杂志整理丢弃。

有一次韩哲来鹭城找她，见她又摞了一沓杂志准备丢，每一本书都还很新，没什么翻阅痕迹，韩哲觉得有些可惜，便找了个牛皮纸袋妥善地装好，再用油性笔在纸袋上写了一行字，说这些杂志如有需要的可以免费自取。

牛皮纸袋被他放在垃圾桶对面的台阶上，晚上再去垃圾间丢垃圾的时候，韩哲发现装满杂志的纸袋已经不见了。怪不得那几本杂志封面韩哲似曾相识，原来是让谷音琪拿去了。

不知道为什么，韩哲脑海里忽然浮现出那女孩蹲在楼梯旁的模样——她身上穿着柔软的家居服，认真看着牛皮纸袋上的字，最后一脸欢喜地提着袋子回家。

出租车通过了一个拥堵点，速度终于提了起来。车载音响里这时响起一首老歌，女声低沉慵懒："自从相思河畔见了你，就像那春风吹进心窝里……"

司机也跟着低声哼唱。

韩哲想起了那晚毕韦烽在包厢里说的话，他知道毕韦烽是什么意思，毕韦烽不想他成为其中一个"王子"。

他手肘撑窗，手指抵在微微扬起的唇旁，低低笑了两声。

谷音琪是等着被拯救的"公主"吗？她更像那只囤了一堆财宝的小龙吧。

❸

司机还在继续跟着音乐五音不全地唱，鼻边音不分："自从相思河畔见了'里'，无限的痛苦埋在心窝里……"

韩哲想起什么，拿起手机打开外卖 App，先点了点左上角。收货地址栏里现在只剩家和公司两个地址——本来之前排在第二的是御景公寓的地址，和魏梦晴分手后他已经删了。如今他把御景公寓的地址重新输入，不过联系人和联系电话都变了。

他在 App 里搜了"跌打"，跳出来许多商品，有消肿气雾剂、跌打万花油、止痛消炎软膏等等，在同一家药店里挑了个喷雾和万花油，最后一起结算，直接让人送御景公寓的前台。

刚买完，微信提示有新消息，韩哲点进去查看，看清是谁发来的微信时，他抿了抿嘴角。

是毕韦烽，不是谷音琪。

除了苏肃的信息，其他亮着红点的信息韩哲都还没查看，想等会儿回酒店后统一处理，现在点开的话容易漏掉信息。

他先给谷音琪发了条信息：消肿喷雾和万花油我买好了，我让跑腿的放公寓前台，你晚上回去了记得拿。

谷音琪没有立刻回复，韩哲点进她的朋友圈，那条“对方仅展示一个月的朋友圈”的分割线让他不禁挑了挑眉。是她不发？还是设置了分组可见？

谷音琪的微信头像相片是纯黑底色，上面一个白色的笑脸，韩哲看了两秒，觉得哪里不对，点开头像大图——原来那是一弯月牙。月亮弯起的弧度好像夜空在微笑，弧线上方另外画了两道小小的弯弧，这样看上去就是一个眯着眼笑的表情了。

瞧，连头像都要微笑，像嵌在她脸上的面具一样。

韩哲想起那张留在他西装里的便签，最下方署名处也是一个这样子的笑脸。而在昨晚便利店的那段监控视频内，脸上一点儿笑意都没有的谷音琪，看上去真实太多了。

韩哲轻叹一口气，最后他再看了一眼谷音琪朋友圈最上方的封面图。和黑底色的头像正好相反，封面图里是一面白墙做底，前面是几支开得娇艳的红玫瑰。墙壁和玫瑰都染上了些许昏黄，墙上有朦胧投影，有花的，还有人的。

韩哲想了一下她公寓的朝向，傍晚在客厅里能瞧见夕阳。

许是一直等不到他的回复，毕韦烽直接打电话过来了，韩哲看了看时间，估计到酒店还要五分钟，便接起电话：“喂。”

“你现在人在鹭城？”毕韦烽直截了当地问。

“对，我不是早上就在群里说过了？”韩哲上机前在兄弟群里说了一声。

毕韦烽又道：“但你消失了大半天了，事情还没处理完？有那么难搞？”

“没有，中午就处理好了，店员目前的问题暂时不算太大……”

韩哲还没说完就被打断，毕韦烽紧追着问：“那你下午人去哪儿了？”

韩哲顿住，在那小公寓里和谷音琪待了一个下午的事，他可没打算让别人知道，包括自己的发小，便说：“下午我也有事忙，手机静音了，你有急事找我？”

电话那边突然安静下来，韩哲皱眉，又问了一次：“喂，你下午有急事找我？”他能听出毕韦烽刚才的语气里有些许着急。

过了几秒，毕韦烽才缓缓开口：“我帮你找的那微信号，你加上了？”

韩哲的眉心拧得更厉害了，但他没瞒毕韦烽，应道：“嗯，我加了。”

毕韦烽的声音沉了下来，道：“找到你要找的人了是吧？”他这一句不像疑问句了，更像是笃定的肯定句。

韩哲顿了顿，道：“没，我还没联系过那人。”

可他也没说谎，他是加了阿超的微信，但没经过阿超他就已经找到了谷音琪。

电话那边又一次安静下来。

韩哲没再等毕韦烽问话，直接说道：“要是没什么事的话，我就先挂了……”

但他这一次还是被毕韦烽打断：“昨晚你家便利店的视频我看了，老韩，我怎么觉得见义勇为的那姑娘，有点儿眼熟啊？”

韩哲嘴巴抿成线，没回答他。

而毕韦烽则是自问自答：“我看，好像有点儿像上次我在酒吧跟人打架那次，最后跑到你身后跟你讲话的那姑娘？”

路灯一盏接一盏在眼皮上方滑过，韩哲渐渐坐直了身子，缓声道：“毕韦烽，我知道我自己在做什么。”

再过了几秒，韩哲听见毕韦烽发出一声嗤笑，很轻，但他还是听见了。

“Fine（好吧），你知道自己在做什么就行了。”毕韦烽的语气很快变回原来那样，懒洋洋的，好像对什么都感到无所谓，“那没什么事了，等你回来再约。”

韩哲应了声“好”，对面就把电话挂了。他思索几秒，很快点开和毕韦烽的聊天框，这家伙日夜颠倒，第一条发来的消息是今天下午三点左右，问韩哲在干吗，后面几个小时里，只来了两条消息而已。

韩哲没往别处想，回了毕韦烽：回去再谈。

毕韦烽直直盯着这条信息看，但满脑子想的都是昨晚的事。

昨晚他没留在那个酒店套房，前脚谷音琪走，后脚他也离开了，直接去了机场，赶最晚那班飞机回沪市。在贵宾室里候机时，毕韦烽才理解到自己干了件多么冲动且愚蠢的事。

急匆匆地飞来，又急匆匆地飞走，就是为了确认她是不是真的成了那种钻进钱眼里的女人？她是或不是，与他何干？

飞机在机场落地时，毕韦烽心里头依然不痛快，让人直接送他去 BOSS，喝到店关门才滚回家。结果翻来覆去睡不着，胸腔里憋着股气，他也没想明白自己在气什么，直到天渐渐发白才睡着。

他一觉睡到下午，脑袋晕晕沉沉时看见群里的信息，看完聊天记录才知道，韩哲公司在鹭城的一门店出了事，韩哲在早上也飞了过去。

一开始还在宿醉中的毕韦烽没把事情想明白，上网搜了“左邻店员”的相关新闻。直到看到那视频，他才清醒过来。

毕韦烽退了微信，打开相册，点开最新的那个视频。视频是谷音琪给人做心肺复苏的那段，他从网上保存下来的。女子背对镜头，但她昨晚来套房时穿的什么衣服，毕韦烽没忘。

画面有些晃动，还有些过曝，在那抹墨绿的衬托下，谷音琪的长发如火焰燃烧，随着她有规律的一下下按压，火苗也在飞舞跳动。

毕韦烽想，当时在海滩上，她也是这样的，对吧？

毕韦烽反复看了几次视频，最后拿起手边的威士忌一饮而尽。胸口起伏得厉害，他平复了一会儿，站起身去浴室洗了把脸。

冷水泼湿头发，毕韦烽把刘海随意地拨起。他倾身，把脸凑近镜子，用力搓揉额头上那片去不掉的痕迹。

毕韦烽咬牙“呲”了一声，低声自言自语：“真会演，这片胎记那么明显，她还能装作认不出来。”

谷音琪从奶奶住处离开时差不多九点了，她还没回韩哲的信息，倒不是故意吊着他，只是她陪奶奶的时候不大看手机。不过要回复他什么，她在脑子里早已想好。

站在路边等车的时候她给“临时大老板”回了消息：这就是贵司给的医药费吗？

还附上了一个“哈哈大笑”的表情。

谷音琪：刚才在陪家人，没时间回消息，你在酒店了吧？

韩哲正在电脑上和苏肃开视频谈着公事，他的手机屏幕是保持常亮的，眼尾的余光一瞄到那个月牙笑脸的微信头像跳到最上方，立刻顿了顿，对着摄像头做了个手势，道：“暂停一下。”

苏肃点头道：“好的。”

韩哲看完消息，回复：对，你回家了吗？

谷音琪：还没，在等车。

韩哲：一个人小心一些，脚的情况怎么样了？

谷音琪：还在能接受的程度，等回去冰敷一下再上药。

她看着对话框上面的“对方正在输入中”提示，等了一会儿，才等来韩哲的回复：好。

对话生生停住了，谷音琪不禁笑出声，瞧，话题终结者！

刚好叫的车来了，她上车后继续给韩哲发消息：我上车了。

谷音琪：外卖小哥给过我电话了，说东西给我放在前台了，谢谢你。

谷音琪：你住哪家酒店？还是上次那家吗？

谷音琪：如果还是上次那家的话，我等一下会顺路经过哦。

韩哲是“话题终结者”也没关系，反正聊天的话她很擅长。

接连跳出的信息让韩哲怔住，尤其看到最后一句时，下午那些潮湿黏热的画面瞬间全部浮现出来。

苏肃在电脑那边坐直了腰板等着，老板那边的麦克风关了，他听不到声音，但他能看见，老板的表情好像有点儿……不对劲？好像有些吃惊，又有点儿慌张，十分不知所措的样子。

接着老板对着摄像头，嘴巴一开一合不知说什么，苏肃赶紧指着键盘提醒：“韩总，麦克风。”

韩哲才想起自己关了麦克风，按下后对苏肃说道：“今晚先到这儿吧，明天我会再去一趟医院，确认没什么事了就订明天下午的机票。至于‘夜班无人化’这个问题，回去再详细讨论。”

苏肃连连点头道：“好的，那韩总你早点儿休息。”

阖上电脑后韩哲直接给谷音琪打了语音电话，而还在等回复的谷音琪看到电话页面跳出来时难免怔了怔，她有些意外地接起，打了声招呼：“哈啰。”

韩哲的房间面朝大海，没能看到城景，但今晚的月亮和谷音琪的微信头像一样，也是明月如钩，若是再添两颗星，也就成了笑脸。

海面上倒映着盈盈月光，被夜风吹破，宛如细碎金银落满地，韩哲清了清喉咙，开口时声音有些哑：“我还住这家酒店，你……你要过来吗？”

其实从奶奶住处到韩哲下榻的酒店并不顺路，谷音琪本来只是想试探一下对方，但韩哲声音里那零点几秒的停顿，让谷音琪决定还是去见他一面。

谷音琪低声说：“我可能十五分钟后就能到哦，你等会儿得下来接我。”

韩哲应道：“行。”

“啊，但你给我买的药还放在前台呢。”谷音琪突然想起来这茬。

“明天再取吧。”韩哲抬腕看表，忽然补了一句，“谷音琪，我最晚明天下午就得回沪市了。”

这下轮到谷音琪怔住，没想太多就直接问：“那么快呀？”

“对，周一早上要开会，有些事情也需要我回去才能处理。”韩哲停了几秒，接着问，“今晚留下来，行吗？”

谷音琪的耳朵烫了一下，很快连带着脸颊和脖侧都开始升温。明明做出暧昧不清的留宿邀约，可他的声音仍像一汪不起波澜的湖水，清澈得可以瞧见湖底晶莹剔透的卵石。

谷音琪右手拿着手机，脑袋斜斜地抵在车窗玻璃上，抬头看着路灯如流星划过，而左手食指正无意识地绕着发尾，卷起又松开。

她的声音很轻："也行，不过这样的话，我就得回去拿点儿东西了……最快也要半小时后才能到。"

韩哲叮嘱她："不着急，你慢点儿，注意脚别再崴到了。"

"放心呀，我现在有一把拐杖，如虎添翼。"谷音琪看着斜倚在车椅旁的那把木头拐杖，笑了笑。

话筒那边的声音轻松活泼，韩哲好像也被她的笑意感染，落地窗玻璃上倒映着他逐渐柔软下来的表情，问道："拐杖？哪来的？"

"是我阿嬷的，我刚才回家时，还是被她看出我崴了脚，正好家里有，她非让我带上。"谷音琪想起韩哲不是闽省人，便同他解释一句，"'阿嬷'就是我奶奶，闽省话你能听得懂吧？"毕竟韩哲的前女友是鹭城人。

"一些单词可以，'阿嬷'我听得懂。"韩哲接着问，"那你父母呢？你崴脚了他们还让你这么晚回'学校'，不留你在家里住？"

他知道谷音琪要回的是御景，"学校"是谷音琪跟奶奶讲电话时说的小谎话，他便顺着说了。这张小嘴说的话，有时真真假假分不清。

可当他说完这句，电话那边是一片寂静。

不，也不是完全安静。

韩哲能听见车厢内播放的歌曲，能听见汽车正在行驶的声音，甚至能听见一两声喇叭声，可唯独没听见谷音琪的声音，连呼吸声都消失不见。

瞬间仿佛有一只无形大手紧紧掐住韩哲的喉咙，使他无法呼吸。他觉得自己应该是说错话了，正想跟谷音琪道歉，这时谷音琪却开口了。

她先是轻笑了两声，才说："我跟他们说明天学校有活动……哎呀，我手机快没电了，先不说了，我等会儿过来了再联系你，好吗？"

韩哲抿了抿唇，道："好，那待会儿见。"

"嗯，待会儿见。"电话挂断，谷音琪才发现左手把发尾卷得乱七八糟，跟海底的漩涡一样。

这趟网约车接单的是位年轻女司机，摸了条数据线递给后座乘客，热情道："妹妹，我这儿有数据线，你插后面那个充电口就行。"

谷音琪看了眼几乎全满的电量，还是接过数据线，笑着道谢。

韩哲还站在窗边，海景再美此时也入不了眼。他说的那句话里面有哪个词是谷音琪的"敏感词"？"学校"不是，"家里"应该也不是……那就只有"父母"了。

韩哲很快拨通苏肃的电话，道："苏肃，有件事要麻烦你。"

"韩总你说。"

韩哲大步走到床边，按下电动窗帘的关闭按钮，说："帮我查一个人，等会儿我发一个名字和电话给你。"

❹

现在不是晚高峰，车子很快来到目的地。谷音琪给女司机打了五星好评，下车时情绪已经调节好了，她没怪韩哲，不知者无罪。

木头拐杖是之前谷音琪以防奶奶年纪大了膝盖不好提前买的，没想到自己倒先用上了，还挺好使，走起来脚踝没那么疼了。

路过便利店时，谷音琪往里头看了一眼，今晚看店的是个青年男子，她没见过，估计是店长临时调派过来的员工。说起来，她其实也还没认真了解过韩哲的情况。

谷音琪抬头，看了会儿鹅黄色的店铺灯牌，打开手机，直接搜索"左邻"。跳出来的页面里，第一个链接就是左邻的官方网站。

网站是有用心做的，不是单纯用几个模板网页堆砌而成，设计感十足，时尚简约，使用感很舒服。很快，在公司介绍中，谷音琪看到了韩哲的名字，跟在"创始人"三个字后面。

她睁圆了眼睛，发出了一声惊叹，然后低声笑了笑。

不过网站里关于韩哲的个人介绍并不多，仅用寥寥几句带过，公司最新动态倒是有不少：第几轮融资成功，全国门店数量破千，等等。

谷音琪看了一会儿，拄着拐杖慢腾腾地过马路走回公寓。她在前台取了黄色纸袋，沉甸甸的。回到家后她拆开纸袋，取出两盒跌打药认真看了说明，最后选了消肿喷雾，连同外宿的常用小物装进轻便的帆布包里。

晚饭时出门急，还没来得及丢今天的垃圾，谷音琪蹦进卧室正想收拾，一眼看见了垃圾桶里的东西，想起下午的事，不禁感叹：这男人……是化石出土吗？

卧室里有一些味道，她把窗户打开一条缝，让屋子通点儿风，散散味。

背好包，谷音琪熄灯出门，拎着垃圾袋走到垃圾间。丢完垃圾，她拍了拍手，一转身，几秒前还没人的门口竟站了个男人。谷音琪被吓了一跳，本能地握紧了手里的拐杖，眼神警惕地看向对方。

公寓走廊顶灯明亮，而垃圾间的感应灯暗了许多，男人站在防火门旁边，大半个身子逆在光里，一手插着口袋，另一手提着垃圾袋，一声不吭。

谷音琪能感受到他上下打量的视线，是不带好意的那种。她眉心微蹙，认出这人是那个邻居小姐姐的男朋友，也是她曾经有过一夜露水情缘的男人。

谷音琪跟之前一样，装作没认出他，低下头就想往外走，但男人也往前跨出一步，直接挡住她的去路。

她抬起头，脸上没什么表情，说："麻烦让一让。"

何成言挑眉，转过头看了一下走廊，确认没人才压低声音开口："你不认识我？"

谷音琪心里觉得可笑，但面上显得困惑不已，反问道："我们应该认识？"

何成言的视线从她的脸往下，落在她手里的拐杖，再往上回到她的脸，定定看着她，想从她脸上看出个所以然。可这女人一脸茫然，好像真的完全认不出他。

谷音琪忽然轻轻"啊"了一声，见她好像突然想起什么，何成言心惊，后脑勺都麻了。

谷音琪眉心松开，但是表情还是淡淡的，说："之前在电梯里见过是吧？你也住这一层。所以有什么事吗？"

何成言心里暗自松了一口气，心想估计她是真没什么印象了。可转念一想，像她这样的姑娘也不知跟多少男人有过点儿什么，看男人都快看得脸盲了，不认得也是理所当然吧。

他一改刚才阴翳的眼神，扯起嘴角笑笑，说："没事没事，都是邻居，打声招呼而已。你怎么拿拐杖了？脚受伤了？"

谷音琪可笑不出来，眉心又一次皱起，仿佛因对方无端端的骚扰感到无比心烦，语气也不大好："这不关你事吧？麻烦让让。"

既然她记不得，何成言也没想惹事，侧身给她让了条道，没再挡着她路。现在他和魏梦晴是奔着结婚去的，以前风流快活的日子得一刀斩断。

谷音琪快步走向电梯，耳朵仔细留意着走廊的动静：先是垃圾桶盖子关上的声音，接着是拖鞋在地砖上的拖沓声，然后是指纹锁开锁音乐声，关门声。

进电梯后，谷音琪才长长吁了口气，无声骂了一句："有什么大病。"

那男人明显认出她了，这不是一件好事，有些危险。

谷音琪又叫了辆车往酒店去，她一路上都在想着事，直到车停下才回过神。酒店门童很快过来为她开车门，谷音琪拎起单肩包和拐杖下车。

"请问是要办理入住吗？"门童问。

"不用哦。"谷音琪右手握着拐杖，左手拿手机，正低头找着韩哲的微信，想给他打语音电话。

不远处传来一声："在这儿。"

谷音琪闻声抬起头，而韩哲已经走到她面前。他还是穿着白天的那套衬衫、西裤，没穿西装外套。许是因为奔波了一天，白衬衫有些许皱痕，但他还是把扣子扣到了最上方那颗。

谷音琪冲他笑笑，说道："我正想给你打电话，你什么时候下来的？”

韩哲回答得很快：“刚到的。”

一旁的门童偷偷瞄了他一眼，很识趣地走开了。

韩哲朝谷音琪伸手，说：“把包给我吧。”

帆布包不重，谷音琪就不客气了，笑嘻嘻地递给他，说：“谢谢呀。”

两人一起往酒店里走，韩哲背着和衬衫西裤一点儿都不搭的帆布包，放慢步伐，配合着谷音琪的速度，问：“回去拿了什么？”

谷音琪如实地回答：“换洗衣物，洗漱包，数据线，还有你买的喷雾。”

两人慢慢走到电梯间，韩哲一直低头看着她的拐杖和她的脚踝。进了电梯，轿厢里只有他们两人，韩哲扫卡按下楼层，然后把房卡递给谷音琪，说：“帮我拿这个。”

谷音琪没想太多就接过房卡，问道：“给我干吗？”

“等会儿你负责开门。”韩哲言简意赅，解开了袖扣，把袖子随意挽起，弯腰，一手抱住谷音琪的膝弯，一手扶着她的腰背，一把就把她稳稳抱起，还不忘叮嘱她，“抱住我脖子，别摔了。”

突来的失重感让谷音琪深吸一口气，久久无法呼出，在胸腔里撞来撞去，烧成了滚烫的火烧云。她抓紧手里的拐杖，另一手飞快攀住男人的后颈，声音被吓得变了调：“有……有监控！”

韩哲疑惑地垂眸看她，道：“有监控怎么了？我又没做什么出格的事。”

这还不叫出格的事吗？谷音琪惊诧地睁圆了眼。

“刚才门口和大堂人太多了，我怕你觉得尴尬就没这么做。你这脚今晚尽量别再落地了，好好休息一下……”

韩哲还在一本正经地解释，而谷音琪早就涨红了脸，只能听见自己扑通扑通的心跳声。

她从没让人这样抱起过，身子轻飘飘的，好像一个气球，一直往好高好高的天上飞，再高一点儿，气球就要爆炸了。

而韩哲说了让她休息，就是真的休息。

韩哲先跟酒店要了一桶冰块，拿毛巾包着帮谷音琪冰敷，再好好喷上药。谷音琪脚都不用沾地，去哪儿都有韩哲抱着，洗漱完就被韩哲塞进被子里说早点儿休息。

这一晚他们就那么待着，无论谷音琪如何嬉闹，韩哲都无动于衷，说再这样他就去客厅那边睡沙发。

谷音琪把脸埋在韩哲胸膛前，笑得眼泪都快流出来，说哪有人像你这样，简直是活的柳下惠。

韩哲被她闹得没法，胸口又痒又烫，只好往她屁股上轻打一巴掌，低喃的声音带着浓浓困意，说："等你脚好一点儿再说吧。"

这一晚他们在睡前说了很多话，韩哲知道了谷音琪目前大四在读，学校和专业她死守着没说，只说和互联网有些关系。

谷音琪答应了韩哲，伤筋动骨一百天，这段时间内不"跑来跑去"，也不去"蹦迪"了。

韩哲问她想好误工费要多少没有，谷音琪本来想提十万，但韩哲给她敷脚时她减了一万，韩哲亲吻她眼睛时又减了一万，韩哲给她买了药，最后再减了一万。她从被子里伸出手，将手摆出个手枪的造型，说："这个价格咯。"

韩哲应承了。

可能是因为了结了一桩心事，也可能是因为韩哲在黑暗中的声音太有磁性，困意汹涌袭来，谷音琪打了好几个哈欠，眼皮子终于耷了下来。快睡着的时候她听见韩哲问了她一个问题，她没听清，让韩哲再说一遍。

这次她听清了，韩哲问她，为什么昨晚要去拉那个女店员，如果不挺身而出的话，她的脚也不会受伤了。

谷音琪睁不开眼，也不知道自己回答了没有，含含糊糊地咕哝了两声，终是抵挡不住睡意。

听见身前女孩绵长均匀的呼吸声，韩哲缓缓睁开眼。紧拉着窗帘的房间黑暗无边，他循着呼吸声看向谷音琪脸的方向。

刚才谷音琪回答了他最后的问题，虽然很小声很模糊，但他还是听明白了。

谷音琪说，因为看着阿姨那样，就想起以前跪地磕头的她自己，但当时没有人拉她。

谷音琪拿起手机，打了几个字，删除，锁屏，重新塞回包里。

公交车经过正在修的路段，车身晃动得厉害，颠簸了几下，就把谷音琪刚冒出来的小心思像马路上的小石子般全弹开了。

为了不让自己再去掏手机，谷音琪牵住了奶奶搭在腿上的左手，小声埋怨道："这条路从我大一时就开始修了，可能到我毕业还没能修完……"

这一摸，谷音琪才发现奶奶的手背好凉，她另一只手也赶紧握过来，想把自己的热量过给奶奶，她侧着头，低声问："阿嬷，你哪里不舒服呀？是不是又晕车了？是的话我们下个站下车，慢慢走回家好不好？"

奶奶在渔船上待了大半生，大风大浪都过来了，偏偏有些晕车，尤其是小轿车，所以谷音琪陪她出门一般都选公共交通。

沈大妹摇摇头，另一只手轻轻拍了拍孙女的手背，不过声音确实没什么精神，有些吞吐："琪琪啊，你老实跟阿嬷讲……"

胸腔里那条被许多许多谎言喂成球的红鱼，好像一下子被鱼钩钩住。谷音琪的心脏一跳一跳地疼，奶奶还没问，她的脑子已经自动列出了更多谎话，方便她等一下能"应答如流"。

不过，奶奶问的不是让谷音琪最害怕的那个问题。

"琪琪，阿嬷是不是有医不好的病了？"沈大妹垂着脑袋，连带着嘴角、眼角的皱纹也无精打采。

谷音琪愣了一下，小声惊呼道："你说什么呢，哪里有哦！"

老人家也不知想到什么，眼眶都有点儿红了，道："我们这个星期都去了好几次医院，查这个查那个，睡进那个轰轰叫的机器里面，还有扎针、抽血……"

只要奶奶问的不是关于钱的问题，谷音琪就不紧张了，反而被有些像小孩子的老太太惹笑，安慰道："无事无事，其实就是我之前跟你说的那样，都是些常规的身体检查而已。城市里的老头老太太，年年都要做检查的。我想想，我阿嬷也不能输给人家。”她轻松地笑，再补了一句，“而且，到目前为止我们做的这几项检查，王医生看了后都说没什么问题。你看，这样子我们也安心好多的，你说对吗？”

沈大妹对这个孙女总是深信不疑，毕竟在她已经不想活了的那段日子里，是谷音琪用尽全力把她拉扯起来的。那时候谷音琪又哭又气、满脸通红的样子，沈大妹至今还能记得。

谷音琪说：“奶奶你还有我在，我带你去鹭城，我们重新开始就好了。”

所以她这都快躺进棺材的老太婆，离开住了一辈子的小岛，来到一个陌生的城市，像个蹒跚学步的孩子，一点点慢慢适应。

沈大妹情绪稍涨，朝她点点头，道：“反正我都听你的。”

谷音琪松了劲儿，真像安抚情绪不安的小孩一样，搂着奶奶的肩头轻轻拍了拍。

刚才她说的话倒不是谎言，这一周奶奶主要做了CT检查和血液检查，今天拿着报告去给一周只出一次门诊的王医生看。

王医生看过报告，说没有太严重的问题，接着又开了几项检查，说出了报告再来给他看看，就算挂不上号也没事，直接周一来门诊找他就行。

一号难求的神经内科专家名声在外，谷音琪本来预想着对方的态度应该是高高在上，没想到王医生说话时总带着些笑意，和蔼亲切的态度让她绷紧的那根线也松了一些。

中午的阳光烘得人有些昏昏欲睡，婆孙俩坐着公交，摇晃着到了目的地。

上周五之后鹭城大学就开始放寒假了，许多学生回了家，这附近的食肆也跟着冷清了一些，眼下来不及做饭，谷音琪领着奶奶去吃鸭肉粥。

老太太牙口挺不错，到这岁数了还能咬得动鸭掌、鸭翅膀，谷音琪看她胃口好，自己也吃得香。

粥水快见底时，摆在桌面上的手机终于亮起，吱吱声震得谷音琪的脖子起了一阵酥麻。她很快看到来电人姓名，跟奶奶说了一声，拿着手机走出粥店。

这位“临时大老板”的作风有点儿老派，不怎么爱发消息，有什么事便直接来一个电话，而且还是定时定点的：中午十二点，下午六点，晚上十二点。

谷音琪走到路边的小花坛旁接起电话，声音比阳光还绵软上几分：“中午好呀。”

与鹭城的晴朗截然不同，沪市今天天气不大好，乌云遮蔽去天空中所有颜色，可听见她清甜如糖水一般的声音，韩哲便觉得这天没那么沉了。

他松了领带，放松肩膀往后靠在椅背上，也学谷音琪煞有介事地打了招呼：“中午好，吃饭没有？”

谷音琪答：“正在吃。”

韩哲又问：“吃什么？”

“鸭肉粥，你之前吃过吗？”在闲聊方面，只要谷音琪有兴趣，就会一直主动找话题，但要是她没兴趣，就会在五句话内把话引到死胡同。

“没吃过。”韩哲回答得挺快，而且没停在这儿，继续往下说，“我以前在鹭城吃的都是私房菜或者酒店餐厅，还没怎么吃过街边小吃。”

谷音琪轻笑一声，说道：“那韩总下次来，我请你吃，你会赏脸吗？韩总会不会嫌店铺太小，环境太糟？”

她这声笑像一张糯米纸，把南方沿海城市的暖意裹成一团，从耳机里抛了出来，丢进韩哲耳朵里。他嘴角微扬，答道：“东西好吃就行了，其他的我不挑。”

闻言，谷音琪若有所思地“哦”了一声，拉得很长，音调上扬。

韩哲问：“怎么？”

谷音琪戏谑道：“你不挑？那怎么平安夜那晚，你拒绝了那么多人，最后才跟我走了呀？”

韩哲被她问得一噎，竟不知如何回答才好，总不能直截了当跟她说，当时是觉得她的一双眼睛长得比其他人都好看。而且红彤彤的圣诞帽子也挺讨喜。

不过谷音琪只当是开个玩笑，韩哲回不回答也没关系。

眼看奶奶已经吃完粥了，谷音琪跟韩哲道别："我继续吃饭了，你也快去吃吧，晚点儿再聊。"

韩哲道了声"好"，等谷音琪那边先挂了电话，才放下手机。

但很快他又拿起手机，刚想点进对话框，屏幕上方就跳出了一个白色气泡，是谷音琪发来的消息：我的脚伤已经好了。

❺

经过饼店时，奶奶盯着冰柜里的绿豆糕走不动道，谷音琪无奈地笑笑，还是给她买了一小盒，叮嘱她不能多吃。奶奶笑得眼仁儿都看不见了。

陪着奶奶回到住处，手机才振动了一下，谷音琪一边叮嘱老太太去洗手洗脸准备睡午觉，一边点开微信。

那边回了句：那就好。

谷音琪愣在原地。回来的这一路上她想过韩哲会怎么回复，接着她又要怎么继续撩拨，结果她纠结了小半天才主动发出的"暗示"，就这样被韩哲用三个字轻飘飘地挡回来了？

还是说她给的"暗示"不够明显，这老木头听不懂？可明明是他之前说等她脚好了再……

这下谷音琪有些尴尬，原本想着他们这个礼拜虽然每天都有联系，可水温不冷不热，她想往里头添把火，没承想上赶着不是买卖。

好吧，他爱来不来，不来她也轻松。谷音琪扁着嘴关了手机，到底心里还是想，活该你被前女友甩！

这时的韩哲一阵鼻痒，想打喷嚏没打成功，恰好车子遇到红灯，他踩了刹车停下，捞起手机看了一眼——谷音琪没回他信息了。

他揉了揉发痒的鼻梁，想着晚点儿再给她打电话吧。

中午韩哲有约，私房菜馆所在的别墅离 CBD 不远，位置极佳，视野开阔，坐拥一线江景，可惜今日乌云密布，连带江水也没了颜色。

韩哲在服务员的带领下走进了包间，圆桌旁已坐三人，韩哲看清来人，微微一怔，但很快调整好，先跟主位上的老人打招呼：“外公。”

接着目光投向坐在韩江海左手边的中年人，唤了声“秦伯伯”，再朝中年人旁边的年轻女子颔首。

秦瑞光毫不隐藏对这位年轻才俊的欣赏，笑着招呼道：“小韩来了，快坐快坐。”

韩江海半年前刚办过七十大寿，这时老人染黑了头发，精神矍铄的样子看上去比实际年龄要年轻个五六岁不止，他伸指在左边桌面上点了两下，说：“来这儿坐吧。”

韩哲在外公身边坐下，服务员为他斟上茶水，他道了声谢，接着便听见外公不紧不慢地同他介绍：“小凝，秦宛凝，你秦伯伯的小女儿，之前在寿宴上应该见过？”

秦宛凝将发尾带卷的发丝撩至耳后，耳上一枚钻饰在吊灯照耀下闪着星芒，她勾唇笑得甜美，主动回答韩江海：“韩爷爷，寿宴之前我们就见过的。”

此话一出，旁边的秦瑞光来了精神，以为两个小辈原来私底下就有来往，结果他女儿下一秒就说：“在韦烽哥哥的店里见过好几回了。”

秦瑞光立即嘴角下沉，毕家那小疯子是会赚钱，但做的那门生意他可看不上眼——都是声色场所，乌烟瘴气，三教九流都有，去消费消费就得了，还能指望它一代传一代？

秦瑞光压着声音提醒女儿一句：“那种地方女孩子少去点儿。”接着怕韩江海误会他女儿喜爱流连酒吧，赶紧对爷孙两人笑着解释，“她们这群外国回来的年轻小姑娘，偶尔就去放松一下，不常去的。”

韩江海哈哈笑了两声，摆摆手毫不在意道：“我听阿哲说，韦烽那店很正规的，没些不三不四的事，年轻人在能守住原则的情况下，多接触点儿新鲜事物没什么不好。”

杯里的茶水骤晃，韩哲稳了稳心神，一口喝下半杯热茶，没参与进这个话题。秦宛凝笑着说“爷爷说得对”，看了一眼韩哲，也没再继续这个话题。

精美菜肴陆续上桌，席间还是韩江海和秦瑞光两人聊得比较多。秦瑞光有意无意地探着韩哲目前的情况，包括生意方面和生活方面的，也穿插介绍着自己的小女儿。终于在上点心拼盘的时候，秦瑞光提了一嘴，说小女儿现在单身，顺便把问题抛给韩哲。

盛点心的盘子底下放了干冰，白烟袅袅，韩哲在余光里瞥见外公悄咪咪地伸筷，方向直指盘上晶莹剔透的绿豆糕。

韩哲伸手握住老人的手，淡声提醒："甜的不给吃。"接着夹了个里头包蔬菜馅儿的咸口点心，放进外公碗里，"吃这个。"

他放下筷子，这才慢条斯理地回答秦瑞光："秦伯，我以为外公同你讲过了，我有交往对象的。"

韩江海确实一早就说过，也明确讲了这个小孙子的感情事他们不会管，但秦瑞光还是组了这次饭局，只因有人跟他透露，韩哲和女朋友已经分手了。

秦瑞光看了眼韩江海，老人像是对这事完全不知情，正不情不愿地吃着孙子给夹的点心。

各种想法在心里转了一圈，他决定再观望看看，打着哈哈把话题绕开了。

饭后，两家人在别墅门口道别，秦家父女的车先走，韩江海让司机先下车，喊韩哲跟他一块儿坐后排座，有话要说。

关上车门，韩哲问："怎么了外公？"

韩江海哼了一声，说道："你现在说谎话说得挺溜的嘛，跟谁学的？还交往对象……不都已经分手了？"

韩哲怔住，问道："你怎么知道我分手了？"

韩江海也一脸苦恼，说："你都不知道我这一个星期接了多少电话，那些人明里暗里约我出来吃饭，末了都说要我带上你。我跟他们说了你有女朋友的，结果等别人提起，我才知道你的事。你也是越来越会藏事了，什么事都不往家里说……"

韩哲垂眸，等外公把苦水全部吐完，才缓声道："外公，我刚说的不全是假话。"

“啊？哪一句？”韩江海疑惑，但很快反应过来，瞪大眼睛，问道，“哦！你这是已经把那姑娘追回来了？”这闷葫芦孙子是什么德行，自家人都清楚，肯定是女方先提的分手。

韩哲不知要如何解释谷音琪的事，又不想要欺骗老人，只好含糊地说了一句：“总之，再有人想安排相亲，您直接帮我拒了就行。”

韩江海安静看了他一会儿，不得不说，这孙子长得跟他那入赘的女婿是越来越像了。要是龚烨这会儿还在世，这两父子站一起，估计跟亲兄弟一样。

老头儿挥挥手说：“行行行，我知道了，反正我不掺和你感情上的事……那你近期多回家吧，你妈这段时间情况还行，总问你什么时候回来喝汤。”

韩哲想了下接下来的行程，道：“周四吧，我周四回来喝汤。”

韩江海忍不住翻了一个白眼，合着求少爷回来喝碗汤还得提前预约？

下午，谷音琪的姑姑谷丽来了，一起来的还有谷丽的女儿纪莹。

谷音琪给奶奶租的这房子是两室两厅，她把平时偶尔自己会留宿的那间房间让给那母女，床品都是新换上的，还带着阳光的味道。到底是有挺长一段时间没见到老母亲，谷丽在客厅陪老太太聊着身体情况，纪莹进屋收拾行李，谷音琪进去帮忙。

纪莹今年读高一，谷音琪有小半年没见过她了，小姑娘还跟以前一样，怯生生的，而且好像一直没长开，身高还可以，但太瘦了，脸蛋上都没几两肉，显得鼻梁上的黑框眼镜都格外沉重。

谷音琪皱起眉，小声问表妹：“你怎么越来越瘦了？家里是没给你吃饭吗？”

纪莹赶紧回头瞧了眼客厅方向，才细声回答：“有的……”

谷音琪对此表示怀疑。

纪家是典型的重男轻女，纪莹还有个弟弟，小她整整十岁，所以纪莹在家一直不受重视。要不是小姑娘自己够努力，考出好成绩上了岛内的高中，恐怕初中毕业就要到纪家的海鲜大排档帮忙干活了，跑堂、端菜、收银，和她妈妈一样，守着一个摊位，过一辈子。

谷音琪走过去把房门半掩，再帮纪莹把衣服一件件挂进衣柜里，郑重其事道："阿莹，你要记住我的话，你就放心好好读书，能读多高就读多高，考研也好，硕博连读也好，只要你能读，想读，我都会供你读的。"

表姐做出的承诺纪莹并不是第一次听，但每次听仍会鼻子眼眶瞬间泛酸，她揉了揉眼睛，说："谢谢表姐，你放心，我肯定努力。"

"有什么好谢的……这一点我也是跟奶奶学的，要是没奶奶以前给我撑腰，我哪能上学？"谷音琪的声音越来越小，就像被针扎了小洞的气球，漏着漏着就没气了，成了干瘪的一团橡胶，堵在她的喉咙。

她是没什么资格再提这件事了。

行李不多，纪莹很快收拾好，谷音琪问她这个寒假有什么打算，纪莹说她妈妈没法在鹭城待太久，爸爸和奶奶会抱怨的。

谷音琪冷笑一声，嫁做人妇怎么就变成嫁给家庭了？连陪陪自己年迈的老母亲都不行吗？但那到底是纪莹的亲爹和亲奶奶，谷音琪还是留了几分薄面，没在姑娘面前批判他们的所作所为。

"那你呢？我问的是你的打算。"她问纪莹。

纪莹推了推眼镜，语气比刚才坚定许多："我想留在这陪外婆、陪你，不想回家。我想去图书馆，想看看鹭城大学，还想去鼓浪屿上转一圈。"

谷音琪笑了，说："行，那今年我们祖孙三人就在这边过年。"

不到六点，天已经全黑了，谷音琪带她们去吃附近一家特色点心，是姑姑想吃的。

谷音琪刚扫码点完单，就来电话了。可她还对韩哲下午不解风情的回答耿耿于怀，别的男人要是能加上她的私人微信，保准每十五分钟就得来一条信息，哪曾试过像他这样。

谷音琪按了静音，待他再打了两次，才慢腾腾走出店外，拨回去。

对面很快接起，男人声音如夜色低沉，但问的话和中午差不多，无非就是"在哪里""吃了没""吃什么"。

这次谷音琪没再主动找话题，对话很快陷入了沉默。

谷音琪不喜欢这种沉默，好像沉入了海底，什么都听不见。她也不喜欢因为这种事情斤斤计较的自己，像个没长大的小女孩，太难看。她找了个“家人喊我吃饭”的借口想要逃离这个状态，没听见韩哲最后说了什么，也没跟他说她今晚要出门，就挂了电话。

谷音琪今晚有约，有位去年转行的姐姐好事将近，这几天回来鹭城，约了她们一群相熟的聚一聚，在Space订了一个卡座，搞“单身派对”。

这位姐姐叫冯蝶，对外说自己二十五，但元莉偷摸跟谷音琪说，姐姐快三十了，大家伙平日总“蝴蝶姐姐”“蝴蝶姐姐”地喊她。

Space有景思齐，而且谷音琪之前和韩哲有不成文的约法三章，答应了他这段时间不去蹦迪，所以谷音琪一开始也推了冯蝶的邀请。后来元莉劝她说，能去就去一趟吧，冯蝶的婚礼她们这一圈姐妹是肯定不会收到请帖的，所以既然冯蝶有这份心意，就领了吧。

元莉还自嘲，去沾沾喜气也好，指不定下一个脱离苦海的就是自己呢。

夜晚十点，谷音琪再看了一眼毫无动静的微信对话框，“哼”了一声，收起手机走进酒吧。

全是漂亮女生的VIP卡座格外显眼，谷音琪还没走到那儿，已经感受到附近“豺狼虎豹”们的灼灼目光。

大家今晚都穿得休闲，妆容很淡，觉得自己怎么舒服就怎么来，外套脱下，只穿T恤和牛仔裤就已经足够靓丽。

不用被灌酒，不用被动手动脚，她们可以踩在桌子上，高举手臂肆意挥舞，劈开一道道落在她们身上的迷幻光线。

谷音琪想想都觉得好笑，瞧瞧这一个个蠢蠢欲动的男人，她们只是开个好一点儿的卡座，叫上一堆酒，没穿平日穿的小短裙，就把她们当千金小姐了，不再是他们平时最嗤之以鼻的那类女生了。

她走进卡座，跟每个人打招呼，最后张开双臂抱了抱冯蝶，在她耳边衷心祝福：“姐姐，你一定会幸福的。”

冯蝶是今日的主角，发顶上戴了个白纱头箍，在或蓝或绿的激光下，那细纱仍然洁白无瑕。她笑的时候眼角有水光一闪而过，谷音琪在微愣时被她重新揽住。她的声音有些哽咽，道了一声“谢谢”。

在场的都知道这当中的辛酸，难处其实也不是像别人说的，如何将这一段历史从自己人生中剔除。

难的是，她们在红尘中见了那么多妖魔鬼怪，沾得满身腥臭，还依然期盼着一份感情，不涉及金钱，不涉及身份地位，能让她了结这些风尘往事。

等蹦完最激烈的那一段，大家坐下来开始好奇冯蝶的结婚对象和婚礼。冯蝶原来的长相并不出挑，脸上稍微动过刀子，但身材是真材实料，开怀大笑的时候T恤上胸口部位的棕熊都跟着抖动不停。

她是一年多前离开鹭城的，没回老家，用这么多年攒下来的钱到邻省一个四线城市买了套二手房，再开了家预约制的美容工作室，毕竟她自己在医美上花了不少钱，有些门路。美容院的生意倒是红火，四线城市的富太太花起钱来，可不比一线城市的弱。

冯蝶养了只小贵宾犬，一来二往地便和宠物美容店的老板有了联系。那男人比她大了十岁，身上固然也有些故事，结过一次婚，没孩子，冯蝶知道他是浪子，回头失败的那种。

几杯勾兑了绿茶的威士忌下肚，冯蝶的话匣子全打开了，反正有激烈音乐会帮她掩了去，她眼神迷蒙，勾着唇笑道：“你们懂那个感觉吗？就像一个布满蜘蛛网的锁孔，突然来了把完全契合的钥匙……”

“啊啊——拒绝炫耀新生活有多美满！”元莉捂着耳朵打断她，表情夸张地不停摇头。

冯蝶清了清喉咙，双掌拍出清脆的一声，笑道：“就这样，‘啪’地就打开了我的门。”

谷音琪心里突然也响起“啪”的一声，脸比被酒精淌过的喉咙还要烫。她想，她好像有点儿明白冯蝶的心情。

后面的话题更是无法无天，大家笑得东倒西歪，笑声引得隔壁座的大哥终于派人来送酒。

“蝶姐。”帮忙传话的是景思齐，跟今晚找他订卡开酒的女主角打着招呼，眼睛已经瞄向了坐在卡座边角的姑娘。

谷音琪没有避开他的视线，直接坦荡地看向他，反而逼得他先移开了视线。

景思齐没忘自己的工作，半蹲在地跟冯蝶说了隔壁大哥的意思，冯蝶没要大哥的酒。今天是她花钱当女王的日子，不需要别人掺和。景思齐明白了，帮她想了个借口过去回绝大哥。

年轻男孩露出笑脸赔罪，举起酒杯，一杯烈酒直接下肚，放下酒杯时，眼睛又忍不住飘了过来。谷音琪叹了一声，可她不会再给他送解酒糖了。

手机突然剧烈振动，把谷音琪吓了一跳，摸出来一看，时间不过十一点半。今晚的"查岗"居然提前了半小时？

她有种逃课被家长抓包的感觉，慌张起身时有些踉跄，差点儿把酒杯掀翻，元莉急忙扶住她，问道："怎么了你？"

"我出去接个电话！"音乐声太大，她得大声喊。

谎话要编好，还得靠环境。酒吧内不适合接听电话，跑到门口其实也没有多好，今晚穿的运动鞋方便谷音琪很快地跑到对面的街道上，远离了音乐来源，这个时候韩哲已经打来第四个电话。

她匆忙接通，还没来得及开口，电话里已经传来韩哲的声音，语气里有很明显的着急："你在哪儿？"

好巧不巧，有人走进旁边的便利店，左邻特有的开门音乐声响起。谷音琪破罐破摔，忙道："我正在楼下便利店买零食呢。"

韩哲却道："谷音琪，你能不能少说点儿谎？"

这样连姓带名的喊法让谷音琪头皮发麻，她不知道韩哲为什么会知道她又撒谎，而且多少能察觉到，男人有些……生气？

韩哲一手插裤袋，一手拿手机，眉头蹙起，望着对面马路除了店员就没有其他顾客的便利店，说："我在御景楼下……所以你在哪个便利店？"

本来以为年轻女孩会慌张地同他解释，或者因谎言被拆穿而恼羞成怒，谁知两者皆无，韩哲只听见一串银铃般的笑声。

谷音琪的笑声惹来路人侧目，但她无所谓，整个下午的闷气全被这阵笑声带着往夜空里飘。她笑得开怀，毫不掩饰心里的欢快，声音甜得像吃下了好几块水果糖："韩哲，你来找我了呀？"

来路上的胡思乱想，刚刚因按门铃无人响应、打电话没人接听而产生的种种负面情绪，担忧、紧张还有不知从何而来的害怕，就像一群苍蝇缠绕在韩哲心头，此刻却仅仅因为女孩这一串笑声，呼的一声，全飞走了。

韩哲有些没辙了，抽出手，捏了把泛酸的后颈，拧紧的眉头也松了。他长长地叹了一声，说："对，我来找你了。"

❻

同样是在酒吧 VIP 卡座，黑衣营销员匆匆走来，弯腰在秦宛凝耳边说了两句。秦宛凝眼睛一亮，和正沉浸在音乐里的小姐妹们讲了一声，把本来搭肩膀上的外套脱下，快步走到最旁侧的吧台区，一眼便看见她想见的人。

秦宛凝的自我认知向来清晰，她也知道在看男人方面她还是很肤浅，哪个帅她就喜欢哪个。倒不是说韩哲长得歪瓜裂枣，只不过是毕韦烽一身皮相太俊美，两人是不同类型的模样。姓毕的身型颀长，白皮红发，唇薄鼻挺，一双桃花眼只要斜斜挑起，就能勾了不知多少无知少女的心。虽然额头上那片胎记有点儿扫兴，但习惯后倒也成了毕韦烽独一无二的标识。

而且，和古板沉闷、老实巴交、按部就班地谈恋爱，还时间一到就说结婚的韩哲相比，当然是毕韦烽这样的男人更具挑战性，更好玩一些。

毕韦烽这几天没怎么喝酒，脑袋瓜子没被酒精泡住，倒是想明白了一些事情。管她记不记得他，他去找她好好聊，聊到她记起来不就行了。说到底，他确实还欠她一句"谢谢"。

只不过当他发信息给阿超，想再约"七七"合作，阿超却说，"七七"这段时间不接单了。

毕韦烽追问原因，阿超先是说"七七"崴脚了，行动不方便。毕韦烽便说，他只想和她聊几句，就像上次一样，行动不方便也没关系。后来阿超才说，抱歉啊，“七七”需要休养三个月，这三个月都不会工作。

手机里存着谷音琪的手机号码，是找人调查时存下来的，毕韦烽死死盯着那个名字，却没下一步动作。

“韦烽哥！”

耳边骤响的喊声把毕韦烽吓了一跳，秦宛凝站在他身边，笑着问：“你今天怎么在这儿，没上包房？”

毕韦烽没什么表情地瞄了一眼年轻女子，懒得回答她的问题：“喝什么？”

秦宛凝挽起发丝，纤细的手肘撑着吧台，抹了珠光乳液的肩膀荡漾出迷幻的光芒。她问道：“你请我喝什么我都可以。”

“哦。”毕韦烽食指在半空点了两下，调酒师便走过来，他声音淡淡，“给她一杯白开水。”

秦宛凝睁大眼，问道：“你就请我喝这个？”

毕韦烽懒洋洋地耸了耸肩，说：“是你自己说，喝什么都可以。”

调酒师乖乖送上白开水一杯，连冰块都没有。

秦宛凝气笑了，还真拿起杯子，朝毕韦烽面前的威士忌杯狠狠撞了一下，喝了两口，再开口直入主题：“我今天中午和韩哲哥相亲了。”

一口辛辣酒水差点儿喷出来，毕韦烽一脸的不可置信，问：“和谁？”

秦宛凝发音清楚且标准地说：“韩、哲。”

毕韦烽愣了几秒，很快笑得喘不过气，调侃说，韩哲果然是各位家长的“理想女婿”啊，这才结束一段感情没多久呢，家长们就着急安排相亲了。

见男人笑得这么开心，秦宛凝也心情愉悦，想了想，说：“可是韩哲哥说他有交往对象呢，你知道的，他这人不说谎的。”

秦宛凝和韩哲来往较少，但“韩白莲”在他们这群人里的“名声”太大，加上老爹整天念叨韩家这小孩有多正派，多适合当丈夫，她听得多，也就知道了。

闻言，毕韦烽的笑声硬生生地敛住了，再开口时温度已经下降：“……他说有交往对象？”

秦宛凝点头道：“嗯，他自己亲口说的，是同女友和好了？”

沉吟片刻，毕韦烽脸上已经没了笑意，他抓起手机，不顾身后还在唤他名字的女子，大步走进员工通道。他随便找了个无人的墙角，拨通了谷音琪的电话号码，可对方正在通话中。

谷音琪果断挂掉插进来的陌生号码的来电，再把手机凑近耳朵，低声对韩哲如实交代：“我现在在我们第一次见面的那家酒吧。”她把冯蝶开“单身派对”的事坦白告知他，“我今晚就是陪她们玩一会儿，十点刚来的，本来打算十二点前就回去……嗝。”

刚才的酒喝得有点儿撑，谷音琪忍不住打了个嗝。韩哲已经走到路边，抬手拦出租车，听到她这声气音，他“哼”了一声，说道：“喝到打嗝？这是喝多少了？”

谷音琪忙道：“没有没有，兑了很多绿茶的，一点儿都没醉。”

一辆出租车停在面前，韩哲上车后跟司机报了地点，谷音琪听到了，惊讶问道：“你现在过来啊？”

韩哲说：“嗯，我总不能在公寓下面一直站着吧？过来接你。”

谷音琪挠挠脸颊，冒出来的第一个想法竟是“我其实可以给你公寓密码锁的密码，你开门进去等我就好了”，但很快她就大力否决了自己这个想法——她怎么可以这么轻易，就让人打开这扇门？

这个点从公寓过来是不堵车的，很快就能到 Space，谷音琪心情不错，便开始找话题跟韩哲聊。

她问韩哲为什么会突然跑来鹭城找她，韩哲的语气里有着疑惑：“不是你说脚伤已经好了吗？”

“所以你还是能听懂我的暗示，那为什么不直接告诉我你想要来找我呀？”一阵冷风卷来，谷音琪打了个寒战，这才想起刚才太着急，忘了把外套穿上，这会儿身上只有一件单薄的短袖 T 恤，两条手臂暴露在寒风中，冒着鸡皮疙瘩。

韩哲顿了顿，他确实一开始没有想明白谷音琪说的“脚伤好了”

的意思，是中午吃饭吃到一半才反应过来，她可能是那个意思。

从私房菜馆回公司的路上韩哲订好了晚上的机票，六点给谷音琪打电话时也想跟她说一说这事，不过最后也没说成。

见韩哲停顿，谷音琪也觉得还是自己说多了。她以前觉得这男人虽然是个闷葫芦，可能你问五句他才答一句，还给你把问题答死了，现在想想，他只不过是不习惯把心里的想法说出来。

但是他会直接行动，比只带张嘴吧啦吧啦地说，但什么都不做的男人好多了。

谷音琪主动承认错误："我也有错，我一开始没想骗你的，下午就想跟你说我晚上约了人在酒吧，全是女生，一个男的都没有。"

她的声音柔软得不像话，和藏在树叶后的路灯一样温暖。细碎的光芒从上往下洒落，在韩哲眼角滑过，他手肘撑在窗沿，屈起的指节隔着玻璃，若有似无地轻点了两下那抹暖黄，说："嗯，我知道了。"

他没想过，自己的声音也能变得这么柔和。

手机里忽然响了两声"嘟嘟"声，韩哲拿下手机看，来电人是毕韦烽。他没考虑太多，挂掉来电。

谷音琪已经换了话题，问他是不是下班就赶去机场了，是不是还没吃晚饭。

韩哲答："在飞机上吃了一点儿。"

谷音琪便问："那等下我带你去吃鸭肉粥，还是大排档，要吗？"

"好。"毕韦烽又打了过来，韩哲再按掉。

两人再聊了一会儿，谷音琪按平日打车来回的经验，估算韩哲差不多快到了，便抬脚往酒吧方向走，准备去拿外套，和冯蝶、元莉说一声就先离开。

正在过马路，她见酒吧门口的保安聚集在一起，交头接耳，其中一个按着对讲机不知说了什么，接着一行人匆忙往店里头跑。

谷音琪见过这阵仗，一边走一边跟韩哲"直播"，说道："哎呀哎呀，看来又有人在酒吧里闹事了。"

韩哲问："怎么了？"

“保安们往店里跑了，就像上次你那个有胎记的朋友打架的那次。”谷音琪没跟韩哲提起毕韦烽那一晚来鹭城找她的事，反正她也没什么损失，就翻篇吧。

韩哲皱眉道：“怎么你们这边总有人打架？”

谷音琪挑眉道：“说得好像你们那边的酒吧就很和谐的样子？”

她已经走到酒吧门口，发现好像永远都不会停歇的电子音乐，这时竟没了声响。她抬手给保安扫进出凭证，不知为何，保安像是丢了魂魄，连看都没看就让她进去了。

往内走了一小段，谷音琪听见身后起了一阵喧嚣。她回头去看，是保安开始拦人，不放人往里走了。

谷音琪有些紧张，对着手机低喃：“韩哲，好像真出事了。”

接着她听见，有谁在大声尖叫。

“快报警！”

“快叫救护车！”

“蝴蝶姐姐！”

“谷音琪，怎么了？”韩哲坐直了身子。

可是对方没有回他，电话那边只剩下一些莫名的摩擦声和喘气声——是谷音琪在小跑。韩哲的心一沉，探身看了下马路上的路牌，问司机：“师傅，还有多久能到？”

司机答：“就前面这红绿灯，过去就到了。”

韩哲催促道：“那麻烦您快些。”

手机里韩哲还在喊着名字，但谷音琪听不见了，耳朵被什么堵住了，像沉进海里，像陷进沙里，像被好多个降噪耳塞紧紧塞住。她无意识地往耳朵里摸了一下，没有啊，她今天没戴耳塞。

谷音琪是第一次看见这样的酒吧内部：顶上的大灯全打开了，惨白无色的，像面照妖镜，把所有狼藉不堪都照得一清二楚，舞池里的“鱼”像闻到了饵食的味道聚拢到池边，DJ 直接愣在舞台上。

每个人脸上或厚或薄的面具开始融化，几分钟之前的激情和旖旎全像被枪声惊扰的乌鸦，四处逃窜，脚底下的影子就是一根根光秃秃的枝丫。

周围都是嘈杂的人声，大家窸窣地说着话，谷音琪听见他们说，好多血，死人了吧，天啊。她用力挤开人群，有保安拦住她，她跟疯子似的大喊大叫："里面是我的朋友！你让我过去！"

元莉跑了过来，脸颊上已是两行泪，她把谷音琪硬拉了过来，指着地上躺着的冯蝶，嘴唇和手指一起颤抖，道："出事了，琪，出事了……"

谷音琪头痛欲裂，她没有跟着元莉手指的方向看过去，而是看向另一边。

两个保安制住了一个男人，反剪着他双手摁压在地，男人的脸看不清，只见他浑身颤得厉害，嘴里念念有词，谷音琪没听清。旁边地上躺着一把水果刀，刀尖沾血，地上血迹有的呈滴落状，有的已经被鞋底踩得模糊。

谷音琪的眼眶里已经泛起泪，在模糊中循着血迹往卡座的方向看过去。

她看见了景思齐。

景思齐跪在冯蝶旁边，衬衣上红白分明，连下巴也沾了血，手里正拿着毛巾压住冯蝶腹部。那里正在出血，毛巾被浸得鲜红，而冯蝶衣服胸口处的那只小熊，几乎没在动了。

谷音琪还看到，那洁白浪漫的白纱头箍，此时躺在血泊中，白纱像吸了血的樱花花瓣，洇开一片鲜红。

她眼睛一黑，蓦地脚软跌坐在地，手里的手机也跌下。手机那头还传来一声声呼唤，迫切的，急促的，响亮的，有些失去控制的。

"谷音琪，你应我一声！"

7

游在海里的时候怕什么？

怕随波逐流，怕四肢抽筋，怕体力不支，怕鲨鱼出没，怕电闪雷鸣，怕海底漩涡。

都怕，都怕。

但最怕的是，明明那个岛屿就在眼前了，还差一个身位就能上岸，却被一个急浪裹住了脚，拉扯着往海里沉。

这次，连游的力气都没有了。

谷音琪不是没经历过这种绝望感，正因为她经历过，所以她会害怕。旁边有人来扶她，她跌跌撞撞起身，问元莉："到底发生了什么事？"声音都不像是自己的了。

元莉和其他女生七嘴八舌，一人说一句，时间颠倒，顺序混乱，谷音琪好不容易拼凑了几个重点单词，知道了被保安摁在地上的男人和冯蝶以前有交往过一段时间。

事情发生得突然，元莉她们上一秒聊着天，下一秒这男人就不知从哪个犄角旮旯钻出来，一上来就阴阳怪气，先是恭喜冯蝶如愿以偿，终于要结婚了，又说以前自己要娶她，被她拒绝了，真想看看她现在的对象条件有多好。

一开始冯蝶还能好声好气地跟他说话，可男人像着了魔似的，情绪越来越激动，一会儿说自己在冯蝶身上花的钱可不少，一会儿问冯蝶，如果现在他还想娶她，她愿不愿意，并开始动手动脚想去拉她。

两人纠缠中，冯蝶骂他有病就去吃药，元莉她们还来不及喊保安，那浑蛋已经亮出了刀子。

"保安在干吗啊？不是有安检吗？怎么还能带刀子进来啊？"一个和冯蝶认识多年的姑娘对围在旁边的安保人员大声质问，情绪上来了，更是直接上前扯住相熟的营销员的衣领大力摇晃。

可大家都知道，Space的安检不算太严格，在安检门有响的情况下，安保也是随意扫两下就让人进去了。

有人啜泣，有人辱骂，有人解释，有人质疑，有人不爽，说出来玩还遇上这种事，真是晦气。

景思齐抬起头怒喊："都别吵了！快看救护车来了没有！！"

"应该很快就到，三院离这里不远！你再坚持一下，我去门外等着！"应话的是李哥，不久前才和景思齐打了一架的那个营销员。

好歹也叫相识一场，李哥不忍再看面色苍白的冯蝶，跑了出去。景思齐喊同事再拿几条干净的毛巾过来，一回头便看见谷音琪走到了他面前。

“你……你到一边站着吧，别沾上血了……”景思齐艰难开口，喉咙如被刀割，连吞口水都觉得疼痛。

景思齐干这行有一段时日了，见过不少打架斗殴，但最严重也不过就是往脑袋上抡酒瓶子，动刀见血这还是第一次见。

“没关系。”谷音琪摇头，挂在下颌的泪水跌落在地，粉身碎骨。

冯蝶的双手沾了血，白的白，红的红，指甲像涂了鲜红甲油，刺得她眼睛痛。谷音琪小心翼翼地握住其中一只，那手心还残存着温度，她细声细气地对冯蝶说：“你一定要坚持住啊，救护车就要到了……”

景思齐闻声抬眸，眼眶也烧得发烫，哑着声安慰道：“会的，她会坚持住的。”也不知这一声安慰是讲给谷音琪听，还是讲给自己听。

在白晃晃的灯光下，女孩的影子和地上的暗红血迹揉在一起，看上去像只受伤正在淌血的海鸟。

韩哲来到时，看到的就是这样一个画面。

领韩哲进来的经理抹了把冷汗，小声问：“韩少，那就是你女朋友？”

刚才店里一团乱，他又接到了这位韩老板的电话，说在门口被保安拦住了，但自己的女朋友在店里，麻烦他出去接一下。

听见这个词，韩哲喉结滚动，没有回答经理的问题。他胸口起伏，死死握住手机的指节颤得厉害。

明明现场有那么多人，他却无法将视线从女孩身上移开，韩哲想，这就是真实的谷音琪。

像是察觉到他的注视，韩哲看着谷音琪突然抬头，也看了过来。视线相撞的瞬间，韩哲的胸口像被什么飞快地刺了一下，可能是玫瑰花刺，或是蜜蜂尾针，让身体里某个地方破了个小洞，一点点地，塌软下去。

深夜的医院并不平静，在冯蝶进了手术室之后，又紧急推来两床伤者。

长长的走廊里脚步声纷乱无章，担架床的轱辘“嘎啦嘎啦”地响，谷音琪动了动僵硬的脖子，抬眸时看见满身是血的伤患。

忽然，一只手掌从旁边伸到她眼前，挡住了她的视线，男人暗哑的声音从上方传来：“别看。”

紧跟着护士的老头老太太被拦在手术室门外，老太太哭天抢地，说怎么会那么倒霉，遇上个酒驾的司机，家里孩子还那么小，要是两人都救不回来，那该怎么办。

谷音琪看不得悲痛欲绝的老太太，这会让她想起以前父母去世时，同样哭得跪倒在地的奶奶。她低下头，用不长的指甲去抠指甲缝里洗不净的一丁点血迹。

那只手又伸过来，只是轻轻盖在手上而已，谷音琪就没法动了。

男人的手长得很好看，修长干净，骨节明晰，在医院白炽灯下显得比平时更白上一分，如一层白雪，覆在滚烫青筋上方。

韩哲提醒她：“再抠就要流血了。”

“哦。”谷音琪应得无精打采。

不知哪里的窗户被打开，也可能医院本来就这样，走廊里冷风阵阵，谷音琪拢紧披在身上的西装衣襟。

“你冷吗？西装用不用还你？”她吸了吸还有些湿润的鼻子，挑起眼角看向韩哲，她刚才急着跟来医院，外套落在酒吧里了。

韩哲摇头道：“不用。”

谷音琪不好意思道：“抱歉啊，难得你来一趟，却遇上这种事。”

韩哲斜睨她一眼，发现她又开始不自觉地抠起了甲缝，这次他伸手过去，直接扣住她的右手。她的手太凉了，凉得让韩哲忍不住蹙眉，手指也收紧一些。

“你的手好暖。”谷音琪叹了声，明明看上去好像皑皑白雪。

她也是个不客气的，藏在西装袖子里的左手动了动，手指头像五只被冻坏的小老鼠，说：“我这只手也冷。”

韩哲没说话，直接把她左手也拉过来，双手紧紧裹住她的。

韩哲从谷音琪口中知道了今晚的事，不过事发时谷音琪并不在现场，她也只是略知一二，知情的那些人都被带回派出所做笔录了。

冰凉的双手渐渐回暖，谷音琪突然问：“你说她的未婚夫什么时候来啊？”

韩哲问：“他在哪个城市？”

谷音琪说了个城市名。

韩哲想了一下，说道：“开车再怎么快也要四个小时，如果不开车，就得等明天一早的高铁了。”

“哦。”谷音琪沉沉应了一声，过一会儿又问，“会不会，她未婚夫就不来了啊？”

韩哲收拢手指，把她包裹得更紧一些，掌心贴着她的手背，说：“她没跟未婚夫说起以前的事吗？”

谷音琪摇头道：“她没有提起这件事，我们也就没多问。”

“嗯。”韩哲看了一眼手术室紧闭的大门，“能来固然好，如果不来，也不失为一件好事，至少能看得清楚以后的路要怎么走。”

他等了一会儿，才听见谷音琪说：“嗯，能活下来就行。”

一小时后，元莉和另外一个女生来了医院。两人看见坐在谷音琪身边的陌生男人多少有些疑惑，但一看清谷音琪身上穿的是件男士西装外套，立刻心中有数。

韩哲看出她们需要空间进行谈话，在谷音琪耳边说了一声：“你们先聊，我去买几瓶水回来。”

谷音琪急忙想要脱下西装，说：“外面冷，衣服还你。”

“穿着。”说完，韩哲往走廊另一头走去。

元莉这时想起来了这男人是谁，上次在 Galaxy 见过啊！她指了指男人的背影，睁大眼问：“原来你们认识？”

“嗯，算是朋友……”双手被捂得暖和，谷音琪不舍得丢了这份温度，把手藏进了长长的西装袖子里。

元莉没有多问，跟谷音琪说：“那浑蛋尿检阳性。”

她想起来都还有些后怕，刀子不长眼，那人又失了理智，要是刀尖稍微歪一点儿，就要往她脸上招呼了。

和冯蝶交好的那个女生叫陈清，她看着没人注意这边，低声说：

“冯蝶之前就提过这人不大对劲，动不动就发疯骂人，骂的话也很难听……但每次骂完之后就说好爱她，想和她永远在一起，肯定是心理有问题啊……”

谷音琪安静地听着她们说话，手机突然振动了一下，她点开消息，是景思齐发来的，问冯蝶情况怎么样了，他得赶回酒吧处理后续，没办法来医院。

谷音琪回他“还在手术中”，还有一声“谢谢”。

韩哲带着几瓶矿泉水回来，分给了三位女士。元莉道了谢，并偷偷给了谷音琪一个隐晦的眼神。

陈清边喝水边说，冯蝶的未婚夫刚才就跟她联系上了，现在正往鹭城赶，正说着，电话来了，是冯蝶未婚夫打的。

谷音琪拉了拉韩哲的袖子，凑近他耳边说：“她未婚夫会来。”

耳朵有些痒，韩哲喝了口水，也靠近她耳旁说：“那你稍微放心一点儿了？”

谷音琪小幅度地摇头道：“可人还没出手术室呢。”

韩哲侧过脸，姑娘正抬头看着手术室方向，眼角和鼻尖泛红，嘴唇也被她咬得通红。不知她想起什么，眼睛里好像又有了雾气，浸得一颗眸子湿润黑亮。

他伸手拍了两下她藏在袖子里的手，说：“放心吧。”

半小时后，手术室里有医生出来，说冯蝶没有生命危险了，伤口虽深，所幸没伤到腹部的主动脉，等麻药退了之后就能推出来，让他们去办理住院手续。

众人心上的一块重石终于落了地，陈清和元莉急忙去通知冯蝶的未婚夫和办手续。谷音琪也想起身，但她刚才就发现，因为保持一个姿势太久，这时腿又冷又麻，站不起来。

她像上次在公寓时一样，朝面前的韩哲伸手，道：“韩哲，我脚麻了，你拉我一下吧。”

韩哲顿了几秒，接着来到她身前，把那过长的西装袖子折起两截，露出她的手，接着轻握住她手腕，但没有用力带她一把。

他神情认真，语气也是：“谷音琪，我可以拉你，但是你站起来以后，这条路得好好走下去。”

酒店房门被推开的同时，电动窗帘自动打开了。凌晨五点，南方的天还是黑压压的，韩哲晚上外出去找谷音琪的时候关了总控开关，此时房间无灯，只剩窗外海面倒映着极浅的月光。

关上门时，韩哲伸手，按下了总控按钮旁边的“请勿打扰”键。

再过一会儿，天都要亮了。这一晚产生的种种情绪太难独自消化，那些紧张、不安、混乱、担忧、忐忑、焦灼……都需要一个发泄的出口，不止谷音琪需要，韩哲也需要。

他在出租车上大声喊叫着谷音琪的名字，把司机吓得可够呛，直接一脚油门，踩着黄灯的尾巴冲过了那个交通灯。在韩哲的印象中，自己还没如此失控过。

谷音琪被他忽地抱起，惊呼一声后忍不住笑了笑，说：“我以为你无论什么时候都会很沉稳。”

韩哲抱着她走到窗边的躺椅旁，面对着落地窗坐下，哑声问道：“是沉稳，还是沉闷？”

谷音琪赶紧回答：“沉稳，是沉稳……”

韩哲低笑一声，将人抱进自己怀里，这样面对面的姿势，让他能细细吻过她的锁骨和下巴。

这样的温柔像丰盛主菜过后的冰凉甜点，令谷音琪情迷意乱，于是她也去吻他长出零星胡茬的下巴，有些扎，扎得人心痒难耐。

天空像曝光过度的相片渐渐发白，远处海面泛起红光。

“要日出了。”韩哲低喃着说，嘴唇轻贴在她嫣红的嘴角。

在公司刚起步的时候，他经常通宵熬夜，那时的钢铁丛林里看不见日出，倒是对面写字楼的玻璃倒映着日光，刺得他眼睛发疼。

谷音琪懒懒地撩起眼皮，斜眸看了一眼，说：“能见度很高，等会儿的日出会很漂亮。”

她在海岛上长大，童年时常跟着父母的渔船出海，对此经验丰富。但自从带着奶奶搬来鹭城，她也有好些日子没看见海上日出这样的美景了。她收回视线，凝视着韩哲近在咫尺的眼，问：“哥哥以前试过这样子看日出吗？”

她的鼻尖轻蹭过他的，像两块打火石，擦出一颗两颗璀璨火星。

经过又哭又叫的一晚上，女孩的声音早哑掉了，比平时低了几度，却比娇滴滴时更性感妩媚。炙热的鼻息在两人之间翻滚，韩哲微侧过脸，让两人的鼻尖不会因为接下来的动作相撞在一起。

“没有，这是第一次。”说完，他吻上她的唇，软的，暖的，好似窗外渐现的霞光。

他没有深入，轻碰一下便停下，但呼吸明显重了一些。胸口如被日出灼伤，谷音琪追了过去，有些着急地碰了一下他的唇，才说：“巧了，我也是第一次。”

韩哲深吸一口气，扣住她的后脑勺，在冬日的晨曦中加深了这个吻。

晨光是玫瑰色的，海面也是。

还有，吻也是。

❽

谷音琪醒来时身边没有人，眼皮又酸又涩，她懒得睁开，伸手胡乱摸了几下，被子里没有温度，也不知人走多久了。

手脚酸得抬不起来，她像条毛毛虫一样蹭磨着床单，哼哧哼哧地挪到床头柜旁，好不容易摸到连着充电线的手机，却一时拿不稳，手机跌落在地。

手机滚远了，屏幕亮了几秒就暗了下去，而谷音琪也是够懒的，死活不落地，就这么趴在床沿，伸长了手臂去捞。

手指还差一点点就能触到手机，她只好蹬了一下床单，结果摸是摸到了，但人也失去了重心，上半身直接往前倾，她惊慌大叫：“哎呀呀——”她赶紧用双手撑住地面，避免脑门着地，而下半身还挂在床上。

这时卧室门被拉开，昏暗的卧室挤进了许多日光，男人的影子被拉得黑长，恰恰好停在谷音琪的小指旁边。

女孩半个身子悬在半空，韩哲抬手按了下瞬间发胀的眉心，叹了口气，问道："你这又是在干吗？"

"我站不起来，拉……拉我一把……"谷音琪厚着脸皮求助，她知道自己这姿势实在谈不上雅观，不前不后不上不下，要么就要往前爬，要么就要往后挪，这过程怎么看怎么傻。

她还有些委屈上了，恶人先告状："我以为你走了……"

韩哲走过去捞住她的腰，一把把她拎回床上，再捡了手机放到她腿边。看她连坐直身子都哼哼唧唧的，韩哲蹙眉问道："真走不动？"

"也不想想早上几点才睡觉……"谷音琪拿起手机准备查看未读信息，没好气地开了句玩笑，"去找个轮椅来推我吧。"

"行。"韩哲点了下头，拿起床柜上的电话话筒，直接按下客服中心的按钮。

电话"嘟嘟"两声后传来优雅甜美的接线员声音："中午好，韩先生，请问有什么可以帮到您？"

谷音琪怔了几秒才反应过来，急忙扑过去扯住韩哲的衬衫袖子，睁大眼睛瞪着他，嘴巴一开一合，用嘴型说她是开玩笑的。

韩哲没管，继续跟客服说："麻烦帮我问下礼宾部，目前有没有轮椅可以租借。"

"好的韩先生，麻烦您不要挂断电话，我很快答复您。"客服说完，话筒传来接听等待的音乐声。

谷音琪急忙开口："我刚刚是开玩笑的！"

韩哲的声音不快不慢、不轻不重、不冷不热："那还能不能走？"

"可以可以，我走，我好好走，总行了吧。"谷音琪翻了个白眼，总觉得他的一句话里头包含了许多含义，也懒得琢磨了，直接答应了他。

反正有这三个月的误工费，她就能离"退休"生活更近一些，下学期也可以安心搞论文和毕业的事。至于三个月后……管他的，指不定韩老板很快就审美疲劳了呢？

两人本就是不同世界的人，谷音琪猜想，韩哲是因为循规蹈矩了太多年，一时半刻觉得和她这样的人接触挺刺激；也可能是韩哲刚结束一段关系，心有不平衡，想放纵一把。

可是等这份激情消失，他会回到他自己的世界，而她也有属于自己的路走下去。

身体相触时的感觉再好也无用，他们始终是陌路人。

韩哲不知道她的小脑袋瓜子里装了这么多东西，扯来被子把她裹住：“去洗漱，到点吃饭了。”

床柜上的电子钟显示十一点五十，谷音琪抿了抿唇，果然是生物钟规律的老家伙。她慢悠悠地下床，问：“你有乳液吗？我洗完脸得抹一下，有的话借我用一点儿。”

韩哲答：“有，洗面台上的你都可以用，自己拿。”

韩哲的目光被跑去浴室的谷音琪引了过去，随后在酒店客服的呼唤里回神，这才跟对方说轮椅暂时不需要了，麻烦十分钟后安排人打扫房间。

谷音琪手脚麻利，没一会儿就洗漱完，压了三泵韩哲的乳液用，把脖子都涂上了。他的乳液带着淡淡的植物味道，和她在韩哲剃得干净的下巴处闻到的味道一样。

她无意翻动韩哲的私人物品，只是灰黑色的洗漱包刚好打开着，半透的网格露出里面的小方块。她认准了牌子，想着可以买些他喜欢的东西备在公寓里。

“请勿打扰”的指示灯终于可以摁灭。

中餐厅在顶层，包间和房间一样面海，只是正午的阳光过分猛烈，海水折射的光刺痛人眼。

经理吩咐了服务生把包间窗帘降下，谷音琪低头捧着茶杯小口慢啜，听经理问：“韩先生还是一切照旧吗？”

她睫毛微颤，一口热茶烫了喉。想起韩哲每一次都住这家酒店，还有那未成功的求婚……也不知经理见过多少次韩哲的前女友。谷音琪把头埋得更低一点儿，免得经理和服务生在背后说韩哲闲话。

一本红皮菜谱被推到面前，谷音琪抬起头时对上韩哲的眼，听见他说：“你看看有什么想吃的。”

"……哦。"菜谱很重，谷音琪得抱在腿上，翻了两页，她想起什么，拿大菜谱遮住自己半边脸，凑过去问韩哲，"我记得他家包间有最低消费？"

被窗帘筛过的光线温柔许多，落在她鸦黑长睫上也像海水泛起波澜。

韩哲在她身上闻见了熟悉的味道，不知不觉倾身朝她靠拢，同她一起"躲"在菜谱后，低声回答："有，你点你喜欢的就好，剩下的让经理配菜。"

谷音琪皱了皱鼻尖，道："但是我们两个人肯定吃不完，可以打包吗？"

韩哲微怔，很快说："可以。"他没告诉谷音琪，以前提出打包的人其实都是他。

经理也是个会看场合的，主动走到谷音琪身边，向她介绍餐厅招牌菜和今日的时令海鲜，丝毫不提韩先生以前常点的那几样菜。

餐厅菜式有本地传统菜也有茶点，谷音琪点了几样，剩下的交给经理安排。韩哲似乎很忙，从点单后陆续来了几个电话，每次出外接完回来，很快手机又会响起。

菜肴陆续上桌，经理一直笑脸盈盈，问了女客人如何称呼，每上一道菜都会认真同她解释一次。谷音琪心想，这百分之十五的服务费真没白收。

趁韩哲还没回来，谷音琪拿手机对着桌上摆盘精美的菜肴拍了几张相片。韩哲推门而进时，只看见女孩慌里慌张地把手机屏幕朝下放到桌上。

"动筷吧。"他说。

谷音琪等他坐下，夹起一块香酥醋肉，问："你这次要待到什么时候？"

韩哲转了一下转盘，用公用勺舀了些嫩滑的鱼肉，放进她碗里，道："明天中午退房了就回去。"

谷音琪点点头，道："哦，那我等下吃完饭得回去换套衣服。"

韩哲应道："行。"

“然后还想去医院看看冯蝶。”谷音琪又说。

韩哲依旧应她：“好。”

谷音琪嘴里含着无骨鱼肉，忽然抬眸问：“你要陪我去呢，还是在酒店忙工作？”

韩哲继续舀着鱼肉，淡声说：“陪你去。”

咽下鱼肉，这下轮到谷音琪应了声“好”。

碗里又被放进一大块鲜嫩鱼肉，谷音琪突然有点儿想问问群里小姐妹，是不是每个多金帅哥都会帮忙布菜？她有点儿受宠若惊。

经理安排的分量刚好，两人吃到最后就剩一小块绿豆糕和一小块凤梨酥，是韩哲不爱吃的。

谷音琪靠近他说，这餐厅的绿豆糕做得好好吃，不会太甜，一口一个，她想把剩下的打包回去给奶奶尝尝。

韩哲起身，跟门外经理交代了两句，再回来时捻起那块绿豆糕，一口丢进嘴里，咽下后才说：“我让经理另外准备一盒绿豆糕和一盒凤梨酥，你带回去给老太太。”

眼见他又拿起凤梨酥，谷音琪忙问：“你不是不吃甜食吗？”

韩哲只道：“总不能让老太太吃我吃剩下的。”

虽然这家餐厅的糕点制作时已经减了糖，但对韩哲而言还是过多了，一块绿豆糕他已经有些腻，这会儿捻着凤梨酥，好久都没放进嘴里。

男人的神情好像下一秒要英勇就义，谷音琪低笑两声，蓦地握住他的腕子拉到自己面前，说：“委屈你了，我帮你吃啦。”

她张口咬住那酥香糕点，一口，两口，最后轻轻含住韩哲指尖，卷走粘在指腹上的碎块。

韩哲收回手，搓揉带着湿意的指腹，耳肉好似被火燎过，烫得发痒。

谷音琪决定先回家换衣服，正好韩哲要去之前出事的便利店看一眼。

在车里，谷音琪皱着眉头问：“那位阿姨最近都没来上班了，该不会因为上次的事被你炒鱿鱼了吧？”

韩哲语速缓慢地答道：“加盟店老板给她放了几天假，让她把家事处理好了再回去上班。”

谷音琪安下心了，她身上还穿着韩哲的西装，深色容易吸热，把她裹得暖和，连后颈都出了细汗，但她还是没脱下来。

“这外套……等一下我找个大纸袋装起来，再还你。”外套的袖子太长，谷音琪很喜欢把双手缩进袖筒里，像唱大戏一样甩来甩去，这样很有安全感，像被人紧紧抱在怀里。

韩哲却说：“不用，先放你那儿吧，下回再取。”

谷音琪问：“哦，那我送干洗？”

“好，麻烦你了。”

他正儿八经地道谢，谷音琪被逗得笑出声，道：“哥哥您可太客气了。”

等着电梯时，谷音琪仍能从金属门里看见自己那止不住上扬的嘴角。

电梯是从地下车库上来的，门一打开，谷音琪就瞧见了里头的年轻女子，眼睛一亮，一边走进去一边主动打了招呼：“哈喽，吃了吗？”今天只有小姐姐一人，没那鬼鬼祟祟的家伙。

魏梦晴也对她笑了笑，说：“吃啦，早上出门漏带东西了，趁午休赶紧回来一趟。”

谷音琪回道：“还好公司离得近，不用在路上花太多时间。”

魏梦晴也说：“对啊。”

电梯上行，谷音琪试探道：“最近经常看到姐姐和你的男朋友，你们现在是住在一起吗？”

魏梦晴点点头，不疑有他，道：“我俩是一个公司的，他之前住在老市区，上班总要花好长时间，干脆搬过来和我一起住了。”

谷音琪继续试探：“哇，那你们这可算是日夜相对了，看来好事将近哦。”

魏梦晴笑着否认：“这才哪到哪呢。”

年轻女孩手里拎着的两盒糕点引起了魏梦晴的注意，她问：“这是白鹭轩的凤梨酥？”

谷音琪连连点头，道：“对的，还有绿豆糕，超好吃。”

魏梦晴应道：“嗯，这家的糕点确实不错。”

电梯很快到了十七楼，两人在电梯间道别分开。走进走廊的谷音琪敛了笑，自己以前从不多管闲事，只求财，求明哲保身，但现在看到这小姐姐被蒙在鼓里的样子，就觉得哪哪都不舒坦，浑身一直像是有蚂蚁咬，恨不得匿名写信告诉对方，她男朋友的那些芝麻烂事。

而魏梦晴也敛了些笑，她回想着年轻女孩身上那件明显过大的西装外套，还有对方身上传来的味道——有些熟悉，像是某人身上那股淡淡的植物味道。

韩哲的西装质地上乘，从昨晚到现在被谷音琪穿了这么长时间都没落下几道皱痕。家里没有宽肩衣架，谷音琪索性把它平放在沙发上，准备明天回来后再送去洗。

她把昨晚的衣服和内衣都换了，再重新收拾了一套衣服装在帆布袋里，洗漱包也带上，刚想出门就收到了纪莹的信息。

早上谷音琪快陷入沉睡模式之前给表妹发了信息，说她今天有点儿忙，没法过去奶奶家，麻烦纪莹这两天帮忙陪一下奶奶。

奶奶最近的身体检查虽然暂时没什么问题，但谷音琪还是按王医生说的，每天都给老太太安排一些简单的运动和练习，她自己做了个日程表，便把表格发给了纪莹。许是看出她有多在乎奶奶，纪莹也很认真地同她汇报奶奶的最新情况。

这个时候奶奶正在午睡，小姑娘问谷音琪如果叫外卖的话要怎么填地址，她看见附近有家很出名的奶茶店，想点一杯试试。小姑娘说东山岛上也有这个牌子的奶茶店，但同学都说那是假的。

谷音琪乐得直笑，觉得小姑娘真可爱。她把奶奶住处的详细地址发给纪莹，再给纪莹打了几百块零用钱。她看了眼餐桌上的两盒糕点，突然加插“计划”，跟纪莹说，等会儿她会回来一趟，带些糕点给她们尝尝。

下楼的时候，韩哲已经在路边站着了，背对着马路，正和谁打着电话。他今天只穿衬衣西裤，身姿笔挺利落。衣服应该是他自己烫的，谷音琪中午出门时，发现房间衣柜里的熨斗被拿出来了。

她慢慢朝韩哲走去，认识韩哲以来，她只看过他穿西装，还挺想问问他，该不会家里的衣柜一打开，清一色全是衬衫西装吧？韩哲看见她了，指了下电话，示意她等等。谷音琪点点头，走到不远处等他，准备在App上叫车。

谈话的内容她没仔细往耳朵里去，只觉得韩哲连讲公事时都是稳稳当当、从容不迫的，可能就算明天公司要破产或要被收购，他都会是这样一个状态。

附近的网约车不多，App里刚有司机接单，韩哲也正好结束了通话。他走过来，垂眸看谷音琪手里的两盒糕点，问："刚不是提上去了，怎么又带下来了？"

"我想先给奶奶送过去，正好我姑姑和表妹这几天都在，能给她们尝尝。"谷音琪默了几秒，说，"我看你好忙，要不，就别跟着我跑来跑去了，我去了奶奶家和医院，就回酒店陪你，好吗？"

冯蝶的事昨晚恰好让韩哲参与进来，可家人的事，她不想让韩哲参与太多。她尽力把不同的圈子区分开来，模特是模特，酒吧是酒吧，学校是学校，家人是家人，每一个圈子她都画好了界线，小心翼翼地在几个圈子中间跳来跳去。

但如今韩哲的出现，让那些界线开始变得模糊。

"不忙，我把东西都交代清楚了，这会儿回酒店也没事干。"韩哲在脑子里飞快过了一遍谷音琪的资料，接着道，"今天天气好，我也正好可以到处走走，不过我跟着你，会给你添麻烦吗？如果会，我就回酒店。"

要是韩哲态度稍微强硬一点儿，她就有理由直接拒绝，可偏偏韩哲没有，问话的态度绅士又礼貌，谷音琪横竖左右都挑不出刺。而且今天天气确实太好，他的声音被阳光烤过，像一碗煮得刚刚好的玉米浓汤，字与字之间仿佛会咕噜冒泡。

她鼻子痒了一下，咕哝道："……不会。"

她又想发群里问问别人，她们认识的多金帅哥是不是也会这样，走哪儿跟哪儿？

❾

让谷音琪松一口气的是，韩哲在小区外就和她分开，说在这附近随便走走，她忙完下来了给他电话，再一起去医院。她庆幸韩哲没说要跟她一起上楼，一时便也不觉得韩哲一路陪着她这事有多奇怪了。

可能他老人家就是想晒晒太阳补补钙，或是想感受一下市井烟火气罢了。

谷音琪换了身衣服，还是宽松帽衫搭牛仔裤，长发用个大发夹夹在脑后，露出一截百合般的脖子，在日光下白得耀眼。

韩哲心想，她小时候黑黑瘦瘦的，怎么这会儿能变得这么白？像生生磨去一层皮，露出底下一身美人骨。

他站在小区入口处一直没走，看着谷音琪拐个弯不见了踪影，才迈腿走进这老式社区。

居民楼有些年份了，外墙大多数是红色条形砖，总楼层大概七八楼的样子，有小部分已经加装了电梯。社区主干道绿树成荫，碎金满地，这里临近鹭大，来往的多是年轻人和游客，底层商铺如今多改成各种小店，错落在各种传统商铺中间。

五金店旁边是卖咖啡的，古早沙茶面店隔壁是日式面包店，而茶叶店旁边则是卖黑胶碟的，看似大相径庭的风格，却很好地融合在一起。

五金店老板在咖啡豆香气中低头小憩，吃完沙茶面的阿嬷带着孙女在面包店里挑选面包，慵懒磁性的男歌手在炒茶香里唱着“Let's fall in love for the night and forget in the morning（今夜让我们坠入爱河，明日便相忘于尘世间）”。

韩哲绕了一圈，回到谷音琪刚拐弯的地方，跟着她的方向走。他知道谷音琪租的那屋子的具体地址，居民楼的楼牌号就嵌在墙上，韩哲一栋栋找过去，很快就找到了。

楼前有一小片空地，立着一棵老树，许是因为时间关系，花坛旁边的室外健身器材无人问津，倒是树下小石桌围坐着三四个老人在打牌，纸牌摔打在石桌上的声音不大，连午后耷拉着脑袋的小狗都吵不醒。谷音琪租的这一栋居民楼有装电梯，估计租金会稍贵一点儿。

韩哲站在树下望向五楼——他只知道是五楼，具体是不是这一个朝向的房子，他就不确定了。

打牌的老头儿见他一个生面孔杵在这儿好一会儿，便问了一嘴他是不是要找人。韩哲摇头，说自己在等人。话音刚落，外加装的电梯有了启动的响声。

他的视线跟着声音往上，又跟着声音一层层往下。电梯是单向玻璃的，看不见里面的人，可不知为何，韩哲觉得应该是谷音琪下来了。

电梯停了，单元门打开，谷音琪从楼道里走出来，她低着头，没往空地这边看，一边按手机一边往来时的方向走。韩哲没出声喊她，很快手机开始振动，他大步走出树荫，逐渐缩短两人的距离。

电话接通，谷音琪说："我从家里出来啦，你现在在哪儿？我过来找你。"

接着她听见韩哲的声音，离她很近很近："你回头。"

谷音琪硬生生地停下脚步，回头速度飞快，双眸睁大，惊诧地问道："你怎么走到这边来了？"

"走着走着就来到这儿了。"韩哲挂了电话，指向大树下的方向，脸不红心不跳地说，"在那边看人打了会儿牌。"

他觉得自己肯定是被谷音琪带坏了，说谎都不带喘气的。

冯蝶住进了一间两人房，谷音琪去到的时候病床旁只有陪护在，不见冯蝶的未婚夫李凡。

"我让李凡回酒店了，这里不好睡。"冯蝶强扯起嘴角笑了笑，说，"七七你真有心，还专程来看我。"

她说话时有气无力，就像一片无声落下的树叶。术后的冯蝶还很虚弱，两人说了几句，冯蝶已经耷下眼皮。

谷音琪直接同陪护阿姨了解情况，阿姨是个健谈的，说这姑娘的男朋友她也就见上两次面。一次是阿姨早上刚被安排到这床来的时候，男人说得出去一趟，中午前男人回来了，让阿姨先去吃饭，他有话要跟姑娘说。

阿姨回忆着时间："我大概是十一点半走的，然后一点左右回来……她男朋友脸色不太好看，两人可能闹不开心了，他走的时候我去给姑娘喂水，看见枕头湿了一片。"

闻言，谷音琪侧头，看向躺在床上没睁眼的冯蝶。

阿姨还在嘀咕："我问她怎么哭了，是不是哪里不舒服，姑娘说'太痛了，伤口太痛了'，我就喊了护士来，给她上了止痛泵……"

谷音琪不让自己胡思乱想，她麻烦陪护阿姨多帮忙照顾，还加了阿姨微信，说如果联系不上病人家属的话，就联系她，又给阿姨私下发了个红包。阿姨笑嘻嘻收下，让她放心，一定会好好照顾好冯蝶的。

韩哲在住院部楼下等着她，见她来了，迎上去问："你朋友情况如何？"

"情况还不错，人也挺有精神的，不过没见到她未婚夫，给请了个陪护阿姨，阿姨人挺好的。"谷音琪扬起笑，笑得眉眼弯弯，笑得阳光见到她都觉得逊色。

韩哲被她不太真心的笑容刺得眼皮狠狠一跳，最后到底没忍住，他伸出右手大拇指，轻轻摁住她翘起的嘴角，把那过分夸张的弧度往下拉了一点儿。

"不开心的时候就不要强迫自己笑。"他说。

浮尘飘在两人之间，身边人声嘈杂，但谷音琪只能听见自己心脏扑通的跳动声。

她吸了吸泛酸的鼻尖，接着抬起手，和韩哲不同，她一手伸出一根食指，揉在韩哲抿成钢铁直线的嘴角，用力往上扯，扯起一个奇怪的笑容。

虽然没像刚才笑得那么假了，但谷音琪还是挂着浅浅的笑，眼里倒映着渐渐西下的暮光，说：“那你别总板着张脸，开心的时候也笑一笑，你笑起来很好看的。”

韩哲喉结滚动，好一会才应了一声：“好。”

霓虹招牌既老土又不华丽，地面布满陈年油渍，廉价的塑料凳子一不小心就会被踢翻，韩哲不是没去过大排档，但环境这么简陋的，应该还是第一次见。但环境差也挡不住客似云来，街边骑楼下一张张覆着一次性桌布的圆桌人头攒动，等位的客人已经坐到了马路边，开放式厨房热火朝天，炉火狂舞，热气蒸腾。

韩哲与玻璃缸里的大龙虾互看，听着谷音琪熟稔下单，猪腰爆炒，九节虾白灼，红肉蟹香煎，虾蛄椒盐，最后她还凑近老板娘耳边细声嘀咕了几句。两人交头接耳一会儿，像达成什么协议，接着韩哲瞥见老板娘在菜单上画了个椭圆的图案。

谷音琪乐滋滋地洗着碗筷时，韩哲问她：“那个椭圆是什么菜？”

“是野生小管，就是一种小鱿鱼，和大鱿鱼不一样，它的肉嫩好多的。不过因为这个季节只能海钓，所以量不多，也有一些店家会进活冻的来做菜，但这家大排档拿的都是当日最新鲜的。”谷音琪竖起食指立在唇前，神秘兮兮地说，“嘘，老板娘和我是同乡，才给我留的。”

同乡……那就是东山岛。韩哲点了点头，没往下接话，他觉得谷音琪应该不想谈起以前的事。

但谷音琪反而主动同他介绍起来，说六、七、八月才是小管的捕捞季，夏天傍晚，家家渔船开始出海，天未全暗时渔船已经亮起了灯，这时海面便宛如有星辰连成线。

谷音琪把烫过热水的筷子递给韩哲，接着道：“放网，放绳，等天开始黑的时候，就可以开大灯了，但船上的小灯还不能关哦。”

周围喝酒的客人音量很大，但韩哲却能听清楚谷音琪的每一个字，他顺着她的话问：“为什么小灯不能关？”

“关得太快，那些鱼就会跑啦，要把它们慢慢引到网中间，才能把船周围的小灯关掉。”谷音琪给茶杯倒上茶水，推到韩哲面前，继续说，“以前我爷爷奶奶他们那一代出海，没有现在这种捕鱼灯，他们要点一个大火把，站在船边照着，鱼啊小管啊，就会跳出海面，噼里啪啦，跟海水沸腾了一样……”

韩哲安静地听着，她的描述太有画面感，他能透过她的声音看见那片与黑夜融为一体的大海，有咸腥的海风拂面，海平面处星光璀璨，分不清上下哪边才是星空。

大排档上菜的速度极快，一盘盘小炒冒着烟气，谷音琪直接上手，而韩哲吃相斯文，吃虾吃蟹都是用的筷子，但到了虾蛄就有些困难了。

谷音琪伸手捻起一条虾蛄，一扭一掰就把虾壳轻松去掉，把虾肉放进韩哲碗里，对他说：“术业有专攻，这个还是我来吧。”

那道“秘密菜品”也上了桌，新鲜的小管无须过分加工，整条白灼，沾上酱油芥末，入口鲜甜无比。不到巴掌大的小管肚子里含墨，谷音琪及时提醒韩哲小心墨水会滴落，继续刚才没说完的话题：“后来到我爸妈这一代，已经有灯光捕鱼船了，不用烧火把，只要点灯就可以了。”

听见她突然谈起自己父母，韩哲眉头猛地一皱，把只咬了一半的小管放回碗里，放下筷子，抬眸看向她。

谷音琪一直看着手里的虾蛄，眉眼低垂的样子泰然自若，说道：“但捕鱼船再贵再大、再先进又怎么样，只要一爆炸，最后还是成了一堆破铜烂铁。”

谷音琪把掰好的虾肉又丢进韩哲碗里，然后看向他幽深黝黑的眼，淡声开口：“后来我家发生的事，你应该都知道了吧？”

她又不傻，脑子稍微转一下就知道，下午韩哲不是无缘无故出现在奶奶家楼下的。韩哲有她的真实姓名和电话，要查她并不是一件难事。

韩哲没考虑太多，直接跟她道歉：“抱歉，我确实是查了你的资料。”

他双掌撑在大腿上，抿紧的嘴角无比严肃。谷音琪突然想起了平安夜那次的第二天早上，酒醒后的韩哲向她道歉的时候。

她擦了擦手指，语气里有些自嘲的意思：“不过也是应该查的，像我们差距这么大，还是查清楚一点儿、知根知底比较好，防止以后出现‘我突然怀了你的孩子，然后我的家人逼着你娶我’这类烂俗……”

“不是。”韩哲没等她说完就打断她，“我没想过这种事，我只是想多了解一些你的事情。”

他拿出手机，点了几下，递给谷音琪，道：“这是我拿到的资料，你可以看一下。”

就算是坐在这样喧嚷吵闹的环境里，韩哲也没有露出一丝不耐和厌恶，他的眼睛里没有逃避躲闪，通透得好似没沾半点灰尘的黑玻璃珠子。

谷音琪那还没冒出尖的火气，生生被浇灭了。她手上沾了海鲜腥气，在手掌上垫了张纸巾，才接过韩哲的手机。没想到只一眼，她就被逗乐了。

所谓的资料居然是份 PPT，用的还是他们公司的模板，最好笑的是，第一页还有汇报人的名字：苏肃。

“苏肃是我助理。”韩哲解释道，还补充一句，“我只让他查了些以前的事，近期的没让他调查。”

谷音琪已经迫不及待地翻到了下一页，确实是一些她的基本资料，出生年月日、籍贯、家庭成员、学习经历、就读院校等，还有奶奶现在住处的地址。

往后是几张她从小到大的证件照和生活照，每一张都认真标注了出处和时间，就是最后一张照片让谷音琪有些意外。

大一下学期报选修时，她选了“现场急救常用技术”这门课。因为这是一门新增的选修课，学校比较重视，在官方公众号上专门发了一篇文章介绍这门课，还发了媒体通稿。文章里放了些照片，大部分是同学们对着假人做胸外按压练习时的情形，她也入镜了，但她只出现在相片边角，前景主要拍的是另外几名同学。而且当时她没怎么拾掇自己，还是个稚气未脱的小姑娘。

谷音琪心想，这位苏肃真是人才，连这样的图片都能关联上。

“后面就是你父母出事的新闻了。”韩哲一直留意着她的表情。

“哦……”谷音琪瞥他一眼，划到下一页：闽省出海渔船爆炸致2死2伤。

无论何时看到这则新闻标题，谷音琪都会太阳穴狠狠一跳，像有无形的刀尖挑着她的肉，恨不得再扎深一点儿，扎出个血窟窿。

官方媒体和本地网发表的新闻都很简短，重点都放在事故领导小组如何开展工作，消防人员如何英勇灭火，至于死者，只有“死者为渔船船长谷某及其妻子”这样一句，草草带过。

但这份PPT报告里倒是加上了谷音琪父母的名字，谷强和张芳。两名伤者，和一名因及时跳海毫发无伤的船员的名字也在其中。

谷音琪一页页看过去，苏肃做的报告已经挺详细了，把网上关于这个事故的新闻都截了下来。到底了，还有个“Thank you（谢谢）”的结束语。

她摩挲了一下手机发烫的边框，把手机还给韩哲，嘴角挂着浅笑，道：“这报告做得还行，就是不太全面，你想听更多的故事吗？”

韩哲默了几秒，说：“你想说的话我会听，如果不想说，我也不勉强。”

他没再拿起筷子，直接用手拿起一条微凉的白灼虾，三两下掰了壳，放进谷音琪碗里，说：“但如果想说，也先把饭吃完了再说，海鲜凉了不好吃。”

“……好。”谷音琪点了点头。

大排档依然人声鼎沸，炒菜声，划拳声，聊天声，酒瓶相碰声全混在一起。没人留意到这对安静吃饭的男女是什么时候吃完，什么时候结账，什么时候离开的。

⑩

“其实故事也挺简单的，大致内容你都已经知道了，嗝……就是……嗝！”

谷音琪连续打了几个嗝，韩哲叹了一声，说：“刚刚就叫你别吃那么快。”

"那我想……嗝……快点儿吃完，快点儿跟你讲……嗝……快点儿讲完就能回……回酒店……嗝！"她伸手捂嘴，一脸难受样。

正好几步之外有家左邻便利店，韩哲走进去买了瓶矿泉水。

"没有温的，将就一下。"出来后他把水交给谷音琪，低声道，"憋住气，一小口一小口喝。"

谷音琪眨了眨眼，她平日打嗝也是这样处理。

喝完水，谷音琪打嗝的情况有所好转，两人继续往南边方向走，那边有条观海木栈道，从大排档走过去路程大约十五分钟。再沿着木栈道走到底，回到大马路上，马路对面就是韩哲住的酒店了。从面前驶远的车辆尾灯，像是挂在渔船上的盏盏卤素灯，勾起谷音琪那些往事。

渐渐懂事后的谷音琪和父母的关系谈不上融洽，因为父母除了休渔期的三个月会常待在家，其他大部分时间都在海上飘荡。谷音琪是奶奶带大的，奶奶说，这就是讨海人的生活。

谷强是个思想很传统的男人，一直想再要个男孩，但因为张芳的身体问题，最终弃了这个念头。他觉得女孩儿念那么多书没什么用，读到高中就已经够多了，读大学还不如找个大专去读，有个一技之长以后更好在县里找工作。

张芳在这方面的想法更是离谱，知道村长的儿子对谷音琪有些意思，让女儿考虑干脆高中毕业后就嫁人算了。

听到这里韩哲的眉头已经紧锁，忍不住开口确认："高中毕业就嫁人？"

"对啊，村长儿子比我大两届，就是那种小流氓、小混混，毕业了还整天蹲校园门口堵我。"谷音琪一脸嫌弃地吐槽，"后来见我没搭理他，他就去追其他漂亮妹妹了。"

"呵。"韩哲冷笑一声，一句"小小年纪不学好"含在喉咙里。

"其实我知道他们为什么不想让我读大学，说到底就是家里没钱。当时家里的老渔船要报废，他们东凑西凑才买了条新渔船，实在没余钱了。"

谷音琪接着开始夸家里的老太太："还好有奶奶给我撑腰，把他们两个人骂了一顿，说他们夫妻是不是出海出多了，脑子都进海水了。你知道吗，我大一的学费还是奶奶帮忙给的……”

不知不觉已经走到能闻到海水味道的地方了，谷音琪深吸了一口气，让故事继续往下走。

可能是有人在谷父谷母面前夸过谷音琪能读大学就是本事，也可能是有了新渔船后家里的环境稍有改善，两夫妻的态度渐渐有了些改变，不再提读书无用和嫁村长儿子的事了。

那是谷音琪大二暑假的最后一天，也是小管捕捞季的尾声。天有些阴，但浪不大，本来下午父母就要出海的，因为谷音琪隔天要返校，他们推迟了出海时间，留在家里好好吃了顿晚饭，才出了门。

那天半夜，谷音琪被人大力拍打铁门的声音吵醒。睡眼惺忪时，她听见有人在屋外喊：“谷阿嬷，谷阿嬷，你家的船出事了！”

谷音琪开摩托载着奶奶到了码头，急得连车钥匙都忘了拔，就赶紧搀着奶奶走到海边。

很远很远的海面上有一颗火球，有多小呢？谷音琪屈起食指，和拇指一起比了个圆圈，给韩哲看，说：“大概就是这个大小吧，和一块钱硬币差不多。”

韩哲不知该说什么，只能应她：“……嗯。”

夜晚海风有点儿凉，谷音琪把衣服的帽子戴上了，韩哲侧过脸，只能看见她圆圆的鼻尖，看不清她的表情。

谷音琪伸直了手，移着那硬币大小的圆圈，在倒映着粼粼月光的海面比画了一下。目光穿过那极小的圆圈，她又看到了几年前那颗熊熊燃烧的火球。

谷音琪轻飘飘的声音被海风吹散：“那晚没有月亮。”

对的，那晚没有月亮，海黑得看不见尽头。海太大，那船都烧成这样了，却只能照亮一小块海面，像海里的红水母全都聚集到了那一片。

消防艇停在渔船不远处，高压水枪持续朝渔船喷水，但阻止不了渔船再一次爆炸。“砰”的一声，直接震软了老太太的膝盖。谷音琪没站稳，被奶奶攥着往下坐，祖孙俩坐在地上发了好一会儿愣，才开始后知后觉地哭起来。

一艘救援艇先开了回来，载来了两名伤者。两个年轻小伙都是村里人，是谷强在购入新渔船后才请来的，说是活儿多了，得增加人手。

两人都被炸了半边身子，脸被火烧得皮开肉绽，一人伤得较轻，还能哼哼唧唧，但另一人的左手已是血肉模糊，躺在担架床上，一副快没了呼吸的样子。

谷音琪追着担架床跑，不停地问那个轻伤者，问她父母怎么样了，有没有逃出来。还没得到答案，伤者的家人已经一把把她扯到旁边，指着救护车冲她又哭又吼："人好好的到了你家，现在被烧成这样，你们家得负责到底！"

另一艘救援艇很快也来了，送来另一个船员。这人叫蔡坚，二十五六岁，年纪不大，但跟着谷强也有好几年了。

蔡坚像只落水狗，浑身湿透，冷得直打战，谷音琪顾不上伤者家属，扑过去问她父母有没有逃出来。他惊魂未定，牙齿颤得口齿不清，谷音琪只听清了"火太大了""都让他别一边煮饭一边吸烟了"。

蔡坚也被送去县医院，姑姑和姑父这时赶到了码头，谷丽见凶多吉少，已经开始哭天抢地。

没去打扰老太太可能已经是伤者家属最后的仁慈，一群人围住谷丽要个说法，五句里有三句在问谷家要怎么赔偿，医药费要怎么负责。姑父纪鸿盛被问得心烦，一口把烟啐在地，黑着脸说这是谷家的事，和他们纪家扯不上关系。

谷丽悲愤交加，第一次对着纪鸿盛破口大骂，说那好歹是她亲哥哥！

谷音琪没精力掺和进这团混乱中，她只担心奶奶能不能撑得住，一直陪在老人旁边，安慰她说父母在危难关头可能已经跳落了海，但暂时还没搜救到而已。

过了好久火才被扑灭，那时天空已经蒙蒙亮，云很厚，遮住了日出，也起风了，空气里全是浓烈的汽油味。海浪拍打岸边，溅起的细沫落在谷音琪的嘴角，她舔了一下，觉得好苦。

拖船出动去拉事故船的残骸，搜救艇这次靠岸，艇上载了两具尸体。谷强的尸体在船舱里被发现，被烈火烧得焦黑，张芳的尸体漂在附近海面，被海水浸得惨白。

“够了。”韩哲开口，想要打断她的回忆。

可谷音琪置若罔闻，低着头一直往前走，脚底下的木栈道吱嘎作响，就像回忆逐渐支离破碎的声音。

“调查结果说，是船上做饭用的煤气罐爆炸导致的事故，那两名伤者离爆炸点太近，所以伤得比较重，阿坚离爆炸点比较远，直接跳海了，我妈……我妈……”

韩哲眉心紧蹙，猛地伸手，拉住了谷音琪的手腕，阻止她继续说下去：“谷音琪，够了。”

风吹开了谷音琪一直挡住脸的帽子，当女孩抬起头时，韩哲怔住了，不知不觉松了她的手腕。

他本以为女孩会哭，如果没哭，至少也是眼眶里蓄着泪来回打转或眼眶红透的模样。可谷音琪没有，仿佛刚才讲的是不知从网上哪里看来的新闻，而不是发生在她身上的事。

她嘴角勾起，朝韩哲笑了笑，说：“我没事啊，我已经能很平静地说出这件事了，我长大啦。”

又来了，韩哲皱起眉，那种心脏被刺扎了一下的感觉又来了。

谷音琪伸手扯住他的衬衫袖子，拉着他继续往前走，接着说道：“之后的事情我就不多说了，反正就是为了赔偿伤者，我家值钱的东西都卖掉了，房子啊，舢板啊，摩托车啊。

“我没做这兼职之前也做过其他工作的，什么派传单，餐厅侍应，接单剪辑视频，这些我都做过的……也去试过家教，但没让家长看上，嫌我太年轻。哦对了，我还做过你家便利店的临时工，夜班的！工钱有点儿少哦，老板。”

谷音琪望向他，嘻嘻地笑，继续说：“但这些来钱都太慢了，课余时间我一直在赚钱，也远远不够。伤者家属追得太凶，加上那时候阿嫲出了点儿事，我得把她接到这边住，又多了一笔开销。刚好那时候有酒吧招氛围组组员，我就去了，又认识了经纪人。嗯，大致上就是这么个过程了。”

她的步子迈得很大，韩哲紧跟在她身侧，右手一直松松垂着，任由她把衬衫扯出皱痕。

木栈道的路灯很明亮，橙黄色的光落在谷音琪棕栗色的发顶，不时荡漾出金光，看得韩哲移不开目光。

他听见谷音琪说：“韩哲，我不喜欢回头看，因为这样会耽误我继续往前走。还有，你千万不要同情我，我不需要，这条路是我自己选的，就算双脚被扎破洞，流了满地血，我也要走下去。”

“那你需要什么？”韩哲突然问，“除了金钱，你还需要什么？”

他直白的问话惹得谷音琪扑哧笑出声，正好木栈道前方有两个年轻姑娘正向路过的情侣兜售手提鲜花。谷音琪想了想，朝前方扬了扬下巴，开玩笑道：“在这个时候，我可能需要一朵玫瑰花来抚慰我弱小无助的心灵。”

韩哲深呼吸一个来回，鼻息滚烫，声音也有些哑：“好，你等我一下。”接着就往前方走去。

这个总是慢条斯理的男人这次走得好急，几乎要跑起来了。谷音琪抿了抿有些干燥的嘴唇，走到木栅栏旁，给后面的路人让出一条道。

韩哲很快就回来了，两手各拎着好几个手提袋。谷音琪不禁失笑，咧开嘴问他：“怎么全买下来了？这玩意儿利润很高的，你真是冤大头。”

她以前也做过这种小生意，在情人节和七夕时从云南批发了一两百块钱的红玫瑰，给去刺的枝干绑上蝴蝶结丝带，装进写着“Just for you（只献给你）”的透明手提袋里，一小袋就要卖二十块钱。

“没有全买，只买了红玫瑰。”韩哲把袋子递给她，其实没多少，只是手提袋子比较占地方，“刚刚好七朵，和你的名字一样。”

谷音琪飞快地想到了什么，但她又很快觉得，以韩哲这性格，他肯定没往那方面想，才会选了这个数字。

她没有马上接过袋子，而是扶着木栅栏，在路灯下踮起脚。吻落在他微凉的嘴角上，轻轻一触便离开，然后她才接过袋子，微笑着说：“谢谢小韩哥哥。”

她是真心诚意地道谢，为这七朵玫瑰花，为最近的每一次交集，为他给予的温柔和尊重。

偷了一吻和几朵玫瑰花的小贼转身想逃，却被人箍住手臂拉了回来。脚底下的涛声澎湃汹涌，让人听不见是谁的心跳乱了节拍。

谷音琪被笼罩在韩哲的影子中，从他狭长的眼眸里看到了小小的自己。男人眼里流露出来的侵略性让她开始紧张起来，她好像一个不小心，把那个眼神锋利如刀的韩哲给唤出来了……

韩哲抬起她的下巴，拇指指腹揉过她失了些水分的唇，光明正大地问：“谷音琪，现在我能吻你吗？”

脑袋里“轰”的一声，像星球大爆炸，谷音琪睁大了眼，慌张地左右张望，见附近路人都离得远，才烫着脸小声埋怨：“你怎么连这种问题还要问！”

突然，韩哲轻笑一声，低下头，亲了一下她的唇，才说：“你的脸好烫，是害羞了吗？”

谷音琪觉得自己有点儿喘不过气，需要人给她做人工呼吸。她脑子里一团糨糊，没想好怎么回应，吻又落了下来。

这次的吻，温柔中又带着些强硬，像海浪一样，能轻吻贝壳和珍珠，也能在坚硬石头上击打出坑洼。

谷音琪被吻得腿软，还抓握着那些红玫瑰的双手，不知何时已经攀上了韩哲的背脊。

两人都闭上了眼，只留唇齿舌尖感受彼此。

路人匆匆而过，月儿藏进云后。卖花的姑娘都不敢大声吆喝了，就怕自己的声音惊扰了在路灯下接吻的这一对爱侣。

第三章

❶

飞机落地时机身狠狠震了一下，韩哲醒过来。接近两小时的飞行时间，他几乎都在睡觉，连空姐什么时候替他披上毛毯的都没有印象，这还是他第一次在公共场合不受控地昏睡。

飞机正在滑行，韩哲看了眼舷窗外的跑道，视线一时模糊，竟分不清这里是鹭城，还是沪市。他眯上眼，揉着眉心醒神，心想，这次真是疯过头了。

昨晚，窗帘一直没有关上，他们去到哪儿，月光就跟到哪儿。韩哲从后面紧紧拥着她，仿佛过了今晚，世界就会崩塌，他们必须抓住最后一刻肆意狂欢。

所以两人又是天亮才阖上眼，生物钟彻底乱了套。

手机闹钟刚响了一声就被韩哲飞快摁掉，谷音琪背对他而睡，埋在蓬松被子里像是某种藏在雪堆里的小动物。许是察觉到动静，女孩往他怀里拱了拱，直到背脊贴上了他的胸膛，才松了劲儿继续睡，韩哲收回来的右手就这么顺势搭在她身侧。

……

韩哲这下算是完全清醒了，平复了一下情绪，才解了安全带，把薄毯折好放到隔壁的空位上。他拿出手机，关了飞行模式，点开与谷音琪的微信聊天框，最后的对话停在谷音琪给他发了个“一路平安”的表情包。

他发过去一句：落地了。

等了一会儿没等到回复，韩哲看了下时间，已经下午四点半。估计她也是累透了，这会儿还在补眠。

他又点进谷音琪的朋友圈，发现她还是没有发任何内容。明明在餐厅和大排档吃饭的时候，韩哲见她都拿手机拍了照片，本来想着她应该是用来发朋友圈的，可如今朋友圈依然是一条灰线。还是说，她设置了分组了？

韩哲习惯了自己开车，出了到达大厅后直接往停车场走，上了车后，他突然想到另外一个可能——或许她有其他社交账号？

“翘班”两天，他直接回公司，准备把需要经他手的工作补上，赶得及的话，今晚还得去赴约。

路上开始拥堵，车子走走停停，韩哲很少在开车的时候用手机，无论车子是走还是停，但如今有些控制不住心里窜出来的兴奋，就像小时候对着一道数学题，突然想明白了要用什么公式去解开它，那种跃跃欲试的心情。

终于在一个红灯处，他抓起了手机。他已经记下谷音琪的微信号，再去另一个社交平台上搜索——像这种以字母组成的用户名，一般都会习惯性用同一个。

跳出来的相关用户有许多，有些后缀加了姓氏，有些则加了生日。韩哲记得谷音琪的生日，一月三十日，是下个礼拜的周六。

结果还真让他找到了，只看了一眼那账号的头像，韩哲立刻确定是谷音琪的账号，虽然和她的微信头像不同，但和她支付宝的头像一模一样，是个卡通小人儿。他正想点开，后面车子按起了喇叭，重新握上方向盘时，他才发现双手手心都出了细汗。

他想，他可能找到了小龙藏宝的洞窟了。

赵宁今晚搞了个派对，为了庆祝自己恢复单身，他约了一个暧昧对象，让她带上几个小姐妹，今晚一起游船，喝香槟。

线条优美的豪华游艇行驶在黄浦江上，两岸霓虹灯光把江水染得光彩夺目。美轮美奂的夜景让姑娘们努力忘记冬夜的江风有多刺骨，总之，每次手机举起的时候嘴唇和脊梁骨都要停下发颤，等自拍结束，才抱住手臂猛搓几下，好让自己恢复一点儿暖意。

举香槟杯的姐妹合照拍完，姑娘们又去甲板尽头拍单人照，得抓紧时间，因为背后的地标性建筑越来越小。确认了相片里的自己表情管理到位，小姐妹们哆哆嗦嗦地往船舱楼梯走。

一群人下楼梯时，和一身穿西装的高冷男子擦肩而过，等男人上了甲板，几人才窸窸窣窣讨论起来。

“你不是喜欢这种高贵冷艳型的男人吗？上啊！”

“你没见我刚一直主动找话跟他聊？可他不冷不热的，两三句就把我的话堵死，太没意思了。”

说话的姑娘眼角瞄向底层娱乐室方向，小声说：“下面的那些难度系数比较低。”

回到温暖的船舱时，DJ 已经把音乐风格换成适合小酌一杯的慵懒爵士。男人们分坐在 U 型沙发两侧，推杯换盏，吞云吐雾，见女生们嘻嘻哈哈地回来，男人停下了大盘基金等话题，有人招呼着一同举杯，祝愿赵大公子早日找到真爱。

酒杯碰撞声清脆铿锵，赵宁放下酒杯时发现少了俩人。他问其他人：“韩老说他去打电话，那疯子去哪儿了？”

“鬼知道，可能喝酒喝多了，去放水了吧。”

有人提起韩哲：“今晚韩哲一直在看手机，现在又是准时准点地打电话，怕不是跟鹭城那位复合了。”

另一人说：“不能吧，不是听说对方已经有新男友了？韩哲往上凑干吗？身边多少爸妈都想把女儿嫁给韩哲，你又不是不知道，他从‘别人家的孩子’，到现在已经成了‘梦想中的女婿’。”

“要是没复合，怎么这几天又跑鹭城去了？这么千里迢迢地追妻，也只有我们老韩能做到了。”那人手里夹着雪茄，点了点赵宁的方向，“但凡你学到韩哲五成，可能今天游艇上开的就是你孩子的周岁生日 party（派对）了。”

赵宁笑骂道：“你就不让韩哲有新对象了？”

对方却说：“不可能，韩老又不是你，这么快就能有新的目标。”

甲板上的韩哲不知道发小们在议论他的感情事，沪市的晚间比鹭城冷了十度左右，他说话时有白烟在唇前成形，又很快让夜风吹散：“所以你今晚和奶奶一起睡？”

“对啊，感谢某人的误工费，让我这段时间能不为生计发愁，感恩，感恩。”谷音琪正绕着楼下的老树走，声音软糯，使得道谢的态度听起来不怎么诚恳。她打算最近晚上都来奶奶这边睡，反正不用去酒吧了。

老太太这个点已经睡下了，纪莹也是，只有姑姑还在客厅看电视，谷音琪就跑到楼下接电话。奶奶和表妹的问题不大，她主要不想让姑姑知道韩哲的存在，懒得再编一个谎话。

电话那边的男人低笑了一声，声音很沉，很小，但还是传到了谷音琪耳朵里。她挠了挠发痒的耳廓，问："你笑什么？"

韩哲不承认，道："我没笑。"

谷音琪不依不饶地说："你肯定笑了，我都听到了。"

韩哲不在这幼稚的问题上与她纠缠，只是又沉沉笑了一声。

"你呢？游艇 party，俊男美女……"谷音琪语气戏谑，"还有时间给我打电话哦？"

"没有，就是在江上走一圈，等他们把酒喝完就差不多上岸了。"韩哲想了一下，问，"要跟你视频吗？你现在方便？"

谷音琪顿了几秒，才回他"可以"。她挂了电话，很快视频就拨了过来。老树树荫下没什么光线，谷音琪快步走到健身器材旁的路灯下，才接起。

韩哲那边切到了后置镜头，他指着很远的地方，说："再早一点儿就能让你看见那座高塔了。"

此时确实已经完全看不到那栋地标性建筑物了，但还有其他江边建筑群，依然流光溢彩。谷音琪去过好几次沪市，还没像现在这样近距离地观赏过这不夜城。

"你那边冷吗？风很大吧？"谷音琪戴着耳机，能清楚听见风灌进耳朵的声音，"太冷就别聊了，你进船舱吧。"

"还行，再聊一会儿。"韩哲把镜头切回前置，这时两人均是一愣。

镜头里出现了另一个人，安静无声地站在韩哲身后不远处——是毕韦烽。韩哲转过身，下意识把手机放低，问毕韦烽："你什么时候上来的？"

毕韦烽扯起嘴角笑笑，道："来好一会儿了，见你忙着跟人视频，就没喊你。"他两步就走到韩哲面前，语气好奇，"刚那位妹妹是谁？

不像魏梦晴啊，赵宁他们还在讨论，以为你和魏梦晴复合了呢。”

“不是。”

韩哲没打算跟他多说，拿起手机想跟谷音琪先说再见，毕韦烽却硬是挤过来，凑近了手机一看，高声惊呼道：“哎呀，原来是这位妹妹啊，哈喽，又见面了。”

韩哲毫不犹豫地把那颗大红脑袋用力推开，对着手机说：“你早点儿休息。”接着挂了视频。

韩哲双手插袋，微眯的眼眸逐渐犀利，问：“‘又见面了’是什么意思？你什么时候见过她？”

“你忘了？我们在那家酒吧见过啊。”毕韦烽笑得没脸没皮，接连着问，“你和她现在算是在一起了？”

韩哲不想理他，丢下一句“你喝醉了”，抬腿往船舱走。

毕韦烽嗤笑，身子后靠到栏杆边，问：“所以你花了多少钱？”

韩哲生生止住脚步，再回头看向从小到大的老友，眼里的温度已比江风还冷。他不反驳，不辩解，不发怒，就这样睨着毕韦烽，仅仅抬了一下手，示意毕韦烽有什么话一次性全说出来。

毕韦烽不是第一次看见韩哲这样的眼神，但每次看见，都会暗自庆幸，还好韩哲从小自制力强得惊人，把那些阴暗的东西都压抑到谷底里去，不然他们这群人里头，“疯子”的外号可能要落在他头上。

不喊不叫的狮子最危险。

“之前你说你知道自己做什么，我看现在你是失了理智。”毕韦烽认真了神色，一个字一个字说得清楚，“谈钱不谈感情，谈感情就别牵扯金钱，这俩玩意儿就不能搅在一块儿谈。人家指不定一开始只想和你谈钱，可你不仅给钱，还要给她感情，以一副救世主的模样出现在她面前……”

刚才毕韦烽站在楼梯口听墙角，韩哲偶尔溢出的笑声落在他耳里，怎么听怎么别扭。韩哲以前几次恋爱都没试过这样吧？

再后来韩哲和对方视频，毕韦烽没忍住，走出了甲板。隔着老远他都能看见女孩在那小小屏幕里的笑脸，她的笑声像冬天里晒暖的羽绒被子，蓬松又绵软。

人已经不知不觉走到了韩哲背后，可毕韦烽还没弄明白胸腔里那股酸味到底是从哪里冒出来的。

他深喘一口气，语气渐渐咄咄逼人："你脑子那么好使，这会儿怎么就想不明白了？要是对方不动心还好，动心了你要怎么办？你家里能接受吗？韩哲，别说你家那环境，就算普通人家，都不一定能容下她，还是说你要一直让她无名无分地跟着你？就当你笼子里的金丝雀或波斯猫？"

韩哲算是听明白了，之前他总担心毕韦烽不待见谷音琪，现在他觉得，毕韦烽不待见的是他。所以，毕韦烽和谷音琪，是什么关系？

冷冽江风把船上的旗帜吹得呼呼作响，毕韦烽压下烦躁怒火，挠了把头发，站直身，说："我收回之前的话。"

一直沉默的韩哲终于开口，嗓子哑得像转动坏掉的舵："什么话？"

"我说你'别循规蹈矩那么多年，最后却往坑里跳'，我收回这一句。"毕韦烽径直走向船舱方向，经过韩哲身边时，表情是罕见的严肃，"现在要换个说法，你可别把人姑娘带进坑里去。"

毕韦烽离开后，甲板上只剩韩哲一人。西装和衬衫都挡不住寒风，寒意从脚底攀起，像只地狱中的小鬼，沿着脊椎骨头一节节爬到他后脑勺，张开血盆大口往太阳穴直接咬下去。

紧攥着手机的指节硌得生疼，韩哲松开手机，把扣到领子的纽扣解了两颗，风从空隙钻进去，身子更冷了。他走回船尾，双手撑住冰凉栏杆。他低下头，看见那本来昳丽迷幻的江水，被螺旋桨搅成一团团黏腻的泡沫。

昨天晚上在海边木栈道，谷音琪说她不要同情。韩哲想，她也不需要这种看着漂亮，一搅就轻易烂掉的恋爱童话。

②

赵宁的暧昧对象叫罗森，舞蹈专业的大一新生，盘靓条顺，只略施粉黛已经很是青春靓丽，小女孩前些天在 BOSS 玩，赵宁给她们送了酒，后来顺势加上了微信。今晚两人感情升温，快黏到一块儿的时候，被黑脸走进来的毕韦烽吓了一跳。

看这疯子狠狠把自己摔进沙发里，大半杯威士忌两口闷，赵宁等人面面相觑。不过到底是认识了几十年的朋友，大家对他说风就是雨的脾性见怪不怪，也不打扰他独自一人闷闷不乐，大家酒照喝，天照聊。

几个小女生稍微没那么淡定，罗森问赵宁 B 老板这是怎么了，赵宁耸耸肩，开玩笑道："估计是让哪个小姑娘甩了吧。"

毕韦烽又灌了半杯威士忌，胸口到喉咙开始火烧火燎。身边喧闹的声音远远不及酒吧里的程度，可听进毕韦烽耳里，好像一把电钻直直往他耳蜗里钻。

他刚才说韩哲失了理智，没搞清楚自己在做什么，可他呢？他不是也没搞清楚自己在做什么吗？

韩哲想跟谁谈恋爱就跟谁谈恋爱，想给多少钱就给多少钱，关他屁事啊？他又不是韩哲的爹，管那么多干吗！那女孩最好是能从韩哲那儿搞个一百万，这样到时候就算和韩哲分了，也能有点儿钱开始新的生活。要是韩哲不给她钱……他给总行了吧？！

胡思乱想中毕韦烽又喝了快一杯威士忌，见这不要命的喝法，赵宁使了个眼色，站一旁的侍酒师默默拿走了老板面前的烈酒，换了瓶度数低的。

韩哲也回来了，坐到 U 型沙发的另一端，正好和毕韦烽面对面。赵宁察觉两人之间气氛的不对劲，毕韦烽生气常常有，但脸色阴沉的韩哲就不常见了。

纽扣向来扣到领子处的男人，如今衬衫衣襟随意敞开，手肘支住膝盖，背肌绷紧，微弓，刘海在他眼皮上晃出捉摸不透的阴影。

赵宁吞了口口水，开口想缓和气氛："趁着人齐，问问下周周末的万宁电音节有人要去吗？"

"哪有办法啊，年底有多忙你这位太子爷是不知道吗？而且这种小年轻喜欢的电音节……我年纪大了玩不来。"有人挥挥手，一脸倦怠。

罗森主动指着她几个小姐妹，细声说："我们几个都会去哦。"

那人立刻来了劲，他今晚和一个姑娘聊得挺开心，跟罗森说如果能凑成一对儿就去，凑不成就不去，别人也一一响应。

赵宁看向毕韦烽，问："你呢？你是跟我们一块儿玩，还是你有自己的行程安排？"

酒吧和电音节是一脉相连，喜欢去酒吧的 Raver（喜欢寻欢作乐的人）不会错过国内大大小小的电音节，现在正好高校放假，南北两地都陆续办起电音嘉年华。毕韦烽干的是这行生意，自然也是电音节的座上宾，以前几乎每场都会去，但他得忙自己的事，不像赵宁他们能和妹妹们凑成对儿，逍遥快活个几天。

毕韦烽语气怏怏："万宁我不去。"

赵宁好奇道："为啥不去？你家还是合作伙伴之一。"

毕韦烽没开口了，赵宁想了一下，突然顿悟，道："哦，因为这电音节是在海边搞的，是吧？"

"啊？这是为什么？"罗森的一位小姐妹好奇地问。

赵宁轻笑，戏谑道："小朋友不要问太多哦。"

姑娘听出是比较隐私的问题，很识趣地不再多问，反而是毕韦烽自己谈起这个话题，直接道："这件事没什么不好说的。因为我前几年玩钓鱼的时候掉到海里过，差点儿没了命，这两年就没怎么靠海边玩了。"

姑娘睁圆了眼，问："哇，那么严重啊？"

见毕韦烽面色无异样，赵宁便接过他的话，替他说故事："他当时玩得怪专业的，哪儿有鱼就往哪儿跑，不同季节，不同海域，还说要搞个国内版的鱼类图鉴……"

闻言，姑娘兴致勃勃地说："那不就跟我们玩的那盖岛屿的游戏一样？"

赵宁的前女友一度沉迷姑娘说的游戏，所以他略有耳闻，点点头说："对，和那玩意儿差不多。"

赵宁瞥了一眼毕韦烽，见对方没阻止，他就继续说："偏偏他喜欢一个人去钓鱼，身边也没个人，跟不要命似的。那一年他就出意外了，在一小渔村玩矶钓的时候摔下了海！不幸中的万幸是，这位爷，他有穿救、生、衣！”

赵宁描述得绘声绘色，好像当时他就在现场，一群小姑娘都安静下来听他讲故事。

毕韦烽揶揄道：“有穿也没用，一个浪打过来，我都快晕过去了，只能靠着点儿浮力在海上漂。”

听见当事人开口，小姑娘们又“唰”地扭头看他。韩哲抿了口威士忌，撩起眼帘也看向他。

“漂了多久我也不知道，只知道喝了一肚子海水，还有海水好冷。好几次我感觉自己快要沉下去了，但那时又有一个浪推起我，让我重新漂回海面。”毕韦烽背倚着沙发，双臂松松地挂上椅背，回想那一次在鬼门关里走一趟的细节，“也是我命够硬，漂着漂着居然让我漂到了那岛另一边的海岸线，还能看到沙滩了。可那时候我也没力气游了，见到好远的地方有两三个游泳的，我就用最后的力气冲着他们挥手，最后才捡回一条小命。”

旁边有人插上嘴：“那几个村民估计也没想过，游个泳还能打捞起来一个富家公子哥，我们毕老板知恩图报，回头就给救命恩人各送了一张银行卡，卡里那数字，估计在当地够起一栋三四层的小楼咯。”

有姑娘问具体金额，那人张开手掌比画了一下，女孩们哗然。毕韦烽由得他们议论纷纷，他的眼里只有坐在他对面的韩哲。

半晌，他丢出一句话：“救了我的，其实不只是那三个村民，还有另外一个人。”

赵宁瞪大眼，接连着问：“什么？还有一人？是谁啊？这事怎么没听你说过？”

琥珀色的酒液在杯中荡出浅浅涟漪，毕韦烽的声音虽慢，但很清楚：“因为之前一直找不到那人，我就一直没说。”

当时被拉扯到海滩上时，毕韦烽已经没了意识，再清醒过来时，人已躺在县医院的病床上。救他的三个村民做好事不留名，但那村子不大，出院后毕韦烽去那小村子打听了一圈，轻轻松松就找到那三人。

从沪市赶来处理这件事的助理按毕韦烽的意思，给那三个皮肤黝黑的中年男人递了银行卡，一开始几人都还不愿意收，说他们不过是搭把手将他拉上岸，而且拉上了岸，他们才发现毕韦烽已经没了呼吸，肚子胀得要命。

他们几人都不擅长搞急救，在毕韦烽身上乱按了一会儿，他的脸色更差了，最后是个路过的女孩给他做了规范的急救，这才把他从鬼门关拉回来。

三个村民的普通话相当不标准，口音极重，中间混着许多闽语单词。毕韦烽一直听他们提起“小姑娘”，忍不住打断他们，问在海滩上给他做 CPR 的是不是个年轻女孩？怕几人听不明白 CPR 这词，他还用手在自己胸膛上按了好多下。

男人们连连说对，还说毕韦烽当时呕了不少秽物出来，吐了那姑娘一身臭水，连他们看了都觉得恶心，那姑娘一句怨言没有。

“我们看着你被救护车接走，一回头，那姑娘已经不见了。”其中一个男人这样说。

“那时我们也没太上心，所以那女孩长什么样子也没什么印象。”另一个男人这样说。

“是个漂亮姑娘。”最后一个男人这样说。

对于这件事，毕韦烽只能记起很破碎很模糊的画面——女孩的脸逆在阳光里，藏在泪水里，好像是故意不想让他看清楚。

到最后，他只记住了那双黑珍珠一样的眼眸。眼帘落下来的时候，是贝壳阖起，眼帘撩起，则是贝壳开了口。

毕韦烽问那三个男人，知不知道这姑娘住哪一家，他也想上门道谢。三人却连连摇头，说不知道，这女孩不是村里的人。他们这村子因为临近海滩，近年来开了不少民宿，那姑娘面生，不知是不是来旅游的小年轻。后来毕韦烽找人一家家民宿问过去，村里人也问过，但到最后还是没能找到她。

为了方便他们聊天，DJ 已经把音量降得极低。当毕韦烽讲完这段往事，所有人都安静下来，船舱里一时只剩游艇的引擎声低鸣。

无论是认识了几十年的发小，还是刚认识几个小时的姑娘，从一向游戏人间、疯起来没个谱的毕韦烽脸上看见了认真和诚恳，都对此感到讶异。

韩哲把酒杯握得极紧，因为毕韦烽刚才这一大段话，几乎都是看着他说的，意图呼之欲出。

女孩们总是中意这种充满宿命感的故事情节，有人兴奋道："这不就是小美人鱼救了溺水王子的情节吗？哇，如果毕老板你真的能找到对方，那就真的是童话故事了！"

"呵……"毕韦烽似笑非笑，他这个人，可能从断奶后就不相信童话这玩意儿了，但自从那天之后，他有时坐在BOSS包房内睥睨着舞池，也会幻想，那姑娘会不会就在底下跳着舞？

不过很快他又会想，肯定是因为他酒喝多了，脑子都不清醒了。

那天圣诞夜在Galaxy，他没第一时间认出谷音琪，毕竟那地儿灯光暗，姑娘又化了点儿妆。他单纯只觉得她整体感觉给人挺舒服，只是可惜了，干的不是什么正经的活儿。

他也不是看不起这样的姑娘，只是看过太多因捞金而把自己弄得面目全非的姑娘，心里确实没剩多少好感。

没好感归没好感，他对给姑娘花几个臭钱，就觉得姑娘可以任人随意羞辱的男人更没好感。

和那逼姑娘用香槟洗脚的男人闹起来，毕韦烽回去后多少有些后悔，觉得自己白白挨了几拳，他少有这么狼狈过。

后来他帮韩哲加上了那叫阿超的经纪人，顺藤摸瓜找到了那个在Galaxy见过一面的姑娘。他先给了一部分定金，再跟阿超多问了几句，阿超便十分殷勤地发了几张照片和个人资料过来。

毕韦烽现在想想，如果不是因为韩哲起了兴趣，自己也不会找人先去查那姑娘。他一开始只是想看看，是怎么样的姑娘能把一向循规蹈矩的韩哲拉得偏离了轨道。而且韩哲那么"老实"一人，他作为老友，肯定要帮他把把关，免得他被人骗财骗色了。

可是随着一份份资料送到手上，毕韦烽也变得越来越不对劲，就好像当时对方没认出他，他心里冒出来的烦躁，比一开始知道自己在找的姑娘落得如此境地时还严重。

“哎，说了那么久，我还不知道这事情发生在什么地方呢？”罗淼提问。

“东山岛。”

听到有人回答，罗淼循声看过去，竟是今晚一直没怎么开过口，她的小姐妹说难度系数太高的那个男人。

韩哲把烈酒一饮而尽，玻璃杯被重重地放到矮几上的声音很大，仿佛是冰雹快把玻璃砸穿的动静。他的眼睛还是向着毕韦烽，又重复了一次：“闽省的东山岛，对吧？那时候我刚好在鹭城，听说你出了事，就开车过去岛里找你了。”

毕韦烽扯起嘴角，但笑意没进眼里，答道：“对。”

韩哲问：“所以，你现在已经找到救过你的那女孩了。”他的语气很笃定，不是疑问句，没有试探的成分。

毕韦烽也把酒全喝了，往桌上丢了一个空杯。杯子颤颤巍巍地抖了几下，停下后，毕韦烽才说：“对啊，我找到了。”

赵宁有点儿头疼，他隐约感觉到韩哲和毕韦烽之间发生了点儿什么事情，估计就跟他们你一句我一句提起的这个女孩有关。他正想把话题转到别处去，这时韩哲蓦地站了起来，把他又吓了一跳。

韩哲好像又回到那慢条斯理的样子，他把敞开的扣子一颗颗系上，突然说了一句：“太晚了。”

毕韦烽直接敛了笑。

韩哲看了下腕表，不再搭理毕韦烽，转头对一脸摸不着头脑模样的赵宁说：“太晚了，让船长掉头吧，我要回去了。”

韩哲向来把私事和公事区分得极好，但这一天到底还是被影响了。就像现在，坐在他对面的行政部主管沈莎连续唤了他好几声，他才回过神。

“抱歉，刚才想别的事了，麻烦你再说一遍。”韩哲放下一直在指间打转的钢笔，向沈莎道歉。

"没事的，韩总，年底了，您肯定很多事情要忙。"沈莎大方地笑了笑。

把刚才年会筹备的最终汇总再跟韩哲报告了一遍，沈莎最后问："韩总看看还有没有什么地方需要补充的？"

韩哲摇头道："没什么了，你们都辛苦了。"

沈莎笑道："别这么说，虽然今年整个大环境有些消沉，但我们公司的士气啊，气氛啊，都挺好的。就像我们今年没有硬性要求每个部门都出节目，反而是同事们都非常配合，主动提出了很多想法，让我们的工作进行得很顺利。"

韩哲点了点头，道："那就好，年会是要轻松一点儿。"

沈莎收拾好自己的东西，站起身，笑得轻松，道："而且，还要谢谢韩总你额外加码的奖品啊，真希望今年我能有好运气抽到特等奖。"

韩总加码的大奖，不是小车，也不是现金，而是三十天的带薪休假假期，抽中的幸运儿可以一次性把假期全部休完，也可以分开休假。

韩哲嘴角浅浅扬起，对沈莎说了句"good luck（祝你好运）"。

沈莎愣了几秒，才发现不是自己眼花，向来扑克脸的韩老板真的笑了。她在左邻干了这么几年，算是元老级员工之一，可见到韩哲脸上有笑容的次数寥寥可数。她想，老板要是多笑几次，指不定吸引力比带薪休假假期还要大。

沈莎决定要快点儿回办公室跟大伙分享这件事，但是在临道别前想起一件事，问道："对了韩总，差点儿忘了，还有一件事要跟您最后确认一下。"

韩哲抬头问道："什么事？"

沈莎说："您年会座位旁边的那个位置，姓名牌还是写魏小姐的名字，对吧？"

韩老板有主了，这是整个公司都知道的事，前两年的年会晚宴上，老板身旁的位置也都留给了他的女朋友魏小姐。四个月前开始筹备年会的时候，沈莎已经问过老板届时会不会携伴出席，当时老板说应该会带女朋友参加。

但最近公司里有些传言，说老板好像和女朋友分手了，所以沈莎得大胆求证一下，免得到时候闹了乌龙，让老板尴尬就不好了。

韩哲转了一圈钢笔，说："不，不用写魏小姐的名字了。"

"好……好的！"沈莎心里惊讶，但面上不显，赶紧拿起电子笔在平板上做记录，"那麻烦韩总这边另外给我一个名字？我等会儿把名单统一给负责物料的同事。"

韩哲沉吟片刻，轻轻摇头道："不用特地做姓名牌了，我不携伴出席。"

等沈莎离开后，韩哲又一次打开手机。现在快到中午十二点了，他这个时候应该给谷音琪打电话了，但昨晚游艇上毕韦烽说的话还在他脑子里打转。除去后来毕韦烽说被谷音琪救了一命的事，他前面说的那一段话，并不是完全没有道理。

毕韦烽说得没错，他确实失了理智，从遇上谷音琪之后，他做的每一件事都是脑子还没想好，身体已经先动了。他可能是第一次像现在这样，走一步算一步，不考虑后果，当下的欢愉最重要。包括最终想和谷音琪发展成什么样的关系，这个问题，韩哲也还没有想过。

他和谷音琪认识的时间不过一个月，这么短的时间，如果他现在就信誓旦旦说自己已经考虑过将来的事了，这是夸下海口，是胡说八道。

这中间不可预计的变数太多。

他再怎么不介意，一旦两人关系曝光，谷音琪的过往就很容易遭人恶意深挖，先不论韩家的人，光是世俗的眼光和舆论，就会像一把把淬毒的尖刃，插得她浑身是血。

这个时候的自己，有护她全身而退的能力吗？韩哲对自己表示怀疑。

见过太多男人婚后依然在外面养着金丝雀的实例，韩哲不可能让自己走到那一步，他也不想用同样下作的方式来囚禁住她，让她成为自己的笼中鸟。

韩哲明白毕韦烽的意思，如果想拉人出泥坑，那就只给对方想要的就好。既然谷音琪需要钱，那就只给对方经济上的支持。

他是衷心希望，谷音琪有钱以后能有属于她自己的生活，继续读书，选择工作，开店创业……无论哪个方向都可以。

他可以给谷音琪她要的东西，可谷音琪会一直要吗？韩哲觉得她不会。他总有一种预感，等到了某个时间，谷音琪就会在他的面前消失。

一想到这个可能性，韩哲的胸口骤起一阵刺疼，又闷又钝，像有谁在胸腔内扯着他的心脏，就和看见谷音琪在那个私人账号里说的那句“后会无期”时，一模一样。

❸

晚上韩哲回了韩宅。这老房子有些岁数了，是当年韩江海赚到属于自己的第一桶金时买下的。韩哲在这里住到高中毕业，从澳洲回来后就搬去市区住了，如今大宅这里只住着韩江海，还有韩哲的母亲——韩白萱。

原先住这片别墅区的许多户已经搬走了，像毕韦烽家和赵宁家，很早之前都搬去了更大的房子，更好的地段。韩家也尝试搬过两次家，一次是韩父和韩母结婚时，一次是韩哲父亲去世后，但都因为韩白萱无法适应新环境，最终还是搬回了老宅。

花园里的一花一草、一石一木，自韩哲懂事以来几乎没有变过，就连梧桐树下的那个欧式铁艺秋千，都还维持着他小时候的模样。

但其实这个秋千是前几年才装上的，旧的那个被风吹雨打太多年，实在熬不住了。有一天韩哲接到外公电话，说韩母像往常一样在秋千上晒太阳的时候，秋千零件松了，整个散了架，韩白萱跌了下来，还差点儿被铁杆砸到了腿。

韩哲提议说干脆把这旧秋千撤了，不遮风又不挡雨的，母亲习惯了在那块地儿晒太阳，那就给她建个玻璃温室，还能养点儿花花草草。但韩江海最后还是找了专门做铁艺秋千的工厂，按照老秋千的模样定制了一个新的秋千，颜色、雕花、大小，都要和原来那个一模一样，但材质要好，要稳当。

要患有重度强迫症的病人去适应新的东西，跟要他们半条命差不多。虽然韩白萱近年来的病情得到较好的控制，但韩江海还是想尽可能让女儿过得没那么焦虑。

老管家已经在门廊下候着，韩哲朝她点了点头，道："婵姨。"

婵姨笑着接过少爷的西装外套，亲切道："赶紧洗手洗脸去，太太从下午就开始忙活今晚这顿饭了，不准别人帮忙的。"

"好，我知道了。"韩哲解下了领带一并交给婵姨，但纽扣还是一丝不苟地扣到了最上方一颗。因为母亲看不得衬衫扣子解开的样子，无论是外公、父亲，还是他。

从洗手间出来，韩哲走到餐厅，厨房外站着另外两位阿姨，见到他都热情地打招呼："少爷回来了。"

韩白萱正捧着一盘清蒸桂鱼小心翼翼地往外走，看见儿子，语气淡淡的："回来了。"她的脸上没什么表情，唯独一双眼眸稍微有了些神采。

"我回来了。"韩哲先是回答她，再问，"需要我帮你吗？"

韩白萱摇头道："不用了，你坐下吧。"

韩哲应道："好的。"

偌大的圆桌上已经摆着四菜一汤，再加上这盘鱼，很是丰盛。三副碗筷也按韩白萱的喜好摆列整齐，筷子在右，瓷勺在左，上方是白色公筷。

韩江海从二楼书房下来，老顽童似的招呼久未回家的"客人"随便坐。他说是这么说，座位还是固定的。

碗里的米饭高度像刻意用尺子量过一样，吃饭期间不能说话，连餐具的磕碰声都少有，夹菜需用公筷，用完时公筷要放到原来的位置。

韩白萱的"个人习惯"更刻板化，公筷每夹过一道菜，都要用毛巾擦过，才能夹下一道菜；夹完菜，玻璃转盘都要回到原位，鱼头要对着韩江海……诸如此类的习惯多不胜数，但同桌吃饭的韩哲和韩江海都习惯了。

韩哲有些忘了自己是从什么时候开始习惯这些事的，但他记得另外的事。

大约是五六岁的时候，他第一次去毕韦烽家吃饭。韩哲那时才发现，别人家里吃饭时是可以说话的，别人吃饭也不用公筷，吃完饭后能喝可乐和吃雪糕，还有，毕韦烽的衣柜里藏了好多零食。

晚上父亲来接他回家，他问爸爸，为什么家里吃饭有那么多规矩，为什么家里没有可乐、泡面和零食。

因为不习惯毕家的吃饭习惯，韩哲那晚并没有吃饱，毕韦烽问他要不要吃雪糕和零食，他也没有接受。他肚子饿得咕噜咕噜叫，也莫名其妙生了委屈，眼泪就在眼眶里打转。

父亲听着听着就哈哈大笑，说他太憨了，同意让他去朋友家吃饭，就是想让他放松放松，谁知道这小娃娃只吃了点儿米饭，饿着自己了。

父子俩没有直接回家，父亲开车载着他出去了。那时候的小韩哲极少在晚上出门，一盏盏路灯就像黑夜流星在他眼角飞快划过。

车子在一马路边停下，父亲牵着他走进一条窄小逼仄的弄堂。昏黄街灯映得两边矮房愈发老旧残破，半黄半蓝的天空让低垂的电线分割成许多块。

韩哲走得胆战心惊，晾衣杆上刚洗好的衣服滴落的水珠都能把他吓一大跳，更别说在自行车车轮旁一闪而过的不明生物了。

父亲领着韩哲走到一家灯火通明的屋子前面，没有招牌也没有名字，门口摆着两三张桌子和塑料凳，屋内白烟袅袅，阵阵香气勾得韩哲肚子里的声音更大了，一晚上的委屈和难受瞬间烟消云散。

熟稔下单后还和老板阿姨聊起天的父亲，是韩哲以前没见过的。阿姨一边下面条一边指着他用方言说，你儿子和你挺像的。

桌面看上去并不太干净，韩哲一开始还不大习惯，等见到端上桌的馄饨面，就什么都顾不上了。父亲拿了个小碗，给他另外盛起一碗，馄饨皮薄馅多，面条爽口弹牙、热气腾腾，汤水清透，小葱嫩绿，蛋皮鲜黄，每一口都让他鲜到掉眉毛。

父亲一边吃一边跟他说，妈妈病了，妈妈有很多小习惯跟大家都不太一样。但妈妈是没有恶意的，妈妈也想自己能和正常人一样，可她做不到，她心里也好痛苦的。妈妈一痛苦，公公还有爸爸也会很难受，所以大家都在努力配合妈妈的小习惯。

最后父亲又拨了一个馄饨到他碗里，问他可不可以帮忙一起照顾妈妈。

面汤飘起的水汽进了眼，韩哲揉了一把眼睛，点点头，小声说：“可以的。”

…………

母亲的病情反反复复，有一段时间得到缓解，但又会因为其他变动导致再次复发，最严重的一次复发是在父亲意外身亡之后——那也是母亲第一次选择了轻生。

后来经过治疗，母亲的病情有些好转，虽然还是有许多清洁和秩序倾向的强迫行为，但比起之前已经算是好太多了。她还主动提起，让韩哲偶尔回来家里吃顿饭就好，不想让儿子在这个家里憋出什么毛病。

无声的晚餐过后，韩白萱回房间洗澡，韩哲陪着韩江海在书房下棋。倒扣在桌上的手机不时振动一下，韩江海瞥了眼心不在焉的孙子，落了个黑子，哼了一声，说：“麻烦你这次恋爱好好谈，阿公想在躺进棺材之前喝上一杯孙媳妇敬的茶。”

韩哲落白子，冷睇他一眼，说：“你再胡说八道试试？”

韩江海耸耸肩，撇着嘴道：“回一下人小姑娘的信息吧。”

韩哲再下一子，收了几颗黑子，在老头儿的怨声载道中拿起手机。其实只有几条消息是谷音琪发来的，报告说她今晚要带表妹去逛逛街，给小姑娘买一身过年衣服，等回家了再告诉他一声，最后发了个小兔子敬礼的表情包。

韩哲嘴角轻扬，给她回了句：知道了。

他放下手机时发现韩江海盯着他看，表情有些认真。韩哲垂眸检查棋盘，心想没啊，老头儿没趁他看手机时挪棋。

“盯着我看干吗？”他捻起白子，语气轻松。

快落子的时候，他听见韩江海说：“在我的面前你要怎么笑都可以，记得在你妈面前，千万别笑。”

手一抖，白子落到了错的位置。韩哲抬眸，韩江海的黑子落盘，发出“嗒”的一声。

韩江海叹了口气，说：“你一笑起来更像你爸了，你妈瞧见了，可能又要七想八想的。”

看着忽然落入困境的白棋，韩哲慢慢收起了笑，低声应了一句：“知道了。”

客运站候车厅前人影幢幢，谷音琪留意着发车时刻表，找到了谷丽要坐的那班大巴，指给她看，说：“阿姑，你等下要在二号口上车。”

“好啦，知道啦，我这么大个人，不会走丢的。”谷丽把斜挎包拉到身前，又一次拉开拉链检查钱包和手机还在不在。

谷音琪提醒道：“给你买的晕车丸带了没有？”

谷丽点头道：“带了。”

谷音琪又说：“那等下快上车前，你记得要先吃一包。”

“知道啦。”

谷丽和她的老母亲一样，坐车坐太久都会晕，谷音琪提前给她备了些药丸。

检查好随身物品，谷丽踌躇片刻，最终从暗袋里摸了个利是封，不管三七二十一，直接塞到谷音琪手里，说：“这个给你。”红包上印着金灿灿的“福”字，还是大号的，不算太薄。

谷音琪皱眉，问她：“给我这个干吗？”说完就想塞回给她。

干惯粗活的妇女力气极大，一下又将东西退了回去，没好气道：“你收下啦，阿莹这些天要在你这里住，就算是她的伙食费啦。你自己也是，要吃多点儿东西啊，比上次见时瘦了好多。”说完，她就背起行李袋往候车厅走，“走啦，有什么事就给我打电话。”

她走得风风火火，没一会儿就见不到人了，谷音琪把红包攥出了细细的纹路，细声嘟囔：“想对阿莹好，又不自己跟她讲……还有我哪里有瘦哦，比去年还胖了……”她把红包收好，准备回头过年时给纪莹再发个大红包。

这次姑姑来鹭城，第一天已经给了奶奶一笔钱，纪莹偷偷跟谷音琪说，那是她妈妈平时一点点攒下来的私房钱和麻将钱。

谷音琪知道，姑姑身处那样一个家庭位置，有太多身不由己，而奶奶也不想让姑姑夹在婆家人与自己之间，弄得里外都不是人。到底是自己的亲生女儿，奶奶没有因为以前的事怨过姑姑一家。

从客运站离开后，谷音琪先去了趟花店，取了在微信上预定的花束，再去医院——冯蝶今天出院。

谷音琪到医院的时间还早，冯蝶还没能拿到出院证明，陈清在楼上陪着她，谷音琪和元莉就在楼下等着，不上去添乱了。

南方城市这两天降温，元莉穿了件毛茸茸的外套，轻妆淡抹，看上去和二十出头的大学生没什么两样。她轻抚着花束中的康乃馨花瓣，问："你刚说，这样一束卖多少钱？"

谷音琪答："一百八十八呢。"

元莉又问："成本呢？"

谷音琪来了劲，把花束里每一款花的大概成本价都给她数了一遍，从眼线百合到赫本康乃馨，蝴蝶兰到满天星，还有配草尤加利叶和雪柳，每一样她都如数家珍，还把包装材料的成本一起算上了。

元莉给她鼓鼓掌，道："啧啧，你以后可以去开花店了。"

清冷的阳光被树叶筛过，淅淅沥沥洒一地。谷音琪歪着脑袋问："姐，我一直没问过你，你存够钱后想做点儿什么事哦？"

"……我想开个小酒馆。"元莉回答得非常快，仿佛这个问题已经在她脑子里想过无数次。

其实连小酒馆长什么样子她都幻想过，地点就在不起眼的小楼里，面积不用太大，装修不用太豪华，但氛围感要营造到位。

二楼要有大片的玻璃，能看到楼下来去匆匆的行人，而行人们一抬起头，也能看见玻璃窗里透着暖黄灯光。

木桌子要小小的，放得了几个酒杯和两三道下酒菜，那些在酒吧里贵得要命的酒水，在这小店里要平价许多……

谷音琪听着嘻嘻笑道："你这么爱喝酒，开了小酒馆，别钱还没赚到，酒都让自己给喝光咯。”

元莉却说：“那也划算啊！不用看别人脸色，不用赔着笑脸，不用被动手动脚，自己想喝哪一支就开哪一支，多爽啊。”

谷音琪点点头，道：“说的也是，等你开的时候，我有闲钱就要投上一份，你到时候可要带上我一起玩。”

“行啊，赚了按比例分，赔了就都算我的。”元莉也笑得自在开心，把这“饼”画得又圆又大。

她反问谷音琪：“你呢？也是想开店吗？你和我不一样，我书没读几年，家里还一团乱，但你可是正牌大学生啊！”

“现在工作也不好找啊，我的专业课也没有好到可以找特别高薪的岗位。”谷音琪双手后撑在花坛上，光线落在眼角，她眼眸微眯，像一只被挠脖子挠得好舒服的猫咪，“但我毕业后想去系统性地学些花艺课程，可以先从小小的花艺工作室开始，日常花束、节日礼物、婚礼布置……大学学过的东西也能派上用场，慢慢积累客源和口碑，一点点做起来。”

元莉目光灼灼，兴奋道：“行啊，现在花卉需求很大的，你赶紧去学，等我要结婚的时候，就找你帮我设计手捧花。”

谷音琪愣了一下，睁大眼睛问：“原来你考虑过结婚的呀？之前从没听你说起过。”她以为元莉是看破红尘的不婚族。

“哎呀，女生对这件事多少有一点点憧憬的。”食指和拇指捏了个“一丁点”的手势，元莉不以为意道，“做白日梦又不用花钱，我还幻想着和我结婚的那男人能长得跟季星阑一样呢。”

季星阑是近年人气狂飙的创作歌手，连续两年夺得她们群里“最想接近的男明星”排行榜第一名。

“也是，想想又不用花钱。”谷音琪的声音很轻。

阳光把眼皮晒成薄薄的杏仁片，在阖上眼皮的那一瞬间，她好像在一片暖光中瞧见了谁的脸——单眼皮，高鼻梁，嘴唇总抿成一条直线。那道直线偶尔会微微上扬，就像在贫瘠大地里悄悄冒头的一株绿芽。

元莉好奇问道：“那你想到谁了？”

谷音琪再睁开眼时，那人的脸便蒸发在阳光里。她低头笑了笑，说："哎呀，跟你一样，我也是季星阑。"

❹

那位陪护阿姨尽心尽责，送着冯蝶下楼，还不忘嘱咐她要吃些什么补身子。末了要回陪护站报道之前，阿姨还骂了几句那臭男人，说姑娘你人这么漂亮，以后肯定能找到个更好的。

谷音琪和元莉把出院礼物给了冯蝶，除了花束，最能直接表明心意的就是厚厚的红包。

元莉把塞得鼓鼓胀胀的两个利是封交到冯蝶手上，说："群里的姐妹们都有份给的，给你补身子用。回去了好好养好身子，等你好了，我和七七再过去你那边找你玩，到时候要请我们喝酒哦。"

"行行行，这次不要再去什么酒吧了，那些破烂贵酒难喝得要死，我去买几支好酒，然后在我家一边吃牛肉火锅一边喝。"冯蝶的唇色不如以前那般嫣红，但笑容仍然灿烂，"你们来找我做提拉项目啊，我给你们打折。"

元莉翻了个白眼，说："千万别是打骨折哦。"

冯蝶瞪她，说："我是这样的人吗？"

加上陈清，三人一边走向医院大门，一边嘻嘻哈哈地聊着天，谷音琪走在最后，偶尔会答上一句，更多时候是安静地看着冯蝶清瘦了许多的背影。

冯蝶腹部的伤口好得差不多了，但大家都知道，冯蝶身体里的另一个部位，已经被无形的刀子割得伤痕累累。那处流出来的血也是透明的，而个中滋味，只有当事人自己知道了。

之前鹭城某酒吧伤人事件上了热搜，酒吧仅仅整顿两天又重新开张，而风言风语宛如星火燎原——有些所谓"知情人"的聊天记录在各个微信群里传来传去，把伤人的和被伤的两人各扒了半张皮，现出底下赤裸裸的血肉之躯。

里头有瞎扯吹牛成分，可也有真实的地方，其中包括伤人者的工作单位和个人资料，还有几张冯蝶前几年穿着较为性感且裸露的模特照。

总有些人唯恐天下不乱，把这件事捅到李凡的父母那边去了。李母被气得血压狂飙直接住了院，李凡赶回家看李母，后来就没再来过鹭城，只负责在线上把冯蝶的医疗费缴清。

有一晚冯蝶在群里说话了，说李家现在不同意他们的婚事，所以她和李凡闹掰了。她的语气轻飘飘的，可谷音琪无法想象，冯蝶是花了多大的力气、删删减减多少次，才打下了这句话。

就像现在，她也无法知道，冯蝶要多努力，才能让自己脸上继续带上笑容。

像是察觉到谷音琪的担忧，冯蝶在上车前直接抱住谷音琪，用力在她肩背上拍了几下，说："天塌下来当被盖，没什么大不了的，感情而已，有的话锦上添花，没有我们也能独自精彩。"

陈清会陪着冯蝶回家，送走两人后，谷音琪看了下手机，已经快中午十一点。她和元莉两人在医院附近找了家简餐吃午饭，点好餐，谷音琪给韩哲发了条信息，说中午她和朋友在外吃饭，等会儿十二点时可能不方便讲电话，但可以发消息。

韩哲没有立刻回，谷音琪放下手机的同时听见元莉问："过几天你生日，想好要怎么过没有？"

谷音琪对替她们送来柠檬水的服务员道了声谢，才回答她："没什么打算呢，估计就是和我家里人出去吃顿好吃的吧。"

元莉嘬了一口柠檬水，眼珠子转一圈，直入主题："你那个西装小哥没有什么特别的表示？"

谷音琪一时没细想，直接回："他那天正好公司有事得忙……"

她猛地打住，差点儿把舌头给咬了，再看元莉，对方因套话成功，一脸扬扬得意。

谷音琪至今仍没跟谁说起过韩哲的事，也不是刻意隐瞒，她只是觉得这段关系不会维持太久，便没必要让更多人知情，免得未来出了点儿什么事，这段关系就会成了韩哲的"黑历史"。

她咕哝道："我们就是普通……普通朋友关系，嗯。"一句话都说得理不直气不壮的。

“哦——”元莉的尾音拉得弯弯绕绕，末了“嗤”了一声，“信你个大头鬼。”

她没有追问下去，只是开着玩笑说，既然没办法陪过生日，那礼物可更不能少，让谷音琪跟对方撒撒娇，喊几声好听的小哥哥，至少得收个名牌包才能行。

谷音琪撇撇嘴，心想那还不如折现算了。

前几天韩哲跟她说过这个周末没办法来鹭城，因为周六晚上公司要开年会。也许是韩哲知道她没办法丢下奶奶和表妹，所以并没有要求她周末打飞的去沪市。

十二点时韩哲没打电话过来，但两人来回发了一会儿消息。谷音琪把早上冯蝶出院的事告诉他，毕竟冯蝶出事的那晚他在场。

突然，纪莹来了个语音电话，打断了两人的信息互传，谷音琪接起，道：“喂，阿莹，我快吃完饭了，吃完就立刻回来……”

纪莹抢着说话，有些结巴，口齿不清道：“表姐，表姐！我……我……我……我中奖了！”

谷音琪愣了愣，问道：“中什么奖？”

向来说话十分小声的少女这会儿语气无比亢奋：“是一个微博博主搞的转发抽奖活动！我得了一张沪市那个主题乐园的门票！”

…………

“这个这个，琪，我要再玩一次这个！”沈大妹一脸兴奋地指着项目出口，对着孙女迫不及待地说。

谷音琪正在墙上认真地找她们那一趟“海盗船”的照片，一听老太太这么要求，声音惊诧：“真的？刚刚那个强度，阿嬷你可以接受吗？”

祖孙三人刚玩过一次，排队等候的通道里暗沉沉的，别说奶奶和纪莹，就连第一次玩的谷音琪都有些心跳加快。轮到三人乘坐时，工作人员还特地提醒她们，这个游乐项目虽然不算特别刺激，但会有小幅度降落、高音量、黑暗等因素，问老人家能不能接受，搞得几人差点儿当场打退堂鼓。

“海盗船”被漩涡卷入深海，随着绚丽壮观的海底世界逐渐在眼前展开，三人都睁圆了眼，嘴巴合不拢了。奶奶更是不由自主地举高了手，想去摸摸从头顶游过的那条大八爪鱼。

“完了”“真的假的”“够要命”……老太太嘴里念念有词，谷音琪一边得留意着老太太有没有不舒服的样子，一边举着手机，把那震撼逼真的海底沉船的残骸影像拍了下来。

“海盗船”速降的时候有强烈白光在几人眼前亮起，相机拍下祖孙三人谈不上好看的狰狞表情，但谷音琪还是在机子上扫描了门票，把抓拍的照片关联进 App 里。

这次是她和奶奶第一次正儿八经地旅游，未来不知道还有没有像这样的机会，谷音琪很珍惜每一张和奶奶的合照。

时间回到几天之前。

纪莹抽中了一个微博博主送出的乐园门票，可谷音琪赶回家时只看到一个耷拉脑袋唉声叹气的小姑娘。

抽中门票固然好运，但这份好运她无福消受，连出省游都没试过的小姑娘上网查了一下，去一趟沪市，再便宜的机票、酒店费用也相当于一张乐园门票价格的好几倍，她不想跟爸妈提起这事，她爸肯定不同意，说不定还要把她骂上一顿。

纪莹小声地嘀咕，想厚着脸皮去问问那个博主能不能把奖品折现了。

这事谷音琪不依了，想了想，其实自己也没去过那个主题乐园。最好笑的是，她第一次接到出差的工作也是在沪市，当时她还傻傻地跟阿超讨论，有没有可能客户会突然想去乐园里拍照。

小龙囤积的金银财宝终于能动了，谷音琪不仅要带表妹去旅行，还要捎带上奶奶。老太太辛苦了一辈子，本应该是在家享福的岁数，此时却没了“家”。

谷音琪这两年光顾着赚钱，仔细掰手指算算，陪老太太的时间算不上太多，既然有了这次机会，她便决定带老人出来走走。

…………

“哎哟，你是忘了阿嬷年轻的时候都是在渔船上过的？什么大风大浪都过来了，这个假章鱼有什么好怕的。”沈大妹仰头，盯着墙上的照片看，“这张照片是什么时候拍的啊？摄像师藏在哪个地方？”

纪莹给她解释：“最后我们的船不是突然倒退着往下掉，然后又倒退着往上冲吗？那个时候有道白光，应该就是相机的闪光灯啦。”

老青少三人都一致认为这照片不好看，于是第二次玩这项目时，在最后“海盗船”倒冲的时候，三人都刻意挤出笑脸，并看向了亮起闪光灯的地方。这下可好，出来的照片比第一次更奇怪了，好似三个假笑公仔。

听见沈大妹碎碎念着“完啦，这样看好像三太子”，谷音琪和纪莹终于忍不住了，捧腹哈哈大笑起来。

中午在餐厅吃饭，纪莹说去洗手间，回来时带了个卡通玩偶的立体头型小蛋糕。她笑着把蛋糕推到谷音琪面前，说表姐生日快乐。

虽然没有蜡烛，但是谷音琪依然十指交握，阖上眼许愿。藏在酸涩眼皮后的眼珠子滚了一圈，沾上些许水汽，最近她真是好容易就想哭……

傍晚开始起风，老太太脸上也明显有了疲态，谷音琪问了纪莹的意见，两人决定放弃八点的烟花，在小镇吃了个本帮菜，就陪奶奶回民宿休息。

订的民宿在市区内，从乐园过去坐地铁得一个多小时，走走停停的车厢里，老太太和纪莹都开始脑袋一点一点地打起瞌睡。

谷音琪让她们一人一边靠住自己的肩膀，那实实在在的重量感，让她意外地感到安心。

有多久没试过了？像今天这样放开身心地大笑、笑得畅快淋漓、笑得肚子发疼的样子，她有多久没试过了？谷音琪记不得了。

下午有好几个瞬间，她都很想让某人知道，她今天的所有笑容都是发自内心的，没有假笑哦。但其实谷音琪根本没跟他讲，她来了沪市。

她将手机捧在小腹前，点开微信。韩哲的朋友圈和她一样设置了一个月的期限，之前一直是一条灰线，但早上他转发了公司年会的倒计时海报，上面写着“因为有你更辉煌”，还有举行年会的酒店名称和签到时间。

谷音琪当时正在游客服务中心排队等着领生日徽章，看清楚酒店地址时有些愣怔——是韩哲上次给她开了3001套房的那一家。而她今天订的那家公寓民宿，离这家酒店走五分钟就能到。

她订房的时候不过是想着，韩哲估计很大概率又会在这家酒店开房，那她来来回回比较方便，这样两边都能照顾到，时间也好安排一些。万万没想到，连公司的年会韩哲都在这儿开了。

5

“最后，我祝愿各位在新的一年，身体健康，事事如意。”韩哲在满场掌声中结束了开场致辞，并向在场各位浅浅鞠了个躬，以示谢意。

下了舞台后他没有直接回主桌，而是走到一旁的清净地。苏肃步伐匆匆，紧随其后，把手机递给他，语气着急：“有个鹭城的电话打来好多次，我刚帮你接听了一次，对方说是蛋糕店的，说你给的地址跑腿小哥按门铃按了好久都没人开门，留的电话号码打过去关机了。”

今年的主持人之一还是沈莎，甜美的声音把苏肃的注意力分去一半，导致他没留意到，身边的韩哲听完他的话后重吸了一口气。

“我出去打个电话……现场……你帮我……”

老板的声音很低很沉，听进苏肃耳朵里断断续续，后面直接没了声音，但他还是大概明白了老板的意思，还没来得及应答，老板已经大步流星地往外走了。

左邻包下了酒店最大的宴会厅，韩哲从侧门走出，刚松了松领带，打给蛋糕店的电话已经接通了。

他明明下午才跟谷音琪确认过，她晚上不出门，会在家里吃饭的，他才让蛋糕店安排这个时候送生日蛋糕。蛋糕店老板把跑腿小哥说的情况又复述了一遍，问他有没有收货人其他的联系方法。

挂了电话后，韩哲一度脑子里一片空白，这个礼拜他一直克制着想找谷音琪的念头，没有视频通话，打电话的语气尽量回到原来不远不近的样子，聊天也是聊着一些不越界的话题。

可越是这样，韩哲不知不觉打开手机的次数就越多，连手机都跳出来提醒，说这个礼拜的屏幕使用时间与上周相比，提升了百分之二十七。

几乎每一天睡醒的韩哲都在想这个周末的事：周六晚上如果来不及赶上飞机，是否能坐周日最早的那班去鹭城？或者，年会上找个借口早退，去赶最晚那班飞机？又或者，问问谷音琪能不能安排一下时间，飞来沪市一趟？

有好几次他扯回乱飞的思绪，竟发现，手机不知何时点开了谷音琪的那个私人账号。她的账号关注了不少人，韩哲不受控地沿着足迹追踪过去，多是各个国家的花艺师。

韩哲没关注她，尽管他的账号不活跃，也没发过任何照片，但他依然怕被谷音琪发现自己几近病态的窥探，回头将账号设为私密，或是一把火就将宝藏都烧了，连那句“后会无期”都没机会再见到。

连续给谷音琪打了几个电话都是关机，韩哲的呼吸开始变得急促，胸口起伏宛如狂风掠过的海面。

总有些画面扯不住缰绳，趁着他自制力降低的时候乱闯入脑子里——被火烧得焦黑、认不出面貌的脸，被刀子割得血流满地的手腕，还有那只受伤正在淌血的海鸟……

韩哲用力扯了把后脑勺的短发，试图用短暂的刺疼强行让情绪平复下来。脖子上的领带快把他箍到窒息，他把精致的温莎结拽松，动作粗鲁，带了些狠意，转身准备回宴会厅，要让苏肃给他订最快到鹭城的那班飞机。

什么保持距离，他要亲眼看到那家伙活生生地在他面前蹦跶，才能好。

走进门的时候他又不死心地拨了次电话，但这次不是关机提示音了，是正常的“嘟嘟”声。

韩哲硬生生停下脚步，宴会现场几面白幕同时播放着这一年里公司取得的成就，温馨音乐的音量不小，但韩哲却听见了，有人的手机响了。

他往后退，退回了走廊。

今日酒店宴会厅全满，除了他们公司，其他小厅也被人租下，有结婚的，有小孩满月酒的，走廊上的人影往复不定。

明明该是很嘈杂的环境，可韩哲还是能清楚听见那人的声音，是从话筒里传来的，也是从前方某一处传来的。

用了多年的手机在游乐园里早已耗光两轮电量，带的充电宝也“弹尽粮绝”，谷音琪快到酒店时才发现手机完全黑屏，只好找前台帮忙充一下电，等能开机了，再借个共享充电宝。

大堂设了左邻年会签到处，清晰的指引牌带着谷音琪上到三楼。她一出电梯手机就响了，“临时大老板”来电，谷音琪心想，来得还真是时候。

谷音琪的眼睛还在留意着指引牌，她接起电话，问道：“你不是在开年会吗？怎么这时候有空打电话给我？”

自己这样突然出现在韩哲面前，不知给他带来的究竟是惊喜还是惊吓，但一想到他肯定不会再是板着一张脸，谷音琪就笑得像只狡黠的小狐狸。

韩哲都不知自己视力能如此好，隔着那么长的一段路，也能看清她老神在在的笑容。

“嗯，刚好讲完致辞。”

韩哲没迎上去，双腿跟在地上扎了根似的，等着她自个儿走过来。他胸膛内还起着惊涛骇浪，但呼吸倒是缓下来了。

谷音琪嘻嘻笑了两声，问：“你猜猜我现在在哪里啊……”

尾音戛然而止，狐狸被揪住了尾巴。不远处的男人西装笔挺，肩宽腿长，身材比例一等一的好，脸呢还是那张扑克脸，但好像有哪里和平时不大一样。

谷音琪像突然玩起了“大家来找茬”，对比了一下，察觉是领带的问题。对方的西装和衬衫都还一丝不苟，唯独那条领带乱得没了型。

谷音琪㞞了，立刻停住，抿紧了唇不敢再说话。她好像成了一只肥美的猎物，被蛰伏沉睡的狮子盯上，这种压迫感让她本能地想找个地方躲起来，转了身就想跑。

“跑什么？”只听男人喑哑的声音从手机里传来，“过来。”

还说惊喜，现在被吓到的可是自己。谷音琪硬着头皮走到韩哲面前，结束通话的手机和充电宝还攥在手中，好似两块烧烫烙铁，把她的声音都烧成了小孩子吃的面线糊：“你里面不是还在开会吗？为什么会站在这里……”

“因为要给你打电话。”韩哲的目光落在她手里的共享充电宝，面色总算缓和了几分，问，“刚手机没电了？”

谷音琪嘀咕道：“嗯，白天在乐园里用光了……”

闻言，韩哲挑起眉，说道：“哦，还去玩了。所以你昨天就来沪市了，是吧？嗯？然后早上还跟我说要和老太太去寺庙拜拜！谷音琪，你这么爱说谎，佛祖见到你都要叹气吧？”

男人语速很快，语气也硬邦邦的，几句话就像从天而降的石头一样砸到谷音琪脑门上。

这下连惊吓都不见了，取而代之的是让人鼻子泛酸的委屈，她结巴道：“我就是……我就是……”

心脏一下一下地抽着疼，谷音琪有许多话想解释给他听，但又觉得解释多了显得格外矫情。她猛地用牙齿咬住了下唇内侧，紧抿着唇，最后只用黝黑的眸子无声地瞪着对方。

缓了几秒，她才开口说：“抱歉，是我逾矩了，韩老板不喜欢这样的惊喜，我明白啦，以后不会再犯了。”她语气乖巧，情绪平平，只剩那双眼睛，慢慢地覆上了薄薄的雾气。

谷音琪转身就要走，韩哲似乎早有预估，一下拉住她的手腕，开口的声音低沉无比：“刚才给你送蛋糕的跑腿人员说，奶奶家里没人，你电话又关了机，所以我很急。”

他把人拉回来，再重复了一遍：“谷音琪，我刚才真的很着急。”

只是听见“送蛋糕”三个字，本来就莫名其妙的委屈立刻不争气地跑掉一半，谷音琪飞快眨掉眼眶里的水汽，低声问：“送什么蛋糕啊？”

韩哲收紧手指，隔着衣服紧箍住她的腕子，不让她挣脱，反问道：“你说呢？”

他还想说些什么，这时宴会厅里有人推开大门。走出来的苏肃怎么都没想到，一打开门就会看见老板和一个年轻女子站在一起。

而且……老板还拉着对方的手？！

韩哲侧身跨出一步，把谷音琪半挡在身后，也挡住苏肃窥探的视线。

“找我？”他问。

苏肃自觉地不多问，也站在原地不再往前走，但该汇报的还是要汇报：“韩总，很快就要轮到优秀员工的表彰了。”

“好，我知道了。”他得上台颁奖。

汇报完毕的苏肃立刻想往回走，又被老板叫住：“苏肃，把我车钥匙给我。”

苏肃立刻递上钥匙，说：“好……好。”

厚重大门重新掩上，把宴会厅里的声音隔绝了大半。韩哲牵着谷音琪走到走廊墙边，把车钥匙塞进谷音琪的大衣口袋里，不忘问她：“晚饭吃过了吗？”

两人靠得很近，谷音琪能闻见韩哲身上淡淡的皂香，答道：“吃过了，和奶奶她们在乐园那边吃的。”

韩哲又问：“奶奶和表妹都一起来了？”

“嗯，其实是阿莹她抽中了一张门票，我陪着她一起来的。”谷音琪一边解释，一边从衣袋里摸出钥匙，“给我这个干吗？”

“你到车上等我，电梯下去负一层，往右走，大约过了五六辆车就能看到了。”韩哲解锁手机，把车牌号码发到谷音琪的微信上，“还有几个环节需要我在场，我会尽量提前，结束了就下来找你。”

手机突然振动，是蛋糕店打来的电话。韩哲接起后先跟对方道歉，把情况解释清楚，并麻烦老板联系跑腿人员将蛋糕送回店里，多出来的跑腿费由他这边支付。正讲着电话，他又见宴会厅大门被推开，苏肃探出脑袋，表情为难。

韩哲侧过身跟谷音琪做了个手势，表示他得回去了。没想到谷音琪蓦地拉住他的西装袖子，指了指他的脖子。韩哲低头，见她指的是松松垮垮挂在他脖上的那条领带。

也不等韩哲同意或拒绝，谷音琪直接上手，把半松的领带结解开，给他重新打了个简单的基础领结。女孩的手法并不熟练，可表情相当认真，像给一份精心准备的礼物珍而重之地系上漂亮的缎带，以表心意。

韩哲的目光一直没离开过她的眼睫，黑长的、微颤的，好似油亮光滑的乌鸦羽毛。

等谷音琪打完领带，韩哲正好挂了电话。谷音琪指尖轻捻住带暗纹的白色衣领，把布料抻直，细声道："好了，你赶紧回去吧，不用刻意提前的，我在你车上休息一下……"

温热的唇突然抵过来，谷音琪还没来得及说完的话，也被猛烈的攻势打断。

男人刚才似乎已经喝过些许红酒，她被那若有似无的花果酒香迷了魂，因惊诧而圆睁的眼睛渐渐阖上眼帘，躲在韩哲身前的阴影中与他忘情接吻。

她刚才还没能理解韩哲说的"着急"，在这个吻中理解了。韩哲不停地侵入，搅起滔天浪潮，夺走她的氧气，在她觉得就快要无法呼吸的时候才放过她，末了还不忘用牙齿咬了一下她的唇。

谷音琪没想过自己这么不济事，此刻得攥住韩哲的西装才能不让自己出洋相。

韩哲咬她嘴唇还不够，还要再咬她泛红的鼻尖，才哑声道一句："生日快乐。"

左邻还是个很年轻的公司，员工们也年轻，年会节目中甚至还有时下最时髦的脱口秀。

年会接近尾声，三十天带薪假期的大奖被一个过了试用期不久的新人抽中，各个部门主管领着下属，陆续来主桌敬酒。

沈莎还穿着主持用的那条红绒及踝长裙，手端装了橙汁的红酒杯，带着行政的其他同事来到主桌，却发现大老板不在场。

“韩总去洗手间啦？”她直接问苏肃。

“呃，韩总有些不舒服，刚颁完奖就先走了……”苏肃目光闪烁地说道。

助理口中“身体不适”的韩总，这时已经健步如飞地走到自己的车子前。他从车前玻璃看进去，前排无人，后排的左手边有淡淡的亮光。那是手机屏幕的光芒，从下而上映在谷音琪脸上，半耷的眼皮看上去好困的样子。

谷音琪还真是困了，她打了一个哈欠，完全没想现场还有别人，所以一点儿都不顾形象，眼睛紧紧地眯起，鼻尖皱巴巴的，嘴巴张得老大。

谷音琪打哈欠打出了泪花，想着要不再睡一会儿好了。她的耳朵里塞着降噪耳机，只能听见大海的声音，直到有冷风灌进，她才惊觉有人拉开车门上了车。

眼眶里还荡着朦胧水光，她没来得及看清是谁，那人已经欺身过来。嗅觉比视觉更快认出对方，浓醇酒香里还夹杂着一丝清爽皂香，谷音琪提到喉咙的一颗心脏很快又缓缓落了下去。

“你喝了酒……”谷音琪梦呓般的呢喃刚出口，就被韩哲卷吞进他口中。

谷音琪被压得往后倾倒，正以为后脑勺会撞上车窗，一只手掌已经垫在她的脑袋和玻璃中间，稳稳托住了她。

像是受到了饱满酒香的影响，有些情愫在这昏暗车厢内迅速发酵，泡沫在她体内一层层漫起，把胸腔挤得满满当当，喉咙控不住，溢出细细几声呜咽。谷音琪睁开了雾蒙蒙的眼，韩哲也停了下来，浓眉紧蹙，眼神晦暗，胸廓起伏不停。

炙热鼻息烫得谷音琪双颊滚烫，她看清韩哲嘴唇开合，却听不见他的声音，才想起自己还塞着耳机。韩哲也发现了，取下她右耳耳机，又问了一次：“你这次订了哪家酒店？”

“没订……没订酒店。”谷音琪觉得要缺氧，连续喘了几口气，才继续说，“订了家民宿，离这里不远。”

谷音琪没有化妆，此时的嘴唇沾着水光，像极了淋了雨水的蔷薇花瓣。仿佛已成习惯，韩哲又用拇指指腹去揉。

“跟家人说了没有？”他问。

谷音琪反问他：“说什么？”

韩哲笑笑，道：“说你今晚不回去睡。”

一句话烫得谷音琪耳朵发红，“嗯”了一声，算是回答。

来沪市之前谷音琪已经跟纪莹提过一嘴，刚刚又跟表妹说今晚会去见个朋友，大概率不回民宿了，但明早就会回来的，因为明天她们的计划是去自然博物馆。

没想到纪莹像心知肚明似的，回了个“什么都不用说，我懂”的表情包给她。

她眨着眼问韩哲：“哥哥，今天还是 3001 吗？”

车厢内黏腻的气氛被骤响的手机振动声破坏掉，韩哲沉沉喘了一声，坐直身体接起电话，道：“……对，负一层……黑色奔驰，车牌……好，麻烦你了。”

挂了电话，没等谷音琪问，韩哲就先说：“酒店工作人员带代驾下来，我喝了酒。”

谷音琪有些惊讶道：“啊，要去别的酒店吗？”

“不是，去我家。”韩哲言简意赅，谷音琪还没反应过来，又被前倾了身子的男人吻住。

谷音琪快承不住他的主动，趁着换气的那几秒空隙，好心提醒：“代驾快到了……”

韩哲的嗓子像是已经烧哑：“酒店说了，代驾最快要十五分钟才能到。”说完又低头去吻她，争分夺秒似的。

从小他就没有格外沉迷过一样东西，自制力极强是一个方面，但也有一定的薄情成分。

可如今，却像染上了好难戒断的瘾。

❻

“代驾小哥肯定很尴尬。”谷音琪淡声开口。

韩哲关门锁车，回头看一眼，代驾师傅已经骑着折叠车走远了。他走到谷音琪身边，领着她往电梯间走，问道：“你怎么知道他尴尬了？”

谷音琪跟在他身旁，伸手去碰他的脸，说：“我看到他脸红了！”

他把谷音琪的手拉低后，没松手，依然松松圈住她手腕，带着她往前走。

谷音琪试图若无其事地把手抽出，发现有点儿难，还被韩哲紧了紧手指握得更紧，像是在警告她不要再乱动。

她撇撇嘴，顺了下帆布包的肩带，心想，算了算了，这个牵手方法也不像正经情侣，更像父母拉着小孩。

韩哲住的竟也是十七楼，这小区的轿厢装潢风格简约大气，金属电梯门让顶灯映得亮堂，谷音琪从镜面偷偷看向韩哲，对方已经回到了扑克脸的模样，仿佛刚才在车内意乱情迷的男人不是他。

谷音琪以为自己逃过一劫，谁知进了门后，她还没来得及“欣赏”韩哲的住处，就已经被他抵在玄关处热吻。

这男人在代驾师傅面前还是一脸淡定自如的样子，这一秒却像只在月圆夜里不可自控的公狮子。

谷音琪被他吻得头昏脑涨，她心里腹诽，这家伙怕不是扮猪吃老虎？怎么比她还会演戏啊……

客厅只亮一圈温馨暖黄，从落地窗望出去，是附近高楼闪烁着霓虹，宛如从天而降的星河。屋里不知哪处持续供着暖气，在车上时谷音琪见过韩哲在手机上划拉了几下，像是个智能家居的 App。所以她没觉得寒凉，反而浑身潮热，开始有细汗黏住了发鬓处的细柔绒毛。

谷音琪正想引导韩哲换个地方，没想到下一秒，韩哲一巴掌直直拍到她屁股上！“啪”的一声脆响，好似树上熟透软柿子跌落地的声音。

谷音琪大叫一声，脑袋清醒了一些，怒瞪着没什么表情的男人，问道：“你打我干吗！”

韩哲不慌不忙，但抬起的眼眸里已经卷起深不见底的漩涡，道：

“谷音琪，你还记得前段时间答应过我的事吗？”

谷音琪：“……”

谷音琪的眼仁骨碌转一圈，大概明白韩哲指的是哪件事。

上次冯蝶出事那夜，快天亮时，洗完澡后的谷音琪已经快要睡着，最后还是韩哲把她抱上床。

半昏迷时，她听见韩哲叫她以后不要再习惯性撒谎。圆谎很累，也很伤人心。

那时她听进去了，便答应了以后慢慢改，还主动跟韩哲提出“建议”，说要是再满嘴跑火车，就让韩哲打她屁股，打得“啪啪”作响的那种。后来韩哲没有提起，谷音琪还以为他没听清或忘了这件事，原来在这里等着她。

韩哲打了她屁股，下一秒还要轻轻安抚她，继续说：“所以这几天你撒了多少句谎，你自己算一算。”

谷音琪的一张脸皱成青苦瓜，想往旁边的沙发尾逃跑，道：“我就是想给你个惊喜，才撒的谎。”没想这样更方便了韩哲抱住她一双腿，一把就将她拉了回来。

巴掌落下来，又是一声脆响，韩哲声音沙哑：“从昨天开始算。”

谷音琪没办法，她开始清清楚楚地“算账”，把这两天的谎话一一坦白，然后可怜兮兮地说：“没了……没了，我没别的骗你了。”

呜，她真的不敢了。

谷音琪也不知自己睡了多久，再醒来时因为实在太口渴了，喉咙都要哑掉。身边没人，谷音琪撩起眼帘看了眼床柜上的电子闹钟，还不到十二点。闹钟旁边还放了一杯水，谷音琪在被子里滚了一圈，蹭着挪过去拿水杯。

房间门没有完全阖上，卧室外淌进一片暖黄，像稀释了些许的橙汁。她眨了眨眼，借着光线环顾四周。

过夜用的帆布袋落在玄关，衣物落在客厅沙发，这时都整齐地放在卧室角落的躺椅上。巧的是，这躺椅就在她购物软件的收藏夹内，幻想以后买了房子可在小小的客厅里放上一把——她没摸过五六万一把的正品，但觉得以韩老板的有钱程度，应该无须和她一样考虑买高仿版本。

屋内暖气足够，她还跟以前一样，只套了一件长度及大腿的宽松 T 恤，就这么出了房间。

韩哲的住处应了那句“屋如其人”，一眼看过去非黑即白，连灰色都极少，就和他身上的西装一样，风格极简得有些过分了。

整个客厅没有多余的隔断和外露的收纳架，更不用提家居装饰物了，连电视机遥控器都不知被他收纳在什么地方。电视墙做的是整面暗柜，地顶天，没有任何凸出的把手，八十还是八十五寸的电视机嵌在柜体中，与墙柜严丝合缝，谷音琪有点儿惊讶，因为从侧面看也是呈一平整直面。

黑和白，视觉冲击力很强，但也没什么温度，很像好莱坞科幻片里那些 AI 仿生人的居所，所以便显得这时从厨房里传出的热水沸腾的冒泡声格外有烟火气。

厨房是开放式的，韩哲换上了成套睡衣，谷音琪忍不住想笑，虽然不再是衬衫西裤，但也没好到哪里去，有点儿像爸爸辈会穿的那种材质和款式。

韩哲听到拖鞋声响，一回头，就见两条白花花的长腿在眼前晃，他皱着眉问：“怎么不穿裤子？”

“我没带。”

谷音琪探头过去看，炉子上烧着一锅汤水，金黄面条在里面翻滚，旁边还伴着好几个小馄饨。

热气裹着香味往上飘，谷音琪被勾起了胃口，舔了舔唇，问道：“哪来的馄饨面啊？”

韩哲答道：“你睡着后我出去买的，出门时我给你微信发过信息了。”

她这才反应过来，道：“哦，我醒来后还没开手机。”

谷音琪本想客气一下问问用不用帮忙，韩哲却已经叫她到一旁坐着就好，但她赖着不走，站在韩哲身后探头探脑地问道：“你去哪儿买的啊？”

“就这附近一家面馆，是我从小吃到大的，以前面馆没门店，就藏在一弄堂里，后来整条街要拆迁，老板娘才在外头租了个小铺面。”韩哲多解释了几句。

他关了炉火，把整个铸铁锅端到旁边的岛台上。取了碗筷，他又问谷音琪：“你有带橡皮筋在身上吗？”

谷音琪不明所以，但还是回答：“有，你要用吗？”

韩哲解释道：“我给你找条睡裤，但腰围太大，你有橡皮筋的话就先扎一下。”

谷音琪点头道：“哦！那你在我帆布包里拿，有个化妆包，里头就有发绳。”

“行。”

韩哲走回卧室取了条睡裤，再走到躺椅旁，从谷音琪那印着黑色线条小人儿的帆布袋里拿出她说的化妆包。

一打开包，韩哲微怔。包里面有几个小方块，包装袋很眼熟，是他用的那个牌子。其他东西不多，有润唇膏、酒店一次性牙刷、几份护肤品小样，还有一把瑞士军刀。他拿起那把军刀掂了掂，看了一会儿才放回去，然后找出一条紫色兔子头的发绳。

回到厨房，谷音琪已经把馄饨面分好了，她把分量较多的那碗推到桌子对面，说：“我没那么饿，你多吃点儿。”

“好，你先把裤子穿上。”韩哲把裤子递给她，直接问，“我刚才在你化妆包里，看到一把军刀。”

“哦，那是防身用的。”这句话听起来有些奇怪，谷音琪怕韩哲误会，赶紧解释，“不是指你，我平时一直带着的，今晚没特意从化妆包里拿出来而已，不是用来防你的。”

韩哲坐到椅子上，问道：“之前……你有遇过什么危险的情况吗？”

谷音琪不扭捏作势，当着他的面把长长的睡裤套上，一边拿发绳扎紧裤腰，一边说：“我还挺幸运的，没遇过特别危险的事，最过分的情况就是上次……嗯，就那次了。”

她没遇到，但不代表别人没有。

谷音琪做模特兼职半年左右，圈里发生一件颇为严重的事，一个只在乎报酬不在乎工作内容的姑娘接了个活儿，结果去了就再没回来。

姑娘也没跟谁提起这个活儿，反而是一个客户心心念念想找她拍片，但一直联系不上，到处问人，才发现她已经失踪了几天。

可也没人给她报警，身边的人不乐意，这个客户更不乐意。后来有人报警自首，说自己给人拍私房照，结果不小心把人弄死了。

“这事我听说过。”韩哲等她讲完才开口。

警方并没有将细节通报，但网民挖掘八卦的能力太强，没过多久就扒出了事情的来龙去脉。

这件事里的死者似乎得不到网民们的垂怜，多的是人幸灾乐祸，说拍这样的照片赚钱，肯定不是什么好人，死了也活该。

“就是这件事之后，我身上都会带把小刀。讲真的，我并不觉得在那种紧急情况下一把小刀能起得了什么作用，但总比什么防备都没有要好一些吧。”谷音琪坐下，屈起膝盖踩在椅面上，把过长的裤管折起两截，继续说，“后来我们还建了个群，如果遇上事了，也能在群里喊一声。”

说完有些沉重的话题，谷音琪也把裤子穿好了。她起了坏心，调侃道：“反正只有我们两个人，不穿也可以呀。”

像之前一样，谷音琪不提，他便不追问，韩哲斜睇她一眼，说：“你再不好好说话，我怕你明天看不成恐龙。”

他今晚只想两个人安静地待着，毕竟谷音琪今天已经玩了一天，明天还要陪家人，得好好休息。

谷音琪朝他做了个鬼脸，坐回椅子上开始吃馄饨。韩哲发现她碗里只有馄饨，面条没几根，问她：“怎么不吃面？”

谷音琪答：“我还不饿呀，吃几个馄饨就好了。”

“不行，你得吃点儿面。”韩哲伸手拿来她的碗，从锅里夹了一些面放进碗中，再把碗放回她面前，“不多，你就吃两口，馄饨吃不完的给我。”

谷音琪倒也不是完全吃不下，她对韩哲的坚持有些好奇，问道：

“为什么一定要吃面啊？”

“生日要吃面的，现在还没过十二点。”韩哲说完低下头，开始吃自己的那碗面。

谷音琪明白了，这男人在用他自己有些老派的做法给她庆祝生日。她瞬间笑得眉眼弯弯，声音里都有藏不住的欢愉：“可我中午在乐园吃了意大利面耶！”

韩哲又皱眉道：“那能一样？洋面条能和这面条一样？”

“你别搞什么双重标准，你还不是给我订了蛋糕？蛋糕是不是洋面包？”谷音琪被他认真的神情逗乐，笑得胸脯一颤一颤，“哎，你能不能通知蛋糕店别把蛋糕处理掉？等我后天回家的时候再让他们重新送过来。”

韩哲的嘴里嚼着馄饨，声音有些含糊：“蛋糕放这么多天，小心吃坏肚子。”

“小韩哥哥一片心意，我不想浪费嘛。”谷音琪把耳侧头发掖到耳后，也低头开始吃面。

韩哲便说：“那等你回去了再重新订一个。”

“好。”

谷音琪一边吃一边跟他讲述这两天的事，还把手机里的照片给他看，其中一张是那个小蛋糕。

她解释道：“我其实吃过蛋糕了，这个是阿莹买给我的。”

韩哲瞄了一眼就点头道：“嗯，我知道。”

谷音琪挑起眉问道：“嗯？你怎么知道？”

韩哲一噎，生生把还没嚼烂的馄饨咽下，才说：“我猜的。”他转了个话题，“有蛋糕没蜡烛，那有许愿吗？”

谷音琪顿了一两秒，很快笑着回答：“当然有，我希望家人能开心如意，健康平安，然后也希望小韩哥哥能财源广进，生意兴隆。”

她一张小嘴像擦了蜜，说什么都是甜的，韩哲的耳朵烫了烫，明知她可能只有前半句是真，却也不想拆穿她的谎话。

可他不知道，谷音琪这次没说谎。只不过谷音琪有些贪心，她不止许下一个愿望。

她还希望自己能早点儿攒够钱，希望韩哲身体健康。最后她向神明请求，希望韩哲不要再对她那么温柔了。

她怕自己到时候无法全身而退。

❼

入睡前谷音琪还特地再发了一条信息给纪莹，说她早上九点左右就会回公寓，等她回来了，祖孙三人再一起坐地铁去博物馆。估计对面的小姑娘今天累坏了，没回。

谷音琪也很困了，眼皮子总往下掉。她对着语音助手喊话，要它给她订个八点的闹钟，语音助手回她："抱歉我听不清，麻烦再说一次。"

谷音琪不情不愿地嗽了两声，清清喉咙，正想重新开口，身后有一股热气贴了上来。

背脊贴上一副温热的胸膛，韩哲取走她的手机，翻面盖在枕头边，说不用叫语音助手了，他的生物钟很准，明天早晨他负责叫醒服务。

但第二天清晨，谷音琪是被手机振动吵醒的，电子钟显示此时七点半不到。

看见是纪莹的来电，谷音琪的脑子已经醒了一大半。接起电话后，纪莹慌张无措的哭腔，则好像直接往她身上浇了一桶冰水，让她彻彻底底醒过来。

"姐！姐！阿嫲不见了！"

谷音琪猛地坐起身，被子滑落到腰间，急问道："怎……怎么回事？！"

纪莹太年轻，遇上事了逻辑难免有些混乱，几句话说得颠三倒四的，谷音琪也着急，没法把信息组织起来。

她深深吸了一口气，尽力让自己的声音听起来不那么颤抖，耐心安抚表妹："阿莹，你先冷静下来，不着急，一样一样说。"

韩哲也已经坐起身，伸手按亮床上方的夜灯。谷音琪无意识地看向韩哲，可能是因为刚醒，他的表情不像平时那么严肃，但眼神仍然沉着冷静，好像就算天要塌下来，他都能有办法解决。

韩哲没有插话，只抬手在胸口前方做了两次下压的手势，示意她也要冷静下来。

纪莹深呼吸几个来回，语气哽咽："大概五六点左右，我隐约听到外头有门关上的声音，我还以为是你回来了，但实在太困了，我就又睡过去……然后我刚刚起床，找遍整间公寓都没见到阿嬷，我才想起来，五六点的时候是不是阿嬷出去了？"

女孩不小的音量从手机里溢出来，韩哲能基本听清她说的话。他掀被下床，走到躺椅旁拿起谷音琪的衣物，轻放到她身边，接着走向衣帽间。

谷音琪继续问："阿嬷有没有带手机出去？"

"没有……没有，你让她要记得戴的那只手表，和手机一起落在房间里了！姐，怪我睡得跟死猪一样！"纪莹说着说着又开始哭起来。

谷音琪的太阳穴有点儿疼，她闭上眼使劲按了两下额角，又问："阿莹，那阿嬷有没有穿鞋子出去？就是那双白色的老人运动鞋。"

"鞋子？……你等等我去门口看看！"

把手机按了扩音丢在床上，谷音琪准备先穿衣服，很快便听到纪莹的答复："姐，有穿，阿嬷有穿！"

谷音琪长吁一口气，一边扣内衣扣子，一边对着手机说："有穿就好，我去定位 App，看看奶奶走到哪儿了，阿莹你别担心。"

她再安抚了纪莹几句便先挂了电话，点开定位鞋专用的 App。韩哲已经套好裤子，衬衫纽扣刚扣至胸口，谷音琪匆忙跑过来，把手机高高举到他面前，急切地问："这里这里！你看这个红点这个地方，离你家远吗？"

"你先去穿衣服和洗漱，我来看。"韩哲接过手机，这时候才问她，"奶奶这种情况之前发生过吗？"

谷音琪摇头道："没有，她还没走丢过，之前就是记性稍微差了一点儿。"

韩哲又问："什么时候开始的？"

“元旦的时候。”

谷音琪对这件事很上心，为了给医生详细叙述奶奶的症状，她还在手机备忘录里开了个文档，记下奶奶偶尔犯小迷糊的具体时间和详细情况。

元旦……韩哲记得，就是他上次在酒店门口捡到那只“落水小猫”的时候。

“这个月我带奶奶去看医生了，目前还没确诊，医生说奶奶身体情况很健康，让我保持乐观……我已经预约周一的专家号了，没想到今天突然……”谷音琪的喉咙忽然哽住，就像有一块软木塞子紧紧塞进红酒瓶瓶口里。

她猛地转过身，快步走去床边拿自己的衣服，还强装镇定地说：“姑姑还说我是瞎操心，我这是未雨绸缪好吧？我给阿嫲买了定位手表，但想着阿嫲有可能会忘了戴手表，就又买了定位鞋……手表可以不戴，鞋总要穿吧？我还想过，要是以后阿嫲情况越来越严重，就要给她每一件衣服里面都缝上我的联系电话才行……”

视线已经模糊，谷音琪紧咬后槽牙，抓着袖子抹掉眼里的水分。

韩哲无声地叹气，快走两步扶住她的肩膀，直接把她整个人转过来，女孩的一张脸已经憋得跟颗小番茄似的，黑眸也被水洗过。他什么话都没说，只是伸出双臂，把她揽进了怀里。

谷音琪一愣，立刻想推开他，道：“我没事……我没事！”

可向来待她温柔的男人这时莫名强势，双臂像坚硬钢铁，死死钳着她不让她挣脱。

“韩哲！”谷音琪朝他大吼。

她知道自己快憋不住了，眼睛就像坏掉的电视机模糊不清。所以她也是真的使了劲地推，把韩哲已经收进裤腰里的衬衣下摆都扯了出来，管它多贵一件，直接抓得乱七八糟。

“你想哭就哭，我不看你。”男人沙哑的声音从发顶上方传来。

谷音琪在那一瞬间觉得，心脏忽地往下掉了一点点，像是快要飘上天的红气球，被谁忽然攥住了绳。眼皮落下，蓄不住的眼泪就这么被挤了出来。

谷音琪总以为，自己忍了那么久，一旦有了缺口就会一泻千里，但是没有。她哭得挺安静，只是时不时会把有些丢脸的鼻涕泡泡吸回去。

湿意在胸口渐渐蔓延开来，韩哲还是没有说话，慢慢地，他松了手臂的力气。潮湿水汽穿过布料，浸入皮肉，淌过骨头，最后长出一小片绿苔。他轻抚着谷音琪无声颤抖的肩背，任由那片绿苔在他心脏上扎根，再一点点地扩大。

谷音琪坐进副驾驶位的时候还在哭。眼下该做什么她脑子里其实很清楚，只不过控不住泪水而已。年久失修的水龙头被某人硬掰，还给掰坏了，这下可好，水珠子滴滴答答的，一直落不停。

韩哲也有点儿苦恼，他不大会处理这样的情况，只好把一整盒纸巾都放谷音琪的大腿上，再次低声安慰她："别哭了，阿嬷不会有事，但你再这么哭下去，明天眼睛会变得很肿。"

"很肿又怎么样，如果我哭瞎了，那也是你害的……我本来……嗝……往下压一压就没事了，你非让我哭。"谷音琪哭到打嗝了，她抽出纸巾擤鼻涕，鼻尖已经红彤彤了，还不忘催促韩哲，"别管我了，等它想停就自然会停的，你快开车呀！"

韩哲扣好安全带，赶紧一脚油门踩下去。

那个定位 App 不像专业地图 App 那么精准，奶奶的定位偶尔会有变动，但还算在一个可控的范围内游移，离民宿不算太远，从韩哲家开过去车程约莫二十分钟。

时间还很早，路况良好，韩哲平时开车极守规矩，车速会比规定的再慢一点儿，如今开得跟规定速度一样，就已经是他的极限了。

谷音琪不催他，低着头，时刻留意地图上的小红点有没有变了位置，一有泪水溅湿屏幕，就立刻被她粗鲁擦去。

"会不会是这定位鞋坏了呀？怎么现在的定位一动不动的……还是说阿嬷把鞋子脱掉了？应该不会吧……"她像在自问自答。

韩哲安慰道："不会的，可能是老太太走累了，找个地方休息。"

话音刚落，谷音琪手机响起，来电显示是个沪市的手机号码。

她的心脏怦怦跳，赶紧接起：“你好！请问是哪位？”

“喂！你是沈大妹的家属吗？”对方是个嗓门很大的男人。

“对！对的！我是沈大妹的孙女！”谷音琪瞪大泪眼看向韩哲，韩哲示意她开扩音。

男人咕哝了几句“哎呀，这次终于对了”，接着直接说，老太太现在在他店里，让她赶紧来接人。

谷音琪立刻问他具体地址，并把手机递到韩哲耳边，好让他听清楚地址。男人报了路名和门牌号，说他的店是一家连锁小吃店，韩哲在脑子里过了一遍路线，对男人说：“谢谢您，我们现在已经在路上了，大约十分钟后就能到您那儿。我能不能问一下，老太太现在情况怎么样？有没有什么地方受伤？”

男人身处的环境有些嘈杂，不停有外卖 App 接单的提示音冒出，于是他的声音更大了：“具体的情况等你们来了再说吧，我这会儿店里来单子了，我得先忙。老太太没受伤，有我媳妇看着，你们放心吧，人赶紧来就行啦。”

谷音琪收回手机，对着空气连连颔首，激动道谢：“大哥谢谢您！我们很快就到！麻烦您让奶奶别乱跑，给你们添麻烦了，谢谢谢谢！”

对方却不以为意道：“嗐，小事儿。”

谷音琪没忘记要跟纪莹说一声，刚才哭得停不下来的女孩，要鼓起劲去安慰另一个哭得停不下来的女孩。

韩哲暗暗喘了口气，她总算是不再掉眼泪了。

韩哲预估的时间比导航还准，还很好运地找到一个临时停车位。

找到那家小吃店，一进门，谷音琪就看到坐在收银台旁边桌子的沈大妹，老太太正在低头舀着小馄饨吃。一声“阿嬷”还没来得及叫，一个女人已经迎上来问他们要吃什么。

谷音琪忙指着沈大妹说：“您好，这是我奶奶！我来接她的！”

听见孙女声音的沈大妹终于抬起头，瓷勺“当啷”一声掉碗里了，喊道：“琪琪！”

见老太太眼里一片红，谷音琪就知道她肯定哭过。谷音琪心里也不好受，赶紧坐到沈大妹身边，先摸摸她额头，再揉揉她的手肘关节和膝盖，嗔怪道：“阿嬷，你出门怎么可以忘带手机嘛，我和阿莹都吓死了！有没有哪里感到不舒服？头痛，胸闷，这些有没有？还有你怎么穿这么少啊，我给你买的羽绒服怎么没穿？”

“我忘了……刚才是有一点儿冷，还有肚子饿……”沈大妹指向中年妇女，通红的双眼里充满感激之情，“还好遇上个好心肠的老板娘，我说我没带钱，她还是给我煮了一大碗吃的。”许是有那半碗馄饨落肚，沈大妹目前情绪稳定了不少，慢慢跟谷音琪说起她早上的经历。

沈大妹早起后见空气不错，就想去楼下散散步逛两圈——像她在鹭城时那样。结果走着走着，她就记不得回去的路了，身上没带钱也没带手机，她那会儿已经意识到自己记性不行了。

谷音琪让她背起来的手机号码，她很努力地才记起那串数字，就是最后一个数字有些模糊，不太确定。沈大妹想向路人借电话，但她不太会说普通话，多数路人都因为听不懂她的口音而匆匆离开。

沙县老板娘坐了下来，接着叙述：“我见你阿嬷在我店门口来来回回地走，人都哭了，我就赶紧过去问问怎么回事，还好我听得懂闽语。”

老板娘说她年轻时在闽省打过工，会听少许当地方言。

从后厨走出来的老板这时也插上嘴：“你那手机号码啊，老太太就最后一个数字不确定，我给她从‘1’开始试，打了好几个，不是没人接就是被人误以为是诈骗电话。最好笑的是，有个还跟我唠上了，唠了好半天，才骂我骗子不得好死，哎哟喂，可把我气的……”

老板娘见丈夫把话题扯远了，瞪他一眼，接过话继续说：“最后才打到你那儿，还好，老太太记的前面数字都对，但凡错一个，我们也得报警了。”

谷音琪给夫妇两人不停鞠躬道谢，还想给他们发红包，但他们坚决不收。她心里过意不去，便在店里点了三份馄饨拌面和鹧鸪汤，还要了三个茶叶蛋。

告别好心的夫妇，谷音琪搀着奶奶走到马路边，对另一个“好心人”韩哲细声道谢：“给你添麻烦了，我和奶奶慢慢走回去就行，这里离公寓不远。”她把其中一份早餐递给韩哲，“早上你什么都还没吃，回去后如果觉得困就先吃了，再睡一会儿。”

沈大妹从刚才就留意到这年轻人，拉了拉孙女的袖子问：“琪，这是谁？”

没等谷音琪开口，韩哲就直接回答老太太：“阿嬷，我是阿琪的朋友，你叫我阿哲就好。”老太太身高不高，他需要微微弯着腰。

韩哲用的竟是闽语，虽然发音很生涩，但意思表达准确，谷音琪难免惊讶，问他：“你怎么会说闽语？”

韩哲答：“皮毛而已，只会简单的句式和部分比较有辨识度的单词，太复杂的不会。”

很快，谷音琪想到他之前的那一段感情。她压下心里淡淡的酸意，跟沈大妹说道：“阿嬷，我们慢慢走回去吧，阿莹还在‘酒店’里哭。”

沈大妹点头说“好”，又跟年轻人阿哲说“多谢”“下次有空来家里坐”。

韩哲看出谷音琪想要跟奶奶说些话，这里也确实离公寓挺近，便没有坚持送她们回去。他先跟奶奶道别，再跟谷音琪交代道：“你回到民宿了给我发条信息，然后晚上我来接你们去机场？”他知道谷音琪买的是今晚的机票回鹭城。

谷音琪摇摇头，踮脚凑近他耳边解释：“阿嬷坐小轿车头晕得厉害，我们搭地铁就好，反正去机场很近的。”

韩哲不勉强她，便说：“行，那等会儿在微信上聊，你困的话也回去休息一会儿。”

“好，你别开太快啊，路上小心。”谷音琪提醒他。

女孩乖巧时是真的好乖，韩哲忍住想要拍拍她脑袋的冲动，再跟沈大妹说了声“阿嬷再见”，才转身离开。

沈大妹被谷音琪牵着往公寓方向走，她对突然失去记忆的情况有太多想问谷音琪的话，她也大概能猜到孙女为什么这个月总带她去医院做检查，但现在她有另外一件更重要的事要问清楚——她得搞明白这年轻男子是谁。她迫不及待地问："琪琪，你老实跟我讲，这年轻人是你男朋友吗？"

谷音琪就猜得到老人肯定会问这事，赶紧摆手回答："哎呀，不是的，就是普通朋友而已。"

沈大妹当然不相信，反问："普通朋友？普通朋友会陪你出来找阿嬷？"

"那他是沪市人，本地通啊，刚才阿莹打电话来好紧张，我也乱了套，就赶紧打电话给他，问他能不能帮忙。"摸到老人的手有点儿冷，谷音琪就揣着那双手放进自己温暖的兜里，继续跟奶奶夸韩哲，"他人特别好，立刻就答应了，而且他住的地方离这里很近，一下子就到了。"

一涉及孙女的感情事，沈大妹快把心里头的惊魂未定全抛到脑后。她在大衣口袋里捏了捏孙女的手指，语气笃定地说："琪，这小年轻人好是肯定的，但阿嬷觉得，他肯定对你有些意思的。"

谷音琪猛地睁圆了眼，立刻否认："阿嬷你在说什么！朋友，就是朋友！"

沈大妹笑道："好啦好啦，你们年轻人现在都喜欢这样讲，阿嬷知道啦。"

说是这样说，沈大妹陆续问着谷音琪"阿哲"的资料，多少岁了，家里有无兄弟姐妹，做什么工作，两人认识多久了。还好纪莹这时候来电话，谷音琪才不用又编谎话骗老人。

轮到阿嬷去安慰还在抽泣的女孩，谷音琪牵着她继续往前走。沪市的早晨比鹭城清冷许多，朝着空中轻轻呵一口气，水母状的成团白烟立刻往上飘。

回想起刚才时间不算长的那个拥抱，便有暖意从谷音琪身体深处一点点涌出来，源源不绝，如细水长流。

这样的温柔谁能抵挡得住？谷音琪简直就想立刻举双手投降。她有些后悔昨天生日许愿时过分贪心，神明肯定觉得她不诚心，所以不乐意实现她的愿望。

由奢入俭难，这句话对她而言，不仅仅指的金钱方面，也指着感情方面。

可谷音琪觉得自己如今就是那些游在海里的小管，瞧见海面上亮起光，就开始不受控地往光明处游去——明明知道跳出安全区，就有一张密密麻麻的网等着她。

⑧

谷音琪赶在快递停运之前买了不少东西，社区的快递柜设在外围，包裹太多，她得拉上表妹一起去拿。

一年到头，年味渐浓。有人暂时离开了鹭城，也有人慕名而来，这个城市无论几时都是热闹的，节假日更甚。

老社区因为小店扎堆成群，最近成了网红点，有一些博主还特地为它做了散步地图。此时路旁随处可见举着相机和手机的游客和博主，还有不少穿反季服装的商拍模特，手拿咖啡杯，穿着短袖春装，或站或行，在湿冷冬日里也要笑得自然。

纪莹捧着大大小小几个箱子边走边看，好像想到了点儿什么，末了突然问谷音琪一句："琪姐，你最近不用去兼职当家教了吗？"

谷音琪心里突然"咯噔"一声，去当模特后她还债还得比较快，不想让家人担心她的资金来源，就告诉阿嬷和纪莹，说自己有在做兼职家教，雇主给的工资很乐观。

她掂了掂手里沉甸甸的包裹，搬出想好很久的借口："哦，大四实在太多事要忙了，我之前推托过几次，现在很少有雇主再找我了。"

她现在讲谎话时很是心虚，总觉得屁股痒痒的。好在纪莹没在这个话题上继续，换了个关于大学生活的问题。

去了一趟沪市，女孩心里更是燃起了新的小火花，目光不再只局限于闽省内，她想试一把，狠狠冲一次沪市的重点大学。谷音琪当然支持，她希望纪莹能往外飞，飞远一点儿。虽然途中肯定会受伤受苦，但飞行的时间长一点儿，纪莹的翅膀就能更快硬起来。

两人你一句我一句，很快回到家楼下，见到正和邻居们在健身器材那活动腿脚的沈大妹。谷音琪唤了她一声，提醒她量力而为，不要一下子活动得太累了。沈大妹挥挥手，说知道啦。邻居胖大婶也让谷音琪放心，她们等会儿会陪阿嫲回家。

谷音琪和纪莹回家后开始拆包裹，最大的两个纸箱里头是鲜花。大花蕙兰、朱顶红、蝴蝶兰、北美冬青、蜡梅……都是红紫色系的花材。今年谷音琪想自己插两瓶年宵花，红红火火，拿个好彩头。

其他包裹一一拆开，有散着墨水香气的手写春联和福字贴，有给阿嫲买的过年衫，有准备填满过年糖盒的干果杏仁和瓜子，还有一双新的老人健步鞋，款式比谷音琪之前买的那个品牌年轻不少，带定位功能——这是韩哲送的，说是他一个朋友以前投过的项目。

谷音琪拍了张照给他发过去：收到啦，收到啦，等奶奶运动完上来，我让她试试。她再发了那个小兔子敬礼的表情包。

拆开最后一个包裹，是谷音琪定制的姓名贴，上面绣着沈大妹的名字和谷音琪的手机号码，还有一句“麻烦帮忙联系家人”。

姓名贴可熨烫可手缝，谷音琪取了件奶奶的外套，几针就把姓名贴缝在衣服内侧领标往下的那个位置。纪莹自告奋勇，说衣柜里剩下的衣服都由她来缝。

“好啊，那就都交给你啦。”谷音琪把针线交给纪莹。

她知道，上次没看好奶奶的事，纪莹还放在心上，但她又怎么可能怪纪莹，说到底，是因为她为了去找韩哲，才留下一老一少在民宿不是吗？

上周从沪市回来的第二天，谷音琪就带了奶奶去见王医生，最终奶奶确诊患有 MCI（轻度认知功能障碍），指的是患者记忆力或其他认知功能减退的速度与其年龄不相称，但不影响患者日常生活能力，也未达到 AD（阿尔茨海默病）的诊断标准。简单来说，奶奶目前的状态介于正常老化和俗称“老年痴呆”这两者中间的位置。

王医生对谷音琪及时带老人来医院就诊的决定表示高度赞赏，有很多患者家属疏忽大意，觉得记忆力退化只是老人“老糊涂”而已，迟迟不乐意带老人来就医，本来只是 MCI，但因为没有得到及时的干预治疗，老人不到一年就完全认不得人了，生活无法自理，情绪更是大变。

他让谷音琪不用太忧虑，MCI 是一个不稳定的中间状态，有一定概率会进展成 AD，但越早发现，就能越早进行积极治疗，会有一定概率使病情得到好转。

医生交代说，适当运动锻炼，养成合理的膳食习惯，心态保持乐观，多做一些认知训练，加强社会活动，多与他人沟通交流，这些都能改善或延缓认知功能减退情况，并要求沈大妹定期复查，定期体检。

谷音琪做过功课，知道 MCI 患者转换成 AD 的概率比正常老年人要大得多，但也确实如王医生所说那样，前方还有光，不是伸手不见五指的黑暗。

既然奶奶已经确诊，那她就要慢慢接受现实，怨天尤人没有用。谷音琪本就做好了最坏的打算，如今情况没预估得那么严重，她反倒觉得自己赚到了，看来神明有听到她的愿望。

最让她松一口气的是，奶奶并没有因为得知自己生病而情绪低落，沮丧消沉。

谷音琪本还想瞒着奶奶，是奶奶主动提出，她想要知道病情。她说，自己不想要稀里糊涂地过日子，想要趁着脑子还中用的时候，多记下一些东西。

如今老太太积极面对病情，谷音琪自然更加配合，方法总比困难多。

奶奶不大识字，谷音琪就把老人平日出门时要用的东西拍下来，洗出来的照片贴在木门后，这样每次出门时都能提醒她带东西。现在她每天都会给奶奶拍照和拍小视频，打算每周剪一段 vlog（视频网络日志），以后可以让奶奶看着视频来加深记忆。

她还在医院认识了几个同样是带家里老人来就诊的家属，进了个本地病友家属互助群，大家会在群里分享许多看护老人的方法，她从中学习到不少新的知识。

这个互助群里的气氛总是热热闹闹，另一个互助群也是。

大部分姑娘不是鹭城人，但回老家的只有零星几个，许多姑娘与家里关系并不好，或者父母早逝老家早没人了。

元莉今年倒是回老家了，说是她那不争气的妈被继父打到进了县医院，她这次回去，要去把她妈接来鹭城——这不是元莉第一次尝试救母亲出泥潭，之前她好说歹说许多次，没有一次成功。昨天谷音琪去送她坐飞机，提前祝她新的一年心想事成。

没工开的姐妹就在群里聊天，围绕的话题都是过完年后不知还能不能做得下去。上次冯蝶受伤的事，她们面上看似没被影响，但难免心有担忧，而前几天又有同行出了事。

这事整得大伙儿人心惶惶，都跟中介说不想随便接活儿。可不是每个中介都像阿超那样好说话，更何况有些姑娘身上还背着债，只能随波逐流。谷音琪看着大家聊天，没怎么插话，只是突然想到，阿超有好些天没联系过她了。

腊月二十八，谷音琪在菜市场旁边的传统花店挑了盆水仙花。花连盆一起有点儿重量，她哼哧哼哧抱着往家里走，拐过街角，远远看见一个熟悉的身影站在小区入口处。

和在酒吧的成熟模样相比，这时穿着帽衫牛仔裤的景思齐显得少年感满满，他本就长得浓眉大眼，年轻帅气，路过的小妹妹怎能不被他吸引目光？

谷音琪见他低头按着手机，接着，她塞在裤袋里的手机开始振动。可她没法空出手接电话，只好大声喊了他一声："喂！景思齐！"

景思齐隐约听见有人喊他，抬头左右张望，很快看到了谷音琪。他腿长，没一会儿就跑到她面前，气都不用多喘几口，直接说："我刚刚才给你打电话了。"

"我猜也是，我没手拿手机。"谷音琪往下点了点下巴。

"我帮你拿。"景思齐直接抱走了她怀里的那盆花。

谷音琪没拒绝，因为那花真有点儿重。她拍了拍手上的泥土，问道："你怎么知道我住这儿？找我什么事？"

自冯蝶出事那晚之后，他俩只在微信上说过几次话，没见过面。

"之前有好几次我见过你走进这个小区，你和奶奶租的房子在这里，对吧？"景思齐扬扬下巴，"我坐下午的大巴回老家，想跟你见一面，说几句话。我们边走边说？”

都说闽省靠海吃海，但闽省也有靠近内陆的地方，景思齐的老家就在山区里的一座小镇上，没有直达的高铁，还不如直接坐大巴。

谷音琪眨眨眼，语气轻松：“花都被你掳走了，我不同意的话，你是不是就不把花还给我了？”

景思齐顿了几秒，笑出一口白牙，说道：“是啊，有‘人质’在我手上，你得乖乖听话，我才考虑放了它。”

两人往社区里走，聊着 Space 的近况。许是因为上次出了事，近期酒吧生意很差，不少客人嫌弃有卡座见过血，晦气得很。

景思齐说：“你还不知道吧，Galaxy 在挖我过去。”

谷音琪挑眉道：“有这事？”

景思齐点头道：“嗯，给的底薪一样，但是提成比 Space 高一点儿。”

“那你考虑跳槽吗？”谷音琪又问。

景思齐浅浅叹了口气，道：“哪里钱多就去哪里吧，谁叫我缺钱哪。”

谷音琪顿了顿，才问：“阿姨的病最近怎么样了？”

景思齐是单亲家庭，母亲在他大二那一年查出患癌，班长还组织过同学给他捐款，后来谷音琪家里出事，她也收过同学们的一份心意。

景思齐答：“还行吧，那靶向药还是挺有效的。”

“那药还是很贵吧？”谷音琪还是了解一些情况的。

“贵死了，医保报销后一个月也要一万多。”景思齐又叹了一口气，“我妈总说她不治了，说活着也是拖累，我外婆劝了她好久，她才愿意继续吃药。”

谷音琪沉默，她曾经也有过担心，害怕奶奶也有这样消极的想法，但还是劝他：“你总那样喝酒好伤身体的，上次给你的那包解酒糖有效吗？有的话我把购买链接发给你，你多买一些备着。”

景思齐摇头道：“上次那包糖，我还没开封。”

谷音琪有些惊讶地问道：“为什么？”

他只说："没舍得。"

似乎就在等着这一刻，景思齐想都不用多想，直接表白："谷音琪，你知道的，我喜欢你。"

地上有些落叶，鞋底踩上去沙沙作响，伴了一声很认真的"对不起"。

景思齐想到过会被她拒绝，但心脏还是像被狠狠割了一刀，哗啦啦直流血。悲伤的情绪才刚酝酿起来，又被她一句话击了个粉碎："喏，虽然这盆花不贵，但是你可别摔它……有什么意见你可以冲我来……"

她说得小心翼翼，像是怕极了失恋少年情绪失控，拿无辜的水仙花来泄愤。

景思齐苦笑一声，说："我可没那么小心眼。下个学期可能要辛苦你多帮我打掩护了，我怕跳槽到 Galaxy 会更忙。"

告白不成功是预料中的事，这一句其实才是他今天来找她的目的，景思齐希望能和她回到原来的关系。

谷音琪点头，爽快答应："没问题。"她从景思齐手中把花盆取回来，让他不用再送，"景同学，谢谢你。"

景思齐的笑容看上去很轻松，他说："谷同学，你客气了。"

他没继续跟着谷音琪，沿着来时的路走出社区，往学校的方向走。快到南门，路边有一家左邻便利店，他走进去，在冷柜里取了个三明治让店员加热。他吃得很慢，就像两年前一样。

当时他为了赚钱，开始在酒吧当兼职营销员，一开始什么都不懂，客人让他喝酒他就死命往嘴里灌，以为这样拼命，客人下次就会找他订台。

当他带着满身酒气回到学校时，宿舍大楼早就关门了，他无处可去，准备在有冷气的便利店内买瓶矿泉水，然后坐到天亮。

那时谷音琪家里刚出事，景思齐捉襟见肘，没办法给她捐款，所以在便利店看见上夜班的谷音琪，景思齐觉得挺不好意思。

他一身酒气，谷音琪也没多问，她正整理着冷柜里的面包和便当，问他介不介意三明治"过期"了四小时，不介意的话可以分一个给他。

景思齐愣愣地说不介意，谷音琪打着哈欠加热了两个三明治，指了指角落的椅子，让他自便，自己则是捧着其中一个三明治，坐在收银台后闭着眼睛啃，好像梦游一般。

同是天涯沦落人，景思齐突然就想到了这句话。

只不过两年过去，他和谷音琪脚下的路都变了。唯一不变的可能只有这便利店的三明治，里头夹的照烧鸡排肉还是那么厚，景思齐边吃边哭，泪水滴到三明治里，再让他吃进口中。

好苦。

9

与供应商的视频会议结束时已是华灯初上，苏肃收拾着自己的东西，问："八点了韩总，你要吃点儿什么吗？我去给你买回来。"

韩哲却说："不用了，我回家煮个面吃就好。"

"你又煮方便面啊？"苏肃跟了韩哲几年，如今对他的生活习惯很熟悉，比起山珍海味各国料理，韩总更喜欢随便去哪一家左邻买份便当关东煮，又或者直接回家煮一锅泡面。

韩哲手拿着手机，摇了摇头，道："不是，最近我在吃一款肉帽米线，过完年后我带些回来公司，你和其他同事都试试，再让食品部给点儿意见。"

"好的。"苏肃有些好奇，"这米线有那么好吃吗？"

韩哲解释道："是肉帽好吃，对方去年秋冬才开始在微信上卖，如今下单都得等一个礼拜以上才能发货。"

苏肃更好奇了，问道："是微商来的？韩总你怎么会加上对方的？"

韩哲已经点开了与谷音琪的微信聊天页面，最后的对话停在六点左右，他发过去说自己还在开会，等开完会再打给她。

谷音琪则是回了两个表情包，一个写着"没问题"，一个写着"老板辛苦了"。

韩哲的微信里没有添加过自定义表情包，发消息时连系统自带的表情都不怎么用，谷音琪同他相反，只要有用表情包的合适时机，她肯定会用表情包代替她想讲的话。

韩哲这才回苏肃的问题："之前在一个朋友家里吃过一次，她介绍的。"

等苏肃离开，他给谷音琪打电话，电话接通时，对面的女孩还在嘻嘻哈哈地笑，一声笑如一颗糖，喂进他的耳朵里。他轻轻提起嘴角，单手拿手机，另一手把领带解了。

播放音乐的蓝牙音箱有点儿大声，谷音琪往空地旁边走，音量也跟着变大起来："喂！喂！我正在楼下看阿嫲跳广场舞，会有点儿吵！"

"没事，我听得清。"韩哲继续解衬衫扣子，"阿嫲学跳广场舞有一个礼拜了吧？现在跳得怎么样？"

谷音琪忍俊不禁道："别的阿婆跳起来像蝴蝶飞舞，我阿嫲跳得跟要收渔网似的！太可爱了，我录了视频，你想看吗？"

韩哲便说："想看，你等会儿发过来。"

谷音琪高兴地应道："好哇！"

聊天没有持续太久，谷音琪猜到韩哲还没吃晚饭，让他先去填饱肚子再说。挂断电话不出半分钟，他就收到谷音琪发来的短视频。

老太太虽然站在人群边角，但一头银发很是显眼，更何况谷音琪的镜头总以她为女主角。画面外有谷音琪忍着笑的声音，有时提醒阿嫲要转圈了，有时说阿嫲又同手同脚了，有时大声夸赞阿嫲跳得真棒。

末了她还被洗脑的音乐带跑，跟着音乐唱"怎么也飞不出花花的世界"——就这么短短几句简单歌词，谷音琪竟然唱得完全没在调子上。

韩哲重播视频，肩背泄了劲，往后倚上椅背。一天积累下来的疲惫就像沙滩上的沙堆，被海浪冲刷而过，一点一点推得平整。

回家路上等红灯时，他习惯性打开那个社交平台，发现谷音琪居然更新了，内容是一盆全开的水仙花，亭亭玉立，雪白高雅。图片很正常，但和以往一样简短的配文让他来回看了好几次，直到身后喇叭声频响，他才回神。

接下来一整段路，韩哲打了结的眉心就没舒展开过。

这次的配文只有很简单的几个字——“谢谢J同学”，但是末尾，又附上一个笑脸表情，和当时谷音琪发他西装照片的那次一样。

直到吃米线的时候，韩哲还在琢磨着这句话的意思，咬文嚼字，连带着口中的杂酱肉帽都不怎么香了。

他忍不住，还是发了消息给谷音琪：我在吃米线了。

韩哲：我爷爷叫我买几盆年花在家里摆，你有推荐的吗?

谷音琪很快回他：大红大紫的花和你家不搭，太跳脱了，你要不要试试水仙?

谷音琪：你家太白了，水仙虽然也是白色的，但有点儿绿意，放在玄关啊，茶几上啊都可以，我觉得挺适合!

谷音琪：我下午刚买了一盆，阿嬷过年习惯摆水仙。

接着她就把水仙花的相片发了过来，和在社交平台上发的是同一张相片。

谷音琪：如果你不喜欢这种古早款式的花盆，现在也有花店卖鲜切的，和玫瑰花一样插瓶就可以啦。

知道那盆水仙是谷音琪自己买的，韩哲眉心微展，给她回：好，我明天让助理去买一盆。

话题绕来绕去，韩哲最终还是没问她“J同学”的事。可晚上他久违地失眠了，阖眼许久都沉不下心，手机屏幕在黑暗中亮了灭，灭了没一会儿又亮起。最终他坐起身，胡乱挠了把后脑勺，去厨房接了杯冰水，几口灌下，仍冲不走堆积在胸腔里的烦闷。

谷音琪刚剪辑完第一周的《大妹日记》，伸了个懒腰，她走进浴室准备洗漱睡觉，这时耳机里的音乐突然中断，一看，居然是韩哲打来的视频电话。

平时这个时候，作息规律的“大老板”应该早就睡着了啊。谷音琪接通电话，压低声音问：“你怎么还没睡？”

韩哲浅叹一声，说：“不知道为什么，今晚一直睡不着。”

浴室只开了盏镜前灯，谷音琪站在洗面台前，明晃晃的光线映得她面如白雪，衬托着那双杏眸显得过分黝黑，唇色也似玫瑰花瓣。她问："你有心事？有心事才会睡不着哦。"

如她所说，韩哲心里确实装着事，这时再看着那红唇一开一合，愈发不耐。

"我想问你……"他重复了几次这四个字，就是没能接着往下走，觉得自己心里头的那阵烦闷来得简直莫名其妙。

男人罕见的吞吞吐吐，虽然他的表情严肃到不行，眼神却有些闪烁，再加上他刚才说自己失眠，谷音琪突然就想到什么。

她脸上露出一副了然于心的表情，主动问："哥哥，你是不是想我了？"这事怪她，这段时间光顾着照顾奶奶，忘了多关心"大老板"这边。

韩哲愣了愣，问道："……你说什么？"

谷音琪眨了眨眼，以为韩哲还在害羞，食指朝镜头方向点了点，她咕哝一句"哥哥你真的好会装哦"，接着理了理自己的头发，对韩哲抛了个媚眼，说："问你是不是想我啦。"

韩哲默了几秒，很快紧锁的眉头松开，眼皮微阖，他哑着声答："对，想了。"

谷音琪又露出一个"看吧我就知道"的表情，带些莫名的小骄傲，她正想再说点儿什么，突然浴室门下方的百叶窗有黑影摇晃，她赶紧把耳机按成通透模式，就听见木门被敲了敲。

纪莹的声音里带着浓浓睡意："琪姐在里面吗？我想上厕所。"

谷音琪忙应道："好……好，你忍一下！我很快就好！"

纪莹也说："哦哦，你慢慢来……"

谷音琪哪敢继续视频，再见都没机会道一句，就直接挂了"大老板"的视频通话。

而一千多公里外的韩哲还保持着视频通话的姿势，他被谷音琪这么一问，今晚更是没法睡了。

他走回卧室，走进衣帽间，拉开一个抽屉，从里面拿出一根兔子发绳，是谷音琪上次走得急，落在他家里的。

他把谷音琪的发绳套在腕上，知道这样完全不是自己会做出来的事，但他无所谓了，反正都已经被海妖拉着下坠，那就沉到更深的地方吧。

年三十的韩宅和平日并没太大的区别，就是门口换上了韩江海亲笔写的对联，再摆了几盆韩白萱自己插的年花，就算过年了。但像过年这种合家团圆的节日，很容易勾起韩白萱的胡思乱想，连续几天她都休息得不好，但她还是强撑起精神下楼吃年夜饭。

今年年夜饭和往年一样，请的是老饭店的主厨回家做。因为韩白萱，韩家的菜单好多年都未曾变过，烤麸、熏鱼、油爆虾、鳝丝、膏蟹、白斩鸡，因为用餐人数少，大厨把菜肴做得十分精致，又不失本地的传统味道。

饭桌上和往常一样安静，只不过，突然间有手机铃声响起，是韩哲的手机。韩白萱的筷子狠狠抖了一下，看向韩哲，而韩江海咬着一口虾没敢继续往下咽，也看向孙子。

“抱歉，我忘记关机了。”韩哲从裤袋取出手机，见是谷音琪的电话，一时停顿，没直接挂了电话。

“是公司有急事吗？是的话你出去接听吧。”韩江海替他说话。

韩哲看向韩白萱，只是这么会儿工夫，母亲的眉心已经蹙起。他拒绝了接听，再把手机调到飞行模式，低声道：“没事，继续吃饭吧。”

韩白萱被混乱的思绪干扰，再吃了几口菜就匆匆离席回房。韩江海也没了兴致，闷闷不乐地把鳝丝挑得乱七八糟。

韩哲放下筷子，主动道歉：“外公，对不起。”

一顿团圆饭吃成这模样，老人难免有情绪，语气也重了些：“阿哲，虽然是辛苦一点儿，但有些规矩不能乱，你是知道的。”

“我知道的，今晚是我疏忽了。”韩哲夹了块平时不让外公多吃的红烧肉放外公碗里，“但妈妈的病情是不是又严重了？比起前段时间，她的精神差了许多。”

韩江海点头道：“我也觉得她比前段时间焦虑了些，想让她找陈医生看看，但你知道的，她不愿意吃药，而能劝得动她吃药的那两个人都不在了。”

这两个人，一个是韩哲外婆，一个是韩哲父亲。

“可讳疾忌医不是长久的办法。”韩哲觉得外公对母亲实在是过度溺爱了，母亲不愿意做的事，韩江海都不会逼着她去做，虽然韩哲听外婆讲过原因。

韩白萱很小的时候就出现过强迫性的行为，但那个年代的人对这种精神疾病认识不深，甚至不觉得这是“病”，只会觉得是病人自己矫情。当时韩江海忙着顾生意上的事，没把女儿的病放在心上，直到妻子无意间在女儿房间里翻出好几封遗书和各种轻生用的工具，他才急急忙忙带她去看医生。

如今韩江海事事顺着韩白萱的意，也是为了补偿女儿。

“再说吧再说吧。”韩江海不愿再继续这个话题，唤了阿姨来，吩咐把一些菜另外分装，留给韩白萱晚点儿肚子饿了再吃。

菜肴味道再好，他们这时也是味如嚼蜡。

韩哲觉得这些年不止他一个人绕着一条轨道走，他外公，他母亲，也是按着自己的轨道走，谁都不愿意踏出舒适的安全范围，像一条不知什么时候订下的规矩。

他以前对这样的生活其实并没有太大的异议，家家有本难念的经，父亲让他帮忙照顾母亲，他既然做出过承诺，就要兑现。但现在他觉得实在太窒息了，这好多岁的老房子仿佛是巨石压背，桌上的白色公筷犹如银针般扎眼。可他又能怎么样呢？他既不能责怪生病的母亲，也不能责怪心疼女儿的外公。

饭后本该陪外公下棋，但韩江海说他吃多了，有些疲，想休息一下。婵姨送了韩江海上楼，再下来时见韩哲一人坐在餐桌边发愣，她于心不忍，走过去安慰一句：“最近太太精神不好，老先生也不太好受，少爷你别怪他们。”

韩哲摇头道：“我怎么会怪他们？”

他们都没有错，他们都没有错……那就是他错了，是吗？

韩哲走出韩宅大门，身上单薄的衬衣像被空气中的湿冷水汽浸透，寒意一点点往骨头里钻。这个别墅区住的人越来越少，大家纷纷往外头搬，又不需要卖掉别墅来套现，独留一栋栋黑灯瞎火的老房子。

他给谷音琪打电话，但对方没有立刻接起。他继续打，一边走一边解开领口扣子，寒风从缺口灌进来，像溃堤的河水，意图将他淹没。

谷音琪正洗着头，满脑袋都是泡沫，洗面台上的手机铃声一声接一声，跟催命符似的，她着急，顶着泡沫就跑出去接。

来电人是谁都不用看了，耳朵上也有泡沫，谷音琪只好按了扩音，直接说："喂喂喂！我在洗澡！"

韩哲松了一口气，他以为谷音琪是生气了才不接他的电话，他解释道："我刚才在家里吃饭，因为一些原因才挂了你的电话，对不起。"

"啊？你道什么歉啊，多大点儿事……"浴室里没有浴霸，干区好冷，谷音琪又躲进去湿区，抹掉泅到眼角的白沫，调侃道，"是什么原因啊？哦，该不会有家族联姻的未婚妻在你旁边吧？"

"……哪来的未婚妻啊，你给我介绍吗？"韩哲叹气时有白烟成型，胸口倒是没刚才那么难受了，至少能呼吸顺畅了。

他继续解释："我家吃饭的时候，不太能说话，有电话打来也不能接。"

谷音琪怔了几秒，她不大能想象那画面，因为在她家，吃饭时总是叽叽喳喳的，刚刚的年夜饭也是，老青少三人一边吃火锅一边讨论春晚，热闹得不行。

她回想着和韩哲一起吃饭的几次，确实，韩哲是吃饭时不爱说话的类型，她以为是家教使然。于是，她问道："那你们家吃饭的时候，是不是也不能看电视啊？"

韩哲答："嗯，是的。"

谷音琪又说："哦，这样啊，我刚才打给你，就是想问问你有没有看春晚，还有年夜饭吃了什么……是不是给你添麻烦了？"

"没有的事。"韩哲想，或许是这一夜太冷，他说话时牙齿也磕磕碰碰，“我们家的情况有些特殊……等、等下次见面，你还想听的话，我……我再告诉你。”

谷音琪抿了抿唇，她的过去是跟韩哲坦白了，但关于韩哲的事，她只知晓一小部分。其实她并不想知道那么多，感觉韩哲在她面前多一分坦诚，两人之间的距离就会多拉近一寸。

可她听出了韩哲微颤的声线，好似没调好弦的吉他，拨弦时有些微小的变调，所以她说不出拒绝的话。

“好啊，等下次见面，你还想说的话，我会认真听的。”她答应下来。

窄小淋浴间里温热的水汽逐渐消散，谷音琪打了一个喷嚏。巧的是，韩哲也因为一阵冷风吹来，也打了个喷嚏。

“你那边冷吗？”

“你那边冷吗？”

两人竟不约而同地发问。

韩哲揉了揉鼻尖，先回答：“是很冷，我只穿了件衬衫就跑出来了。”

谷音琪细声嘟囔道：“那也比我多，哥哥，我光溜溜的呢……”

韩哲马上说：“你赶紧继续洗澡，别着凉了。”

谷音琪却问：“那你呢？还在外面溜达吗？”

韩哲答：“再走一会儿就回去，我今晚在别墅这边睡。”过年期间会有不少人来给韩江海拜年，韩哲得在家里陪着。

谷音琪眨了眨眼，忽然唤了他的名字：“喂，韩哲。”

韩哲顿了顿，说：“……我在听，你说。”

她很少这么认真地喊他的名字，更多的时候，她总喊他“哥哥”“小韩哥哥”，声音又甜又黏，好似熬得黏稠的麦芽糖。

花洒往下滴水，啪嗒一声落在谷音琪的肩膀上。她把手机凑到唇前，小小声说：“我给你个抱抱，抱一下就不冷啦。”说完，自己起了一身鸡皮疙瘩。

这种哄男人的话谷音琪以往没少说，就跟喝水一样轻松，但这次似乎有些什么不同。

寒风依旧，韩哲身体还是冰冷的，但心率慢慢降了下来，牙齿之间也不再碰撞。声音沉稳下来，他说："好，你抱一下我。"

结束通话后韩哲继续往前走，道路两侧的香樟树树冠茂密，树叶冬天不落地，将路灯筛成一地星光。他记得，小时候树冠没现在这么茂密，因为他和父亲从毕宅往家里走，或一群男孩从这儿往毕宅走，路灯都能把他们脚下的影子拉得好长。

他走到毕家，大门同样紧闭。自上次赵宁的游轮单身派对之后，他和毕韦烽就没再见过面，在微信上也没单独聊过天。毕韦烽在群里向来活跃，最近别人叫他，他也就蹦出来说几句话，接着又不见踪影。

到底是多年老友，韩哲拍了张毕宅大门的照片，给毕韦烽发过去，附上一句"新年快乐"。

往回走时他迈的步子较大，步速很快，快走到韩宅时身子已经半暖。隔着一小段距离，韩哲看见有人站在门口左右张望。他脚步稍顿，很快拔腿跑过去，几步就到了韩江海身前，问："外公，你怎么出来了？"老人穿着单薄，韩哲皱眉，"还穿这么少的衣服，赶紧进去。"

这时婵姨拎着一件长大衣小跑出来，气喘吁吁地说："你要去找人也多穿一件外套……哎呀，少爷回来了。"

韩哲接过婵姨手里的大衣，给韩江海披上，说："快穿上。"

韩江海拢了拢大衣衣襟，嘴硬道："我就是吃得太饱，出来散散步。"

韩哲隔着大衣握住老头儿的小臂，带他往屋子里走，说："天太冷了，回屋里走走就好。"

"……那还下不下棋？"韩江海挑起眼角偷瞄他。

韩哲点头道："下。"

韩江海又问："边看春晚边下？"

韩哲答："行。"

"我刚才说话不好听，你别记心上。"老头儿悄悄加码。

韩哲斜瞥他一眼，说："……你刚才说过什么？我忘记了。"

韩江海声音幽幽地道："忘记了？那我重新提醒你一下，刚我让你到江海帮忙，你答应了。"

韩哲："……"

七十岁的老狐狸仍不容小觑，韩哲只说："都说等公司再稳定个三四年，我才考虑去江海。"

韩江海知道他开便利店为了谁，也不勉强，反正集团有其他人给他打工，便松口道："好吧好吧，那今晚你得陪我下棋，一直到春晚结束。"

"行。"

回到温暖大屋，韩哲换鞋，听见韩江海又问他一次："真的没生气？"老头儿越活越回去了，像个做错事的小孩，反复确认他有没有不开心。

韩哲嘴角轻轻扬起，说："真没有。"

他刚才已经被一个"抱抱"给哄好了。

⑩

除夕夜的酒吧照常营业，如今多的是不待在家里看春晚的年轻人，陪家人在家或酒楼吃完年夜饭，就呼朋引伴地到酒吧参加守岁派对。

早在大半个月之前，BOSS 的卡座已经被抢订一空，最低消费是平日的一至三倍不等，搞的噱头也多，重金请来知名 DJ，定时天降红包，还有多位打扮惹眼的"散财童子"，会到每个卡位上陪大家玩游戏，赢的客人能从"财神爷"B 老板那领取一封金额不小的红包。

在吧台占了个位置的毕韦烽很配合今晚的活动策划，身穿红色暗纹唐装，手边搁了一沓红包，看上去就是地主家的好大儿。客人前来讨红包顺便敬酒，他扬手摆头，说自己最近快喝到胃穿孔，医生命令他以茶代酒，请各位多多包涵。

一起长大的发小们除了他，这几年逢年过节都在家里扮乖，唯独韩哲不用扮——因为本来就乖。发红包的空档，毕韦烽点开韩哲发来的照片，他已经很久没回去老别墅，看着紧闭的大门，毕韦烽一时有些出神。

他爸妈老来得子，对他的教育方针就是没有教育方针，放任他野蛮生长，小时候他们一群男孩的“秘密基地”就是他的房间，放学后、节假日、寒暑假，全部人都往他家里跑。

别人玩游戏机，看漫画，吃毕家阿姨现炸的油墩子配冰镇可乐，只有韩哲在角落里安安静静地写作业或看书，仿佛进了无人之境。

一开始，赵宁和另外几人还总想等韩哲把作业写完，他们就能借来抄，谁知韩哲铁面无私，把作业簿和卷子收进书包，说直抄不行，但他们可以现在开始做，如有不懂的地方可以问他，他会再待半小时，半小时后他就要回家了。

小孩子说话不过脑子，有人说他小气，有人说他好无趣，赵宁还想努力把他“带坏”，但没有成功。后来，一群“混世魔王”反而被韩哲同化，放学了先乖乖把作业做完，再去玩游戏看动画。

赵宁他们后来回忆，说韩哲那种严肃、认真有种该死的魔力，让人莫名就想“改邪归正”，看他时时刻刻都那么认真，就会觉得，自己再这么荒废学业，就不好再做人。

那时候每家父母不疼自家儿子，倒是疼韩哲疼得不行，连放任毕韦烽生长的毕父毕母后来都说，要不是有韩哲跟在他们身边，这群“混世魔王”不知要再惹多少祸出来。

长大以后的世界很精彩，可惜，精彩过头了。他们能掌握在手中的东西越来越多，与此同时也有很多东西会从指缝中悄然无息地漏光。例如游戏机，例如油墩子，例如天真，例如原则。

随着年龄增长，大家的人际圈也在扩大，总有不熟悉韩哲的人私底下问毕韦烽，为什么会和他这么严肃的人做这么多年的朋友。毕韦烽会说，因为他是一个很值得做一辈子朋友的朋友。

上次游轮派对之后，赵宁找他私聊，问他究竟发生了什么事，是不是跟韩哲在争同一个女人。毕韦烽笑得快岔气，骂他是不是陪小女友看太多霸道总裁式甜宠剧了，还是兄弟相争的那种。

和韩哲争同一人？毕韦烽没觉得自己是这样的。他觉得自己不过是因为谷音琪曾经救过他一命，对她多少上了点儿心。

当时毕韦烽听了三个渔民的描述，以为“救命恩人”是来岛上玩的游客，叫助理留了每一家民宿的联系方式，让对方留意一下有没有和描述相符的年轻女性旅客，有的话请第一时间联系。但等了这么久，毕韦烽还是没等到岛那边传来消息。

谁知道，踏破铁鞋无觅处，得来全不费工夫。他把谷音琪的家事查得一清二楚：渔船爆炸，父母双亡，赔偿伤者，变卖家产，最终成了如今的样子……

真的就像韩哲说的那样，毕韦烽也觉得，晚了，真的太晚了。

毕韦烽最近总会突然走神，脑子里想的是，如果当时他找人的范围再扩大一些，往岛另一边的渔村也找一下，甚至说，他把整个岛都找一遍，是不是就能找到谷音琪了？

如果找到了，他也给这位“救命恩人”一张银行卡，后来她家出事的时候，是不是就不会那么拮据了？是不是谷音琪就不用活得像今天这么艰难了？

毕韦烽没跟赵宁提起谷音琪的事，只是一口否定了赵宁的说法。可赵宁早已不是八九岁小孩，意有所指地提醒毕韦烽，平时在外面爱怎么玩是一回事，但要切记，对上自家兄弟，有些规矩不能坏。

气得毕韦烽差点儿一瓶威士忌直接砸他身上，瞧瞧，这小孩儿被韩哲教得多“懂事”？！

沙沙沙——干冰烟雾又一次喷出，毕韦烽的回忆逐渐被漫天飘洒的红包掩埋。他回过神，面前几个争着领红包的小年轻竟吵了起来，嚷嚷着什么“懂不懂先来后到的规矩”。

先来后到？毕韦烽不禁想，他和韩哲这个情况，算是谁先谁后？很快他又骂自己脑子坏掉了，想这些有的没的干吗？

他毕韦烽不爱欠人人情，一直以来信奉的原则是能用钱解决的事就用钱解决。等过完年，他就让助理把那张迟了几年的银行卡送去给谷音琪，这样他们之间就再无拖无欠。

大年初三的鹭城机场人头攒动，有人在到达出口的等候区处翘首以盼。独自拉着登机箱走出来的小哥哥肩宽腿长，西装革履的精英模样与周围或出游或探亲的陌生人区别十分大。

谷音琪知道自己的一双眼这时已经装上了滤镜，就算那西装是永恒的黑裹着白，她都觉得韩哲身上闪闪发光。

没办法，从除夕那晚的那个隔空“抱抱”之后，他们的关系明显有了些变化。

她想了想，可能是因为韩哲不用上班，所以给她打电话发信息的时间明显多了不少；也可能是谷音琪假期太闲了，动不动就摸起手机给韩哲发信息，问他在干吗，家里是不是又来客人了。

大年初一的半夜，身后阿嬷正打着呼噜，谷音琪躲在被窝里和韩哲聊天，两人聊了很久，终于可以安心睡下，快入眠时韩哲发来订机票的截图，说他大年初三来鹭城。

可惜拉登机箱的这位小哥哥一直低头敲打手机，谷音琪背着手，隔着一小段距离走在韩哲身后，不喊他，就想看看他到什么时候才会发现她的存在。

下一秒，她的手机铃声响起，还没看是谁来电，韩哲已经转过头来。唉，惊喜又一次告吹。

“飞机起飞前你还跟我说过什么？”韩哲扬扬手中还在拨号的手机，开始算账，“哦，你说白天要陪家人，晚上才能抽空来酒店找我，让我自己在市区逛逛？”

穿平底帆布鞋的谷音琪比他矮一些，她踮脚，韩哲也十分配合地弯下腰，她凑在他耳边小声讲：“我是故意的，你等一下不要打太大力哦。”

还是那间酒店，一样的海景套房——谷音琪其实问过韩哲这次要住酒店还是住她那间单身公寓，倒不是替“大老板”心疼钱，她单纯觉得她的公寓不比五星级酒店差到哪里去，但韩哲还是选了住酒店。

这是很小的一件事，谷音琪没往心里去。

半个月没见面的两人心情都有些急切，谷音琪从韩哲衣领处解开的领带这次有了另外的任务，她的双手被反剪在背后，禁锢住她的就是那条黑色领带。她试着挣脱，发现韩哲给她绑的不是普通的绳结，越想解开，领带系得越紧。

这下她真的是被网捕住，被线扯住，动弹不得，任人鱼肉。

良久，韩哲才把她手上的领带解开，手腕上泛着淡淡红痕，惹得他眼热。他轻揉着那道红痕，问道："这样会不舒服吗？手会痛吗？"

谷音琪累得趴在床上不愿意动，只动了动手指，声音从枕头处传来："不痛。"

韩哲披了浴袍去门外取酒店的欢迎礼，和往常一样，有欢迎水果和红酒，外加暖心的手写卡片，但小西点今日换了另外一样甜点。

韩哲拿着那小方盒走回床边，问还趴着的谷音琪："酒店有送巧克力，要吃吗？"

谷音琪需要补充体力，动了动身体说要吃。

巧克力喂到她的嘴边，竟是心形的。她张嘴咬住，边嚼边夸赞："好吃。"

"那都给你。"韩哲把小盒子放到床上。

谷音琪取过来一看，包装盒上面竟印着金色字样的"LOVE"，她才记起，今天原来也是情人节。

韩哲把他们的衣物一件件整理好时，谷音琪裹着浴巾从浴室走出来，刚吹干的长发蓬松，空气里飘荡的沐浴露香气和他身上的一样，把两人调到了同一频道上。

"你闻闻，还有味吗？"谷音琪捻起一束发尾凑到韩哲鼻前。

韩哲摇头道："没味道了。"

谷音琪当着他的面把大红内裤穿上，再套上文胸，背部向着他，说："哥哥帮我扣扣子。"

韩哲替她扣好背扣，问："是新买的内衣？"

谷音琪回头，眼神讶异："你怎么知道？"

韩哲答："看得出来没怎么下过水。"

谷音琪笑道："嘿嘿，我是为了本命年买的，今年两套大红色轮流穿，驱灾辟邪。”

“迷信。”韩哲拍拍她的腰，示意已经扣好了。

“才不是，阿嫲说犯太岁一定要穿红底裤的，我不求飞黄腾达，只求今年能平安健康就好。”谷音琪转身，一双杏眸眨巴眨巴，“好看吗？大红色会不会特别艳俗？”

“不会，很好看。”韩哲老实回答，并把她的帽衫递给她。

谷音琪边穿边问：“我们等下去什么餐厅吃饭啊？你也不提前告诉我，有着装要求吗？”洗澡的时候韩哲才告诉她，今晚预定了一家西餐厅吃饭。

韩哲说：“没有着装要求。”

“但你穿得好正式，你看我，穿得跟个学生一样。”谷音琪噘了噘嘴。

韩哲却道：“像学生不好吗？再说，你本来就是学生。”

谷音琪顿了顿。

刚才绑过谷音琪的领带起皱了，韩哲重新取了一条，正想自己系上，谷音琪伸手到他面前，问：“我给你系上？”

韩哲把领带交给她，说：“好。”

谷音琪认真给他打了个基础的领带结，说：“我不会那些很复杂的。”

韩哲低声道：“你做你会的就好。”

但最后出门前谷音琪还是把他的领带解了，因为她觉得在全身镜里同框的两人穿衣风格截然不同，看上去好像精英爸爸领着女儿。

许多情侣出来过节，路上车水马龙。谷音琪探头从车前玻璃望出去，猩红车灯明明灭灭，她收回视线，心里期盼出租车最好堵死在路上，这样餐厅就可能会因为他们迟到，把位置给了别人。

今晚去西餐厅正经地吃一顿饭，是正经情侣之间才会做的事。等会儿如果餐厅搞一些节日限定活动，例如说要给两人拍拍立得留下什么美好回忆之类的，她应该接受还是拒绝？

嗯，还是要拒绝的吧，她和韩哲又不算是正经情侣。

韩哲瞥见她把包带快绕成麻花，微微倾身，问：“你不舒服？”

谷音琪故作镇定道："我？我没有不舒服呀。"

韩哲说："看你好像很紧张。"

谷音琪扯了扯嘴角，说："没有没有，就是一直塞车，我在想要是迟到了餐厅还会不会给我们留位。"

"没事的，那是家私房餐厅，没有规定今晚的用餐时间……"

韩哲还没说完，电话响起，是餐厅打来的，语气忐忑地跟他道歉，说他们那一片区突然停电，且不知何时能恢复，目前餐厅无法营业，还望海涵。

安排好的计划被打乱，让韩哲眉心逐渐皱起，语气也难得强硬起来："你们店难道没有提前准备后备方案吗？"

"对……对不起，是我们的疏忽，之前没发生过这种事情……"

餐厅表示，如果客人愿意的话，依然可以来店里等候，说不定再过一会儿就会忽然来电，又或者客人可以先在附近没被停电波及到的商场逛一逛，等来电了他们会在第一时间通知客人。

韩哲侧过脸，让他看见悄悄吁了一口气的女孩。手机的声音有些外扩，谷音琪大致听到了韩哲与餐厅的对话。韩哲遮住手机话筒，问她要去店里等还是先去别的地方逛一逛。

两人都饿了，洗澡的时候肚子就在咕噜咕噜叫，谷音琪朝他摇摇头做了个"不等了"的嘴型，然后对司机说："阿叔，过了这个十字路口靠边停就好。"

韩哲取消了预订，餐厅边道歉边给出赔偿方案，说下次客人来餐厅用餐时可享一定折扣的优惠。

出租车过了红绿灯便停在路边，两人下车，韩哲问她："这附近有你想吃的餐厅？"

"还记得之前我说过要请你吃鸭肉粥吗？"谷音琪指着前面不远处，街边的霓虹灯如星碎，落进她黑黝黝的眼仁里，"往那条小路拐进去，有一家鸭肉粥很好吃。"

鸭肉粥店是通宵营业的，这里离 Space 很近，她在氛围组干活儿的时候，下班会和其他姑娘过来喝碗粥，喝酒喝多了，一碗热粥能让胃舒服许多。

韩哲还是西装笔挺，看上去和飘着卤水香气的鸭肉粥店有些格格不入。

像是怕喂不饱他，谷音琪要了半只番鸭——韩哲都不知道鸭肉粥店能像烧腊店那样点整只卤水鸭，薄薄的鸭皮被卤得颜色十分漂亮，汁水从被斩开的嫩肉里淌了出来。粥里有鸭杂，还有一些海鲜，谷音琪还要了两条炸油条。

“你想喝什么茶水饮料？我去隔壁买。”谷音琪主动请缨，隔壁就有家左邻。

韩哲却说：“我去买吧。”

“我去我去，”谷音琪已经站起身，“买纯茶还是矿泉水？”

“矿泉水吧。”韩哲答。

谷音琪带回来一瓶矿泉水和一瓶白桃气泡水。

“话说，你怎么会想要开便利店的？”刚舀起来的粥水滚烫，谷音琪把发丝拨到耳后，嘟着嘴冲着勺子吹气。

韩哲挑眉道：“我不能开便利店吗？”

“不是啦，我就是觉得，便利店这种生意好接地气，和你的气质……唔，不太相符？”谷音琪斟酌着用词。

“这其实是我父亲的心愿。”他想了想，继续说，“不，认真来说，我父亲以前的心愿其实是想要开一家小卖部。”

小店的桌面略显油腻，韩哲没有嫌弃，西装袖子蹭过桌面，手拎勺子，在飘着白烟的纸碗里缓慢搅着圈。鸭肉粥店老板娘嗓门很大，问着客人要吃什么，韩哲恍惚间觉得回到好多年前，和父亲在弄堂里吃一碗馄饨的那个时候。

谷音琪说：“哦？那你爸爸的心愿还蛮朴实的耶。”

韩哲点点头，道：“嗯，他说小的时候很羡慕在弄堂口开小卖部的邻居，最大的心愿就是自己长大了也能开一家。”

“那后来他开了吗？”谷音琪又问。

韩哲摇头道：“他大学毕业后就成了我外公的助理，再后来又和我母亲有了感情，他是入赘进韩家的。”

谷音琪直直咽下一口粥，虽然小说和电视剧看得多，但现实中她还是第一次听到入赘这个词。而韩哲接下来说的话，更是让她胸口骤烫，仿佛刚才咽入喉的不是软糯香粥，而是一大块烧得发红的烙铁。

韩哲的声音淡淡的："我父亲六年前去世了，车祸。"

当年夏天，澳洲放寒假，他临时起意想要回国，父亲坐司机的车来机场接机，高速公路上和另外一车碰撞，车子瞬间自燃，父亲和司机没能逃出火海。

韩哲说："所以那天在海边，你提起你父亲去世时的样子，我也想起了我父亲。"

谷音琪已经静静地放下了勺子。

谷父去世时被烧得面目焦黑，韩父也是。韩哲下了飞机，一出海关就接到韩江海的电话，噩耗传来，他膝盖一软，直接跪在地上。

"后来我总在想，要是那次我按原本的计划留在澳洲，父亲是不是就不会出事？"察觉到对面的姑娘抿紧了嘴唇，韩哲浅浅一笑，"抱歉，不应该在这时候讲这种沉重的话题，快吃吧，粥会凉。"

谷音琪默了一会儿，拿起筷子，轻声道："除夕那晚我说过，只要你想说，我就会认真听。"她把盘子里的大鸭腿夹进韩哲碗里，"你的感受我超级能明白，但陷在回忆里很痛苦的，你得继续往前走。"

韩哲垂眸看着沉进碗里的鸭腿，轻轻颔首，答应道："嗯，我知道了。"

吃完鸭肉粥，韩哲提议慢慢散步回酒店，谷音琪答应了。于是，她在到达第一个十字路口前知道了韩哲母亲生病的事，到第二个十字路口则知道了除夕那晚韩家晚餐时的事。

谷音琪慌忙道歉："抱歉抱歉，我那晚不应该突然给你打……"

韩哲摇头，阻止她继续说："不要这么说，你那晚打电话来，我很开心。"

第四章

❶

闹市的路口人来人往，谷音琪低着头过马路，只觉得斑马线上的灰影，好似一只只被困在牢笼里的鸟儿。

迎面走来低头看手机的路人她也没留意，韩哲蓦地伸手揽住出神的姑娘，无须用太多力气，就把她带到身旁。他轻轻拍了拍谷音琪的手臂，说："在想什么呢？魂都跑丢了。都说了，就算没有你的那通电话，那晚也可能会有别的情况发生。"

韩哲发现，那些好似重石压在心头上的事情，并没想象中那么难说出口。走过马路，他也没收回手，手掌往下，虚虚搭在谷音琪腰后。

谷音琪突然抬起头，开口问："阿姨的病我现在还不太了解，但听你这么讲，你们家过年是不是就不能吃火锅啦？"

她一时没有反应过来，两人这时的距离其实靠得好近，就和今晚出来过节的情侣一样近。近到她只要踮踮脚，就能吻上男人的下巴。

韩哲怔愣片刻，因为从未有人问过他这个问题。他沉声回答："嗯，不止过年，平时也没有。"

常人喜欢火锅是喜欢它的轻松自如和随心所欲，可这些在韩白萱眼中都是破坏秩序的怪物。

谷音琪有些懊恼，觉得今晚带他去吃鸭肉粥实属草率了，说道："早知道今晚带你去吃火锅……"

韩哲安慰她道："鸭肉粥也好吃的。"

"那不一样，过年就是要热气腾腾才行。"谷音琪很坚持。

"鸭肉粥也很烫嘴，还不够热气腾腾吗？"韩哲疑惑地看向她。

"哎呀，就是不一样！"谷音琪不知道自己在焦急什么，右手绕到他身后，扯了扯他的西装外套，"明天我们就去吃火锅，好不好？"

韩哲低声笑了笑，道：“行。”

谷音琪忙问：“你喜欢吃哪一种的？辣辣的，还是牛肉锅那种？”

韩哲只说：“你选你喜欢的，我都可以。”

谷音琪的心还是好乱，一下一下跳得失序。她每天都要看一遍韩哲给她打过来的那笔钱，用此来提醒自己，可这依然无法阻止，她打从心里想对他好。

喜欢就是喜欢，她就是喜欢上韩哲了，能怎么办嘛？

前方的商场似乎有情人节活动，远远就有好听的爵士乐传来，人流也越来越多。韩哲收紧手，把谷音琪小心护在身旁，但他还是察觉到，她的情绪有些低落。

他索性把她带到一家便利店门口，两人面对面地站着，韩哲抬起她的脸，借着便利店的明亮灯光，他发现谷音琪红了眼眶，皱眉问她：“你怎么了？”

“我……我……”谷音琪有些结巴，咬了一下唇肉，哽咽道，“我就是心疼你没能好好吃上年夜饭……”

她撒了谎，但是没察觉出来的韩哲当真了。他的心脏瞬间塌软得厉害，好像快成了小孩子玩的橡皮泥，任由谷音琪把它捏成什么形状。

韩哲的拇指指腹轻揉着谷音琪的眼角，哑声问：“谷音琪，你冷吗？”

谷音琪微愣，然后摇头道：“我不冷啊。”

鹭城春节就回暖了，夜晚无风，走这么一会儿她都觉得有些出汗了。

“但我有点儿冷。”话说出口，韩哲觉得耳朵发烫。

谷音琪瞬间明白了，抿了抿嘴，鼻尖皱巴巴，张开双手抱住了韩哲的腰，声音埋在他胸口，就好像一团蓄满水的棉花：“那我抱抱你……”

韩哲深喘一口气，回抱住她，暖意源源不绝，从胸腔开始往四肢百骸传递。

他的唇贴在女孩散着淡淡果香的发顶，声音很低：“谷音琪，明年的情人节，还一起过，好不好？”

韩哲的问题，谷音琪没说好，也没说不好。她闷在他怀里，模棱两可地说：“哎呀，顺其自然啦。”

韩哲没再追问，她也不再提起，把这个插曲当成是韩哲的一时心血来潮。

不过，隔天中午韩哲去办退房手续时，谷音琪在一旁给元莉发消息：姐，我想提前辞职啦。

元莉很快回复：怎么这么突然？？

谷音琪没有跟元莉说韩哲的事，发了个“好累呀”的表情包，再说：我接下来半年要忙毕业的事，然后我奶奶最近身体不太好，我想多陪陪她。

元莉：奶奶怎么了？

谷音琪如实回答了情况。

元莉：那你那点儿积蓄够用吗？需要帮忙就告诉我一声，别藏着掖着，知道吗？

谷音琪是不可能和元莉借钱的，她怕极了欠债这件事，但她很感激元莉有这份心意，给对方连续发了好几个“感恩的心”的表情包。

火锅店内热气腾腾，许多客人脱了外套，只穿短袖也吃出满头大汗，连韩哲都把衬衫袖子一截截整齐挽起。

谷音琪格外积极，不停地给韩哲碗里夹涮好的牛肉，问：“过完年后你应该要忙上一段时间吧？”

“嗯，有几个新项目都要启动。你什么时候开学？”韩哲也问她。

谷音琪说：“下周周日报到。”

涮得正好的牛肉在沙茶碟里轻轻沾了一下，韩哲说：“那周末我能走得开的话就过来。”

谷音琪被牛肉丸里的肉汁烫了舌，张开嘴喘了两下粗气，才应了一声“好哦”。

韩哲问：“最后一个学期，主要是要忙论文？”

谷音琪应道：“嗯。”

韩哲又问："不考虑继续读？"

"不了，"谷音琪摇头，声音模糊，"不过等以后生活稳定下来，又有点儿闲钱的话，我会再去进修一些其他课程。"

"例如？"韩哲挑眉。

谷音琪答："花艺方面的。"

果然是花艺，韩哲的心里早有猜测。他还想问谷音琪说的"生活稳定"是什么样子，而手机却在这时候响起。

看清是毕韦烽来电，韩哲微怔，往日这个点，毕韦烽还在睡觉。他起身对谷音琪说："我出去接个电话，你先吃。"

"好。"

韩哲走出店外接起电话："喂。"

这时的毕韦烽还躺在床上，他有点儿起床气，语气不大耐烦："你在家？"

韩哲答："没有，我不在沪市。"

"……哦，在鹭城？"毕韦烽猜测。

韩哲大方承认："嗯，正在吃饭，下午的飞机回去。"

毕韦烽沉默片刻才开口："吃饭是和她一起？"

韩哲诚实回答："对，在吃牛肉火锅。"

毕韦烽闭上眼深深呼吸，倏地翻身坐起，他沉声道："那正好，你跟她说一下，赶紧把那个阿超的微信删了。"

韩哲皱眉："阿超？那个经纪人？"

"对，他出事了。你之前有转账给他吗？虽然受牵连的概率不高，但还是保险一点儿，删了吧。"毕韦烽挠了一把乱糟糟的头发，掀被下床，边走边踢开掉一地的衣服，"我是用小号加的他，也已经删了。"

韩哲敏锐地抓住话里的重点，问他："毕韦烽，你之前有转过账给阿超？"

被韩哲喊了全名的毕韦烽差点儿让口水噎住，许是有些心虚，音量骤然增大："我转钱给他？我……我转给他干吗？！"

忽然之间，韩哲想到那次游艇上，毕韦烽最后说的那句"找到了”。他微微眯起眼睛，转过身，背倚着商场玻璃栏杆，视线穿过火锅店覆上薄薄白雾的玻璃，很快找到了谷音琪的身影。

毕韦烽和阿超联系过，韩哲几乎可以肯定，所以他是有找过谷音琪吗？

韩哲压下胸腔里翻涌起的酸意，没再继续追问，冷声问："那个阿超出什么事了？"

毕韦烽点了支烟，重重吸了两口，让尼古丁裹住烦躁一起吐出，才说："他死了。"

火锅里的土豆已经煮得软烂，谷音琪捞了一块放韩哲碗里，再给自己捞了一块，正鼓着腮吹凉时，韩哲回来了。她咬了一口土豆，提醒韩哲："土豆有点儿烫哦，你吃的时候小心。"

韩哲点了点头，但没拿起筷子，他问："你最近有跟林超联系过吗？"

咽下土豆时谷音琪才反应过来"林超"是谁，她有些疑惑，但还是摇了摇头回答："没有，有小半个月没联系过了，怎么突然提起他？有什么事吗？"

韩哲抿了抿唇，压低声音："他去世了。"

谷音琪愣住，嘴巴张大，眼睛眨得慌乱，好一会儿才找回声音："这是……这是怎么一回事？"

韩哲给她面前空了的玻璃杯斟上雪碧，将刚才毕韦烽告知的那段话给她复述一遍。准确来说，阿超半个多月前已经出事了，一个客户在和他手下的姑娘合作时出了意外，人没了。

谷音琪突然打断他："死掉那个人是不是……是不是姓陈？"

韩哲顿了几秒，点了点头，道："嗯，姓陈。"

谷音琪两道眉毛皱得快能打结，她早已放下筷子，藏在桌下的十指交缠成藤蔓。她颔首道："我就知道迟早会出事，你继续说吧，然后呢？阿超怎么就死了？"

后面发生的事毕韦烽几句话带过，就说阿超在警方找上门时爬出窗想逃，许是脚滑还是怎么的，反正从六楼摔了下来，人救不回来了——就是昨晚半夜发生的事。

心七上八下的，谷音琪思绪混乱，她点开微信，一眼就看到阿超的名字。因为刚才韩哲出去打电话的时候，她还在编辑着消息，想跟阿超说，自己不做这份兼职了。

如今消息栏那里挂着“草稿”二字，大红色的，和血一样。她问道：“是谁跟你说阿超这件事的啊？”

韩哲如实回答：“我之前想找你，找朋友问过林超的联系方式，不过后来没派上用场。”

谷音琪蓦地抬头问道：“朋友……是BOSS的毕老板吗？上次在酒吧打架的那位。”

面前一锅沸腾的汤水咕噜作响，韩哲默了几秒，侧过身把电磁炉的档位调到最低。等汤面稍微平静下来，他才把话问出口：“对，你认识他吗？”

谷音琪觉得这时韩哲的眼仁好黑，黑得让她看不透。但她和毕韦烽只是见了那一面，所以没什么不能说出口的事。

“也不算认识，就是左邻阿姨倒地的那一晚，他来鹭城，通过阿超找过我。现在听你这么说，我也总算明白他为什么来找我了，可能怕我不是好人，担心你受骗吧？”谷音琪隐瞒了一小部分细节，继续小声交代道，“我和他没说……没说什么不该说的，嗯，我说真的，没骗你。”

韩哲心里的一块大石落了地，他喘了口气，才说：“他有对你说什么不礼貌的话吗？我替他跟你道歉。”

谷音琪忙道：“没有没有，他没说什么难听的话，你知道我和他之间没什么就好。”

她的表情和话语都不自觉地带上一丁点小心翼翼，就是这么小的变化，让韩哲一颗心再次悬了起来。他拿起杯子喝了口茶水，才应她：“嗯，我知道了。”

这一次他不想知道完整的答案了，就算谷音琪是骗他的，也无所谓了。

汤水再次沸腾起来，一盘肥瘦分明的牛肉在筛勺里逐渐变色。

谷音琪一直低头划着手机，表情凝重，韩哲屈起指节，敲了敲桌面，说："你先别紧张，毕竟这件事也与你无关。"

谷音琪把最后一段聊天记录也截图保存好，删了阿超的微信，才说："可是我……"

她说不下去了，有什么又臭又酸的东西塞住了她的喉咙。

韩哲明白谷音琪的意思，她担心会查到她身上，就算这件事和她无关，也说不准会不会惹上一些麻烦。她还在读书，就快毕业了，家里老人不知道她真正在做什么兼职……她每一步其实都走得很谨慎，如履薄冰，完全不像她面上表露出来那样无所谓。

"放心吧。"他夹起几块牛肉，全放进谷音琪碗里，做出承诺，"既然说过要拉你起来，我就不会半路松了手。"

蒸腾而起的水汽入了眼，谷音琪眼眶湿润，"嗯"了一声，低下头去吃碗里的牛肉。

从父母逝世之后，谷音琪不信童话，不信言情小说，不信别人的花言巧语，她只信她自己。可真遇上了对的人，她发现自己依然是一个等着谁来给她讲睡前故事，然后拍着被子哄她入睡的小孩子。

机场比起昨天更多人了，情侣相拥道别，父母送走游子，出发大厅每一处都上演着离别。

韩哲松开行李箱的拉杆，捧起谷音琪的脸，吻落在她的唇上，很轻，像一根轻飘飘的羽毛擦过平静湖面。可荡开的涟漪一圈又一圈，直达谷音琪心脏，她伸手勾住韩哲的脖子，拉他弯下了腰，加重了这个吻。

旁人的口哨声打断了将近半分钟的吻，韩哲的耳朵都红了，当下满脑子都是"把机票改签""再多留一晚"的念头。

谷音琪的脸也很烫，仿佛知道韩哲在想什么，她拍拍他的腰，提醒道："你要回去上班了，好好工作，这样周末才不用加班哦。"

韩哲缓了缓气息，点头道："好，那我进去了。"

谷音琪朝他摆手，道："嗯嗯，一路平安。"

大年初六，元莉回来了，她还是没能劝说她母亲离开，一个人回了鹭城。

当晚她约了谷音琪到她家喝酒，只有她们两人的局。元莉以前在社会上摸爬滚打时，自称“千杯不醉”，谷音琪也没见她喝醉过，可这一晚，元莉喝得面红耳赤，吐了两三次。

被姐妹背叛时元莉没哭哭啼啼，上次在酒吧让人羞辱时也能昂首挺胸，但这一晚的元莉哭得像个小孩。

纸终是包不住火，元莉如今的工作不知怎么就在村里传了个遍，那里的人思想更保守些，添油加醋之后的谣言满天飞，胡乱编排着元莉在南方的生活。继父一边花着元莉寄给元母的钱，一边又嫌元莉的名声差，迁怒在她母亲身上。

最让元莉伤心的是元母的态度。她一心想拉母亲起来，母亲却甩开她的手，叫她没事就不要再回村里了，别人看见她，又会有风言风语，只会更惹怒那个男人。

元莉哭着骂自己好傻，都被嫌弃成这样了，临走时还是硬塞了一个红包给母亲。

谷音琪一直安安静静地做元莉的树洞，直到元莉哭累了，话都说不清楚，谷音琪才扛着她去卧室。拿热毛巾给元莉擦脸上的口水、眼泪时，谷音琪听见她在细声啜泣。

“琪，我回去那天下了雪……

“来了南方后，我就没再见过雪了……好多、好多好多年了……

“医院旁边有一片空地，我见有些小娃娃在那儿堆雪人，就也去堆了一个。以前我堆的雪人可好看了，脑袋瓜子又大又圆……

“离开的那天出太阳了，经过空地，我那个雪人早就融化了，被踩得好脏好脏……

“回不去了，琪，我回不去了……”

谷音琪等到她睡得踏实了才离开卧室，去浴室把毛巾搓洗干净时，才从镜子里看见自己的眼眶有多红。

❷

大年初七，之前群里讨论阿超的热度慢慢降下去，又有了更新的话题。谷音琪想了想，这说不定是佛祖还是妈祖娘娘的旨意，提醒她阿弥陀佛，及时止损。

御景的那套公寓正好还有一个月就到期，她如果不再做这份兼职，那公寓就无须续租了，她可以回奶奶那儿住，也可以回学校宿舍里住。

吃过午饭，谷音琪回了一趟公寓，打算趁着有空，先整理一下东西。过年前她有抽空过来打扫卫生，所以屋里还挺干净，她开窗透气，走进卧室想先整理衣柜，一打开，一眼便看见挂着的男士西装。那是冯蝶出事那晚，韩哲借她穿的那一件外套，从干洗店拿回来之后，就一直挂在衣柜里，还没还给他。

谷音琪整理出一些衣服，装满两个帆布大号购物袋，还有部分较旧的衣服也挑拣出来，准备之后一起送回收。这时她接到了姑姑打来的电话，纪莹也要开学了，谷丽让她帮忙安排一下纪莹回家的事，她应承下来。

“啊，还有，琪啊，我想……”谷丽有些吞吐，谷音琪等了一会儿才听到她说，“我想让阿嫲搬回岛上住，你看可不可以？”

“啊？”谷音琪拧眉，声音沉了下来，“怎么突然要阿嫲回去？”

谷丽说：“你不是说阿嫲有那个什么……什么障碍？”

“……认知障碍啦。”谷音琪提醒她。

“对，对。”谷丽叹了口气，继续说，“哎，那个是我妈，我也想多照顾照顾她。而且你接下来要忙毕业的事，没那么多时间能陪着阿嫲吧？”

谷音琪咬了咬唇，没考虑太久，直接拒绝道：“我不同意。”她踱步到客厅，语气有些强硬，“姑姑，你难道忘了为什么我把阿嫲带在身边？阿嫲年纪那么大了，受不得委屈。”

电话那边安静了片刻，谷音琪回想起当初，心里还是一阵刺痛。

父母出事之后，沈大妹没地方住，谷丽把老人接回家暂住，谷音琪那时忙着学业和打各种工还债，分身乏术，以为阿嫲住在自己女儿家应该不会有太大问题，直到纪莹发信息来跟她讲，阿嫲情绪不大对劲，她才急忙回岛。

再见到沈大妹时，谷音琪心都碎了，老太太不知何时已是一头白发，眼神畏畏缩缩，不再开朗。

谷音琪把纪莹拉到一旁，再三追问，纪莹才支支吾吾地说，前些天弟弟对阿嬷说了几句不太好听的话，大概是老不死之类的。纪莹训斥了弟弟，弟弟跑去跟爸爸告状，纪莹反倒被骂了一顿。

谷音琪气得发抖，想拿藤条去帮姑姑教儿子，被阿嬷拦下，神情落寞地说算了算了，童言无忌。

“我知道的，上次你阿嬷在这边住得不开心……”谷丽平时说话时嗓门很大，这时倒是温柔了不少，“上次去你那儿，我也跟阿嬷提起过，问她还想不想回来住，我可以在阿莹学校旁边租一套房子，让阿莹陪她一起住，阿嬷说她会考虑一下……”

谷音琪的喉咙猛地哽住，阿嬷没跟她提起这件事。她有些烦躁地说：“阿嬷这个病是要定期去看医生的，不能说回去就回去，这事再说吧，我现在在忙，等我回去问了阿嬷，再给你答复。”

谷丽便说：“行，你和阿嬷好好谈一谈，我看她老人家是挺想家的。”

谷音琪冷笑一声，家？她们哪里还有家？

挂了电话，谷音琪在客厅呆呆地坐了一会儿，等到天色渐暗，她才起身，拎着两袋衣物走向电梯间。其中一台电梯正缓慢关上门，她下意识地喊了一声：“麻烦等一下！”

电梯门重新打开，谷音琪快步走进轿厢，道：“谢……呃……”轿厢里按着开门按钮的男人，正是那个小姐姐的男友，并且只有他一人。

何成言也愣了愣，很快神情恢复正常，轻呵一声，说：“好巧。”

背后电梯门已经开始关闭，谷音琪没法后退，只能稳住心跳，冷着脸，径直走到离男人最远的那个角落。她瞥了一眼楼层按钮，男人要去车库，而她要去一楼。

何成言倒是主动，见她双手都拿着东西，问：“到一楼吗？”

“嗯。”谷音琪放下手中两个袋子，摸出帽衫兜里的手机，不管三七二十一，先把录音功能打开了。

何成言借着门上的镜面，不动声色地打量谷音琪。

她没化妆，穿得像个大学生，帽衫牛仔裤，拎的是帆布购物袋而不是名牌包，脚上穿的也不是什么炒到天价的球鞋，怎么看都不像是只“金丝雀”的样子啊。

他试探道：“话说，好长一段时间没有见过你了，最近没在这边住？”

谷音琪默不作声，撩起眼帘在电梯门里白了他一眼，继续低头看手机。

何成言得不到回应，莫名有些火大，干脆下了剂“猛药”，说：“我之前在公寓门口看见有一个男人送你上车，你说巧不巧，那男人我认识，姓韩，韩先生，对吧？”

有一丝寒意从背脊往上攀，谷音琪再次抬眸，两人的视线在电梯镜面上相撞。男人的眼睛狭长，眼尾向上扬，不知是他本来就长这样，还是映在镜面里有些扭曲，谷音琪恍惚间觉得他好像一只奸险狡猾的狐狸。

她终于开口，声音极低：“你想干吗？”

“我？我没想干吗，就是觉得太巧了。”何成言不屑地嗤笑一声，“应该说，我和韩先生未免也太有缘分了。”

谷音琪不解，皱起眉心，这时电梯到了十一楼，缓慢停住。电梯门打开的过程中两人都没说话，门外没人，可能是已经坐另一台电梯下楼了。

等电梯门快阖上的时候，何成言再开口：“更巧的是，前几天在机场……”他刻意停顿，见谷音琪表情明显僵硬，才继续说，“看见你和韩先生，哇……”

大年初四那天，他送客户去机场，准备离开时听见背后有人吹了声口哨，还有小女生小声说“那对情侣好恩爱啊”之类的话。

他回过头看了一眼，谁知，这一眼竟让他认出两个“熟人”。这姓韩的老古板居然在这样的公共场合里和女人这么热吻？以前是谁跟他吐苦水，说自己的男朋友无趣又正经的？简直判若两人嘛。

男人说话说一半，语气又阴阳怪气的，谷音琪本来心情就没多好，这会儿也有了火气。

她学他呵了一声，说：“我和韩先生正在交往，亲个嘴有什么问题？我才要问问你和韩先生是什么关系，如果你认识他，为什么那天不上前打招呼呢？”

这“阴阳怪”字里行间夹枪带棍的，谷音琪笃定他肯定和韩哲没多友好，干脆夸大了两人之间的关系。

没想到男人竟竖起大拇指给她比了个赞，说：“你真挺厉害啊，能让那么严肃的一个男人，在大庭广众之下跟你那么亲密。他是什么时候跟你交往的？该不会他和前女友分手前其实就已经劈腿了吧？哇，真没想到韩公子表面又冷又酷，私底下玩得这么刺激，同一楼层啊……”

“等等！你到底在说什么啊？”谷音琪打断男人的胡乱编排，每个字都铿锵有力，“韩先生和女朋友分手后我才认识他的，不存在你说的什么劈腿好吧！”

怒火攻心让她没能及时抓住男人话中的某些字眼，她大声质问：“你到底想干吗？和韩哲什么关系？”

电梯已经快到一楼。

“我也说不清我们什么关系，我现在的女朋友是他的前女友。”何成言微转过头，斜斜看着她，“你说，我们这叫什么关系？”

叮，电梯到了。电梯门缓缓打开的同时，何成言低声道：“不过韩公子还是挺会玩，前女友和现交往对象住在同一楼层……”

有几个字被他故意加重了语气，他扯了扯嘴角，说：“该不会是玩报复吧？”

…………

砰！司机被好大一声关门声吓了一跳，从后视镜里瞅见女乘客一脸不悦，不敢多话，和她确认了手机尾号，便踩下油门赶紧开车。

谷音琪把两袋衣物推到一旁，取出耳机戴上，将刚才的录音重听了一次。

韩哲求婚未遂的前女友竟然就是那位小姐姐……把关系捋清的谷音琪一开始难免有些震惊，这城市说大不大说小不小，怎么会这么巧？怪不得韩哲来鹭城时，她问过他要不要去公寓住，韩哲选了住酒店。

其实她没有很在意“前女友住同一楼层”这个问题，韩哲没跟她提起，她也觉得合情合理。因为她也没跟韩哲说起过，同一楼层住着她以前有过露水情缘的一位男士。

至于“阴阳怪”说的“报复”，她又不是傻子，不会感受不出韩哲的真情实意。

那些拥抱和亲吻都是真实存在过的，如果单纯为了让前女友难堪，韩哲实在无须陪她做那么多事情，只需要抓准前女友出门的时间，带她出现在对方面前就好，可韩哲没有这么做过。

当然，不管她想得多通透，还是有源源不断的酸涩涌上来，好似蚂蚁一口一口咬着心脏。

谷音琪觉得自己这段时间有些乱了阵脚、迷了心智。没办法，韩哲这位不按套路出牌的“大老板”直接打中她的七寸，在这一个冬天，她实在无法抵挡这样一份温暖。

如今仔细想想，她依然没有很了解韩哲。

在录音里，“阴阳怪”好几次喊韩哲为“韩公子”，刚才电梯到了一楼，谷音琪拎起袋子要走，男人还很低沉地说了句什么。她走得急，没有听清，手机录的效果也不太清楚，她反复听了几次，才大概听出“阴阳怪”说，韩公子可是块香饽饽，要好好抓牢了。

谷音琪明白了男人为什么要逮住她说这么一段话，就是为了提醒她，不该说的事，就让它烂在肚子里。

如果她跟韩哲提起前女友的事，就势必会牵扯到这男人，那有可能韩哲就会追问她，为什么会认识这男人，和他是什么关系。要是她坦白交代，让韩哲知道了“阴阳怪”之前的行径，就可能会跟那位小姐姐提起这事，那么“阴阳怪”的恋情就要告吹。

“阴阳怪”理所应当地觉得，她既然已经抱住了一条粗壮的大腿，就得好好抱着，紧紧抱着，这样才能“互惠互利”。

谷音琪沉沉地笑了一声，“阴阳怪”这一把还真是赌错了。

路上有点儿塞车，谷音琪把录音保存好，然后打开音乐App，开始播放海浪白噪音，接着在百度搜索栏里输入“沪市”“入赘”“车祸”“女婿”“韩哲”等多个关键词的多种排列组合。

谷音琪知道韩哲是左邻的老板，知道他挺有钱，知道他家境不错，但实际上谷音琪从未主动去了解过韩哲的家庭背景。一来，谷音琪自己没想知道太多，又不是要相亲结婚的对象，不需要知道得那么详细；二来，韩哲也没太多透露过这方面的事。

她终于找到了一篇访谈，是好几年前的，采访对象是江海集团的董事长，韩江海。老先生讲述了自己白手起家的过程，被问及车祸去世的女婿，老先生表达了惋惜和悲伤，再被问及独孙是否会接手集团，老先生说孙子还太年轻，需要再磨炼一段时日，最后说“儿孙自有儿孙福，莫为儿孙做远忧”。

粗略看完一遍，谷音琪默默关了手机，身子有些发软无力，心跳得好快，就像发高烧那样，脑袋晕晕沉沉的。她深吸一口气，再全数呼出，玻璃覆上薄雾，但很快消散，连让她短暂逃避这个问题的机会都不给。

这男人干吗要这么有钱啊，穷一点儿不好吗……

谷音琪斜倚车门，车窗玻璃冰凉，倒是给她发烫的太阳穴降了点儿温。耳朵里有潮起潮落的海水声，渐渐地，她清醒了一些。

手指在手机边缘轻轻点着，她低喃道：“还有一个半月哪……”

海浪声中断，纪莹来了电话，问她要回来没有，阿嫲准备做饭了。谷音琪收起那些酸涩难明的情绪，说自己在路上了，并转达了姑姑的意思。

纪莹说：“啊，我妈刚也给我打电话了，琪姐你不是周日就要回学校报到吗？那我就周六回去吧。”

谷音琪笑道：“行，阿莹是能自己做决定的大姑娘啦。”

回去时沈大妹正在厨房忙活，谷音琪走过去打声招呼，沈大妹转头道：“回来啦？准备吃饭啦。”

“好。”

谷音琪先把两袋衣服给了纪莹，让她挑一挑有没有自己想要的，顺便带回家，然后走去厨房帮沈大妹。

厨房内油烟机声音轰鸣，沈大妹手里锅铲不停，声音很大：“还剩最后一道菜。”

谷音琪凑到她身后一看，惊喜道：“哇，今晚有银鱼炒蛋。”

沈大妹笑笑道：“对，你最喜欢的。饭好啦，你先装饭。”

谷音琪应了声“好”，她低着头，边把饭煲里的米饭搅散边说：“阿嫲，我问你一件事。”

沈大妹说：“你讲啊。”

“阿姑是不是问过你，要不要回岛上住？”谷音琪问她。

沈大妹皱眉想了一会儿，猛地睁大眼，说：“哎呀，我把这件事给忘了！对，阿丽是有问过我，让我跟你商量一下。”

谷音琪又问：“那你想回去吗？”

沈大妹顿了顿，没立刻回答她，她关了炉火和油烟机，狭小的厨房瞬间安静下来。

谷音琪看向她：“阿嫲？”

沈大妹低声说：“有一点点想……但不是想长住啦，就是我有好长时间没回去了，想回去住几个星期。你看，阿嫲的记性越来越差，我想趁着还能记得住，去看看村里的老朋友，也想坐船出海看看……你知道的，阿嫲在海边住了大半辈子，是讨海人的命……”

谷音琪一直沉默着，以为孙女生气了，沈大妹赶紧说：“要是阿琪不高兴，阿嫲就不去了。”

谷音琪摇摇头，道：“没有啦，我怎么会不高兴？我就是怕你回去了，又被那臭小子气得心肝痛，那我也心肝痛。”她很快已经装好三碗饭，阖上电饭煲盖子，笑道，“阿嫲想回去就回去吧，阿姑跟我说，如果你不想住家里，她就给你租房子。”

“哎呀，不用啦，浪费钱。”沈大妹把香气四溢的银鱼炒蛋装盘，“阿嫲现在看开了，剩下也不知有几年的命，要记在脑子里的东西都得是开心的。”

谷音琪不满道：“阿嫲，不许乱说话。”

老太太笑嘻嘻的时候眼角会起褶子，她继续道：“所以阿琪不用担心，阿嫲不会再像之前那样了，我还要好好治病，和我的乖孙去好多地方玩。”

谷音琪怔愣几秒，慢慢地眉眼也像老太太那样笑得弯弯，说道：“好呀，等我这个学期忙完毕业的事，就带我的好阿嫲去旅游，我们去看天安门，去看雪，去看沙漠！”

沈大妹乐呵呵地说道：“好，阿琪在哪里，阿嫲就在哪里！”

“不过，你回去也要坚持运动和做王医生交代的练习哦，我每天都要监督你的。”谷音琪嘱咐她。

沈大妹摆摆手，道：“知道啦，哎呀，就回去几天，很快就回来了……”

沈大妹去喊纪莹出来吃饭，谷音琪进厨房拿筷子，嘴上笑意微敛。也好，就趁阿嫲回岛上的这段时间，她好好处理一下自己的事情吧。工作的事，公寓的事，还有，韩哲的事，都需要做一次了断。

无论韩哲有多好，他也像那套公寓一样，始终不是属于她的东西，时间到了，就要还回去了。

❸

就和上次去沪市一样，沈大妹说走就走，祖孙三人商量了一下，沈大妹决定和纪莹一起周六回去。她给谷丽打电话说了这件事，但她不会住太久，可能一两个月，也可能两三个礼拜，因为她要定期回来鹭城复查。

谷音琪思索后，决定送两人回去，反正只有不到两个小时车程，她可以回去帮奶奶收拾房间，也能把奶奶平日生活需要注意的事项跟姑姑详细讲一下。她先订了大巴票，再风风火火地收拾行李，忙完下来已经快十点。

明天还有一天时间能准备，沈大妹和纪莹先洗漱睡下，谷音琪洗完澡，拿着手机走到阳台。微信有不少未读信息，“临时大老板”的消息框被群聊挤在下方，谷音琪有提前跟他说，今晚要帮表妹收拾东西，等忙完再给他电话。

她坐到奶奶平时晒太阳、掰橘子的那张高背凳上，脑袋低垂，看着韩哲问她“忙完了吗”，发了会儿呆。直到有水珠从发尾坠落，滴到手机屏幕上，她才动动手指抹走水珠，顺手把韩哲的备注名称改了。

拨打出去的电话很快被接起，对面的声音低哑沉稳：“喂，忙完了？”

谷音琪扬起笑，说：“对呀，她们都睡下了。你回家了吗？”

韩哲答：“还没，正在开车。”

“啊，那等你回到家再聊吧。”谷音琪知道韩哲不太习惯边开车边做其他事情。

韩哲却说：“没事，我在前面找个地方临停，你先说，我听着。”

于是，谷音琪把奶奶做的决定，和她们三人周六要回岛上的事告诉韩哲。

“你还没买机票吧？”她问。

车子驶进路边的临停位，韩哲说：“还没，那你陪阿嫲回去，学校的报到怎么办？”

谷音琪解释说：“我应该当天来回，很近嘛，或者住一晚，周日早上再回来。”

韩哲应道：“行，那我这个礼拜就不过去了，你先忙自己的事。”

两人有一句没一句地聊了一会儿，韩哲突然问：“你下午回御景了？”

“嗯，回去打扫卫生。”谷音琪抿了抿唇，抬头看有些暗红的夜空，继续说，“我还没跟你提起过吧，公寓下个月就到期了。”

“哦？那你要续租吗？”韩哲问她。

谷音琪反问：“你想要我续租吗？”

韩哲微怔，有些疑惑地说：“这事还是看你的需求，你觉得有需要，那就租，不需要的话，那就退了。”

有一句话几乎在下一秒就要从谷音琪的嘴里蹦出来，她硬生生止住，哈哈笑了两声，说：“不续啦，我搬回阿嫲这边住。”

淡淡的异样感在韩哲心里一瞬即逝，快得让人抓不住。他听见谷音琪吸了吸鼻子，心一紧，皱眉问：“谷音琪，你在哭吗？”

“啊？没有没有，可能起风了，有点儿凉。”谷音琪刻意又吸了几下鼻子。

韩哲便说："那进屋吧，别待在阳台了。"

"行，你也快回家吧，小心驾驶哦。"谷音琪提醒他。

韩哲稍微心安，应道："好。"

挂了电话，韩哲点开苏肃的微信，最后一条信息是苏肃给他发来的周六飞鹭城的机票信息。他打下"把机票退了吧"一行字，但迟迟没按下发送。

而谷音琪在无灯的阳台上再呆呆地坐了一会儿。此时真的起风了，楼下的老树叶声婆娑。已经黑屏的手机屏幕滴满了水珠，水渍好似被海浪打碎的月光，咸涩、冰凉。

谷音琪抬起手，扯着袖子抹了一把已经湿透的脸，细声咕哝："可恶，明天眼睛又要肿了……"

这一晚，两个城市都看不见月亮，像是被谁和谁藏进了口袋里的那些个小秘密。

韩哲能感觉到谷音琪的变化，她这学期没课，论文已经定好初稿，答辩安排在四月下旬，韩哲前一晚才问她要不要来沪市，第二天她就拉着旅行箱空降机场了。那天也是韩哲第一次临时翘班，开会开到一半，亲自跑一趟机场把人接回家。

一开始韩哲还觉得，这或许是因为情人节那晚他踏出的那一步，让两人的关系有了些转变。

中午他都不用苏肃给他订午餐便当，能推的饭局都推掉，时间一到立刻下班，开二十分钟车赶回家。晚上也一样，他没有再加过班，连苏肃都忍不住问了一句："韩总，你最近下班后是不是有约会啊？"

韩哲勾了勾嘴角，说："家里有人做饭，得赶回去吃。"

一个人住时，韩哲对吃饭没太大讲究，面条饺子一锅炖，谷音琪才来几天，那些使用率极低的厨具都得以重见天日，冰箱被各色蔬菜、水果填满，之前成了摆设的洗碗机终于派上用场。

谷音琪手艺了得，家常小菜不在话下，海鲜硬菜也轻松焖熟。韩哲很捧场，每一顿饭之后几乎没什么厨余进湿垃圾桶，谷音琪笑他吃这么多，别一个月后变成胖哥哥了。

韩哲摇着头说，很难胖，毕竟每天的运动量管够。

客厅沙发旁的矮几也被谷音琪占领了，她要继续修改论文，还要同时准备答辩用的PPT。原本韩哲把书房让给她，她不要，说在公寓时习惯了窝在客厅用电脑，韩哲便想起上次在她家坐过的那个蒲团。

他好久没有在家里看到那么多颜色共存了——从不放多余杂物的矮几，如今堆放着谷音琪的笔记本电脑、谷音琪喝水的马克杯、谷音琪从超市买的薯片、谷音琪绑头发的兔子发圈，和一瓶谷音琪不知打哪儿买来的鲜切花；卧室里，黑白分明的衣帽间里空出一个柜子，再挂进去几件彩色毛衣和宽松帽衫，抽屉里装着或性感或可爱的内衣。

可韩哲很快发现，谷音琪没再喊过他"韩哲"。

"小韩哥哥""哥哥"频率最高，偶尔会好像开玩笑似的唤他"大老板"。韩哲压着内心又一次冒头的异样感，想尽办法要谷音琪喊他的名字，可谷音琪都没有。

白天他去上班时，谷音琪也能把自己的生活填满，她去看画展，去预约制的书店，去许多许多的花店。

中间谷音琪得回鹭城几天，韩哲要给她买机票，她拒绝了，说她之前抢到过航空公司的活动票，一直没什么机会用，正好趁着这个月多飞几趟，回个本。

异样感愈来愈强烈，韩哲想问清楚谷音琪到底什么意思，可她依然积极且主动，让他找不到开口的机会。又或者，他内心深处害怕开口。他们之间的相处就像沙滩上好不容易堆起来的沙堡，一旦开了口，浪就要哗啦一声涌上来了。

四月初春，乍暖还寒。经过剧烈颠簸，飞机穿破云层往下降落，舷窗沾上雨珠，谷音琪一颗心悬在喉咙，手指紧张得来回摩挲。她不是恐高，只是不喜欢这种被困在一个大铁皮里，只能随着气流失控、飘荡的感觉。

飞机滑行，舷窗上的雨珠越来越密集，谷音琪打开天气 App 看了下，接下来沪市几天都是雨水天气。她轻叹一口气，热气被口罩挡住，从鼻梁缝隙渗出些许湿气。都最后一次了，天公也不作美，她还准备去看刚开的艺术展呢。

今天周一，韩哲有个会议，人怎么都得在场，谷音琪让他别翘班了，她自己叫车去他家就好。

手机里有韩哲发来的电子锁密码，大堂管家应该也是接到了韩哲的通知，谷音琪被西装革履的管家送进电梯，心想，这小韩哥哥还真不拿她当外人。

她走了几天，矮几上的洋牡丹还在盛放期。花瓣一瓣瓣绽开，花苞鼓鼓好似白的粉的馒头，玻璃花瓶里的水是清澈干净的，看来有人按照她的"指令"，每天换上干净的水。

花头重，杆子就容易弯，她刚回鹭城的第一晚接到了韩哲的视频电话，他语气总是认真，说："谷音琪，你的花耷拉脑袋了。"

她笑得眼泪都飙出来了，对面的男人有些着急，叫她别笑了，快看看，这花还能不能救。

谷音琪弯下腰，拨开软绵绵的花朵。每一枝花杆接近花头的位置，都包裹上一小段纸吸管，这样能支撑住日渐变重的花头。他依然是个好学的"三好学生"，但她这个"老师"要先离开了。

她知道自己卑鄙，用这一个月的时间，从韩哲身上汲取了好多好多的温暖。把它们储在脑海里，心脏里，方便她以后低落沮丧没了电的时候，也能从记忆里提取出能量。

她拎着行李箱进了主卧，在衣帽间打开，将这次带来的衣服一件件拿出来，挂进依然空着的那个衣柜，最后压在箱底的是那件黑色西装。

她把衣服挂起来，找出手持熨烫机，将西装上的皱褶熨平，再挂进韩哲的衣柜里。很快，这件西装外套便融进了其他同色系的西装中间，谷音琪收拾好其余小物，再抬头，已经分不出哪件是她挂上去的那件了。

锅里的番茄牛腩正在咕噜冒泡，电饭煲响起旋律时，大门的电子锁也响起开门声音，谷音琪迅速挂上笑意，转过头朝着玄关开口：“你回来啦。”

韩哲这一整天都不大对劲，做什么都不踏实。他掐着点下班，也顾不上什么限速，能在每次超车变道时打灯已经是他最后坚守的底线。

车子急刹进车位时，他都觉得轮胎要着火，从车库跑着进电梯，又从电梯跑着到家门口，就怕一打开门，家里一片黑暗。

还好，还好，隔着一道门，他都能闻到里头有浓郁香气飘出。

缓下呼吸，他摁了指纹，推开门，有光涌出。听见那一句“你回来啦”，韩哲更是知道，这一回自己栽得彻底，有一种无法压抑的情绪不停涌出，汹涌且澎湃。

他勾起浅浅的笑，对着岛台后的姑娘说一声：“我回来了。”

接下来一个礼拜，两人过得就好像街上那一双双的情侣。

周二韩哲又翘了次班，陪谷音琪去看艺术展。光线穿过混凝土中间的镂空十字架，如神照般温柔地落在谷音琪脸上。韩哲心神微颤，手机相机按下快门。

周三中午他一回家，谷音琪就像小鸟一样扑过来，说她被抽中了，晚上能去看脱口秀了。

这是韩哲第一次听脱口秀，去的路上谷音琪还在念叨，今晚有你这么个笑点比天高的观众，演员压力可有点儿大了。果然，韩哲全程没怎么笑过，但不妨碍他心情愉悦，因为他旁边的姑娘笑得很开心。

周四，他取消了早早预约好的私房菜餐厅，只因为谷音琪说，她比较想吃那晚的小馄饨。小馄饨是那家藏在弄堂里的无名店，后来拆迁，老板娘租了铺面，用自己的名字起了店名，叫“香香馄饨”。

一大碗馄饨面蒸腾着热气，谷音琪舀起馄饨拨到韩哲碗里，说太多了你帮我吃几个。

周五那天下午，韩哲让谷音琪晚上不用做饭，出去外面吃。谷音琪问：“吃什么餐厅呀？用穿得很正式吗？”

韩哲答："不用，就穿你平时那样就好。"

谷音琪也应他："好哦。"

晚上韩哲来接她，车里蓝牙连的是谷音琪的手机，音乐也来自她的歌单，她跟着音乐偶尔哼两声。

"奶奶，最近有睡好吗，有梦到阿公吗……是不是又偷偷哭了啊……你啊多愁善感，可是又最勇敢……"

韩哲忍不住笑出声，谷音琪哪哪都好，就是五音不全，可唱出来又有一种特殊的憨实可爱，软软糯糯的，像是喂他的耳朵吃了好几颗糖果。

谷音琪向来有自知之明，白了他一眼，又问了一次："我们去哪里吃饭啊？"

韩哲报了一家餐厅名字，解释道："吃本地特色菜的。"

下雨加上晚高峰，车子走一下停一下，驶进泥泞路段，干脆停下了，无法动弹。

韩哲手机响了，他戴着耳机接起。

谷音琪主动把音响音量调小，她听不见电话那边说什么，但能听见韩哲怎么回对方："堵在路上……嗯，估计得半小时……疯子不来就不来，其他人都到了？……好，你们再等等……"

结束通话，车龙还没动，韩哲下意识看向谷音琪，只是一瞬间而已，心脏便失重往下掉。

谷音琪脸上笑意尽失，一双眼眸好黑，这路上有那么多光，没有一束能落进她眸中。她缓缓开口："今晚……不是只有我们两人吃饭？"

韩哲的双手紧紧握了一下方向盘，再松开，说："嗯，我约了我几个朋友，一起吃顿饭，好吗？"

他还抱着一丝希望，以为谷音琪多少愿意考虑一下，没想到谷音琪猛摇着脑袋，毫不留情地回答："不好，韩哲，不好。"

明明有暖气，可车厢里的温度还是冷了下来。雨刮还在左右运作，像一个个巴掌抽在韩哲脸上。如果不是音响里的女歌手还在唱"我的冷静你总抢先一秒就戳破"，他会以为，是不是连时间都要凝滞住。

他声音也沉了下来，深处隐藏着一丝危险："毕韦烽他不去。"

谷音琪皱眉，一开始还没反应过来他这时候提姓毕的干吗，很快就明白了，韩哲怕是误会了，误会她不敢见到毕韦烽。她直截了当地说："和毕韦烽没半毛钱关系，你其他的朋友我也不想见。"

韩哲也直接问："为什么？"

谷音琪呵笑一声，反问道："我去了你要怎么介绍我？朋友？情人？还是'我养的女人'？"

她每说一个词，韩哲的眉心就多一道褶子，最后厉声道："谷音琪，我会跟他们说你是我的……"

而谷音琪像是猜到他要说什么，尖叫着打断了他："韩哲！我不是！！"

叭——叭叭——同时，车后方也骤然响起刺耳的喇叭声。

韩哲那一刻感受到了，有海浪呼啸而来。海水把摇摇欲坠的沙堡冲散，撞烂，推平，不让它留下任何存在过的痕迹。

④

"你总是像小偷习惯性占有，连我的笑容你都可以窃走，我不知不觉还欣然接受，你不爱我……我也是像小偷躲在灰暗中，窃笑着你从来就不属于我，是我，心甘情愿自甘堕落……"

韩哲踩下油门，单手扶着方向盘，另一手把衬衫扣子快速解开两颗，胸口还因刚才的情绪失控上下起伏。

女歌手还在幽幽地唱，谷音琪蓦地伸手，把音量调到最低，这样车厢里只剩引擎和雨刮声，还有雨滴打在车顶的声音，啪嗒啪嗒，跟陨石掉落似的。

韩哲眼看前方，谷音琪则看着车窗外。两人同时都不出声，气氛微妙，一分钟前还轻松愉悦的空气里，此时像灌满了煤气，只要往里擦出一颗火星，就要把人炸得头破血流。

车子才挪移了不到五十米，再次停住了。韩哲刚踩下刹车，就听到一声呜咽，是难以控制的那种吸鼻子，湿润、委屈、倔强、悲伤，包含了许多许多情绪。他猛地咬住后槽牙，鼻腔也被酸涩瞬间浸满。他侧过脸，却只能看到姑娘的后脑勺。

谷音琪刻意别着脸，额头抵在冰凉的车窗上，紧咬住嘴唇内侧的嫩肉，抿紧的嘴唇死守着最后一道关卡，不让情绪得以宣泄。

为什么会变成这样？她明明想要好好说再见，不想要争执，不想要吵架。

为什么韩哲还是没学乖？还没从突然求婚的事里得到教训吗？

为什么她要动心？有那么多前车之鉴摆在她面前，她还要往网里跳，和那些看到光就蹦跶的小管有什么区别？

为什么韩哲要那么温柔？为什么韩哲要拉她起来？为什么她平安夜要同他搭讪？

为什么有那么多问题？

为什么天要下雨？

这些问题都是无解的，就和她为什么会忍不住泪水一样无解。

平时总能随时找到话题的她，这时竟不知道要说什么好，只能不停地重复刚才那一句："我不是，我不可能是……"

她的声音喑哑潮湿，像一团被泪水泡了好久的纸团，得非常小心地打开，不然就会扯坏了纸张，可打开了之后，上面的字也糊作一团。

一颗心就这样被轻易搅得稀碎，韩哲本就不是容易生气的性格，一下子火全灭了。他抽出纸巾，默默递到副驾驶位。可谷音琪没接，她蜷着身子，继续往车椅和车门相交的那个角落躲。

韩哲索性解了自己的安全带，再倾身去解谷音琪的。安全带发出一声脆响，谷音琪猛地回过头，想从他手里抢回安全带，但是已经来不及。禁锢一松，她就被韩哲一把捞了过去。

她像受到惊吓的一只野猫，张牙舞爪，把他的衬衫推出了皱褶，却还不愿松口。韩哲不管不顾，抬起她沾满泪水的下巴，直接吻了下去。可舌尖再怎么努力都撬不开紧闭的贝壳，只尝到了苦的咸的海水。

后面的车子又按响了喇叭，好似拳击比赛中回合结束时敲响的那记铃声。韩哲有些挫败地叹了一口气，他稍微直起身，左手握方向盘，右手还是锢着谷音琪温烫的后颈。

两条安全带都弹回了原位，缓慢往前走的车子，这时开始响起未系安全带的警报声。

嘀嘀嘀，嘀嘀嘀。

谷音琪做不到对韩哲恶言相向，他什么都没有做错，连此时此刻箍住她后颈的手劲都是松的。她明明随时能逃，却依旧贪恋他掌心的暖意。这男人好可恶，好可恶啊……

视线一片模糊，鼻涕泡泡都冒出来了，谷音琪懒得去拿纸巾，直接用帽衫的袖子胡乱拭去，这时便听见韩哲问了一句："为什么不可能？"

谷音琪的肩膀不受控地颤了两下，泪珠像不要钱的雨水，又掉下来了。

前面车子陆续亮起猩红的刹车尾灯，韩哲也狠狠踩下刹车。

警报声总算停下来了，他再一次倾身去吻她。他吮吻她发颤的唇瓣，一下又一下，终于贝壳被撬开一道微小缝隙。韩哲深吸一口气，攻破缺口，长驱直入。

谷音琪双眼紧闭，在韩哲胸前的推搡已经变成了揪扯。她告诉自己，绝对不是想要抓住最后的机会和他接吻，纯粹是因为她的鼻子被鼻涕水堵死了，嘴巴一直闭着的话就快要窒息。

车子停止不动时，雨刮的频率偶尔会慢下来，由得雨水将他们淹没。他们在密集雨声中接吻，又不得已在喇叭鸣声中分开。

走走停停好几次，最后一次，他们吻得不理世间万物，如进无人之境。后方的车辆终于忍不住了，开始打灯变道，旁边车道疏散得较快，那车主经过时还降下车窗对他们破口大骂，什么要亲就回家亲。

像是一语惊醒梦中人，韩哲重重地揉了把谷音琪的脖子，哑声道："不去吃饭了，我们回家煮面。不哭了，好不好？"

赵宁挂了电话，无奈叹气，正想唤经理来点菜，包厢大门被人推开。看见走进来的是毕韦烽，大伙都有些讶异，赵宁问：“哎，你不是说今晚不来吗？”

毕韦烽的语气阴阳怪气的：“韩哲主动组局，就跟佛光照大地一样珍贵，我怎么也得来凑个热闹。”

他推门之前就做好了心理准备要被喂一嘴又酸又臭的“狗粮”，结果环顾四周，没见着今晚的主人公，便问：“韩哲呢？堵路上了？”

赵宁把手机丢到桌上，说：“我刚给他打电话，他来不了了，让我们想吃什么就点什么，账挂他名下。”

毕韦烽一噎，十分不解道：“为什么？”

“说他突然肚子痛，冒冷汗，想吐什么的，我让他回家好好休息。”赵宁耸耸肩，“具体干吗了咱不敢说，也不敢问。”

有人问：“其实为什么韩哲今晚会约吃饭？有事要跟我们谈？”

赵宁摊手道：“不知道啊，他什么也没说。”

毕韦烽隐约察觉到韩哲这么主动是为什么，估计他是想带谷音琪来亮亮相，让大家眼熟一下。昨天接到饭局通知时，他就莫名其妙觉得哪哪都不舒坦，下午更是跟赵宁说他晚上有事，结果还是跑到餐厅来了。

所以那女孩在韩哲那儿，目前已经是正牌女友了吗？他憋着股闷气，走到主位一屁股坐下。

经理进来了，赵宁把厚重菜单转到毕韦烽面前，问：“你点？”

“你们点吧。”毕韦烽拿起电话，在通话记录中找到韩哲的名字，拨了一个电话过去，回应他的只有“您拨打的电话已关机”的机械女声。

此时关了机的手机连同西装外套，被主人随意丢在玄关地面。韩哲俯首吻谷音琪的额头和眉角，哑掉的声音像吞了把沙子：“谷音琪，你还没有回答我，为什么不可能？”

她无助地呢喃：“别问了……哥哥你别问了……”

韩哲的胸腔内漫着酸涩，反问她：“你叫我什么？”

谷音琪不敢看他：“哥哥，小韩哥哥……”

“不对，叫什么？”韩哲强硬打断她，声音更哑了，“谷音琪，都到最后了。”

谷音琪睁大眼睛，眸子被散不去的水汽浸得幽黑。她明白他的意思，双臂揽住他脖子，恳求道：“韩哲，韩哲……求求你，别问了……”

韩哲仿佛回到那个还不懂得如何控制自己情绪的小孩时期，他伏在谷音琪耳边，魔怔了一般地问她：“谷音琪，你有喜欢过我吗？”

…………

不知过了多久，雨停了。

谷音琪被韩哲揽在怀里，趴在他滚烫的胸口上，耳朵里是他跳得好快的心跳声。

扑通，扑通，扑通。

“喂，韩哲。”她突然开口，打破一室静谧。

“……嗯。”韩哲轻应一声。

谷音琪说：“我喜欢你啊。”

韩哲的眼睛蓦地睁大，他急着起身，嘴里已经开始说道：“我也……”

谷音琪速度比他快，一下子翻身坐到他身上，压着他不让他起来。她伸出食指，抵在他双唇前，堵住韩哲的话语：“可我不想和你有进一步发展了，那样很累。至于为什么会累，你那么聪明体贴，肯定能明白的。”

她勾起一抹浅浅的笑，只不过声音已经湿得能挤出水分：“抱歉啊，明年情人节，没办法陪你一起过了。”

谷音琪回程的机票订在周六下午。雨停了，航班 App 一大早就推送来航班信息，表示航班正常，请旅客提前两小时到机场办理登机手续。

谷音琪计划周详，前些天买的新鲜肉菜，到昨天已经吃完，冰箱里就剩一盒喝了一半的牛奶，一点儿都没浪费。她从冷藏库里拿出一包杂酱肉帽，哑声问：“中午就吃这个吧，好吗？”

韩哲眼下有薄薄青色，他没出声，只点了点头。巧的是韩哲家里也没有米线了，意大利粉倒是还有。和几个月前，韩哲来她那间小小的公寓时，她给他做的一模一样。

两人第一次吃饭吃得这么安静，整间屋子又太空旷，一时只有吸面条和餐具碰撞的声音。

韩哲突然呛到喉咙，捂着嘴别开脸，剧烈咳嗽起来。谷音琪急忙给他倒了杯水，说："你先喝口水……"

但韩哲没有接，反而咳得更加厉害。他弓起背，肩膀颤抖不已，双肘支在桌上，头垂得好低。而捂住嘴的手掌，不知何时已经往上移，遮盖住他的一双眼。

他断断续续地说："咯！抱……抱歉……你先别看我，咯咯……好吗？咯……"

谷音琪看不得他这个样子，一直在胸腔内酝酿的酸楚此刻汹涌漫起，将本来就受损的喉咙淹得更加难受。

"那什么……啊，我约的专车也差不多到了。"她匆忙把水杯放到桌上，强挤出笑意，转身往卧室走，"我去拿行李箱，厨余要麻烦你收拾一下了。"

韩哲坐在原位没动，咳嗽渐渐停下，很快便听见行李箱轮子发出的"喀拉"声。他用手背随意抹了下眼角，然后站起身，对谷音琪说："你……咯，你把专车取消了吧，我送你去机场。"

"我们昨晚约好的，你答应我的，让我自己走……"谷音琪无法忽视男人发红的眼角，鼻梁像被人狠狠砸了两拳。她慌忙低头，拉着行李箱从韩哲面前经过，径直走向玄关，努力让声音保持坚定，"韩哲，你答应过我的，你不能食言。"

她不能再和他坐进同一辆车内，不然好不容易硬起来的心，会被一个个亲吻融成一摊烂泥。

女孩一句话就把韩哲的双脚钉在原地，他明白谷音琪需要什么，他也知道，谷音琪十分信任他，才会做出这个决定，他不能辜负这份信任。

可他舍不得啊。

他用手撑着桌面，缓缓坐回原位，背对着玄关，声音像快要流完沙子的沙漏："谷音琪，那你答应过我的，也不要食言。"

半晌，他才得到谷音琪一句保证："嗯，我知道。"

谷音琪低着头穿鞋，眼皮子一眨，地砖上便"啪嗒"砸开一小朵水花。她不敢吸鼻子，忍着哽咽，稳住声线："对了，以前你借我的那件西装，我已经挂回你的衣柜里了，一直忘了跟你说起这件事。"

她站直身，一鼓作气拉开电子锁，即便已是泪流满面，她还是说了句："这段时间谢谢你啦。"

喀拉喀拉，是行李箱轮子的声音。

砰，是门关上的声音。

噔噔噔噔，是电子锁上锁成功的声音。

接着就是一片死寂。

韩哲突然想不起来，没遇见谷音琪之前的生活是什么样子的了。他家……以前就是这么安静的吗？

他呆呆地坐了不知多久，才终于动了动手指，拿起筷子，把那混进了咸涩的意面再次拌匀。

谷音琪的碗里还剩一半意面，他拿过来，全数倒进自己的碗里。一口接一口的，韩哲几乎是在狼吞虎咽。

收拾完碗筷，他走到客厅。这段时间总是铺满东西的矮几被收拾得干净，只剩那瓶鲜花。

花期已过，即便有外物支撑着硕大的花头，但花瓣明显已经衰败。指尖只是轻轻一碰，花瓣便如雪簌簌掉落。

韩哲有些莫名其妙的倔强，想着，应该还有一朵两朵能保住性命吧？可桌面上散落的花瓣越来越多，像极了在冬天里堆的雪人，融化成一摊又脏又臭的雪水的模样，连抢救的机会都不给他。

明明谷音琪说，它们是冬春季节的花儿，花期能好长，原来她又骗人啊。

韩哲把残花收拾好，洗了花瓶，然后慢慢走进卧室。被子凌乱，早就没了温度。

那个装满五颜六色衣物的衣柜空了出来，韩哲将一个个抽屉打开，盼望着或许谷音琪能留下一丝慰藉给他。不知道为什么，他觉得谷音琪肯定有东西留给了他，没有带走。但希望落了空，就像一块石头丢进不知有多深的井里，听不到回声。

忽然之间，他想到谷音琪离开时最后说的话——她把西装还回来了。

他飞快起身，但他已经忘记，一堆几乎一模一样的西装里哪一件才是谷音琪说的那件，干脆每一件都扯下来，往衣袋里摸。

到第七件时，他在西装衣袋里摸到了东西：有两样，都是薄的、轻的，一张是银行卡，一张是SD卡。

心跳乱了节奏，韩哲已经猜到银行卡是什么。他跑出卧室，跑进书房，把SD卡插到电脑上。连那一两秒的读卡时间，他都觉得好漫长。

SD卡打开了，里面有一个文件夹，和一个文档，文档名字是“to（给）小韩哥哥”。

展信佳！

让我猜猜看，小韩哥哥应该是在我离开后的二十四小时内找到这张SD卡的吧？

因为你好聪明的，对不对？

银行卡密码是六位数，提示是：卡里的金额！

（怕你输错三次密码锁卡，我再给一个温馨提示哦，连那次的打车钱也加上啦！）

旁边那个文件夹里，嗯……怎么说呢？里面的关系太复杂了，你打开看看就清楚了。

至于之后要如何处理这件事，就交给你啦，我的能力和人际关系都有限，冲动行事反而会被倒打一耙。你的话，我相信你一定能处理好的。

因为这封信是提前写好的，希望我有和你说我喜欢你，也有好好同你说拜拜，这样我就没有遗憾啦。

其他的就不多说了，祝小韩哥哥事事顺心，笑口常开。

PS：下次你的求婚一定会顺顺利利的，我会默默给你祈祷的！

字数不多，韩哲来来回回读了好几遍。他收拢手指，掌心那张银行卡仿佛成了锋利刀片，把他的指节割得破破烂烂。

韩哲想起了去年圣诞，他在酒店房间一片明媚光线里问那穿红裙的姑娘的话。

谷音琪，你是妖魔，还是鬼怪？

为什么我的胸口会这么痛？

是不是你将我开膛破肚，取走了心脏？

为什么我把你拉起来了，自己却陷进漩涡里？

❺

“你……你……你！你说多少钱，全……全……全部还回去了？！”元莉激动得捋不直舌头。

“嘘！坐下坐下！你那么激动干吗！”谷音琪比着噤声的手势左顾右盼，周末九点的清吧几乎坐满人，她不想惹来别人的瞩目。

店里播放的爵士乐遮盖住了元莉愤愤不平的声音：“不是……你平时精明得不行，怎么这一次把钱全退回去了？你是不是脑壳儿坏掉啦？那是你应得的……”

“嘘！你小点儿声！”谷音琪龇牙咧嘴，“早知道就不跟你讲这事了！”

元莉又是捶胸口又是大喘气，一副痛心疾首的样子，说：“妹妹啊，我跟姓丁的谈了两年半，最后的分手费也不过比你这金额多一点点而已，你这样全还给那男人，难道就没有一丁点儿后悔？”

谷音琪轻轻地摇头，道：“没有，要是没还，我才要后悔。”她拿着牙签，有一下没一下地拨弄盘里的烤香肠，眼睛被桌子中央跳跃的烛火烧得有点儿烫，“而且他给了我很多很多，比金钱更重要的东西。”

例如尊重，例如温柔，和这些东西比起来，金钱就显得微不足道了。

元莉叹了口气，道：“好吧，反正现在才后悔也没用，都几个月前的事了。”她拿起胸前的电子烟吸了一口，问，“那你们这几个月完全断联了？”

谷音琪点了点头，但想了想，又轻声道：“也不算完全断联，前几天我还收了他给的花。”

闻言，元莉扬手把自己吐出的薄雾快速拨散，睁圆了眼睛，笑道：“怎么回事？他的攻势这么猛烈的吗？”

“不是啦。”谷音琪一想起韩哲的操作就要忍不住笑出声，“之前他给我们学校赞助了毕业花束，以公司的名义。”

谷音琪不知道韩哲用了什么手段谈下来了这场赞助，上周的毕业典礼，每位穿着学士服走进大会堂的女学生都能得到一束毕业花束，谷音琪也被塞了一束。

粉白色花纸和缎带都是定制的，印着毕业快乐等字样，几朵主花是香槟粉色系的玫瑰；还有蕾丝花、心形尤加利叶、小雏菊等做点缀，缎带上系着一小块素净的留言卡，背面印着一句“未来的路上或许会有崎岖不平，勇敢往前走，属于你的光就在前方”。

不知道是不是巧合，因为玫瑰花头有大有小，其他同学收到的花束有的六枝，有的八枝，而谷音琪拿到的花束，刚刚好七枝。

如果是单独送自己一人鲜花，谷音琪肯定拒收，但是人手一束的话，她没法子拒绝。

同一日，左邻的官方微博上线了一支宣传短片，影片里的主角是不同职业的女性夜间工作者，有加班到凌晨的白领、开出租车的司机、通宵做毕业设计的学生、刚结束一单的代驾……她们或疲惫或沮丧，行走在已经安睡的都市中，就在这时眼前出现一家亮着温暖鹅黄灯牌的便利店。

她们推门走进，买了一碗关东煮，一罐低度数果酒，一杯热咖啡……简单且普通，却能让她们恢复一些元气。

最后一个镜头是东边的天空开始泛白，阳光穿破云层，不同年龄层的演员们走出便利店，伸了个懒腰，朝着光亮的地方走去，结束语也是毕业花束卡片里的那一句话。

这事上了热搜，大家夸左邻这次的宣传做得真好，但也有人提出疑问，为什么全国那么多所高校，左邻会独独选中了鹭大？

原因可能只有谷音琪知道。

分别前一晚，她让韩哲答应她，让她一个人走。而韩哲则要她做出承诺：她要好好走下去，不要回头。

元莉浑身鸡皮疙瘩直冒，说不清是因为清吧里冷气太猛，还是因为听到的故事太浪漫。她早不是相信爱情和浪漫的怀春少女，可这样的“童话故事”，还是轻松惹得她眼眶湿润、发烫。

元莉低叹一声，说：“哎，怎么办，我也好想谈恋爱哦。”

谷音琪却说：“哎呀……我们又不算正式谈恋爱。”

谷音琪知道元莉目前还在断断续续接活儿，元莉说她穷怕了，只有不停增加的存款金额才能给她带来安全感。

“姐，你的小酒馆什么时候能安排上啊？”谷音琪试探地问。

元莉连续抽了几口烟，眉眼低垂，思考了一会儿，开口道：“看看明年吧，我可能会去蝴蝶姐姐在的那个城市哦，你呢？要一起来吗？”

大难不死必有后福，如今冯蝶的美容生意红红火火，更有人有意向投资她再开分店，冯蝶跟她们说，如果去她那个城市做点儿小生意，她还能帮忙介绍一下客人。

谷音琪摇摇头，道：“我得带着阿嬷，首选还是在闽省内。”

元莉颔首道：“好，无论在哪个城市，都要保持联系。”

谷音琪笑笑，道：“没问题。”

七月的夜风滚烫，两人走出清吧，潮热湿气很快攀附上她们的脖子和手臂。等车的时候，元莉又问了一次谷音琪：“真的一点儿后悔都没有？”

谷音琪仰头看着夜空中一轮圆月，说：“其实有的。”

她皱了皱鼻尖，懊恼道：“那时候应该跟他好好说再见的。”

谷音琪叫的车来了，她跟元莉告别，说平安回到家后记得报个信。上车后，她先把今晚的相片简单调了色，上传到社交平台，再点开视频网站，随意选了一节有字幕的花艺教程，无声地看起来。

她今晚出门忘了拿耳机，所以司机播什么歌，她就得听什么歌。

“我和你，男和女，都逃不过爱情……我对你有一点儿动心，却如此害怕看你的眼睛……害怕爱过以后还要失去，难以抗拒……人最怕就是动了情，虽然不想不看也不听，却陷入爱里……”

谷音琪思绪乱飞，手指无意识地抠弄着安全带，心里想，怎么连司机都知道她的心事。

深夜的老社区不算特别安静，空调外机嗡鸣，蝉鸣声聒噪，不知哪一家还传出小孩哭闹的声音，内街也有不少和她一样的夜归人慢慢踱步回家。

谷音琪快走到居民楼楼下，隔着很远，她都能听见树叶被风吹动的声音，哗啦啦的，好似海浪。她正准备拿门禁卡开门，却突然顿住，心头涌起一股感觉，说不清，道不明。她回过头，朝大树的方向看了过去，可地上只有树冠的影子在晃动、摇曳，好像一团风吹不散却一直笼在她心头上的乌云。

她甩了甩脑袋，一边开门一边自嘲道：“今晚才喝这么两杯就醉了啊，都有幻觉了……真是没用。”

回到出租屋，谷音琪蹑手蹑脚地去沈大妹房间看了一眼，才去洗澡。奶奶是上个月回来的，这段时间去复查，王医生说老人状态不错。

洗完澡，谷音琪在客厅等着头发干，便趁这个时间把白天剪辑好的片子进行最后的调整。她给阿嫲拍的 vlog 起名为《大妹日记》，之前在视频网站上上传过第一期，奶奶回来后她又更新了两期，每一期时间不长，就是记录沈大妹的日常。

谷音琪没刻意研究什么流量密码，她只是单纯地想拍下奶奶确诊认知障碍后的生活，这些视频以后也可以留为纪念。却没想到陆陆续续地有陌生网友刷到她的视频，会给她留言“加油”“阿嫲好可爱”，也有人留言说，自己和她的情况相似，家里老人得了认知障碍相关的病，但他们独自在外求学或工作，只有节假日才能回一趟老家。

而每一次回家，老人都认不出他们是谁了，会叫错他们的名字，甚至会问其他家人，为什么家里来了陌生人，这些事让他们心痛不已，也扼腕自己没有更多的时间能陪伴家人。

谷音琪最后把视频检查了一遍，没有问题，然后就把手机放在桌上，让视频慢慢上传，自己则走出阳台，想去把干了的衣服收进来。

神差鬼使地，她朝防盗网外探头往下望。很快她就收回脑袋，狠狠捏了一把自己的脸颊肉，嘟囔道："听到了吗？连树叶都在笑你哦，'傻瓜——傻瓜——'地叫……"

她不知道的是，十五分钟前，有人从树影里走出来，仰头看着没开灯的阳台许久，才缓步离开。

韩哲已经很熟悉这片错综复杂的内街，边往马路方向走，边无奈叹气。之前偷偷去谷音琪的毕业典礼，今天又偷偷来她家楼下呆呆地站了两小时，他觉得自己跟个变态跟踪狂一样。但只要能远远看上一眼，他就能心安。

他答应了谷音琪不纠缠、不打扰，可想念就像坏掉的水龙头里源源不绝淌出来的水。他没办法修，也不打算修。

韩哲抽出纸巾，在汗湿的后颈处印了印，鹭城这天实在太闷热了，锁骨和脖侧还阵阵发痒，像是被蚊子咬了几个包。好不容易起了风，那风也是温热的，吹得他胸口更烫了。

树叶声哗啦哗啦的，韩哲心想，连树叶都在嘲笑他是个傻瓜。

坐上有冷气的出租车才稍微舒服一点儿，韩哲报了个地址给司机。目的地是家清吧，谷音琪在社交平台上刚更新的照片里有色彩鲜艳的鸡尾酒和下酒菜，酒杯下的杯垫则清楚印着这店的店名。

十一点的清吧连门口都站了等位的客人，韩哲走进去，服务生不好意思地说，只有吧台位置了。

韩哲就一个人，坐吧台也没关系。坐下后他点了杯威士忌，再递手机给服务员："还要照片上的这款小吃。"

因为谷音琪在配文里写：吃到了很香很好吃的香肠。

后面还配了她惯用的那个笑脸。

"嘿，昨晚半夜新爆出来的新闻你们看过了吗？"

谷音琪正收拾着工作台上散落的叶材，闻声抬起头。

开口说话的是站她斜对面的小宁，对方边拿手机拍着这节课程上做的花束，边聊热门八卦："就是美易公关部'招待客户'的那个新闻啦。"

"看啦看啦，喊，这些人真是胆大包天，脏得不行。"另一个女同学阿竹面露不屑和嫌恶，转头问谷音琪，"哎，七七，那公司是你们鹭城那边的对吧？"

谷音琪很快已经把桌面清理干净，无奈笑笑，顺着她们的话说："对啊，真是给鹭城抹黑了。"

同学们提起的新闻，谷音琪早上起床时也看见了，简单概括一下，就是鹭城头部互联网公司美易爆出了桃色丑闻，被指公司招待客户时会给客户组不同的"特殊局"，以此来与客户"维系良好关系"。

而丑闻泄出的原因，是一个客户的妻子在微博发小作文，控诉丈夫经常嫖娼，她从丈夫的微信记录里翻出了许多来不及清理的聊天记录，其中光是和美易的活动对接的聊天记录就有不少，她还找到了藏在丈夫电脑私密文件夹里的不雅自拍照和视频。这篇小作文写得逻辑清晰、条理分明，一下子宛如陨石撞地球，把美易推上了风口浪尖。

那"阴阳怪"其实嘴巴挺严，谷音琪只参加过普通的高尔夫局，当时也并不知道他们是哪个公司，后来知道"阴阳怪"和韩哲前女友在同个公司，才知道那家公司是美易。于是她把自己能打听来的情报，加上那天在电梯里的录音，一起放进 SD 卡，交给了韩哲去处理。

这次的丑闻事件韩哲有没有推波助澜，谷音琪不知道。她希望有，韩哲帮前女友脱离苦海、远离坏男人的话，这样，或许他们能再续前缘。

经过花艺课程这五六天的相处，同学之间总有聊不完的话题，聊完了性丑闻，就聊某个脱口秀的票越来越难抽了，再聊近期大热综艺里的喜剧人组合有多般配。

她们来自各地，小宁是广西人，姣好的身材曲线让人完全看不出她已是两个娃娃的母亲，她做了好多年全职主妇，现在想做点儿自己喜欢的副业；阿竹是住在杭州的视频博主，学花艺主要是想给vlog增加些主题，她说现在视频博主之间的竞争好厉害，得不停地进行自我增值。

收拾完工作台和工具，她们陆续和花艺老师道别，老师笑着提醒她们明天是最后一天，不要迟到哦。

秋天天黑得快，走出写字楼，一阵阴冷的高楼风袭来，把姑娘们手中的花束吹得摇摇摆摆。谷音琪没忍住，捂嘴打了个喷嚏。沪市一入夜就好冷，她都想吃一碗暖乎乎的馄饨面了。

等网约车的时候，一行人看着微博，有人说美易公司发声明了，指这件事是某几位员工的个人行为，公司不知情，他们已经第一时间约谈涉事员工，并辞退了多人。

网约车一辆辆驶过来，大家三三两两离开，只有谷音琪叫的车迟迟未到，再等了一会儿，司机打来电话说车子在路上剐蹭了，没法及时过来，麻烦她取消订单。

谷音琪只好另外约车了，可前面排队的还有好多人。她被冷风吹得鼻涕泡泡快要冒出来，想着要不然干脆慢慢走回民宿算了，这时一辆圣诞绿涂装的跑车靠了过来，在她面前刹车停稳。

车没熄火，引擎嗡嗡声低鸣，车主直接下了车，撑着车顶，对着她笑得一副痞子样，道："妹妹，怎么这么巧？"

谷音琪翻了个白眼，又重重叹了一口气，再给了红发男人一个眼刀，说："毕韦烽，你是故意的吧？"

毕韦烽竖起三根手指，说："不不不，我对天发誓，这次真的是路过，我等下还得去别的地方。"他看了看身后缓慢挪移的车龙，又道，"这时候不好叫车吧，你要去哪儿？我送你过去。"

谷音琪如今心里坦坦荡荡，不用再在他面前演戏，她也不是个矫情的人，拿手机在毕韦烽面前晃了晃，说："我要去这里，你送我到这附近，随便找个地方放我下车就好。"怎么说她都算是毕韦烽的"救命恩人"，蹭一下顺风车不过分吧？

毕韦烽是三个月前来找她的，那时候她在鹭城找了家花艺工作室上基础课，傍晚捧着课堂练习花束回到出租屋，一声“阿嬷”还没叫出口，沈大妹已经欣喜地叫她赶紧进屋。她没想到家里有客人来，其中有一位还是“老朋友”。

毕韦烽不是一个人来的，他带了律师和助理，连姑姑谷丽和姑父纪鸿盛都从岛内赶了过来。男律师刚起了个头，谷丽立刻激动地插嘴：“阿琪，你记不记得救过这位大老板一命啊？是你爸妈走的那一年，在金瑶村那边的海边，你还记不记得啊？”

律师替毕韦烽把事情的来龙去脉再讲了一遍，谷丽一直在旁边搭腔：“好人有好报的，阿琪你看，福气来了，现在有人来报恩了。”谷音琪一直没出声，敛了笑，满眼警惕，而坐在沙发上的毕韦烽嘴角挂着不慌不忙的笑，像是在看她浑身如何一点点长出刺。

律师递出一张银行卡，说毕先生之前已经给那三位渔民送了“礼物”，希望谷小姐也能收下，是毕先生的一份小心意而已。

谷音琪捻起银行卡，问里面有多少钱。助理和律师看向毕韦烽，得到允许后，律师才笑着回答：“一百万。”

谷丽和纪鸿盛当场愣住了，着了魔似的一直念着“一百万啊一百万”，反而是沈大妹和孙女一样，渐渐收起了笑容。

谷音琪扯了扯嘴角，把卡推了回去，说：“既然是礼物，那我也有权利拒收的，对吧？”

沈大妹说了好几声“谢谢”，再用闽语说：“年轻人你的心意我们心领了，这笔钱我们不能收的。”

谷音琪本以为毕韦烽会难堪或生气，可他没有，反而脸上的笑容越来越多，笑得眉眼弯弯。谷音琪正想骂毕韦烽是不是来闹的，毕韦烽已经站起身，跟沈大妹鞠躬道别，拎着律师和助理往外走。纪鸿盛这时反应过来，跳起来就要去拿那张银行卡，沈大妹急忙拦住他，说这钱是不能收的。

谷音琪在屋子里走了两个来回，被毕韦烽的莫名其妙弄得有些心烦气躁，她索性抓起银行卡，跑下楼追了上去。到楼下时，毕韦烽正站在车旁抽烟，谷音琪把银行卡递给他，问：“你来送‘礼物’，是你自己的意思，还是其他人的意思？”

毕韦烽没回答她这个问题，他吐了口烟，反问道："谷音琪，上次我来找你，你是真的没认出我吗？"

谷音琪安静地看了他一会儿，才摇摇头，说："事情我记得，但你的样子我没记住，你当时染的不是这红头发吧？"

"那这片胎记呢？"毕韦烽扯起自己的刘海，露出那片淡青。

谷音琪还是摇头，道："可能你自己不知道，当时你被海水泡得没了人形，快脱了层皮，跟现在的样子相差好多。"而且她跟毕韦烽拢共就见过那两次面，后来连他五官长什么样子都不太能记得，印象最深的还是他一头红发。

毕韦烽一噎，竟哈哈大笑起来，笑得指尖的烟灰都落下来了。

谷音琪一直都觉得这人疯疯癫癫的让人猜不透，丢下一句"不要再来找我了"，转身要走。毕韦烽喊住她，说如果她不收，这银行卡他会让人送去她姑姑家。

"看得出，你姑父应该挺想要这笔钱的啊。"他掐了烟，拿起那张银行卡在手指间把玩，这笔巨款要是给了纪鸿盛，那他可得飘上天。

谷音琪被他激得咬牙，扯起嘴角笑道："毕老板，世界上有很多比我更需要帮助的女孩，你真想给我这笔钱，那就直接帮我捐了吧，谢谢了哟。"

十月底的一天，谷音琪回家时又见到毕韦烽，操着一口不太流利的闽语和阿嬷聊得好开心。那次他给她带来了捐赠证书——这疯子真把那笔钱捐给山区里的小娃娃们了。

❻

名贵的跑车能开再快也没用，一样堵死在周五的晚高峰里。逼仄低矮的车厢内很安静，两人都没说话，毕韦烽耳朵里全是自己心脏跳动的声音，他其实不像想象中的那么轻松自在，他的手指无意识地来回摩挲着方向盘，连咽口水都怕动静太大。

刚才他开车经过那栋写字楼，车速不算快，余光里有熟悉的面孔一晃而过，他的心脏骤然窜得飞快，想说自己是不是喝酒喝得已经出现幻觉了。

他和韩哲不一样，他是个不讲规则的，车子好似一条鲶鱼在车道之间钻来钻去，变道掉头，再开回写字楼前，才发现没有认错人。只不过，谷音琪把一头棕红长发剪了，如今是齐耳黑短直发。

毕韦烽找话题想跟女孩聊："怎么剪头发了？"

谷音琪答："想剪就剪了呗。"

毕韦烽又问："奶奶最近身体如何啊？"

"还可以。"谷音琪还是那个语气。

毕韦烽想了想，又说："我看了最新的那期《大妹日记》，她现在跳舞跳得挺好。"

"嗯哼。"谷音琪不置可否。

毕韦烽没有气馁，再继续问："你是来上花艺课的？"

谷音琪点头道："嗯哼。"

"上到哪一天？"毕韦烽事无巨细地问。

谷音琪惜字如金："明天。"

毕韦烽试探道："那明晚……一起吃顿饭？"

谷音琪侧过脸睨他，干净利落地拒绝："不要。"

心脏像被刺扎了一下，毕韦烽回瞪她一眼，道："谷音琪，你要不要这么狠？"

"又不是第一次拒绝你了。"谷音琪皱了皱鼻尖，"毕老板，你高抬贵手好不好，别浪费时间在我身上了。"

毕韦烽哑声道："朋友之间连吃顿饭也不行吗？你都没跟韩哲在一起了。"

"我跟你还算不上朋友吧？"谷音琪回过头看车外缓慢游移的车尾灯，话语也变得很慢，"要是被他知道了，他有可能心里会难受的。"

那根刺还在继续往心头肉里钻，毕韦烽忍着又酸又麻的痛，故作轻松地嗤笑一声，嘴硬道："你想太多了，可别把韩哲当成那么深情的一个人，他在男女感情方面很薄情的……"

最近韩哲竟然和魏梦晴又有了联系，毕韦烽见过几次魏梦晴给韩哲打电话，韩哲出去接了，弄得神神秘秘的。毕韦烽也不知道自己在想什么，竟有点儿为谷音琪抱不平。

车厢内又安静了下来，半晌，毕韦烽才听到旁边传来一句：“哦，是吗？”她的声音里没什么情绪，像被放进冰箱里的一杯白开水，无色无味，但一点点地失去了温度。

谷音琪微垂着脑袋，半张脸埋进花束中，淡声道：“是这样的话，那就太好了。”

之后一路无言，无论毕韦烽再说什么，谷音琪只嗯嗯啊啊地回复他。下车时，谷音琪又丢下一句“不要再找我了”，砰的一声摔上车门，大步往前走。

毕韦烽心里挫败，长叹一口气后点了根烟，掉头往自己的目的地开。这时赵宁来了电话，问他人到哪儿了，大家都到齐了，就差他一人。毕韦烽瞥了眼后视镜，但哪儿还能看得到人。

他问赵宁：“老韩人呢？”

赵宁答：“在我旁边呢。”

毕韦烽便说：“你把电话给他。”

“哦。”

很快韩哲接过电话：“找我？”

“嗯……那什么……”毕韦烽罕见地吞吞吐吐，到底没把偶遇谷音琪的事说出来，“没事没事，等会儿再说。”

赵宁很机灵，落座时坐在韩哲旁边，这样就留下一个空位给毕韦烽，也正好能隔开他俩。虽然这几个月俩兄弟没上演反目成仇的戏码，但赵宁还是隐隐约约感觉得出在相安无事的下方藏着暗涌。

毕韦烽来了，菜肴也陆续上桌，一时间碰杯声铿锵。赵宁发现，今晚的毕韦烽成了另一个韩哲，一直不出声，闷声灌酒吃菜。

酒过三巡，毕韦烽明显有了酒意，赵宁和其他几人互看一眼，想着要不要先给他叫代驾，把他送回 BOSS 或家里。

再过了一会儿，韩哲接了个电话，他的表情没什么变化，声音平平：“魏梦晴？……好，稍等，这边有点儿吵，我出去外面接听。”

等韩哲走出包厢，一桌子人激动地讨论韩哲是不是和前女友复合了。毕韦烽更难受了，又灌了半杯洋酒。他觉得自己是在场唯一一个知道谷音琪跟韩哲好过的人，凭什么韩哲就能开始新生活，谷音琪还要陷在泥泞里，连正常跟他去吃顿饭都不敢？

五分钟后韩哲回来了，还没坐下，就见面红耳赤的毕韦烽蓦地站起身。赵宁心想，坏了坏了，肯定要出事。

果不其然，毕韦烽冲着韩哲问："你……你是不是和魏梦晴重新在一起了？"他起身起得猛，酒杯被撞翻，酒液在桌布上洇开一片铁锈红。

韩哲双眸拉得狭长，他缓缓站起身，直视着毕韦烽说道："你醉了。"

"对对对，疯子你醉了。"夹在两人中间的赵宁也站起身，想把两人隔开一段距离，"吃饭吃得好好的，你又发什么疯？"

毕韦烽拨开赵宁的手，又问了韩哲一次："你是不是和魏梦晴又在一块儿了？"

这次没等韩哲回应，毕韦烽继续说："是的话，我就要认真追谷音琪了。"

场面瞬间鸦雀无声，房间内的服务生赶紧离开了包厢，还把门紧紧关起来。

很明显的，韩哲的神情完全不一样了。他的眼神变得狠戾，嘴角紧抿，拳头攥紧，浑身散着荆棘般的浑浊凶气。

"疯子你别闹，有话好好说……"赵宁察觉出韩哲的变化，又一次挤进两人中间，跟人使了个眼色，立刻有人起身帮忙劝。

毕韦烽自然不听劝，他没醉，还清醒着呢。他对着韩哲说："我是在好好说啊，要是没顾及兄弟感情，我早就上了。"

赵宁还没来得及反应，就被韩哲一把推开，他打了个踉跄，再看过去时，韩哲已经朝毕韦烽撞了过去！所有人都蒙了，他们认识这么多年，哪曾见过这样的韩哲？连孩童时期的打闹都几乎没有过！

毕韦烽被推倒在地，背脊至后脑勺传来的剧烈疼痛让他的脑子清醒了一半，下意识出声："嘶……"

二十多年的老友骑坐在他上方，一张脸逆在光里，毕韦烽看不清老友的表情，只觉得他化身成厉鬼，将他的毛衣领子扯得松垮。眼见韩哲举起拳头，毕韦烽本能举起手臂挡在脸前，可拳头迟迟没有落下。

赵宁扑了过来，死死扯住韩哲的手臂，低吼道："韩哲，你冷静点儿！"

其他人反应过来了，也冲过来把两人再次分开。

"你们……你们都中蛊了是吧？都快三十的人了还打架，是小学生吗？！"赵宁把韩哲拉到沙发边，而毕韦烽还躺在地上，胸口一上一下地起伏不停。

韩哲松了颗扣子，食指指向毕韦烽，哑声警告道："毕韦烽，你那些小动作都给我收好了，别再去招惹她。"

毕韦烽缓了片刻，坐起身回瞪他，说："……要说小动作，之前你可不比我少。"

韩哲稍微冷静一些，走到衣架旁扯起自己的西装外套，冷声道："你知道就好，你可以趁早退赛了，因为我没有放弃过她。"

他不再看地上的男人，跟其他人道了歉："抱歉，扫你们兴了，单子我去结。"

韩哲一边说一边往门的方向走，毕韦烽踉跄起身，朝他喊了一句："那如果她最后选择了我呢？你会祝福我吗？毕竟她现在单身，大家公平竞争。"

这下连赵宁都听不下去了，他一巴掌打到毕韦烽肩背上，吼他："你疯了吧！"

韩哲停住脚步，回过头，嘴角扯起不屑的笑，说道："说什么废话？当然不会祝福你。"

包厢门"砰"的一声关上，一行人面面相觑。赵宁气得要命，又朝毕韦烽身上锤了不痛不痒的几拳，说："你给我说清楚，那女人到底是谁？犯得着你俩为了她抢来抢去？"

毕韦烽承了那几拳，狠狠挠了几下后脑勺才开口："……我开玩笑的，就是想激一激这副老骨头，谁能想到他这么认真？"

赵宁又蒙了，好一会儿才骂道："你可真疯，什么事都能拿来开玩笑！”

毕韦烽一屁股坐回原位，把洋酒瓶转到自己面前，将空杯子满上，黑着脸一声不吭。赵宁和其他人也坐下了，赵宁收了火气，半信半疑地问：“你是真的开玩笑啊？是的话晚点儿就跟老韩讲一声，别因这种事在心里长了疙瘩。”

“你是第一天认识我？我这人就是疯，没半句真话的。”毕韦烽仰头，一杯苦酒入喉。

辛辣的酒液包裹住那些似真似假的话语，连同胸腔的那团酸涩，一并吞进肚子里。他就是《狼来了》里那个小孩，说太多谎话，连自己都要信了。

韩哲喝了酒，叫的代驾很快就来了。车子驶到一半，他突然更改了目的地。洋酒在胃里翻滚，烦躁也是，他需要吃点儿暖和的压下它。

还是那家香香馄饨，他拨开塑料帘走进店里，老板娘立刻惊呼一声：“哎哟，你怎么也来了？”

韩哲愣住了，“也”是什么意思？

老板娘继续说：“上次你带来吃馄饨面那个小姑娘啊，刚才也来了……”

老板娘的话还没说完，韩哲已经转身跑了出去，或左或右地张望，像一枚坏掉的指南针。以前交往过的女友都家境不错，这种街边小餐馆她们不喜欢，所以这么多年来，他只带过谷音琪来他的“秘密基地”。

老板娘赶紧追出来说：“小姑娘走好久啦！”她耐不住心里的好奇，小声问，“你们分手啦？”

韩哲呼吸有些急，好一会儿才回老板娘：“嗯，分手了。”

老板娘叹了口气表示惋惜，给他下了碗馄饨面，再带了颗狮子头，说：“喏，今晚我请客。”

韩哲道了谢，低头一口口吃起来。

他的小动作确实很多，他知道谷音琪换的新手机号码和新的微信号，他知道谷音琪剪头发了，知道她来沪市了，连她在哪一家工作室上花艺课他都知道。但毕韦烽不知道，他得花多少力气才能控制住自己不去她上课的写字楼楼下徘徊。

他能有一百种办法去闯进对方的生活，可他不愿意，因为谷音琪正努力遵守和他的约定，积极且热烈地不停往前走，所以他也不能食言。

只是这种事真的好难受，知道彼此在同一个城市，不能联系对方就算了，更难受的是像他这样无意中与她擦肩而过。

韩哲想，之前呢？在不认识彼此之前，他们有没有擦肩而过？她晚上会去御景附近的那个观海长廊散步吗？

他们有没有在同一个卖艺人面前驻足、停留，听同一首歌曲，然后先后给对方扫二维码打赏？有没有一前一后地进过御景楼下的那家左邻便利店，她在他之前取走了架上最后一个滑蛋三明治？

…………

SD 卡里面的那段录音韩哲反复听了许多遍，每一次都是愤怒的。一来，他和魏梦晴还算是朋友，他有义务提醒朋友不要落入圈套，但让他更愤怒的是那男人对谷音琪阴阳怪气的不尊重。

接着就是强烈的焦虑——他确实没跟谷音琪提起过前女友和她住同一楼层这件事。他觉得这样的三角关系可能会让谷音琪陷入难堪，所以选择了隐瞒。最终，谷音琪是在那男人口中知道了他的事，她当时是什么心情？难过吗？愤怒吗？

而谷音琪最后在沪市的那段时间，她又是用什么心情陪在他身边的呢？

…………

店里本还有别的客人，韩哲吃至一半时走了些客人，老板娘这时走过来，手里捧着一束不小的花束，她说："这个是刚才小姑娘给我的，说是她上课的时候做的。她说她明天就要走，这些花带不走，放宾馆也是浪费，就送我了。"

老板娘把花束递给他，问："你要不要呀？"

没有考虑太久，韩哲点头说"要"。

回家后，韩哲取出了之前谷音琪留在他家的玻璃花瓶和花剪，把花草剪枝至适合花瓶高度再插瓶。又是一年洋牡丹盛开的季节，花束中有三四朵紫黑色的洋牡丹，已经养开了，花瓣一层层绽放，韩哲还记得谷音琪教过他的方法，取了吸管加固花头。

睡觉前，韩哲习惯性地打开了视频网站，在历史记录里点开一个视频。那是《大妹日记》的第十期，谷音琪带着奶奶去超市买东西。他重复播放这一期，只是因为谷音琪的声音在视频里出现了许多次，比其他期多出许多。

视频里，老太太想买饼干，挑了一款问孙女："阿琪，你喜欢这个口味吗？"

画面外便传来那人的声音，轻松慵懒地说："我喜欢啊。"

韩哲闭上眼，就着这一句话入眠。

⑦

毕韦烽掐着时间算，他和韩哲已经有一个月又十九天没说话了。眼见后天就是除夕，他微信里还保留着去年过年时韩哲给他发的"新年快乐"。

赵宁骂他就是死要面子，让他趁着过年和韩哲破冰。谁知道除夕前一天早上，毕韦烽接到毕母的电话，紧张地说韩哲妈妈昨天半夜又一次企图轻生。

虽然发现及时并立刻送了医院，目前身体没什么大碍，但韩老头子大受打击，也倒下了。于是，毕母让毕韦烽他们一群人赶紧去关心一下韩哲，韩家需要帮忙就多帮一帮。

毕韦烽和赵宁先赶到医院，在顶层病房的走廊上看到韩哲。韩哲多少有些惊讶，赵宁给他打电话时没说毕韦烽也要来。

"阿姨和外公怎么样了？"毕韦烽主动问他。

经过一夜的奔波，此时韩哲的眼下一片淡青，答说："外公在家休息，没什么事，就是年纪上去了，受不得刺激，医生、看护和婵姨都在家里陪着。我妈洗了胃，早上醒过一次，但精神不太好，现在又睡过去了。"

毕韦烽走到他身边，拍拍他的肩，说：“会没事的。”

韩哲动了动嘴角，挤出两个字：“谢谢。”

三人有一句没一句地聊，过了半个多小时，病房里突然喧闹起来。韩哲快步走进去，病床上的韩白萱坐了起来，闹着要拔掉手背上的针，旁边的看护和韩家阿姨慌里慌张地拦着她。

“少爷你快去劝劝太太，她一直说不想输液！”阿姨忙说。

“我不输液……不输液……你们为什么还要救我？干脆让我死了算了……”韩白萱整个嘴唇都没了血色，声音好像一块敲不响的破锣。

韩哲大喝一声：“妈！你冷静下来！”

但陷进情绪中的韩白萱听不进儿子的话，她的泪水潺潺涌出，无助地呢喃着“死了就能见到他了”“我好想见他”。她明明看上去那么虚弱，却不知打哪儿来的力气，竟能把看护和阿姨都推开，一把扯下了手背上的针头，瞬间血珠子四溅。

韩哲知道母亲说的“他”是谁，那鲜血烫伤了他的眼，他突然想起了谁说过的话，伏背弯腰，张开双臂，直接抱住了韩白萱。

他对她说：“妈，我也很想爸爸，我和外公都很想他啊……但我们更希望你能快乐一点点，你也是我们很重要的家人啊……”

韩白萱愣住了，挥舞的手还停在半空——她已经很久没有得到过拥抱了。

母亲和丈夫在世时，当她情绪不好，他们都会抱抱她，后来母亲和丈夫相继去世，父亲对她虽千依百顺，但父女之间总有一些隔阂，而韩哲就更不用说了。

韩哲极少有感情外露的时候，孩童时期两母子连牵手的次数都不多，更不可能像现在这样，有这么温暖的拥抱和直白的感情吐露。

她知道自己不是个尽责的妈妈，从小就没怎么照顾过韩哲，加上病情反反复复的关系，有的时候只因龚烨把注意力放多一点儿在儿子身上，她就会涌起不好的情绪，每一次韩哲想跟她走近一点儿，她只会把小孩推得更远。

可即便她这样冷待韩哲，他也不曾对她有过怨言。

泪水模糊了视线，韩白萱泪流满面道："可是我给你和外公……添了好多麻烦……我控制不住那些思想……昨晚有亲戚来我们家，我不想给你外公丢人，就在院子里弄花草……但我还是听到他们私底下议论，说你和之前那个女朋友分手，说不定是因为我，谁都不想要这样一个疯女人做婆婆……"

韩哲愕然，他知道母亲很容易被别人的言论影响，但他没想过竟然是因为这方面的事。更让韩哲觉得心脏抽痛的是，他以前的女友和熟知他家庭情况的发小们，甚至是他本人，都觉得韩母这样的婆婆特别难磨合，却没人去问过韩母真正的想法。

大家先入为主地认为，不去打扰她固有的生活习惯就是对她的尊重，却无人知晓韩白萱或许渴望着有人能拉她一把，告诉她另外一条轨道上的风景也很美，要不要去尝试看看，虽然可能会有狂风暴雨，但风雨之后或许就能见到绚烂彩虹。

护士很快来了，韩哲退开一些，护士帮韩白萱把出血的地方处理好，又另外找了个位置继续输液。被子滴上血了，阿姨知道韩白萱的习惯，手脚麻利地给她换了一床。

虽然韩白萱已经冷静下来了，但还在啜泣。韩哲示意看护和阿姨先出去，他一个人留在病床旁，尝试和母亲进行谈话。

"妈，之前和魏梦晴分手是我自己的问题，你不要把别人讲的闲话放在心里面，和你完全没有关系的。而且，后来我认识了一个姑娘，她……她很可爱，和我是完全不一样的性格……

"她家境有些困难，父母都不在了，奶奶还得了认知障碍……

"她好像什么时候都能带着笑容，我让她不要老是笑，她反而叫我多点儿笑，说我笑起来很好看……"

他的嘴角不知不觉地上扬。

儿子的声音沉稳沙哑，韩白萱渐渐停了啜泣。到底是血浓于水的关系，她自然能察觉到儿子身上发生的明显变化。这是她这么多年来，第一次听到儿子述说那么多关于他的心事。

她听得很认真，甚至没去在意韩哲的衬衫扣子此时没有扣到最上方，也没觉得他衬衫沾上的鲜红血迹有多碍眼。但说到女孩提出分开的事，韩白萱打断了韩哲，哑声道：“和你爸爸当时一样。”

韩哲顿住，问道：“什么一样？”

韩白萱说：“当时你爸他也拒绝过我。”

“……我没听爸爸提起这件事。”韩哲十分惊讶。

“嗯……”韩白萱舔了舔干燥的唇，哑着声说，“那时候是我先喜欢上你爸爸的。你知道，他是个孤儿，又在你外公身边工作，觉得和我在一起，会让人觉得他有所图……”

韩白萱已经陷入和丈夫在一起的那些回忆中，眼皮也缓慢地耷下。在去梦里与爱人相会前，她跟韩哲说：“家境再差也不可能比你爸差的，如果很喜欢很喜欢，那就像我一样，固执一点儿，不要放弃……”

正午的阳光很暖，被病房窗帘筛成一地碎金。韩哲阖起发烫的眼皮，勾唇笑道：“好，我知道了。”

医院走廊很安静，毕韦烽从未关严的门缝里断断续续地听清了一些词句。

赵宁抹了下眼角，一抬眸就看见神情明显落寞的毕韦烽。他心中清明，搭住毕韦烽的肩，重重拍了两下，说：“走吧，陪你去找个地方抽根烟。”

这一年的六月还没过去一半，鹭城已经发布了今年第一次高温预警。从下车走到便利店不到一分钟，谷音琪的额头已经沁出细细汗珠。她撩起渔夫帽帽檐，抬眼看了下天空，蓝得很美丽，但实在太晒了。

这家左邻说是什么概念店还是什么联名店，占了三个铺位，装修比其他家便利店都要新颖，店里店外都有店员在做开业前最后的清洁和整理，极具辨识度的鹅黄招牌上方还覆着一层红布。

谷音琪向门口的一位女店员开口说：“哈喽，我是来送开业花篮的，想问下门口停车位上的车能麻烦先挪一挪吗？这样我们的车能开到门口，比较方便花篮搬运……咦，阿姨？”

朱晓霞的眼睛越睁越大，她也认出了面前的年轻姑娘，兴奋得都有些结巴了：“小琪？！”

谷音琪没想到会在这儿见到御景楼下左邻店的那位阿姨——就是她以前给对方做了 CPR 的那位，于是她也有些兴奋地道：“阿姨你怎么在这边？调过来的呀？”

“对啊，这家左邻也是唐老板开的！”朱晓霞热情地握住谷音琪的手，脸上的笑容明显比以前自信、自在好多，“他让我来这边当店长！”

“哇！这能不能算是升职了？”谷音琪由衷地替阿姨感到欣喜，当时发生那件事后，她一度担心阿姨会被老板炒鱿鱼，但“那人”跟她保证过不会出现这种情况。

不过后来阿姨没在御景分店干活了，“那人”说，阿姨住的地方离御景太远，店长给她安排到了另一家分店，这样她的通勤时间能缩短很多。

阿姨在那之后跟她联系过，坚持要请她吃饭并当面道谢。盛情难却，谷音琪只能叫阿姨不要破费，在路边小馆子随便吃吃就好。再后来，谷音琪搬离御景，就没再见过阿姨，直到今天。

朱晓霞听见谷音琪说她是送客订花篮来的，惊讶地说道：“真没想到，你现在都当花店老板了啊？”

谷音琪用手背擦了擦鼻尖的汗，笑得有些不好意思，说：“不是啦，还不是花店，只是一间小小的工作室而已。”

谷音琪时不时抽空搭个高铁去省内其他城市逛逛，可这两年全省房价一路上涨，能看中的房子太贵，能负担得起首付的房子，房况又不理想，还得多留意当地花艺的发展潜力如何。

奶奶这两年多来认知障碍的程度有加深一点儿，但现状比她预想的情况好太多了，日常生活没问题，心态也很积极。谷音琪跟奶奶商量后，决定先继续在鹭城租房子，这样奶奶去找王医生复查比较方便，她也能存多点儿钱，还能积累更多花艺方面的经验。

谷音琪的一人工作室开了一年多，她在线上坚持分享自己设计的花艺作品，还参加市集摆摊做地推，于是客源一点点慢慢累积起来。目前工作室的收入算不上特别多，有节日的月份生意比较好，反之，生意就一般般。不过，收入来负担工作室的营运成本和生活日常开销还是绰绰有余，还能存下一点儿。

上班的时候她会带奶奶一起去工作室，让奶奶帮她做点儿摘叶子或者去残瓣的小工作，王医生说这样对沈大妹的病情也能有一些帮助。

太大的单子，例如婚礼花艺设计这种，谷音琪还没有机会能接，像今天这种一口气订上二十来个新店开业花篮，已经算是大单子了。

昨晚她一个人在工作室做了个通宵，一边插花一边打哈欠打到流泪，为了送花，她订了辆厢式小货车，但门口没有地方停，司机只能停在几十米外。

朱晓霞说停车位上的车不是便利店的，谷音琪想了想，走回货车那儿，让货车司机帮忙把车上的花篮卸下来，她再一个个抬到便利店门口。朱晓霞叫上另一个男店员一起来帮忙，三人来来回回好几趟，最后还剩一个，谷音琪说她自己去取。

往回走时，有辆蓝白色豪车从她身边经过，谷音琪被花篮里的叶材遮挡住部分视线，在光影摇晃中看着那豪车慢慢降速，停在便利店门口。司机下了车，快步走到后排，给乘客开了车门。

谷音琪脑子里已经开始想着送完最后这个花篮，她就要立刻打车回阿嫲那儿，洗澡吃个面，然后睡个天昏地暗，结果下一秒，她像被人下了咒语，猛地定在原地。

从豪车后排先下来了一个中年男人，接着，是韩哲。

睡眠不足的脑子好似一团糨糊，谷音琪没法去多想为什么公司大老板会出现在这儿，不就只是一家加盟店开业而已吗？她赶紧把手里及肩高的花架放落地，从裤袋里摸出嫌热不戴的口罩，挂上后再把渔夫帽压低，才拿着花篮慢慢踱步过去。

她躲在向日葵后面，视线落在好久不见的男人身上：他还是一副精英模样，衬衫西裤下藏着宽肩窄腰的好身材，头发比以前更短了点儿，干净清爽，在夏日阳光下倒映着光芒。

他……怎么好像变得更帅了？谷音琪的心跳得好快好快，像发疯的小兔子。

嗯，放下花篮，跟阿姨讲一声她就立刻离开，剩下还没收的那一半花篮钱，在微信上跟负责人讨就好……没事的，她剪了头发，晒黑了那么多，戴了帽子和口罩，只要不说话，他认不出来的……说不定，韩哲会装作不认识她呢……

可端着花篮快到门口时，谷音琪看见朱晓霞迎了上去，跟中年男子和韩哲兴高采烈地说着什么，而朱晓霞的手指，指向了她。中年男子看了过来，韩哲自然也看了过来。

脑子一片空白，身体已经自动做出了反应，谷音琪重重地放下花架，转身逃跑。

朱晓霞正在跟两位老板说“真是好巧，当年救我的那个姑娘来送花篮了”，就看到谷音琪跑开了。

“哎……哎？小琪，小琪！”

不知道谷音琪为什么跑，朱晓霞还在大声唤着，可让她更震惊、疑惑的是，身旁的韩大老板也跑了出去，跟离了弦的箭一样。

唐老板也目瞪口呆，但他不是因为韩总突然跑出去，而是他听到韩总跑出去之前骂了个脏字。

韩哲边跑边笑，自然是被气笑的。

他是会吃人的怪物吗，怎么这家伙一见到他就跑？她在心虚什么？她也不想想，自己那双腿能跑得过他吗？

谷音琪连回头都不敢，铆足了劲往前跑。可为什么要跑，要跑去哪里，她都不知道。也可能她只是单纯地觉得，今天不是一个偶遇的好时机。

不用照镜子她都知道自己有黑眼圈，而且昨天忙得没时间睡觉、洗澡，衣服也没换，胸口处还有昨天半夜吃拌云吞时蘸上的花生酱，邋里邋遢的，多少有些味道。头发就更不用说了，她出了汗，和“香香女孩”完全扯不上关系。

有好多个深夜里，谷音琪都会想起韩哲。她一遍又一遍给自己洗脑，说时间会带走一切，只要再耐心等等，就能把韩哲放下了。她也幻想过，他们可能会有一场时隔多年的偶遇或重逢。

到那个时候，她要自己已经成为能独当一面的花艺师，她的事业要非常成功，她要自信又漂亮，见到韩哲时，要潇洒帅气地朝他笑笑，道一声“好久不见”。

要是他已经结婚了，她就祝他家庭幸福，要是已经有小孩了，她就祝他小孩身体健康，最后要给他递出制作精致的名片，跟他说，韩总，如果有需要花艺师的话务必联系她……

总之，绝对不能像她现在这样落荒而逃。

好孬，好孬……谷音琪忍不住想，两年过去了，她怎么一点儿进步都没有？

眼见两人的距离越来越短，韩哲加快速度猛冲上去，一把拉住谷音琪的手臂，硬生生把她扯到自己的身前。他喘着气，竟还能笑出声：“谷音琪，你跑什么跑？”

热气在口罩里闷出好多水珠，汗水也不停地滑落，谷音琪整张脸憋得通红，还湿答答的。

见她连呼吸都有些困难，胸口上下起伏，还总想着要挣脱，韩哲更气了，直接拿下遮住她半张脸的渔夫帽，再勾开她耳朵后的口罩带子，大声道：“你冷静下来，好好呼吸。”

谷音琪急忙用另一只没被牵住的手去挡自己的脸，怒道：“你浑蛋！不要看我！”

“看到我就跑，你是做了什么坏事心虚吗？嗯？”韩哲没想过，他安排了好久的“偶遇”会是这个结果，亏他对着镜子演练了好久，要怎么跟她讲第一句话。

他觉得以谷音琪的个性，应该会用笑容掩盖震惊，洒脱自信地跟他打声招呼，然后道一声“别来无恙”。并且有了一次偶遇，那就有第二次、第三次，接着他要一点点渗透进谷音琪的生活，要重新和她建立起联系，他要臭不要脸……

万万没想到，两人一见面就来了一场你逃我追的戏码，他那些所谓的“冷静”和“成熟”，如今都被炙热的阳光晒得融化。

“我没……没……没有做坏事，我……我没有心虚！”谷音琪结结巴巴地反驳。

紧紧锢在她腕子上的那只手好似烙红的钢铁，她急得不行，好想让韩哲快点儿放开她，真想偶遇也等她回家好好打扮一下啊。她忙着拿防晒袖去擦脸上的汗水，嘟囔道：“你不要看我……我有黑眼圈，还没洗澡，没换衣服……”

韩哲越听越乐，笑意从眼睛和嘴角满得溢出来。低沉好听的笑声进了耳朵里，谷音琪有些不敢相信，是今天的太阳太猛，把冰块晒融化了吗？她仰起头，阳光从指缝里倾泻而下，明明眼前的男人逆在光里，可她还是清楚地看到他比艳阳还要滚烫的笑容。

好多种情绪混杂在一起，像被摇晃了好久的可乐，从胸口开始密密麻麻往上涌。谷音琪越来越觉得呼吸困难，深呼吸和大喘气都没有用。汹涌的气泡鼓噪不停，她喉咙发涩，脑子发烫，竟说了一句：“韩哲，我快要没办法呼吸了……”

韩哲笑得肩膀微颤，说：“那我给你做人工呼吸，好不好？”

❽

朱晓霞在不远处急得跟热锅上的蚂蚁似的，眯眼望着推推搡搡的那对男女，她还是决定要过去看看是怎么回事。

但刚跨出一步，她就被唐老板拦住，对方说：“哎哟，你过去干吗？”

“刚韩老板好像很生气的样子，我怕他对小琪做不好的事……”朱晓霞忧心忡忡的，“唐老板，该不会是小琪欠韩老板的钱吧？所以才见到他就跑！”

“安啦，安啦，别瞎操心，快到吉时了，快去准备，等下要剪彩了。”唐老板把朱晓霞打发去做别的工作。

到底是人精，唐老板的眼珠轱辘一转，就能想明白这到底是怎么一回事。怪不得总公司和他这边的同事沟通时，指定了开业花篮要跟具体某家花店预定。本来这种小事不经他手，他便没放心上，这个时候瞧见这么一幕，心中就有数了。

唐老板其实也担忧，这光天化日、大庭广众的，要是韩总和那女子当街吵起来，被人拍下来放上网就不好看了。他正踌躇着要不要找个适当的时机走过去，没想到韩总已经转身走回来，而那个姑娘也上了辆计程车，绝尘而去。

唐老板笑着迎上去，走到韩哲面前才小声问道：“韩总，你俩认识啊？”

韩哲“嗯”了一声，说：“挺熟的朋友。”

唐老板心中再好奇也没敢问大老板两人“熟”起来的过程，只敢问：“那……怎么没留小姑娘看剪彩？”

韩哲屈起指节轻拭去鼻侧的汗水，抬头看了下万里无云的晴朗蓝天，嘴角提了提，低声说：“她说太困了，要回去睡觉。”

韩哲都不知道自己再见谷音琪会如此孟浪，可惜“人工呼吸”就算他想做，谷音琪也不可能同意。回想刚才谷音琪脸上那震惊的表情，他心里头就乐得不行。想当初在酒店的 3001 号房，落荒而逃的可是他，如今总算让他反将了一军。

唐老板还在旁边说道：“哎呀，韩总不早说，这几年我投资的店一家家开起来，那些开业花篮应该都找她订才是，下回，下回一定啊。今年我老婆还要投资什么美容院，我回去也跟她讲一声。”

韩哲笑了笑，点到为止，没再多提。

出租车上的冷气充足，但谷音琪仍然满头大汗，一想到韩哲说要“人工呼吸”，她就双颊发烫，像被火烤过似的，手里的渔夫帽被她扭成一块破抹布。

怎么才两年没见，这男人变得如此厚脸皮了？是跟谁学坏的？还问她“好不好”……当然不好！哪有人一见面就要给对方做“人工呼吸”的？！

可是，刚才韩哲虽然是笑着说要做“人工呼吸”，眼神却好认真。他逆在光里的眼仁黝黑深邃，好似漩涡，将她又一次卷进海中央。

当他倾身凑近时，她才赶紧抬手捂住嘴。想起自己又呆又傻的反应，谷音琪的脸更烫了，她双手捂住脸，恨不得时间能倒回到十分钟之前。

她应该坚决果断地推开韩哲，而不是像个小结巴一样，说“不可以亲亲”！啊！谷音琪，你能不能有点儿用？不可以你个大头鬼！

谷音琪以为韩哲接下来会动不动就出现在她身边扮偶遇，但没有，她提心吊胆好几天，出门和回家都鬼鬼祟祟的，但都没在出租屋和工作室附近看到韩哲。

等到她再去左邻的官方微博偷窥，才知道韩哲最近忙着全国到处飞，一会儿参加什么什么峰会，一会儿给新开张的概念店撑场子……年轻有为的总裁大人可是很忙的，所以便利店前的那次“偶遇”，应该只是巧合吧？

谷音琪默默安慰自己。

自从那批开业花篮之后，她工作室的微信号多了不少人来添加和询价，订单量也增加了不少，生日花盒、祭拜花束、开业花篮、新娘手捧花等订单都有人约，甚至有人问她能不能承接小型户外求婚的现场花艺设计。

谷音琪每天从早忙到晚，身体很累，但精神很亢奋，不止是因为收入增多，更多是因为自己用心设计出来的花儿们，能让客户满心欢喜。

她也有想过，这些客人会不会和韩哲有关系，后来鼓起勇气，去问约了求婚现场定制的那位客人，为什么会找她。

客人说，他是在左邻便利店的公众号推文里看到了鹭城概念店开张时的开业花篮，觉得很符合他女朋友的审美，而恰好现场照片有特写到花篮里的贺卡，上面有印工作室的二维码，他就加了微信。

谷音琪稍微松了口气，要是她的花篮做得跟狗屎一样，那客人也不会选择她。她决定把韩哲先踢出脑海，全身心投入到工作中。

就这样又过了一个多月，客户的求婚时间定在八月中旬，地点在一家海边度假酒店的室外草坪。对方没有请策划，只是和一帮好友秘密筹备，谷音琪与对方不停地进行沟通，尽量了解女方喜好的颜色和风格，在预算范围内出了好几张效果图给对方挑选，最终敲定了现场布置最终效果和求婚花束。

那天她吃过早饭后就出发去酒店，由于工作时间太长，她没办法带沈大妹过去，便千叮万嘱，让沈大妹在家要小心，煲汤要记得关电磁炉，出门要记得戴手环和穿运动鞋，而且要跟她打个电话报备一声。

沈大妹叫她放心好好工作，不用担心她。

这场求婚安排在傍晚，夕阳西下最美的那一刻，霞光将现场飘荡在海风中的白纱染成了金黄，美轮美奂。不知情的女主角被闺蜜们领到草坪上，沿着一只只由白色系花材制作成的“小白兔”，走到了白纱后，便见到单膝下跪的男主角。

谷音琪躲在好远的地方，看着夕阳将一对情侣的影子拉得又黑又长，眼眶里有泪水晃荡。她说不清是因为什么起了流泪的冲动，那一刻有一个念头一闪而过——如果来请她设计求婚现场的人是韩哲，她真的能心无旁骛地工作吗？

男客户的求婚很成功，说未婚妻很喜欢她的花束，未来等举办婚礼了，希望还能找她设计婚礼现场花艺，她笑着应下。

收拾完自己的工具，天已经黑透了，谷音琪摸出手机，才发现不知什么时候手机关机了——她一直没舍得换新手机，最近手机总出问题，要么黑屏，要么电量骤降后自动关机。

她赶紧插上充电宝开机，第一时间给沈大妹打电话，可电话响了好久都没人听。她再点开定位手环和定位鞋的App，发现两者的定位都在出租屋。

谷音琪想着奶奶是不是去洗澡了，正想再打一次电话，这时看到手机短信的未读红点数字多了好多。她皱着眉点开，竟都是来自同一个手机号码的短信。那个手机号码，虽然谷音琪没有保存进联络人里，没给他标上名字，可她认得，那是韩哲的号码。

谷音琪心跳骤快，她有种不太好的预感。

果然，点开后，最下方的信息是：你手机关机了，一直打不通，开机后立刻和我联系。

谷音琪飞快滑到最上方的信息，心脏被狠狠地拽了一下。那是张照片，拍的是沈大妹的背影。

韩哲：我刚来到你家楼下，想找你，看见奶奶走出来了。

韩哲：她情况有点儿不对，穿拖鞋，也没有戴手环。

韩哲：我追上去想叫住她，但她认不出我是谁了。

韩哲：谷音琪，你看到信息的时候，先不要担心，我一直跟在奶奶后面。

…………

后面还有很多条文字信息和照片，谷音琪看不下去了，她立刻拎起工具袋拔腿往酒店外跑，一边给韩哲打电话。

对方很快接起来，谷音琪还没开口，就听见他说：“谷音琪，我还跟着奶奶，你先冷静下来。”

谷音琪跑得直喘气，问他：“你们……你们现在在哪里？我打车过来！”

“我们上次接吻的那条木栈道，走到尽头不是有个小广场吗？我们就在这里。”韩哲听见话筒里混乱的呼吸声，低声安慰她，“谷音琪，有我在这里看着，没事的，你慢慢过来，注意安全。”

他的声音好像一颗定魂丹，喂进她耳朵里，让波涛汹涌的情绪稍微平缓下来。谷音琪吸了吸鼻子，压抑了很久的脆弱有些绷不住了，往外偷偷渗出些许：“韩哲，麻烦你，一定要跟紧阿嬷……我很快就能到……你等等我……”

韩哲站在视线开阔处，目光一直锁在不远处的老太太身上。

他今天刚结束这个阶段的工作，直接飞过来鹭城，想好好找谷音琪聊一聊，却让他遇上了“离家出走”的老太太。小广场上有人在遛狗，有人在卖唱，许是走累了，沈大妹坐在路灯下的石凳上，看着小广场上的人来人往，可这一切似乎与她毫无关系。

韩哲尽量让自己的语气显得轻松：“我当然等你，我都等了两年了，再等等你又有什么关系？”

谷音琪不是故意不去想为什么韩哲会出现在她家楼下，也没有装作听不懂韩哲话语里的感情，可这时候她没办法去思考这些事情，她满脑子都是奶奶，于是她只说：“韩哲，你不要挂电话……”

韩哲笑笑，道：“知道。”

“韩哲……”

她的声音里已经带了些哽咽，韩哲一颗心比远处洒在海面上的月光还要软，哑声应她：“放心，有我在。”

半个小时后谷音琪赶到小广场，找到韩哲，上气不接下气地问：“阿嬷呢？”

韩哲指了指木栈道的方向，说：“在那边看海。”

谷音琪望过去，很快找到老太太的身影，她丢下工具袋，飞奔过去喊道：“阿嬷！”

沈大妹听到声音，回过头，呆呆地看着跑到面前来的年轻女孩。谷音琪急得不行，她好怕沈大妹认不出她了，又喊她一次“谷丽”。

“阿嬷，是我，我是阿琪，是你好爱的阿琪……”她忍着泪，却还要挤出笑容。

沈大妹的表情有些困惑，说：“我知道你是阿琪啊。”

“你……你怎么穿着拖鞋就出来了？为什么跑到这里来？阿嬷，你这样我真的好担心你，你知道吗？”谷音琪所有的不安和焦虑在这一刻喷涌而出，泪水无声滚落，吸着鼻涕又开始低头检查沈大妹身上有没有受伤。

她迟迟等不来沈大妹的回答，这时身后传来韩哲的声音：“谷音琪，你抬头看看阿嬷。”

谷音琪赶紧抬起头，擦走模糊了视线的泪水。

不知什么时候，老太太的脸上也挂满了咸湿泪水，在月光和路灯的映照下，安静得好似两道流淌过山丘和峡谷的小溪。

“阿琪，我想不起来，为什么我会走到这里……”沈大妹哭着说，“可能是我太想回家了吧。”

一阵眩晕袭来，谷音琪腿一软就想往下坐，有人眼明手快，从身后扶住了她，手掌搭在她腰间，稳稳托住了她。

谷音琪知道沈大妹的心结所在了：阿嬷的心里一直装着那间她住了好久好久的旧房子，无论那里发生了多少事，都还是她的家。

谷音琪在心里飞快想着老家的房价这些年有没有上涨，开始盘算着自己的全部存款够不够去把老家那套屋子给买回来。这时韩哲却开了口，他对着沈大妹，用标准的闽语说：“阿嬷，明日我带你回家。”

男人的语气很笃定，谷音琪隐约察觉到什么，猛地抬起头看他。

两人靠得很近，腰侧的手掌温暖又有力，谷音琪能听到自己的心跳声，和脚底下的海浪一样，涌起，落下，涌起，落下。

她正想开口问韩哲是什么意思，还在流泪的老太太突然“啊”了一声。沈大妹从裤兜里掏出一张皱巴巴的纸巾，擦了擦眼角，才说道：“我记得你是谁了，你是阿琪的男朋友，阿哲。”

9

谷音琪着实被今晚的事吓到，晚上跑进沈大妹房间，硬是和阿嫲挤一张床。

沈大妹的情绪来得快去得快，刚躺下很快就有了鼾声。谷音琪突然有些羡慕得了病的老太太，这样就算遇上令人害怕或伤心的事，阿嫲也不会装在心里太久。不像她，把本应只是过客的男人装进左心房的口袋里，一针一针缝起来，不让他跑出来。

谁知道她那么没用，只是再见了他两面而已，那个口袋又鼓胀起来，好满，好满。本来缝得密密麻麻的线全被撑开了，口袋松了口子，里面那些情绪也全跑出来了。

谷音琪睡不着，眼睛开开闭闭，最终还是从枕头底下摸出手机，躲在被子里解锁，果然信息多了几条。

韩哲：阿嫲睡了吗？她精神如何？

韩哲：你不要胡思乱想，最后搞得自己失眠，好好睡一觉吧，明天见。

韩哲：不过，我好像没什么资格说这句话。谷音琪，我也有点儿失眠。

韩哲：你知道我在想什么。

韩哲：晚安。

闷热的呼吸打在手机屏幕上，很快起了一层水汽，谷音琪关了手机，闷哼了一声作为发泄，强迫自己闭上眼睡觉。

第二天，沈大妹很早就起床了，她摇醒谷音琪：“阿琪，阿哲说今天要带我们回家！”兴奋的模样跟要春游的小孩子一样。

老太太记得那么清楚，谷音琪没辙，只好也起床给韩哲发了信息。两人吃过早饭，韩哲直接来了电话，说他已经在楼下了，她们收拾好东西，慢慢下楼就行。

谷音琪跑到阳台往下看，楼下确实停了辆黑色保姆车，而韩哲站在不远处的大树下。像是察觉到她的目光，他抬头看了过来，吓得她跟地鼠一样往下躲。

沈大妹也走出来阳台，看见了韩哲，举起手兴奋地挥舞道："阿哲！我们现在下来！"

韩哲笑着也朝沈大妹挥手。

祖孙两人下了楼，韩哲已站在车旁，他先跟沈大妹打了招呼，再问谷音琪："昨晚有睡好吗？"

谷音琪嘴硬道："睡得好好哦。"

韩哲轻叹一声，说："真羡慕你，我可是失眠了。"

谷音琪的双颊飞快染上温度，她已经有些招架不住这么直来直往的韩哲，真是士别三日，当刮目相看啊……

保姆车有司机开，韩哲坐在副驾驶位，谷音琪和沈大妹坐第二排，韩哲甚至给沈大妹准备了晕车药和晕车贴——他还记得谷音琪提过阿嬷容易晕车的事。

谷音琪心里又有只土拨鼠在尖叫，面上却不显。她从自己的包里取出晕车贴，语气淡淡地说："我自己带了，谢谢你的好意。"

韩哲挑了挑眉，并不勉强，把东西收回手套箱，回过头跟沈大妹说："阿嬷，如果有不舒服就告诉我。"

沈大妹乖乖地让孙女给她贴晕车贴和系上安全带，对着这位年轻人笑得开心，说："好啦好啦。"

司机像是很熟悉从鹭城到东山岛的路线，不用开导航都知道怎么走。车子很快上了高速，司机很安静，韩哲也是。谷音琪一直陪沈大妹有一句没一句地聊着天，心里想的却是：韩哲到底做了什么事？他说的"回家"，指的又是什么？

车子开得稳又快，谷音琪的眼皮不受控地往下耷，慢慢好像变成了韩哲和阿嬷在聊天了。他讲闽语的时候声音和平时有点儿不同，变得好有弹性，和一块刚烤好的吐司似的，压下去，慢慢又能回弹。

这样的韩哲明明应该要给人陌生感的，却又好像顺理成章，本来就该这样。

谷音琪再醒过来时，车子已经降速走在村子里，她拨开车帘看出去，许多自建房的外围都搭着脚手架，楼房密集，连甍接栋。

自从父母出事后，谷音琪很少回来，对这儿有爱，也有怕。即便之前沈大妹偶尔回岛上住，谷音琪也只是送她到姑姑家里，没再往老房子那边走。

司机确实很熟门熟路，谷音琪瞥了副驾驶位的男人一眼，嘀咕一声，像是自言自语："看起来比我还熟悉村里的路哦……"

她声音很小，但韩哲还是听见了，他轻扬起嘴角，没出声。

内巷车子开不进去，几人在巷口下车，那股在空气里永远消散不去的咸腥把谷音琪拉回小时候的记忆里。有个年轻男子在巷口等着，谷音琪想了想，大概记得他是韩哲的助理。

苏肃快步走来，偷偷瞄了眼韩哲身后的祖孙两人，尤其是年轻的那位女子，接着他把钥匙递给韩哲，道："韩总，卫生打扫好了，水电也检查过，没问题。"

韩哲接过，说："行，你可以回去了，不用等我。"

苏肃瞪大眼，惊讶道："我……我这时候就得回去了？"

他这段时间也跟着韩哲飞来飞去，想说能趁这个机会泡几天海水休息休息，再吃上几顿海鲜大餐，正好赶上小管捕捞季，他还想报个跟渔船出海捕鱼的单日行程。

韩哲斜睨他一眼，说："……那你自己安排活动，别来打扰我。"

苏肃比了个"OK"的手势，压低声音说："没问题，我滚远一点儿。"

谷家的老房子是三层楼高的自建房，建筑面积只有百来个平方，在村里不算大宅子。看着韩哲用钥匙打开铁门，沈大妹突然问："阿哲，你怎么有这屋子的钥匙啊？"

沈大妹原以为韩哲说的"回家"，是带她回来岛上看看而已，没想过还能进到屋子内。她前几次回来，也有特意走到老房子这边，想偷偷看一眼，无奈院门总是紧闭，问了老邻居们，说买她们房子的那家人早就搬去县里的商品房了。

韩哲清了清喉咙，神态自若地回答："屋主把这套房子放租，我就租下来了。"

跟在后方的谷音琪闻言，瞪了这不要脸的男人一眼。好家伙，说谎话脸不红心不跳的。

老屋子原来的架构没有太大改变，里里外外都翻新了，家具和电器都是崭新的，韩哲对沈大妹说："阿嬷，抱歉，之前的屋主留下来的家具都不能用了，而且墙壁都熏黑了，我重新装修了一下，希望你不要介意。"

见韩哲这么客气，沈大妹连忙摆手说："我怎么会介意，我觉得现在的装修也很好看。阿哲，这个装修有没有花你很多钱？"

韩哲笑笑，道："阿嬷你放心，花不了多少钱。"

"装修没花多少钱"的这种大话骗骗老人小孩还能行，像谷音琪这种一直重复看房屋改造综艺的忠实粉丝，站在屋内扫一眼就知道，这装修肯定下了不少本。

又要尽力保留原来老房子的物件，又要将现代化和实用性带进来，而且装修风格明显是她喜欢的日系简约风。韩哲做得太明显了，每一个细节都精准打在她七寸上，让她根本没办法装傻充愣。

沈大妹对这既陌生又熟悉的老房子无比好奇，像孩子一样征求了韩哲的同意，才往上走，她原来的房间在二楼。

韩哲正想跟上，忽然袖子被人扯了扯。他心神微动，克制住想把人直接揉进怀里的强烈冲动，回头问她："怎么了？"

谷音琪噘着唇，压着嗓子问道："你老实讲，买这房子花了多少钱？"

韩哲低头定定地看了她一会儿，没告诉她具体数字，但也不瞒她，道："不到一百万。"

谷音琪倒抽一口气，杏眸圆睁，骂道："你知道那家人买房的时候怎么压价的吗？他嫌我们家刚做过白事，硬是把价格压到市价的一半！你还给了他们这么多，怪不得他们能搬去县里买商品房……你亏大发了你知不知道！”

有光从楼梯间的小窗淌了进来，有金色尘埃在谷音琪乌黑的发顶上飘浮。韩哲半阖眼帘，看着她那张嫣红小嘴一开一合，两年的忍耐仿佛是从沉睡中苏醒过来的活火山，有熔岩在身体深处开始沸腾翻滚。

“好想……”韩哲声音不清地说了一句，蓦地抬手，手指穿进她黑藻般的乌发中，大拇指还像以前一样，指腹压住了她的红唇，再轻揉了一下，没有多余的膏体，只沾到丁点口津。

他哑声说：“谷音琪，有一句话叫作‘千金难买心头好’。”

魂魄好像一瞬间被勾走了，谷音琪愣在原地，被韩哲揉了两下嘴唇，才找回自己的声音：“你……你刚才说什么？”

韩哲重复道：“嗯？‘千金难买心头好’？”

谷音琪摇头道：“不对……再之前那句……”

“哦，那句啊。”韩哲喉结上下滚动，说，“好想亲你。”

可最终还是没亲成，老太太在楼上兴奋地喊“阿琪你快上来看房间”，谷音琪尖声应了句“好”，以此阻止韩哲继续倾身往她靠近。

两人已经近得只需要韩哲的脑袋再低一点点，就能吻上她的唇，炙热的气息在空气中不停发酵、膨胀，仿佛随时都要爆炸。

谷音琪用双手抵住韩哲胸膛，把他推远一点，皱着眉头，声音急促却还要控制着音量：“韩哲你到底要干吗……这房子你买来干吗？我不可能收，就算我现在和你在一起，我也不能收……还有，我已经忘了你了，我已经不喜欢你了！”

韩哲长叹一口气，朝楼上喊了一句：“阿嬷，你先看一看房子，我跟阿琪讲两句话。”

沈大妹回道：“好！”

谷音琪紧张道：“我没什么要跟你讲的！”

“可我有。”韩哲一把扯下她的手，圈住她手腕，拉着她走到灌满明媚阳光的后院才松开她。

“这房子我没打算送你，我知道你不收，我也想过直接送阿嬷，但我觉得阿嬷也不会收。但既然我买了房子，如何使用它是我的权利，我可以把房子‘借给’阿嬷，让她住到百年归老，或者你想给我付房租也可以。”韩哲缓了缓，继续道，“还有，这房子有四分之一是属于你的，我把卡里的钱都提出来了，你有收到信息的吧？”

韩哲喘了口气，点开手机相册，里面有一个命名为“龙窟”的相册。他点开其中一张，把手机递到谷音琪面前，冷声道：“你那爱骗人的坏毛病怎么还没改过来？忘了我？不喜欢我？那这些是什么意思？”

头顶上的太阳光线十分猛烈，谷音琪得拿手挡一挡才得以看清手机里的相片。她眼前一黑，心里想的全是，这下完蛋了。

韩哲对她在那个平台上的发文如数家珍：“我们刚分开的那年，六月你拍了毕业花束，说‘谢谢你’。十一月你来沪市，去了香姨那儿吃馄饨，说‘怎么好像和上次吃的时候味道不同了？果然吃饭这种事得看跟谁一起吃’，平安夜你发了‘好想念去年的平安夜’，除夕你发了‘希望你今年过年能吃上火锅’，第二年情人节发了七枝玫瑰花……谷音琪，你自己是做花艺的，会不知道七枝玫瑰花代表什么吗？”

韩哲一直高举着手机，不让她夺走，继续说道：“好，远的我不跟你计较了，就说近的，六月我们偶遇后你发了一条，但当晚就删了，你还记得那一条吗？”

谷音琪整张脸都红透，扑过去把他推到墙边，踮脚捂住他的嘴，龇牙咧嘴威胁道：“你不要再说了！”她当然知道自己发了什么！

“那是我的隐私！你……你浑蛋！偷看我隐私！”谷音琪气得够呛，脑子嗡嗡作响，视线落在韩哲那好看的喉结上，随即脑子一热，就张嘴咬了上去。

狗急了都会跳墙，她被逼急了，要咬人的！

韩哲哑声闷哼，快感从尾椎骨倏地往上窜，直直冲上后脑勺，身子麻了一半，那火山也爆发了，熔岩顺着血液流淌到四肢百骸。他曲臂揽住谷音琪腰背，直接把她带着转了一圈，把她抵在墙上。

他不再礼貌询问她能不能接吻了，什么教养什么矜持，都滚蛋吧。韩哲一手撑墙，一手扶着她的脸侧，低头封住她还想骂人的那张嘴。

谷音琪没来得及关上城门，就被敌军长驱直入，最可恶的是自己嘴里的小叛徒，竟自动自发地跟敌军缠绵起来，好像是盼望了好久好久的一场甘霖。

沈大妹已经上了三楼，心想怎么两个小辈一直没上来，走出阳台，朝着楼下喊："阿琪，阿哲，你们在干什么？"

隐在屋檐下的一对男女这时才分开，两人都胸口起伏地大喘气，仿佛在海里溺了好久。韩哲凝视着她玫瑰花瓣般的嘴唇，伸指抹去唇上的口津，哑笑道："谷音琪，我放不下你，我认，你呢？你放不下我，你敢认吗？"

⑩

新生报到日，J大门口人潮汹涌。

谷音琪把行李箱交给纪莹，再一次交代道："阿莹，你每一顿都得吃饱啊，你还是太瘦了，我都担心你军训熬不过来……知道了吗？"

纪莹点点头，道："知道知道，要吃多点儿肉，不替你省饭钱。"

谷音琪又道："嗯，我没法跟你进校园，你报到时有什么不懂的地方，就多开口问师兄师姐，生活用品缺什么就买什么，不够钱了就跟我要。"

纪莹忙说："姐，我妈有给我钱！"

"嗐，你妈存点儿私房钱也不容易……总之照顾好自己，好好享受你的大学生活。"谷音琪笑着替表妹理了理耳侧的发丝，"以后的路还很长，有的时候可能会走得很辛苦，那就停下来休息一下，存好体力再继续上路。"

少女的笑容真心且诚挚，她应道："知道了姐！"

直到纪莹的身影消失在人群中，谷音琪才转身往人潮外围走，她给姑姑打了个电话，说已经把纪莹送进学校了，让姑姑不用担心。谷丽也让她不用担心，阿嫲今天精神可好了，现在正在阳台听闽曲。

本来纪莹开学报到应该是母亲陪着来的，但谷丽说自己没怎么出过远门，就是村妇一个，去了可能反而要纪莹照顾她，倒不如麻烦谷音琪陪纪莹走一趟沪市。谷音琪能看出姑姑想要隐藏的那些不自在，她应下这件差事，麻烦当然不觉得，她正好还能来沪市“办”点儿事。

她在通讯录里翻出那个被她保存名字为“臭浑蛋”的电话号码，拨了过去。很快那边接起，谷音琪直接开口：“我现在搭地铁回去，最快也要一个半小时才能到。”

“好。”韩哲朝给他送来咖啡的酒店工作人员点头表示谢意，继续说，“路上注意安全。”

“知道了。”挂电话前谷音琪突然察觉到什么，狐疑道，“韩哲，你该不会现在已经在酒店等了吧？”

韩哲的手抖了一下，刚端起的咖啡杯里晃溅出几滴，他默了几秒，说：“嗯，我今天没什么事做，就提前过来了。”

谷音琪眯了眯眼，说：“啧，那你慢慢等吧……”

盯着“嘟嘟”响的手机看了一会儿，韩哲忍不住笑出声，杯里的咖啡晃荡得更厉害了。

地铁上没有空位，谷音琪靠边站着，耳机按了降噪模式，世界就只剩下海浪声，就像一个月前在海边的那一夜。

那晚他们三人留在老房子里过夜，是韩哲提出的建议，谷音琪见老太太眼里满是期待，便没有扫她兴，也想等奶奶睡了之后跟韩哲好好谈谈。

她要理性的……可哪有办法理性？房门刚上锁，她就被韩哲压在门后激烈狂吻。

两人都动情时，房门却被敲响，是老太太说睡得不大踏实，想孙女陪她睡。谷音琪胡乱地整理好衣服，走出门前还瞪了男人一眼。

她还用气音回了韩哲一句：“让你心急，心急吃不了热豆腐，你知道吧？”

第二天他们回了鹭城，韩哲趁着沈大妹没注意，把老房子的钥匙交给谷音琪，说他已经交代了别人平日定期上门做日常维护和打扫卫生，让她把老房子当成民宿，偶尔可以带老太太回去住几天。

韩哲说的话也比较直接，他说不知道老太太还能记住多少事情，能多一件开心快乐的事，总比伤心难过的事来得有意义。

后来谷音琪细细琢磨这段话，发现这段话不仅能用在沈大妹的病情上，也同时能用在她和韩哲的关系中。

那一天韩哲没久留，彬彬有礼地和祖孙两人道别的斯文模样，让谷音琪一度怀疑前一晚把她抱得快要窒息的是另有其人。

接下来几个礼拜，谷音琪都没有见着韩哲。生活看似回到了之前的轨道，可每三四天就有跑腿送来匿名花束，提醒她这一切可不是梦一场。花束都是雷打不动的七枝玫瑰花作为主花，还都是挺值钱的进口厄瓜多尔玫瑰。

哦，韩哲问她怎么会不知道七枝玫瑰的含义，她当然知道，韩哲在木栈道第一次买花送她的那次，她就已经知道了——代表“偷偷爱着你”。

谷音琪一边把玫瑰们剪枝插瓶，一边细声嘀咕，真是不懂变通的老古板，怎么不干脆送九十九朵玫瑰？这样她能省下不少拿花成本了。

今日站在电梯间前的男人依然身形颀长，却有些少见的狼狈，雪白衬衫从胸口开始往下染了一摊咖啡渍，连裤子都有点儿湿。

谷音琪快步走到韩哲面前，皱眉问：“这是怎么回事？”

“刚才不小心，弄洒咖啡了。”韩哲提了提湿答答的衬衫布料，语气有点儿无奈，“去你房间吧，我脱下来洗一下。”

进电梯刷房卡的时候谷音琪心里响起警钟，她是不是又被韩哲带着跑了？她猜疑道：“该不会是你自己把咖啡倒身上吧？”

韩哲睨她一眼，直接解开两颗扣子，敞开了衬衫，露出里面有些泛红的皮肤，说：“那可是热咖啡。”

谷音琪的眉头又皱起，不自觉地伸手去触碰那片肌肤，着急道：“怎么烫成这样也不先去处理一下！”

蓦地，韩哲牵住她的手，拉到唇边，轻啄一口，笑道：“没事，不痛。”

重逢后，谷音琪发现他经常笑，嘴角浅浅上扬，就好像被春风吹拂过的湖面，温柔又暖和，让她情不自禁地沉沦其中。她叹了口气，也不抽出手了，由得韩哲牵着她，轻声说道：“这两年，你变了好多啊。”

韩哲的喉结颤了颤，伸出另一手抚过她齐耳的乌黑发丝，指尖落在她依然没打洞的耳肉上，轻轻捏了两下，说：“你也变了好多。”

谷音琪眨眨眼，问：“例如？”

韩哲的手指往下，再捏捏她嘴角，说：“不怎么爱笑了，你看，连见到我都不笑了。”

“……不是你以前跟我说，不用什么时候都逼自己笑吗？”谷音琪反问他。

“我反悔了。”

韩哲低下头，鼻尖与鼻尖几乎相触，见她没有往后撤，他才嘬了下她的唇，一触即离，好似羽毛拂过。他认真说道：“我还是比较希望看到你笑的样子，因为，很好看。”

谷音琪轻笑一声，微弯的眉眼一下子变得柔软，说：“那不笑的时候就是丑八怪吗？”

韩哲立刻解释道：“不是，也很好看。”

电梯到了，谷音琪反手拉着那宽大温热的手掌，带着他走出电梯。她又叹了一声，有些无可奈何：“韩哲啊，我该拿你怎么办才好。”

进了房间，韩哲熟练地先把“请勿打扰”键按上，再把自己泼洒上咖啡的衣服脱下，抱着谷音琪大步走进浴室。

“先不要想那么多，”他哑掉的声音好像还带了点儿委屈，“今日不知明日事，以后再慢慢谈未来的事情，可不可以？”

谷音琪没办法无动于衷，心脏软成一朵被雨水浸烂的玫瑰花，连枝干上的花刺都不再尖利。这是她喜欢的人哪，这是她放不下的人哪，那么好的一个男人，他不应该这么卑微。

浴室里，韩哲关了花洒，把谷音琪抱出淋浴间，还不忘问：“谷音琪有想我吗？”

谷音琪抽泣着，说不出话，只能双臂揽住他肩膀，在他耳边小声“嗯”了一声。

有想啊，好想好想。

后面发生的事谷音琪都迷迷糊糊的，没什么记忆。她觉得韩哲变得好坏好坏，竟在她快要陷入昏睡的情况下问她，我们正式在一起，好不好。

心里的小人儿又一次叹息，看来她怎么逃，都逃不出这张温柔的网。

他们还是分隔两地，各自有各自的忙碌，和那三个月一样，每天谷音琪会在中午十二点、晚上六点、半夜十二点接到韩哲的电话。不同的是，除了定时定点的电话，他们还会来回传不少信息。

哦对了，韩大老板居然会用表情包了，小兔子敬礼，小兔子飞吻，小兔子说晚安……频率虽然不高，但每一次都足够让谷音琪乐呵一整天。

韩哲后来来鹭城不再住酒店，从机场出来后，他便直接开车至她的工作室。他悠然自得地从黑胶架里挑出想听的碟，轻车熟路地拿出来放碟机上转，接着走到那张仿制的北欧设计师的同款躺椅上，优雅地交叠一双长腿，就在那儿安静地看着她包花插花，仿佛他才是这工作室的大老板。

谷音琪说了他几次厚脸皮，都不起作用，也懒得管他，由得他自得其乐。要是沈大妹也在工作室，那老太太肯定会邀韩哲去家里吃饭，韩哲非常有礼貌，从不拒绝老太太的邀约。

工作室到出租屋是步行十分钟的距离，等她下班了，韩哲帮她丢完垃圾，两人才踩着夕阳往老旧社区走去。

经过咖啡店时，谷音琪会进去挑两款豆子，拿着咖啡杯走出店门时，韩哲也从旁边的五金店买好了新的节能灯泡，要给出租屋的浴室换个顶灯。

他们会在黑胶店门口驻足一会儿，听听随机播放的音乐有没有某段旋律或歌词击中他们当下的心情，有一次一首歌刚起了前奏，两人已经不约而同地往店里走。

他们会去面包店买沈大妹喜欢的糕点，买单时谷音琪会多挑两份低糖绿豆糕，让韩哲带回沪市。韩哲会故意问她，绿豆糕要给谁吃，谷音琪拿手机给店家扫码，咕哝道，你爱给谁吃就给谁吃。但最后她还是不忘提醒韩哲，爷爷年纪大了，你得多看着他，再喜欢也好，不能吃太多甜的。

蹭完饭的韩哲理所当然地留宿在她家，而且像预谋许久一样，后来他来鹭城时连行李都不用带了。

谷音琪的衣柜里慢慢添了几套西装和韩哲的贴身衣物，秋天收拾衣柜的时候，谷音琪盯着那几件西装好一会儿，竟觉得它们和点缀在花束里的蕨类叶材一样，沉稳大气，但又生机勃勃，能把色彩鲜艳的花朵们衬托得越发美丽、柔软。

到底是她渗进了韩哲的生活，还是韩哲渗进了她的生活？她已经分不清了。

像是解开了一个心结，沈大妹不再偷偷一个人跑去看海，偶尔她还是会认错人，会记不起昨天做了什么事，但每到周五她都会主动打电话给阿哲，问他周末想吃什么。

一表人才的青年在这样的社区里总是引人注目，不过也有几位大妈和阿伯认出他，跟谷音琪说，原来这是你的男朋友啊，怪不得之前时不时见他在老树下徘徊，像是在等人。谷音琪瞠目结舌，眼刀射向韩哲，韩哲挠了挠额角，移开视线不敢再和她对视。

谷音琪并没有太多认真谈恋爱的经历，也说不清他们之间这样算不算正常情侣，更像是跨过了漫长的磨合期，直接成了相处融洽的伴侣。

晚上两人窝在床上时，她好几次想问韩哲，我们真的可以有未来吗？但又很快便觉得这种问题早就失去意义。两年前的她觉得他们之间没有未来，可如今他们躺在一张床上，你一句我一句地聊着明天周日要带阿嫲去哪儿玩。

他们能在一起多久？两年？四年？还是十年？

不过管它的，她哪能操心那么远？她能做的就是把自己的生活过好，一步一步走得踏实，而无论她走得多慢，她心里都知道，有个人会在前方等着她。

韩哲回沪市的时候，谷音琪会挑出他们一起选的那些胶碟，边听边工作。她想，或许就和他们都很喜欢的那首歌唱的一样。

I know we're more（未来可期），
If we take the chance（把握当下），
This one could run（这一次我会与你），
On and on（再续前缘）.

十二月底，鹭城终于成功入冬。谷音琪把最后一道菜端上桌，喊奶奶洗手吃饭，发现韩哲还在卧室里没出来。她走进去，见韩哲在床头板上方钉了颗无痕钉，倒挂上一串植物。

她眯眼瞧了瞧，黄黄绿绿的枝叶上零星缀着几颗珍珠般的小白果子，绑着红绸丝带，倒是有些圣诞的味道。

“这是什么？”谷音琪觉得这花材眼熟，但它不是常见花材，一时想不起名字。

“就……圣诞装饰，苏肃买的。”韩哲跨下床，把两人的枕头摆回原位，“走吧，吃饭。”

吃饭时谷音琪在花材 App 里查到，这玩意儿叫槲寄生，不禁腹诽，哟，还有点儿来头。

她给阿嬷夹菜，瞥了韩哲一眼，问：“这挂饰真是苏肃买的？”

韩哲给她布菜，面不改色地说：“嗯，不信你去问他。”

过了圣诞，跨了年，他们在槲寄生下一遍又一遍接吻。

快到农历新年，那槲寄生都成了干花，偶尔他们打闹时碰到，那仅存不多的果子就啪嗒一声，往下掉一颗两颗。

有次谷音琪被果子砸了头，其实一点儿感觉都没有，还偏要哼哼着问韩哲：“哥哥，这花能取下来了吗？”

韩哲扣着她后脑勺深深一吻，才板着脸说：“不能。”

若是恋人在槲寄生下接吻，象征着这段关系将会走向婚姻，白头偕老。

番外

❶

车子出了高速，在国道上行驶了一段路后，仪表盘的胎压灯亮了，提醒右前胎胎压异常。

韩哲眉心轻拧，慢慢轻点刹车，谨慎小心地开到路旁。停下后打了双闪，他下车检查。

轮胎蔫了一半——估计从鹭城驶出来时已经漏气了，才会蔫得这么厉害，没法再往前开了。

这条新开辟不久的国道两侧只有红黄相间的矮山，一点儿绿色都不见。

今天极热，午后两点的温度快接近四十摄氏度，阳光猛烈扎眼，韩哲用手挡在额头处左右张望。他离后方加油站有近一公里距离，另一边，笔直的道路在热气中扭曲变形，能望到尽头是个分岔路，到了那边或许会有汽修店。

热浪翻腾，才下车这么一会儿，韩哲的脖子已经沁出汗珠，但他还是没把衬衫扣子解开。这时手机响了，他一接起，就听毕韦烽在那一头有气无力地嚷嚷：“韩大哥，你到哪儿了？”

韩哲走向车后，解释道：“刚过了东山岛的高速口，但我轮胎漏气了，要换了才能过来。”

毕韦烽的声音瞬间拔高：“啊？怎么这么倒霉？是不是我们哥俩跟这个岛八字不合？昨天我掉海里差点儿死掉，今天你一来就爆胎……”

“不是爆胎，可能是扎钉子了。”韩哲更正他。

韩哲开了后备厢，找到了备胎，可没找到千斤顶和扳手——这辆 SUV 是租的，本来他今天要回沪市，早上一接到毕韦烽的电话，说他在东山岛坠海住院，韩哲便直接开了车过来。

大难不死的男人还在那边哼哼唧唧，声音沙哑无比，也听得出虚弱。韩哲叹了口气，叫毕韦烽好好休息少说点儿话，他弄完轮胎的事就能到县医院。

挂了电话，他正想开导航看看前后哪边有汽修店，有辆“突突”作响的摩托车驶到他面前，停了下来。

车上骑手是位女性，穿着浅色牛仔裤和白色T恤，她没戴摩托头盔，但戴着一顶大帽檐的防晒帽，整张脸被遮得严实，小臂戴防晒冰袖，还戴着手套，从头到脚没有一处肌肤暴露在阳光下。

“是爆胎了吗？”对方主动问他，还把防晒帽的黑透防护镜片往上翻。

但就算这样，韩哲还是看不清她的样貌和大概年龄，因为她从眼睛以下被一片轻薄的防晒披肩遮挡，仅仅露出一双杏眸，藏在帽檐投下的阴影中。

韩哲答道：“轮胎漏气了。请问一下，你熟悉这附近吗？我想找家汽修店，我车上有备胎，但没有工具，没办法换胎。”

骑摩托的女子点点头，抬手指向前方的分岔路口，说道：“从那边，右转走上一段路，有一家汽修店。”

阳光实在太刺眼，韩哲再一次把手挡在额头上，试图与骑摩托的女子对视，并且说道：“好的，走过去大概需要多长时间呢？”

“走过去？就这天气，你走到那儿估计得中暑。”骑摩托的女子把镜片掰下来，扬扬下巴，“我开过去帮你叫老板过来看看情况，你上车等吧。”

韩哲微怔，正想同对方说“这样太麻烦你了”，但还没开口，骑摩托的女子已经手把一扭，脚一蹬就驶走了。

“谢……呃……谢谢你……”一句迟来的道谢有些小声。

韩哲没有上车等，还是站在车旁，路面反射的光刺得他不得不眯起眼，望着那银色小摩托冲进那片扭曲变形的热浪中。

差不多十五分钟后，一辆摩托逆着道驶过来，不过不是刚才替韩哲去找汽修店的那位女子。

摩托停在他面前，皮肤黝黑、身型矮胖的汽修老板嘴里斜斜叼着烟，操着一口口音极重的普通话，直接问：“轮胎漏气吗？”

韩哲点头道："是的。"

老板有带工具，谈好价格就帮着换胎。韩哲问对方："请问一下，刚才帮我去联系你的那位姑娘，已经离开了吗？"

老板浑身是汗，咬着烟正弄着千斤顶，声音含糊道："对啊，她告诉我这边有人需要换胎，让我带工具过来，她就离开了。"

"哦。"

韩哲用手背擦了擦泅至下巴的汗水，只觉得有些许遗憾，自己得到帮助，应该要跟对方讲一声"谢谢"才行。

银色小摩托在滚烫国道上匀速行驶，昨天在金瑶村海滩上给个落水者做了 CPR，不知道是不是用力过猛，谷音琪早上起床时觉得大腿和手臂都酸痛无比。

她回到家时已经是快半小时之后的事，就算做足了全套防晒，她还是被毒辣阳光晒得浑身发烫。停好车后，她走进小院，边走边脱掉防晒帽和冰袖，接着直接走到院里的水龙头旁，拧开水洗脸洗手，想把温度降下来。

"琪，你回来了吗？"沈大妹从屋内走出来。

"阿嫲，你怎么没有去睡觉？"谷音琪问。

"我刚刚醒。哇，今日真的是好热。"沈大妹手挡在额头望天，埋怨道，"你阿爸也真会挑时间，要你这个时间去送货，还要去那么远。"

谷音琪笑得露出一口白牙，说："哪会远，就在隔壁村而已。"

最近是小管捕捞季，谷家购入新渔船后收获颇丰，再加上是暑假旺季，岛上游客络绎不绝，海鲜需求量很大，谷音琪经常被父母叫去当临时跑腿，一些比较少量且距离较近的熟客订单都让她去送。

"我去给你切西瓜，你洗完脸就进来吃啊！"老太太说完，就趿拉着拖鞋啪嗒啪嗒地走进屋里去了。

谷音琪应了声"好"。

她那时候仍能笑得无忧无虑，从没有想过，一个月后的生活会天翻地覆。

渔船出事，父母去世，伤者家属大闹灵堂，奶奶一时激动晕倒，送进医院后那些家属依然追了过来。谷音琪没辙了，直接给他们跪下，发誓说自己一定会负责所有的医药费和赔偿款，但请他们给她一点儿时间。

回鹭城后，她做了很多工作，兼职群里除了一般兼职，也有人在发布一些高薪兼职。她知道，那些看上去收益很高的兼职背后需要付出什么，她也时刻警醒自己，欠再多钱也不能去借贷，那样只会越陷越深。

可尽管她很努力很努力了，离还清赔偿款依然好远好远。

那一年的平安夜，她批发了好些花材和包装材料，照着教程和图片做了些圣诞花束，想趁着节日多赚些。可大概是因为降温，海边的观光长廊不像平日那样人来人往。

谷音琪被冷冽海风吹得瑟瑟发抖，她拢紧了披肩，不停在原地跺脚、蹦跳，想让自己的身体暖和一些。

长廊上卖花的小贩原本不止她一人，但慢慢都转移了阵地，最后就剩她和不远处吉他弹唱的街头艺人还在坚守阵地。

谷音琪卖力吆喝，嗓子又痒又哑，好不容易把小束花束和单枝花束都卖完了，就剩最后一束较大的花束，主花是九朵红玫瑰。她包大花束的技巧很生疏，便花了些心思设计，最后成品效果还不错，红红绿绿的，还有些棉花在里头做点缀，像皑皑白雪。

她本以为这一束会很快就售出，谁知道竟然留到了最后，正想着要不然把花送给卖唱女子算了，就当她听了一晚上圣诞歌曲的打赏，这时有客人走过来，问她花束多少钱。

男客人身着西装，外披一件光看着就觉得材质上乘的黑长大衣。男人比谷音琪高出许多，她得仰头看男人。不过男人戴着口罩，且整个人逆在昏黄的路灯里，谷音琪看不清他的五官。

见终于有人有意购买成本价最高的这束花，谷音琪难掩语气里的兴奋：“最后一束了，我给你优惠呀，原本卖一百八十八的，现在一百六十八给你！”

西装男子抬眸看了她一眼，点了点头，说：“好，我要这一束，麻烦给一下二维码。”

谷音琪悬了一晚上的心脏终于落下，哆嗦着发冷的手指点开微信收款码，笑得好开心，说：“谢谢你呀，小哥哥！祝你圣诞快乐！”

谷音琪一时间都忘了自己也戴着口罩，对方只能看见她弯弯的眉眼。

西装男子扫码付款，捧起花束，朝她轻轻颔首，礼貌地说了一句“圣诞快乐”，才转身离开。

谷音琪开始收拾东西，眼角余光看见那位男客人捧着花束走到一位穿驼色大衣的小姐姐面前，把花束给了她。

隔的距离有点儿远了，谷音琪看不清小姐姐脸上的表情，她希望小姐姐会喜欢。

谷音琪心情愉悦，轻松地跟着卖唱女子哼起今晚不知道第几次唱的歌曲：“我住的城市从不下雪，记忆却堆满冷的感觉……”

收拾完东西，谷音琪点开手机想看看今晚的收入明细，这才发现，最后那位小哥哥给她转了一百八十八元，就是那束花的原价。

…………

韩哲睁开眼，谷音琪也睁开眼，刚刚迫切要从梦里醒来的两人，此时不约而同地看向对方。

谷音琪没料到韩哲已经醒了，她眨了眨眼，在一室昏暗中开口：“……你醒啦？”

韩哲比她记得清楚，他收紧手臂，把她揽在身前，说道：“谷音琪，你记不记得很久之前，我问过你一个问题……”

男人刚起床的声音是沙哑、性感的，谷音琪这一年来没少听，但还是无法免疫，耳朵像有羽毛拂过。她的手指开始作坏，像小蚂蚁走路一样，从韩哲的胸膛一路往上，最后轻点他颤动的喉结，说：“什么问题啊？”

韩哲抓住她乱撩拨的手，拉到唇前，张嘴，不痛不痒地咬了一口，然后说：“我以前问过你，我们以前有没有见过面。”

谷音琪不太记得他什么时候问过，但不会傻到这时候跟他说“不记得”。她鼓了鼓腮帮，模棱两可道：“哦，那个问题啊……”

韩哲再问一次："嗯，你觉得呢？我们以前有见过面吗？"

谷音琪蓦地摊开在韩哲唇前的五指，用手掌遮住韩哲的半张脸。她越想，觉得这事越妙，忍不住提起嘴角笑得温柔，道："老实说，我觉得我们以前肯定在哪里有见过面。"

韩哲微眯着眼，仔细看着她笑得如弯月牙般的眉眼。他轻笑一声，吻落在她额头上，说："嗯，我也这么觉得。"

❷

谷音琪还住在御景公寓 1707 的时候，怎么都没曾想过，未来有这么一天，会替魏梦晴设计婚礼花艺。她仰头指挥着架构师傅将悬空的框架调整至她想要的位置和角度，心里想的全是，这人与人的缘分呀，真是妙不可言。

四年前与韩哲重新"纠缠"在一起时，韩哲主动提起了当年"阴阳怪"的事。那晚他们正在香香馄饨吃宵夜，一人一大碗小馄饨，老板娘还送了他们狮子头和大排。

谷音琪那时候才知道，"阴阳怪"叫何成言，韩哲的前女友叫魏梦晴。

何成言所在部门的新闻爆出来的那天，魏梦晴将一个红白蓝编织袋甩进何成言的办公室内，里面全是何成言留在她公寓里的私人物品。

在何成言目瞪口呆的时候，魏梦晴冷冷地丢下一句"就当我走路踩了狗屎，给我有多远滚多远"，然后甩头离去。

公寓是魏梦晴当初为了方便自己上班才购置的，出了这事后她怎么住怎么糟心，索性带着狗搬回位于五缘湾的别墅与父母同住。

她是家里的幺女，上面有两个哥哥，从小被家人捧在手心疼着，事发后何成言一边焦头烂额地处理舆论的事，一边跑去别墅区外想挽回魏梦晴，被魏家人喊了安保人员赶走，并放话未来要让何成言在鹭城无路可走，后来听说何成言真回了老家。

谷音琪本来还听得津津有味，大呼精彩，后来越听越不对劲，狐疑的眼神盯着韩哲，问他："你怎么知道得那么详细？"

谁知韩哲这家伙真的变得好坏，不回答她的问题就算了，还直截了当问她："谷音琪，你是不是吃醋了？"

谷音琪被气笑了，直接骂他不要脸。韩哲坦白说，因为何成言的事，他确实有和魏梦晴通过几次电话。但他从一开始就跟魏梦晴说得明白，他单纯只把她当朋友，没有其他情愫存在了。

说到这里，韩哲去消毒碗柜里取了个料碟，倒上一点儿醋，推到谷音琪面前。他嘴角噙着笑，领口的扣子早就解开一颗，筷尖指向料碟，小声说："谷音琪，吃醋。"

这句话把谷音琪激得斗志昂扬，那晚她取了韩哲的领带，命令韩哲举高双手。领带在手腕上绑上几圈，遮住了男人和喉结一样性感的腕骨。

而韩哲笑得眉眼温柔，任由她闹。

…………

"阿妹，这个高度可不可以？阿妹？"

谷音琪在架构师傅的叫唤中回过神，心里懊恼，自己竟在工作时被男色诱惑得分神，实在是不专业，应该好好检讨。

谷音琪后退几步走远一点儿，同时让两位花艺助理走到宴会厅其他位置，看看视觉效果如何。她对比着平板电脑里的手绘图，在脑子里想象空无一物的木框慢慢开满花的效果。

其实她能接到魏梦晴这个单子也是缘分，并不是因为韩哲，而是因为谷音琪承接的第一场婚礼花艺——也就是四年前委托她布置海边求婚现场的那对新人后来举办的婚宴。

魏梦晴是女方的宾客，当时谷音琪为了工作穿得宽松随意，又戴着口罩，许是因为这样，魏梦晴没有留意到她。后来谷音琪和那家婚策工作室合作愉快，这几年两方多次合作，一起进步，一起成长，接着就接到了魏梦晴这场婚礼。

初次与客人开沟通会议时，谷音琪吓得心脏乱跳，还偷偷在桌子下给韩哲发消息，问他怎么办，要不要推了这次的订单。

韩大老板那时刚回江海集团帮外公的忙，每天都有开不完的会，于是还没收到大老板的回信，谷音琪就已经被魏梦晴认出来了。

魏梦晴主动问她，是不是韩哲的女朋友。谷音琪惊讶得说话都结巴了，问她是怎么知道的。喜事将近的女子脸上洋溢着幸福的笑容，说韩哲在朋友圈发过照片呀。

是的，韩大老板的朋友圈要么不发东西，要么就发她的照片，偶尔发个一两张，直男视角拍摄，没怎么修图，但图上是足以让人看出两人亲密的距离——谷音琪甚至怀疑他是故意想炫耀给某位兄弟看。

谷音琪偷偷瞥向魏梦晴身边的英俊男子，没想到她未婚夫更坦荡，笑出声说世界好小，兜兜转转都是认识的人。魏梦晴主动去牵他的手，中指上的钻戒璀璨夺目，说："那我们也是啊。"

双方沟通很顺利，魏梦晴提出了要求，谷音琪当场就给她出了设计草图，两人一拍即合。

中途魏梦晴去洗手间的时候，谷音琪追了出去，忐忑地问，这场婚礼的花艺交给她真的可以吗，会不会觉得身份关系太尴尬了之类的。

魏梦晴当时洗着手，笑着说，因为朋友的关系，很早就关注了这家婚礼策划，而且每次看到客片里生动美丽的大型花艺布置，都心动不已，好不容易轮到她结婚了，当然要找自己喜欢的策划和花艺师。

魏梦晴还说，她和韩哲是好多年前的事了，后来双方都有了新的生活，如今只是逢年过节会道声好的关系，更希望谷音琪不要放心上，帮她设计一场能在记忆里留下好久的婚礼花艺。

婚礼策划负责人阿棉等客人走了，才跟谷音琪讲悄悄话。

原来这对新人高中时交往过，是彼此的初恋，但男方当时家境不如女方，加上女方大学时出国，两人迫于现实压力分手。男方没读大学直接创业，创业成功后还回来鹭城，在五缘湾买了房子，他一直对女方念念不忘，没想到一天晨跑遛狗的时候遇到了同样晨跑遛狗的女方。

"断了的红线就这样又接了起来，你说，姻缘这回事妙不妙？"阿棉说。

谷音琪忍不住鼓掌，说：“真的太妙了。”

…………

谷音琪手脚并用地爬上高架，亲自负责起最重要的主舞台大型花艺装置。韩哲走进宴会厅时，远远看到的就是穿得像小男孩一样的姑娘，正聚精会神于眼前的工作。

他看过谷音琪做的效果图，这次是用近两千朵白色新鲜的蝴蝶兰，做成从半空倾泻而下的瀑布。不知道谷音琪已经忙了多久，现在眼前的鲜花瀑布已经完成了雏形，谷音琪正把空隙一点点填满。

花艺师这个职业整天要与鲜花打交道，外人看起来像仙女一样，可没看到他们底下付出的努力和辛劳。

而韩哲知道。

谷音琪如今一双手总是带伤，手指带上薄薄茧子，韩哲之前总会提醒她要记得戴花艺手套，可她嫌手感不好，戴着戴着就要脱掉，有时也会因为手指在手套里闷了太久，脱下来时皮都皱了。

像今天这样熬夜做婚礼现场，她第二天肯定要累得趴在床上起不来，腰痛，脖子痛，哪哪都痛，还会撒娇着说要哥哥抱抱才能好。

花艺团队其他同事对于韩老板时不时会空降鹭城这件事，早已见怪不怪，纷纷同他打招呼，其中一个年轻姑娘指了指自己的耳朵，说：“琪姐她戴了耳机，你喊她估计听不到，不如给她打个电话？”

韩哲笑着摇摇头，说：“没事，不打扰她工作。辛苦你们了，夜宵我让助理去订了，等会儿送过来。”

年轻人被资本家的“糖衣炮弹”轻松打倒，一边期待着豪华夜宵，一边加速工作。

宴会厅灯火通明，韩哲跨上舞台，一步步走到主舞台处，抱臂，仰头安静地看着谷音琪，然后不禁叹了一口气——她又没戴手套，好在今天的花材柔软，不像玫瑰那样，就算打了刺还是避免不了划伤手。

这次的装置面积大，谷音琪要么得高举双臂，要么得长时间蹲跪。在把大部分空隙填满后，她长长松了口气，打算下地走到远处看看整体效果，再做细节调整。

结果一转头就见到韩哲，吓得她打了个颤，还踉跄了一小步。韩哲的心脏一下子被高高扯起，猛跨一步扶住微晃的铁架，浓眉紧蹙道："小心点儿！"

谷音琪站稳，拍着胸脯小声惊呼："吓死我了！你怎么来了也不叫我一声？"

看韩哲嘴唇一张一合，她才想起耳朵里还塞着耳机，赶紧取下耳机塞进工装裤裤袋里。

"你那么认真，我不想打扰你。"韩哲又重复一次，眼睛却没离开过谷音琪，嘱咐道，"下来时小心一点儿。"

谷音琪小心翼翼地爬下高架，最后还有两阶时，被韩哲拦腰一抱，单手就把她抱到地上。

韩哲还不忘交代道："等会儿再上去，你得戴好安全头盔。"

谷音琪的脸都烫了，不敢去看团队同事们的表情有多精彩，赶紧拉着韩哲往舞台侧方走，细声嘟囔："你干吗特地过来呀？开了一天会不累呀？"

"还行，在飞机上睡过了。"韩哲反手牵住她的手，再从西装口袋掏出一张房卡递给她，"房间开好了，还是三十一楼，你忙完了就上来睡。"

谷音琪接过，道："好哦，你等会儿吃完宵夜就先去休息。"

两人说话的同时，苏肃和司机提着大袋小袋走进来。饥肠辘辘的年轻人看到今晚居然是肉蟹砂锅粥都沸腾起来了，连声跟谷老板道谢，说他们都是蹭她的光。

苏肃乖巧地跟谷音琪和自家老板打了招呼，把其中一份蟹粥放到他们身边，就赶紧离开。

韩哲帮谷音琪舀粥，说："明天我给了人情红包就回去陪阿嬷，只有黄姨在我不太放心。"

黄姨是谷音琪请的半住家保姆，老家也在东山岛，平日不住家，谷音琪需要像今天这样熬夜工作就会提前跟她讲，黄姨就会留下陪沈大妹过夜。

谷音琪便问："那你跟梦晴说过你不参加婚宴没有？"

“有，一开始收请帖时就跟她说了。”韩哲把碗递给她，“烫，吹一下再吃。”

“好哦。”谷音琪吹了吹勺子里的粥水，含进口里，好甜。

韩哲取了个蟹钳，慢条斯理地掰去已经敲碎的蟹壳，说道：“对了，赵宁婚礼的日期今天订下来了，然后他问我，能不能请你负责花艺部分。”

没等谷音琪回答，他继续说：“我拒绝了，说请‘花谷’团队做可以，但请谷音琪本人就不可以。”

他们在一起这么多年了，韩哲还是连名带姓地唤她。旁人听来难免觉得奇怪，但谷音琪好喜欢他这样认真地喊她的名字。每个字都在他舌尖滚了一遍，咬字清楚，腔调圆润。

“为什么团队可以，谷音琪不可以？”谷音琪有些疑惑，但不影响她张开嘴等韩哲投喂。

一枚肉质饱满的蟹钳肉递进谷音琪嘴里，韩哲取了湿巾擦拭手指。薄薄的眼帘半阖，他再拿勺子去捞另一只蟹钳，说：“因为那天，谷音琪要作为我的女伴出席。”

❸

谷音琪看着镜子里的自己，眼睛有些挪不开了。

镜子里的女子身着一条红丝绒连衣裙，一字领掩不住锁骨和香肩，裙摆宛如倒扣的红蔷薇，走动时仿佛会掉落下一片两片花瓣。

黑发及耳，她没有打耳洞，将发丝收到耳后，就能窥见珍珠般的耳垂。

再往下看，一双腿儿线条匀称、嫩白光滑，唯一遗憾的地方，就是从后看，能看见左小腿的后侧有一道淡淡的疤痕。

不过谷音琪丝毫不在意，她在衣帽间里转起圈圈，对着镜子“嘿嘿”直笑。

韩哲一边扣着袖扣一边走过来，见她乐呵呵的傻模样，也一下子被她感染了笑意，问：“怎么换个衣服都能那么开心？”

“这条裙子是好几年前买的，当时在店里试穿时有些紧，但只剩一条，我就忍不住还是买下来，想着减减肥就能穿上，结果后来越来越胖，就闲置了。看来我最近是真的瘦了？可上秤时数字没怎么变呀……”谷音琪光着脚丫，像小女孩一样蹦了两下跳到韩哲面前，眨着眼问，“好看吗哥哥？”

韩哲一手揽住她的腰，眼神温柔道：“好看，你穿什么都好看。你也不是瘦，就是结实了。”

别看花材配草好像轻飘飘的，摞成一桶可重了，谷音琪每天来来回回地搬花理花，身上的肉不知不觉地就变结实了。

谷音琪起了坏心，拉着他的手往下放，说：“那这里呢？有没有结实？”

温柔的眼神一下子变得具有侵略性，韩哲毫不客气地扬手就往她屁股打了一下，激得她惊呼一声“啊”。

韩哲低头偷了个吻，习惯性地用拇指指腹揉了一下她还未涂口红的嘴唇，低声说道：“婚宴两个小时后开始，谷音琪，我劝你乖点儿。”

谷音琪伸手，双臂勾住了男人的脖子，语气撒娇：“哥哥抱我去浴室，我得化个妆。”

“怎么？今天不用‘上班’，就连走路都懒了？”韩哲嘴里不客气，膝盖已经弯了下去，捧着她的屁股一把把她抱起，一边往浴室方向走，一边问，“等会儿到了酒店，要不要我也这样抱着你走花路？”

谷音琪咯咯笑，低下头去吻他的眉心，说道：“今天我们又不是主角，还是把这么高调的事情留给赵宁吧。”

今天是赵宁的大喜之日，韩哲有一句说一句，说他们一群发小到现在都还有种不真实感，要是赵宁在婚宴前突然闹失踪，他们都会觉得很正常，这才像是赵宁会做出来的事儿。

赵宁的妻子是私家医院的一位护士，名叫戴青。两年前赵宁出了一场车祸，差点儿半身不遂，在医院里躺了小半年，赵宁跟姑娘日夜相对，萌生爱意。

却没想对方不乐意接受他，冷冷丢下一句“门不当户不对”，没必要硬处。赵宁坚持不懈，出院后还拄着拐杖去追戴青，最后他跟姑娘说，要以结婚为前提谈恋爱，坚决不要流氓。

韩哲他们没想到，这一对还真成了，赵宁派请帖的时候笑得见牙不见眼，招呼他们那天一定要多喝几杯。

谷音琪对着镜子朝脸上拍拍打打，声音含糊地调侃道："不过他们两家也不算'门不当户不对'，戴青姐姐家里也有些家底的，和我这种穷人家的小孩不一样……"

一直倚在浴室门旁的韩哲不动声色地挑了一下眉毛，走到床边，从床柜里取了一件东西。

再回到浴室，他直接走到谷音琪背后，双手绕到她身前，给她戴上了那件小物，低声道："看来'穷人家的小孩'是有考虑过和我结婚的事情了，对吗？"

谷音琪一顿，赶紧打哈哈想要敷衍过去："我就随便说一嘴……哎，这是什么？"

本来空无一物的脖子上落下一条项链，链子是金色的，细腻如沙，下方缀着一颗小巧精致的红钻，恰好停在她锁骨中央浅浅的凹陷处，宛如红月落入白沙之中。

韩哲认真地为她系上链扣，说："这是我妈给你的礼物，是她以前很喜欢的一条链子。"

谷音琪蓦地睁圆了眼睛，慌张地说道："这……这这……这太贵重了！"

"她极少送东西给人的，小小心意，还望你笑纳。"扣好链子，韩哲微眯眼眸看着镜中女子，毫不吝啬对她的夸奖，"真好看，很适合你。"

男人的夸赞从来不拐弯抹角，谷音琪双颊发烫，轻捻住那颗红钻，细声细气道："它好漂亮啊……我真的能收下吗？我得送什么给阿姨当回礼好呢？"

韩哲低下头，轻吻过她的洁白后颈，说："有空多去陪她插插花就行了。"

谷音琪半年前跟韩哲一起去了韩宅。

出发前她紧张得走路差点儿同手同脚，一小段自我介绍翻来覆去地背诵，结果韩哲的车刚驶进别墅区，她就打退堂鼓了，韩哲哭笑不得，把车停到一旁，把她抱到腿上好好安抚了一番。

谷音琪害怕，怕韩家人不同意两人在一起，怕要再次跟韩哲分开。如果再有一次分离，她恐怕做不到全身而退了，她越来越眷恋韩哲身上的味道。

韩哲像哄小孩一样拍着她的背，说："谷音琪，我们不会再分开了。"

谷音琪噘着嘴问韩哲怎么那么有自信，韩哲轻提嘴角，说："我们在槲寄生下接吻了啊。"

谷音琪被韩哲听不出认真还是调侃的话语逗乐，一边说他"堂堂一个大老板却轻信民间传言"，一边把他衣领处有些歪了的领带拆了，重新替他系了个温莎结。

见家长的过程比谷音琪想象中的简单太多，座上只有韩江海，老爷子一边泡茶，一边问了一些她的生活和工作现况，再问阿嬷的病情如何，还说之前她让韩哲带回来的那家低糖绿豆糕和凤梨酥很合他的口味。

没有刻意刁难，没有深挖身世，没有冷眼不屑，也没有谷音琪最害怕的"单独谈话"。

韩白萱没在宅内，韩江海对谷音琪表示歉意，说当韩白萱情绪有些紧张的时候，就会去别墅后方的花房里捣弄花草。

谷音琪看向韩哲，竟也从韩哲脸上看到一丝紧张，于是她主动提出，能不能让韩哲带她去花房看看韩妈妈。

花房是半透玻璃屋，隔着一段距离，能看见屋内的韩白萱正在剪花，面前的工作台上摆着已做了一半造型的盆花。

谷音琪拉住了韩哲，说等阿姨把这盆花插完后再进去。

韩白萱插花时表情严肃，这也反映在花艺上，她的作品结构严格，花材分布平均，一板一眼，规规矩矩。

等到母亲插完花，韩哲才牵着谷音琪走进去。谷音琪简单做了自我介绍，没料到韩白萱竟甩出了一个大难题，要谷音琪把刚插好的盆花做出修改，用现有的花材，做出属于她自己风格的插花。

这下轮到韩哲着急了，刚想开口替谷音琪拒绝，但谷音琪已经先于他应承了下来。

谷音琪没有将盆中的花全拔出来重新组合，而是仅仅调整了部分花材的位置和插入角度，就已经打破了韩白萱原来作品的缜密精致感，明显不对称的构图，生动的花朵线条，瞬间给人的感觉耳目一新。

韩哲本有些担忧，后来观察到母亲虽有微微皱眉，但并不像往常那样出现明显焦虑，他也渐渐安了心。

等谷音琪调整好插花，韩白萱没有对其发表评论看法，只是捧起花盆，说昨天刚到了几盒白龙珠新茶，让韩哲带姑娘去厅里休息喝茶。

之后韩白萱把插花摆在电视墙旁的花架处，据韩江海后来说，那盆花摆了好多天，直到花开始谢了，韩白萱才让人收走。

后来谷音琪飞来沪市找韩哲的时候，就会跟他回家吃顿饭，陪韩白萱插插花。

一开始谷音琪在韩白萱面前难免会束手束脚，两人常是默默地剪花插花，偶尔韩白萱开口说一两句话，谷音琪就会忙不迭地回答。慢慢地，谷音琪发现，韩白萱反倒是放不开的那个人。她开始主动与韩白萱聊天，从插花的话题开始，引导着韩白萱越说越多。

韩家最复杂的餐桌规矩也没有吓退谷音琪，谷音琪觉得可能是因为自己习惯了照顾生病的阿嫲，所以并不觉得这是很困难的事。阿嫲病了需要家人照顾，韩妈妈病了需要家人照顾，仅此而已，迁就她们的习惯，让她们过得稍微舒服一点儿，谷音琪觉得是理所当然的事。

谷音琪还抬手揉了揉他的发顶，柔声道："我们的小韩哥哥也辛苦了，这么多年，把妈妈照顾得很好呀。"

眼眶瞬间温热起来，有许多情感从左胸口汹涌涨起，那一晚韩哲一遍又一遍念着谷音琪的名字，吻得她很用力，像失了控。

最后他抵着她微微沁汗的额头，哑声道了句“谢谢你”。

…………

婚宴在市内最奢华的酒店举办，而且赵宁还真的把花艺部分交给“花谷”团队负责。

谷音琪不是第一次接异地的单子，她用了五年时间，让“花谷”团队在行业内有了一席之地，全国各地都有人想约他们来做造型花艺，婚礼宴席、商业活动、新店开张等等。

不过，这一次是谷音琪第一次没有亲自在现场帮忙布置，毕竟她要做小韩哥哥的女伴，但花艺效果图是她亲自设计的，昨晚她还假借送消夜的名义去了趟酒店，多少是有些不放心。同事们把她赶回去睡美容觉，说熬夜干活这种事就交给他们这班苦命打工人。

由于赵宁自个儿给他们小夫妻起了个“青柠”couple（夫妇）的头衔，所以婚礼策划把现场色调定为黄白绿三色为主，谷音琪也是围绕这三个颜色来进行设计，包括新娘的手捧花和新郎的胸花。

谷音琪挽着韩哲的臂弯走到新人迎宾处，向来性子偏冷的戴青朝她盈盈一笑，表示很喜欢谷音琪的设计。

同桌均是韩哲的发小，大部分谷音琪之前都见过面了，大家对她极其客气。谷音琪有时会觉得挺好玩，一个个富家子弟看上去明显都不是什么善茬，但在韩哲面前都坐得腰杆笔挺，好像怕被训导主任抓住小辫子的放牛班学生。

除了毕韦烽。

像是怕两个男人在这大好的日子里打起来，赵宁把毕韦烽分到了隔壁桌。这男人如今把头发染黑、剪短，大大方方露出额头上的胎记，眼神依然桀骜不驯，只不过身边有了固定的女伴——他跟秦家的小女儿秦宛凝交往了一些时日，时间不算太长，但也足够让发小们跌破眼镜。

谷音琪与毕韦烽在空气中对上了视线，但这次毕韦烽没再像以前一样冲她笑得赖皮赖脸，再喊她一声“救命恩人”。毕韦烽只是微微颔首，接着收回视线，与同桌其他人攀谈起来。

谷音琪心里一块石头落地，但很快又忍不住开始打起小算盘，她倾身到韩哲身边，小声问："会不会下一次就轮到他和秦小姐闪婚啊？到时候能不能让他们的婚礼也交给'花谷'来做？哇，沪市社交圈'天花板'B老板的婚礼，肯定能让我们的知名度噌噌往上涨……"

韩哲往她嘴里喂了颗巧克力，慢条斯理道："如果只是单纯要让'花谷'的知名度往上涨，做另外一个人的婚礼得到的效果应该会比做毕韦烽的要好很多。"

谷音琪眨眨眼，嚼着巧克力问："谁的？"

韩哲睨她一眼，从她脸上看不出到底是真傻还是装傻。

但无所谓，无论真傻装傻他都要说。

韩哲在桌下牵住了谷音琪的手，掐了掐她的无名指，说："做我们自己的婚礼。"

4

"妈咪！妈咪！"小女孩穿着浅蓝色的公主裙，蹦蹦跳跳地指着远处的城堡，声音激动，"我要先去和公主们合照！"

"哎……我不要，我要先玩'星际救援'。"小男孩双手插着裤袋，一脸不悦，小小年纪就学会了皱眉头。

谷音琪半蹲在地，把从游客中心领来的生日徽章别到小男孩的外套上，软声问道："洋洋，我们先陪茜茜去拍照，接着就去玩'星际救援'好不好呀？"

韩洋眉心蹙得更厉害，腮帮子都鼓起来了，说："今天是我生日，不是应该去玩我喜欢的项目吗？"

韩茜也嘟起了嘴，声音软绵绵的："可今天也是我生日呀！"

小男孩扬起下巴，说："我比你大一分钟。"

小女孩一脸无辜，说："那哥哥不得让着妹妹吗？是爸比说的。"

谷音琪："……"

谷音琪在心里尖叫，不知第几百次问天问地问自己：生孩子就生孩子，为什么要生龙凤胎？还是两个性格截然不同的小魔怪！

但她脸上还是要保持微笑，把女儿揽到身边，帮她调整了一下毛领斗篷上的生日徽章，试探问道："要不然呢，我们还是像在家里石头剪刀布，谁赢了就先听谁的好不好呀？"

"不好！"长相相似的两个小娃娃异口同声道。

这时，左右手各推一辆儿童车的韩哲走过来问道："你们怎么了？刚进园就开始闹了？"

一见到爸爸，韩茜立刻像只小鸟飞扑过去，喊道："爸比！我要去城堡和公主拍照，但哥哥不同意！"

韩哲看向儿子，问："那洋洋想玩什么？"

韩洋有些结巴道："我……我……"

"他想先玩'星际救援'。"谷音琪揉了把儿子柔顺的发顶，替他回答，"那要不然我们还跟之前一样，兵分两路？我带洋洋去玩他喜欢的那些项目，再过来城堡找你们。"

"行。"韩哲在儿子面前蹲下，伸出两根食指，提了提小男孩抿成一线的嘴角，笑道，"今天可是洋洋的六岁生日，要开心一点儿啊。"

韩洋的双颊烫了烫，终于露出了赧然的笑容，说："嗯……我知道了。"

临近圣诞，主题乐园已经换上新装，灯柱上挂起红绿相间的圣诞花圈，广播里轮播着圣诞歌曲。走去"星际救援"的路上，韩洋已经遇上好几个乐园的工作人员友好地向他问好，并祝他"生日快乐"。

韩洋从工作人员那里收到了几张卡通贴纸，他把它们都交给谷音琪，说："妈妈，你帮我保管，我怕放我裤袋里会弄皱。"

"好呀。"

谷音琪接过来放进小挎包里，心里奇怪着儿子今天怎么会如此宝贝这些贴纸——以前每逢有工作人员想给他，他都是一脸冷淡地说"不用了，谢谢"，还说这些是小女孩才喜欢的玩意儿。

接着就听见小男孩若无其事地说了一句："茜茜有收藏这个系列的贴纸。"

谷音琪心头一暖，单手推车，另一手牵起小男孩的手，调侃道：

“我们洋洋啊，就是刀子嘴豆腐心。”

才六岁的小孩儿听不懂这句话，问妈妈是什么意思。

谷音琪朝他笑了笑，说：“就是洋洋和爸爸的性格一模一样。”

同一时间，在城堡下方的公主拍照点，韩哲正抱着女儿排在弯弯曲曲的队伍里。

穿着风格儒雅、绅士的高大男子在人群中本就鹤立鸡群，更别提他脑袋上还戴着一个粉色狐狸耳朵的头箍，并任由可爱的小女孩捏捏他的鼻子、揪揪他的眉毛。这画面虽好笑，但仍让队伍中的许多少女忍不住频频投去视线。

韩茜偶尔会察觉到比较明显的注目，并听到一些窸窸窣窣的讨论声，她趴在爸比的肩膀处，有些闷闷不乐。

“茜茜，怎么轮到你不开心了？”韩哲柔声问。

“我没有不开心。”韩茜嘟囔道，“我就是突然有点儿、有点儿想妈咪和哥哥了……”

韩哲哭笑不得，女儿这话说得可太容易让人误会了。他换了个手抱小孩，说：“我们才跟妈咪和哥哥分开不到半个小时，等我们拍完照，他们就来找我们啦。”

韩茜突然问：“爸比，我今天能不能申请用零用钱啊？”

“可以啊，你今天想买什么？”

“我想买份生日礼物给哥哥，他之前有喜欢的超人玩具，但他没有买。”

韩哲挑了挑眉，扬起嘴角笑道：“可以，爸比批准。”

和仙蒂公主拍完照，韩茜一转身就看到了不远处的妈咪和哥哥，她再次像只小鸟飞扑过去，大喊一声：“妈咪！我好想你！我不要再跟你和哥哥分开了！”

谷音琪被小炮弹般的女孩扑了个满怀，虽然满脑子问号，但还是先把有些委屈的女儿抱起，问韩哲：“这是怎么回事啊？”

韩哲取下粉色头箍，戴到妻子头上，不禁失笑道：“她排队的时候听到有人说‘怎么只有爸爸带女儿’，有了点儿小情绪。”

谷音琪哈哈大笑，用鼻尖蹭着女儿的鼻尖，宠溺道：“那接下来的项目我们一家四口一起玩好不好？你和哥哥商量一下，先玩什么项目好呀？”

“海盗船！”两个小娃娃再次异口同声。

玩完项目出来，谷音琪像往常一样去取项目里抓拍的照片，忽然之间，她就想到了好些年前，带沈大妹来乐园玩的那一次。

韩哲也想到了，牵着两个小孩走过来，低声问：“琪，你又想到阿嫲了？”

谷音琪提了提嘴角，说：“嗯，我还是好想她啊。”

沈大妹在俩兄妹刚满三岁的时候离世了。

老太太的病情发展到最后已经不怎么认得人了，有时连谷音琪都不认得。但当沈大妹看见韩茜和韩洋时，又能对着韩茜喊“阿琪”，对着韩洋喊“阿哲”。当时老太太看着两个小娃娃，说：“阿哲你要帮我好好照顾阿琪。”

而韩哲揽着已经泣不成声的谷音琪，应承道：“阿嫲，我会的。”

这时韩哲不顾商店里的人来人往，也不顾身旁还有两个小“电灯泡”，揽住妻子，亲了亲她的额角，说：“我也好想她。”

韩洋和韩茜面面相觑，悄悄走到一旁放满商品的货架前，讨论起等会儿午餐要吃哪一家餐厅。

两个小孩玩到下午有些困了，熟门熟路地坐上了儿童车，倚着车篷睡过去。韩哲和谷音琪给他俩都盖上小毛毯，找了一张能远眺城堡的长椅，把车停好，两人也坐下休息。

远处的尖顶城堡被温柔的粉紫色夕阳笼住，谷音琪看着看着就犯困了，不顾形象地打了个很长很长的哈欠。

韩哲揽住她的肩，让她靠到自己身上，说：“你也睡一下吧。”

谷音琪找了个舒服的位置，声音和夕阳一样温柔：“你还记得今天是什么日子吗？”

韩哲轻笑：“当然记得。”

今天不仅是两个小娃娃的生日，也是他们的“求婚纪念日”。

谷音琪“嘿嘿”笑了两声，八年前的事情仍历历在目。

赵宁婚礼后的那个冬天，她和韩哲去了冰岛旅游。

乘坐游船穿梭在冰山之间看成群的海豹休憩，买一大袋面包在托宁湖旁一边喂胖鸭子一边看日落，出海观鲸的那一天幸运地看到跃出海面的海豚……十二月的雷克雅未克的每个角落都充满节日气氛，韩哲像是有某种强迫症，每一次经过圣诞树时都会低头吻她。

最后几天他们到了最南端的一个小镇，在海边长大的小孩总是无限向往皑皑白雪，再加上美轮美奂的极光，足以让谷音琪为之疯狂。

那天他们追着一道极光去到高地尽头，夜空中仿佛有无数条巨大无比的斗鱼缓慢游动，鱼尾在夜空中摇曳生姿，时而是蓝绿色的，时而是紫红色的。往下俯瞰，覆满白雪的小镇星火点点，好似哪位爱神的金色珍珠项链洒落人间。

当谷音琪正为绝世美景倾心不已的时候，韩哲唤了她一声，接着就是老套却永远浪漫的单膝下跪。

那一晚，韩哲拉着她跑到小镇的红顶教堂门口。晚上教堂没开，他们就在教堂前的巨大圣诞树下接吻。

谷音琪喘着气，笑问，小韩哥哥有没有想要的圣诞愿望，她这个“圣诞老人”可以尽量满足他。

从未在人前唱过歌的男人，竟唱了一句“All I want for Christmas is you（圣诞佳节我想要的只有你）.”

谷音琪讶异，笑声很快如鸟雀飞上飘着极光的夜空，因为韩哲跟她一样，五音不全。

那一年，谷音琪二十八岁，韩哲三十五岁。

这一年，谷音琪三十六岁，韩哲四十三岁。

他们不需要圣诞老人送来礼物，他们不需要在床边挂上圣诞袜，只要未来每一年的圣诞节，能在槲寄生下依偎相拥，已经足够。

【全文完】